Marion Stadler

Kirchenasyl

Marion Stadler

Kirchen-asyl

Ein Altmühltal-Krimi mit Herz

SüdOst Verlag

Bibliografische Information der Deutschen Nationalbibliothek

Die Deutsche Nationalbibliothek verzeichnet diese Publikation in der Deutschen Nationalbibliografie; detaillierte bibliografische Daten sind im Internet über http://dnb.dnb.de abrufbar.
ISBN 978-3-95587-796-5

MIX
Papier aus verantwortungsvollen Quellen
FSC® C014138
FSC
www.fsc.org

Für uns, die Battenberg Gietl Verlag GmbH mit all ihren Imprint-Verlagen, ist Nachhaltigkeit ein wichtiger Teil unserer Unternehmensphilosophie. Daher achten wir bei allen unseren Produkten auf den Einsatz umweltschonender Ressourcen und Materialien.
Dieses Buch wurde auf FSC®-zertifiziertem Papier gedruckt. FSC (Forest Stewardship Council®) ist eine nicht staatliche, gemeinnützige Organisation, die sich für die verantwortungsvolle und ökologische Nutzung der Wälder unserer Erde einsetzt.

Unsere Partnerdruckerei kann zudem für den gesamten Herstellungsprozess nachfolgende Zertifikate vorweisen:
- Zertifizierung für FOGRA PSO
- Zertifizierungssystem FSC®
- Leitlinien zur klimaneutralen Produktion (Carbon Footprint)
- Zertifizierung EcoVadis (die Methodik besteht aus 21 Kriterien in den Bereichen Umwelt, Einhaltung menschlicher Rechte und Ethik)
- Zertifikat zum Energieverbrauch aus 100 % erneuerbaren Quellen
- Teilnahme am Projekt „Grünes Unternehmen" zum Schutz von Naturressourcen und der menschlichen Gesundheit

Umschlagfoto: Kameraflimmern Fotografie Mirjam Landfried

1. Auflage 2022
ISBN 978-3-95587-796-5

www.battenberg-gietl.de

Vorweggesagt!

Der fünfte Krimi ist da und natürlich melde ich mich wie gewohnt auch wieder zu Wort! Meine treuen Leser kennen das ja mittlerweile.

Inzwischen bin auch ich viel in den sozialen Medien unterwegs, gegen die ich mich erst gesträubt habe. Aber auf Dauer kann man sich als Autorin da nicht entziehen, sind sie doch eine wunderbare Werbeplattform. Aber nicht nur das! Für mich hat es sich zum wertvollen Erfahrungsaustausch und Inspirationshintergrund entwickelt, denn ich habe viele Autoren*innen kennen gelernt, mit denen ich regelmäßig kommuniziere. Und ich bekomme auch so viel positives Feedback von Fans, die sich da zu erkennen geben.

Was soll ich sagen, es bereichert mein Autorendasein, steigert meine Motivation, inspiriert meine Fantasie, ist lehrreich fürs Schreiben, lässt meinen Horizont wachsen und macht mir einfach Freude, mich mit Gleichgesinnten auszutauschen.

So eine Gleichgesinnte schrieb auch einen sehr schönen Beitrag auf Instagram, den ich euch nicht vorenthalten möchte, denn er hat mir aus dem Herzen gesprochen. (Ich habe ihre Erlaubnis, das hier zu veröffentlichen!)

Der Titel lautete: Autoren sind auch nur Menschen!

„Wir scrollen in den sozialen Medien über die Neuerscheinungen und Posts hinweg, verteilen Herzen, kommunizieren hin und wieder. Wir lesen einzelne Sätze, überfliegen Testleser und Blogger, Rezensionen, Kritiken, Vertragsunterzeichnungen, Ankündigungen, Textschnipsel und Leserunden.

Was wir vergessen: Die Person, die dahintersteckt, hat ein Buch geschrieben! Tausende von Stunden saß diese Person am Laptop und hat getippt. Nachts konnte sie nicht schlafen, hat sich neue Wendungen, Szenen und Spannungssteigerungen ausgedacht. Tränen wurden vergossen. Selbstzweifel kamen zutage. Wörter wurden geschrieben und wieder gelöscht. Freunde wurden nicht angerufen, weil die Zeit fehlte. Küsse nicht verteilt, weil sie sich hinter dem Bildschirm versteckte. Wohnungen nicht aufgeräumt, weil sie an einer Stelle nicht weiterkam …

Es scheint so, als würden jene Personen mit Leichtigkeit Bücher schreiben. Aber so ist es nicht. Es ist ein verschwindend geringer Teil der Menschheit, der diese Begabung hat und diese Herausforderung annimmt. Kein ‚Wenn ich könnte, würde ich …', kein ‚Wenn ich die Zeit hätte, dann …'.

Diese Autoren setzten sich Tag für Tag hin und schreiben. Wort an Wort gereiht. Satz an Satz. Bis ein Buch entsteht und schließlich erscheint, ist es oft ein jahrelanger Prozess. Und dann ist er endlich da, der Erscheinungstermin! Die Erwartungen sind groß, nicht nur vom Autor selbst, sondern auch vom Verlag und von den Lesern.

Vergesst das nicht, liebe Autoren, Blogger, Leser und Rezensenten! Jedes dieser Bücher ist etwas Besonderes. Egal, ob es euch gefällt oder nicht. Nicht jedes Buch öffnet sich für jeden. Das ist die Magie daran.

Und ja, Autoren sind auch nur Menschen! Denkt daran, wenn ihr ein Rezensionsexemplar erhaltet und euch nie wieder meldet. Wenn ihr ein Buch gelesen habt und euch mit einer Freundin darüber unterhaltet. Wenn ihr um eine Rezension gebeten werdet, und sie vergesst zu schreiben, oder es euch den Aufwand nicht wert ist. Wenn ihr jeden Rechtschreibfehler oder eine Handlung in Gedanken ankreidet. Wenn ihr einen Zeitungsartikel über das neue Buch eines Autors lest. Wenn ihr eure Kritiken hinauskatapultiert, weil ihr den Erfolg neidet. Wenn das Buch ganz unten im SUB (Stapel ungelesener Bücher) verschwindet. Wenn ihr einem Textschnipsel auf Instagram ein schnellgetipptes Herzchen verpasst oder einfach drüberscrollt …

Wir leben in einer Zeit, in der alles bewertet wird. Durch die Anonymität in manchen Medien wird dieses Phänomen noch gefördert, im Positiven wie im Negativen. Jeder darf schreiben, was er will, ohne Konsequenzen zu fürchten. Das geht auch oft unter die Gürtellinie. Was wir dabei vergessen: Menschen sowie Autoren haben Gefühle."

Darum geht diesmal mein Dank an alle Mitstreiter*innen da draußen, an alle Verfasser von ehrlichen, anständigen Bewertungen, an alle Lektoren und Verlagsmitarbeiter, an alle Journalisten, Kritiker und Blogger in den öffentlichen und sozialen Medien – und, last but not least, doch auch wieder an meine Testleser, die meine Arbeit korrigieren und so auch schätzen, und natürlich meine Familie, die immer hinter mir steht.

Eure Marion Stadler

Prolog

Röchelnd schleppt er sich den Mittelgang der Kirche vorwärts zum Altar und stützt sich dabei an den geschnitzten und geschwungenen Wangen der Holzbänke ab. Draußen prasselt der Regen inzwischen laut auf das steile Kirchendach, die Gräber auf dem Friedhof und den feinen Kies dazwischen. Blitze zucken und Donner grollt.

Sein Atem geht schwer und er schwitzt von der Anstrengung. Mit jeder Bewegung quillt Blut aus der Wunde in seiner Brust, färbt sein T-Shirt rot und tropft auf die uralten beigen Kalksteinplatten aus dem hiesigen Steinbruch. Aber er hat sein Ziel, die Kirche, dessen spitzen, mit Holzschindeln bedeckten vierseitigen Turm er schon von Weitem gesehen hatte, erreicht und ist erleichtert.

Hier würde man ihm helfen, so wie damals …

Hier konnte er ein Versteck suchen …

Hier war er sicher …

Hier war er Gott nahe und konnte auf seine Hilfe vertrauen.

Doch auf einmal versagen ihm seine Beine den Dienst. Schwer sackt er vor dem Gabentisch zusammen. Er kann sich gerade noch an der Kante der marmornen Tischplatte festklammern. In seiner Muttersprache schickt er keuchend ein Stoßgebet gen Himmel. Mit jedem Atemzug spürt er seine Kräfte dahinschwinden. Immer mehr wird ihm klar, dass er sterben würde.

„Maria …“, säuselt er und plötzlich sieht er sie direkt vor dem Hauptaltar stehen.

Sie winkt ihm mit ihrem feinen Lächeln auf ihren schön geschwungenen Lippen zu und er spürt neue Kräfte in sich aufkommen. Auf allen Vieren schleppt er sich um den Gabentisch auf sie zu, doch je näher er ihr kommt, desto undeutlicher wird ihre Gestalt. Plötzlich sieht sie aus wie seine Mutter.

„Kirchenasyl …“, fleht sie ihn an. „Bitte um Kirchenasyl …“

Wispernd wiederholt er ihre Worte. „Kirchenasyl …“

Dann verwandelt sich ihr Gesicht wieder in das seiner geliebten Maria.

„Komm zu mir!“, haucht sie ihm zu und er kriecht weiter.

Wieder verschwimmt sie. Ihre Umrisse flirren vor seinen Augen wie eine Fata Morgana, bis sie sich gänzlich aufgelöst hat.

„Maria!“, ruft er verzweifelt und immer wieder, doch sie bleibt verschwunden.

Herzzerreißend schluchzt er auf und ein Hustenanfall quält ihn. Er spuckt Blut und der unbändige Schmerz in seiner Brust droht ihm mehr und mehr den Atem zu rauben. Immer wieder schaut er hoch zum Altar, doch sie kommt nicht zurück.

Dann bemerkt er, dass sich genau dort, wo ihr Gesicht gewesen war, der reich mit Gold verzierte Tabernakel befindet, der in der Mitte des barocken Altars eingelassen ist. In seinem von Adrenalin überfluteten Gehirn zuckt ein Geistesblitz auf. Es würde ihn seine letzten Kräfte kosten, aber er würde es schaffen! Er musste es einfach schaffen!

Mit seinen blutbesudelten Händen tastet er nach seinem Hosenbund. Es ist noch da! Er hat es auf dem Weg hierher nicht verloren. Maria soll es bekommen! Ihr Geist ist hier, das spürt er deutlich. Und sie sieht, was er tut. Sie würde wissen, wo sie es finden könnte.

Er schließt seine Augen, besinnt sich auf das, was er vorhat, und sammelt seine letzten Kraftreserven.

Kapitel 1

Diät. Dieses eine kleine Wort mit den vier Buchstaben weckt in vielen Menschen die unterschiedlichsten Gefühle, Gedanken und Wallungen. Hat doch laut zahlreichen Statistiken schon fast jeder von uns einmal probiert, enthaltsamer zu essen. Kartoffeldiät, Low Carb, Intervallfasten, Ananasdiät, Low Fat, Trennkost, Glyx-Diät und wie sie alle heißen. Wer hat nicht schon von ihnen gehört, über sie gelesen, sie gar ausprobiert und die ein oder andere Erfolgsgeschichte samt Vorher- und Nachher-Bildern als Absurdität abgetan. Ist es nicht die Diät an sich, die dabei so absurd erscheint, sondern eher der ständige Kampf gegen den inneren Schweinehund, den diese Diät-Erfolgreichen bezwungen haben? Das kann Neid und Missgunst wecken, motivieren und anspornen oder aber im schlimmsten Fall gleichgültig gegenüber dem eigenen Körper werden lassen.

Und damit wären wir schon bei den unterschiedlichen Typen, die sich dem Fasten hingeben:

Typ 1, der Enthusiastische: Das ist wohl der Nervigste von allen! Er befolgt zielstrebig und scheinbar ohne große Mühe einen strengen Diätplan, macht Sport, strahlt Enthusiasmus aus und erzählt aller Welt, wie wohl er sich auf einmal fühlt, wenn die Pfunde purzeln und der deftige Schweinsbraten durch die doch recht leckeren Dinkelbratlinge ersetzt worden ist.

Typ 2, der Willige: Einsichtig und mühsam beugt er sich dem Diätplan, denn er hat kapiert, dass es gut für ihn und seine Gesundheit ist, ein paar Kilo weniger auf den Hüften zu haben. Doch hin und wieder gönnt er sich ein Stück Schokolade oder stibitzt ein paar Pommes-Stäbchen vom Teller seiner Kinder, jedoch nicht ohne ein schlechtes Gewissen zu haben. Sport betreibt er in Maßen und findet immer mal wieder eine Ausrede, um dem nicht nachgehen zu müssen. Das Gewicht reduziert sich nur sehr allmählich und das demotiviert den Willigen mit der andauernden Fastenzeit. Offen gestanden gehöre ich zu dieser Sorte.

Typ 3, der Gezwungene: Entweder durch den Arzt, den Partner oder eine anderweitig autoritäre Person auferlegt, tut sich der betroffene Typ richtig schwer, seinen Appetit zu zügeln und gibt zumindest vor, als würde er sich an den Diätplan halten. In unbeobachteten Momenten aber gibt er sich ganz seiner Zügellosigkeit hin, sodass sich die Diät-Überwacher wundern, warum sich das Gewicht ihres Patienten nicht oder kaum reduziert.

Zu diesen Gezwungenen zähle ich eindeutig meinen Kollegen Polizeihauptmeister Markus Bärnreuther und meinen Schwiegervater Vinzent Spangler.

Beide wurden von ihren Frauen auf Diät gesetzt, beide sind sie unwillig und nutzen jede Gelegenheit, sich anderweitig außerhalb des heimischen Haushalts mit schmackhaften Speisen zu versorgen. Allein sein Spitzname Bär könnte nicht passender sein für meinen Kollegen, oder besser gesagt Partner, in der Polizeiinspektion Kelheim. Er hat es inzwischen zur Perfektion gebracht, seine Karin glauben zu lassen, dass er selbst nicht wüsste, warum er nicht abnehme. Naja, ganz so erfolglos war seine Diät-Managerin dann doch nicht immer, und er hatte vor einem Jahr zehn Kilo verloren, aber das ist bei seiner Körperfülle nicht wirklich viel. Seit ein paar Wochen muss er also wieder fasten, genauso wie mein Schwiegervater, allgemein bekannt als der Opa. Seine Lebensgefährtin Rita, bei der er nunmehr seit über einem Jahr wohnt, hat befunden, dass er von ihrer deftigen Hausmannskost eine Wampe gekriegt hat, und die muss weg. Perfektionistisch wie sie in allem nun mal ist, angefangen bei der eigenen Haushaltsführung und der des Pfarrers, in ihrer Ausübung als Mesnerin, Dorfratschn und Vorsitzende vom Frauenbund und eben ihrer wirklich feinen Kochkünste, wäre es ein Wunder, wenn der Opa nicht fett geworden wäre. Und bei Karin ist die ganze Sache ähnlich gelagert.

„Ich würd' sagen, die Rita ist selber schuld. Sie hat den Opa doch selber so dahergemästet", spotte ich, während ich diesen Gedanken nachhänge.

Vor einer Stunde habe ich mit Toni, der neben mir auf der Terrasse sitzt, Brotzeit gemacht. Dabei war auch der Opa, der eilig einen halben Camembert, zwei Essiggurkerl, ein gekochtes Ei, eine große Scheibe Leberwurstbrot und ein großes Stück Bauerngeräuchertes vergedrückt hat.

„Wenn die Rita fragt, ich war nicht hier", hat er uns noch kauend befohlen, war aufgestanden und hatte sich mit den Worten „Ich muss noch mit ihr die Kirche zusperren!" verabschiedet.

Seit einem halben Jahr, der alte Mesner Jakob Turner war plötzlich an einem Hirnschlag verstorben, bekleiden nun der Opa und die Rita das Amt des Mesnerpaares. Die tiefgläubige Witwe ist ja quasi schon so was wie die Haushälterin des Pfarrers und darum für diese kirchliche Aufgabe prädestiniert. Nur beim Opa habe ich da so meine Zweifel. Aber er ist ihr hörig, zumindest solange sie in seiner Nähe ist.

Toni reibt sich über seinen nicht vorhandenen Bauch, den er absichtlich rausdrückt. „Dann bin ich ja direkt froh, dass ich selten in den Genuss deiner Kochkünste komm'."

Natürlich kann ich kochen! Ich komme nur nicht täglich dazu, denn ich habe auch noch einen Beruf: Kommissarin der Polizeiinspektion Kelheim! Und zwar die Einzige! Wobei ich gestehen muss, dass ich hier in meinem Zuständigkeitsbereich im Landkreis Kelheim eigentlich einen ruhigen Job habe. Meistens zumindest. Aber es ist ein Fulltime-Job und ich bin nicht mehr die Jüngste. Und das macht es mir nach Feierabend schwer, mich in die Küche zu stellen. Darum gibt es meistens Brotzeit.

Toni ist damit zufrieden, das weiß ich. Überhaupt ist er ein anspruchsloser, leicht zufriedenzustellender Ehemann. Deshalb gebe ich keinen Kommentar zu seiner ironischen Bemerkung.

An dieser Stelle muss ich noch hinzufügen: Toni ist der Diät-Typ 1, der Enthusiastische! Wobei er eigentlich noch nie eine richtige Diät gemacht hat. Er kann essen, was er will, und nimmt nicht zu! Im Urlaub vielleicht ein bisserl. Noch dazu liebt er es, zwei- oder dreimal in der Woche nach Feierabend zu joggen, egal ob es hagelt, regnet oder schneit. Trotz seiner 52 Lenze ist er fit und gut gebaut und macht darum keinen Kult. Also noch schlimmer als Typ 1: Typ 1.1! Und kochen kann er auch. Ich kann mich wirklich glücklich schätzen bei so einem Gatten!

Das kurze Gewitter, das eben die erste Hitzewelle des Frühsommers Ende Mai ein wenig gedämpft hat, ist vorüber. Die dicken Wolken haben sich gen Osten verzogen, die Sonne verschwindet grad zwischen den Fichtengipfeln am westlichen Talkamm und taucht den Himmel in ein sattes Orange-Rosa. Die dicht mit Mischwald bewachsenen Talhänge vor uns dampfen vom niedergegangenen Regen. Mein Heimatort Essing, ein kleiner idyllischer Markt, liegt mitten im unteren Altmühltal kurz vor Kelheim, der Landkreishauptstadt, wo Niederbayern auf der Landkarte einen gewagten Vorstoß zwischen Oberbayern und die Oberpfalz macht. Ich habe das Glück, dort zu leben, wo andere Leute Urlaub machen. Und das wird mir grad wieder einmal bewusst. Genüsslich schweift mein Blick über meinen Garten vor mir, über das zarte Blütenmeer aus Rosen, Lavendel, Schleierkraut und Frauenmantel, das mit abperlenden Regentropfen dicht behangen ist. Ein idyllisches Bild, das mich zufrieden macht. Ich schlürfe meinen Bardolino und lasse mich in das Rückenpolster des Rattansessels sinken.

Alles könnte so schön sein, denke ich mir, doch mein innerer Schweinehund bringt mich wieder auf das Problem mit den überschüssigen Pfunden zurück. Mir würde eine Diät auch nicht schaden, das gebe ich gern zu. Aber bei mir hat es weder bisher geschnackelt, siehe Typ 1, noch habe ich einen Diätmanager, der mich antreibt. Siehe Typ 3! Toni hat sich jedenfalls bisher nicht beschwert oder auch nur eine leise Andeutung über mein Hüftgold fallen lassen. Aber er könnte es, denn ich habe über den letzten Winter wirklich ein paar Kilos zugelegt. Schuld sind natürlich die lukullisch ausschweifenden Festtage über Weihnachten, mein mangelnder Drang, draußen in der

Kälte zu walken und letztendlich die Wechseljahre, die sich nun, Ende vierzig, endgültig bei mir bemerkbar machen.

„Meinst du, dass ich auch eine Diät machen sollt'?", frage ich Toni einfach mal so und hoffe, es klingt so beiläufig, wie ich es beabsichtigt habe.

Mein Mann schaut mit seiner gerunzelten hohen Stirn, die graumelierte Geheimratsecken zieren, zu mir herüber. „Hab' ich was verpasst?"

„Jetzt tu' nicht so!", mahne ich ihn. „Du hast doch bestimmt bemerkt, dass ich zugenommen hab'."

Seinem gleichgültigen Schulterzucken folgt ein: „Na und?"

„Na und!", wiederhole ich empört und setze mich auf. „Du findest also, dass ich dicker geworden bin?"

Toni seufzt, dreht sich nun ganz zu mir her und sieht mich eindringlich mit seinen Mokkaaugen an. „Maria ..." Bei meinem richtigen Vornamen nennt er mich nur, wenn er es ernst meint. „... Du hast dir doch um dein Gewicht noch nie was geschissen. Darum lieb' ich dich! Warum dann jetzt auf einmal?"

Jetzt hat er mich. Ja, warum eigentlich jetzt auf einmal? Damit nimmt er mir den Wind aus den Segeln.

Ich lasse mich wieder zurückfallen, zucke dabei mit den Schultern und bedauere: „Die Hormone!"

Er beugt sich herüber zu mir und gibt mir ein Bussi. „Lass dir von den blöden Scheißern bloß nix einreden!" Dann klopft er gegen meine Stirn und flüstert in mein Ohr: „He, ihr da drin! Lasst meine Mary in Ruhe mit euren Selbstzweifeln, sonst kriegt ihr es mit mir zu tun!"

Das bringt mich zum Lachen. Ich lege meine Arme um ihn und halte ihn fest. „Ich lieb' dich, du Hormonflüsterer."

Zu einem ausgedehnten Kuss kommen wir nicht, weil uns die Bayernhymne unterbricht. Die laute, original bayerische Blechmusi tönt aus dem Haus zu uns auf die Terrasse. Ich seufze.

Toni drückt mir einen hastigen Kuss auf die Lippen und mahnt: „Du solltest besser hingehen, vielleicht ist es dienstlich!"

Da spricht der pflichtbewusste Hauptkommissar aus ihm, der auch in seiner Freizeit immer und überall erreichbar ist.

Ich seufze noch einmal und erhebe mich dann doch. Der Opa steht auf dem Display!

Sofort schrillen meine Alarmglocken! Immerhin hat er schon zwei Herzinfarkte hinter sich und jedes Mal bin ich fast gestorben vor lauter Angst um ihn. Außerdem benutzt er sein Rentnerhandy mit extragroßen Tasten fast nie, weil er halt auch ein Technikverweigerer ist, darum muss es sich um einen Notfall handeln!

Als ich drangehe, höre ich nur aufgeregtes Gemurmel.

„Opa?“, schreie ich ins Handy. „Hörst du mich?“

„Maria?“

„Ja, ich bin’s! Was ist denn los, Kruzinesn?“

Seine Stimme klingt beunruhigt. „Die Rita und ich haben einen Mann in der Kirch’ gefunden!“

„Dürfen Männer nicht mehr in die Kirch’ gehen?“, scherze ich vor Erleichterung, denn offenbar geht es ihm gut.

„Ach geh“, schimpft er. „Der Mann ist schwer verletzt. Er liegt am Boden direkt vorm Hauptaltar und blutet wie ein Schwein.“

„Ich komm’“, erkläre ich mich sofort erschrocken bereit.

Ich renne auf die Terrasse und informiere Toni kurz. Der springt ebenfalls alarmiert auf, wir lassen alles liegen und stehen und laufen auf der Dorfstraße, die jetzt um diese abendliche Zeit und nach dem Gewitter leer und verwaist ist und vom Regen dampft, ungefähr fünfzig Meter bis zum Friedhof. Mittendrin steht unsere kleine Kirche, die dem Heiligen Martin geweiht ist. Von der alten, zweiflügligen Kirchentür aus Massivholz steht eine Seite offen. Wir treten ein, nicht ohne uns ganz selbstverständlich und automatisch mit Weihwasser aus den in die Außenwand eingelassenen Kupferschälchen neben dem Eingang zu bekreuzigen. Wir sind Christen, denen die Glaubensrituale schon seit Kindheitstagen in Fleisch und Blut übergegangen sind, wenn Toni auch damals wegen des Missbrauchsskandals bei den Regensburger Domspatzen aus der Kirche ausgetreten ist.

Der Opa und Rita stehen hinter dem Gabentisch vor dem Hauptaltar über eine liegende Gestalt gebeugt und reden aufgeregt durcheinander. Als sie uns bemerken, sind sie sichtlich erleichtert.

„Maria! Gott sei Dank kommst du endlich“, begrüßt mich mein Schwiegervater, dessen faltiges Gesicht samt seiner fast haarlosen Glatze vor lauter Aufregung puterrot angelaufen ist. Ich drücke beruhigend seinen Arm.

Fassungslos starren wir alle auf den jungen Mann, der seitlich auf den beiden Stufen des Holzpodests vor dem Hauptaltar liegt. Eine Blutlache neben seinem Oberkörper hebt sich dunkelrot auf den alten Holzdielen hervor. Toni kniet sich neben ihn und dreht den leblosen Unbekannten vorsichtig auf den Rücken. Dabei kippt sein Kopf nach hinten. Erst jetzt können wir sein Gesicht genau sehen. Ein sehr hübsches, ovales Gesicht mit einem Dreitagebart, einer schmalen, langen Nase und einem leicht olivfarbenen Teint. Rein eindrucksmäßig südeuropäischer Herkunft. Sein voller Mund steht halb offen und seine gepflegten, ebenmäßigen Zähne sind zu sehen. Das will irgendwie so gar nicht zu seinem Äußeren passen. Er trägt schäbige Kleidung, wie ein kariertes, aufgeknöpftes Hemd mit einem ausgewaschenen, blauen T-Shirt darunter, das sich auf seiner Brust mit seinem Blut vollgesogen hat. Deutlich zu erkennen ist auch ein ausgefranstes, längliches Loch im Stoff, das wohl von einer Stichverletzung herrührt. Ich schätze den mir völlig Unbekannten auf Mitte zwanzig, also noch viel zu jung zum Sterben.

Toni überprüft seinen Puls an der Halsschlagader.

„Schwacher Herzschlag. – Ich ruf’ den Notarzt!“

Er holt sein Handy aus seiner Trainingsjacke und entfernt sich zum Telefonieren ins Kirchenschiff.

„Grad war er noch mal bei sich und hat deinen Namen gesagt, Maria“, erzählt der Opa geschockt.

An dieser Stelle muss ich erklären, dass mich eigentlich jeder Mary nennt, weil dieser englischsprachige Spitzname mir aus meiner Jugend geblieben ist, obwohl ich eigentlich Maria heiße, wie tausend, ach was sag' ich, hunderttausende anderer Frauen in Bayern halt auch. Nur der Opa nennt mich beim Original, weil er alles Fremdartige verschmäht.

„Ich kenne ihn aber nicht", beteuere ich, als er und die Rita mich fragend anschauen.

„Ja, und er hat noch was gesagt", fügt sie aufgeregt hinzu und streicht sich mit zittrigen Fingern ein paar Strähnen ihres grauen Haares hinters Ohr. „Kirchenasyl."

„Kirchenasyl?", wiederhole ich verwundert.

„Ja, Kirchenasyl!"

„Gibt's das denn überhaupt noch in der heutigen Zeit, wo jeder zu uns rein und raus darf, wie er will?", fragt der Opa und man hört deutlich heraus, wie er dieses Vorgehen unserer Außenpolitik missbilligt.

„Aber er ist doch kein Ausländer, oder?", hakt Rita nach und beäugt sein Gesicht genauer. „Ausschauen tut er schon ein bisserl so", meint der Opa, den Schwerverletzten skeptisch musternd.

„Das ist doch vollkommen wurscht!", mahne ich ihn.

Toni kommt zurück. „In zehn Minuten sind sie da."

„Können wir denn gar nix tun, bis der Notarzt kommt?", regt sich Rita auf und faltet die Hände betend zusammen.

„Er hat schon ziemlich viel Blut verloren", zeigt sich Toni besorgt, während er den Schwerverletzten vorsichtig durchsucht, findet aber weder in den Taschen seiner verschlissenen Jeans noch in den Brusttaschen des Hemdes einen Geldbeutel oder ein Handy. Dann untersucht er die Wunde auf der Brust genauer.

„Er ist erstochen worden. Ein Messer mit einer ziemlich breiten Klinge."

Plötzlich reißt der Unbekannte die Augen auf und stöhnt. Er hebt angestrengt den Kopf und will was sagen, hat aber kaum noch Kraft. Er röchelt und spuckt Blut.

Rita schmiegt sich erschrocken an den Opa, der sie, als müsste er sie vor dem Fremden am Boden beschützen, in seine Arme nimmt und diese Situation direkt zu genießen scheint, der oide Macho.

Ich gehe in die Hocke und beuge mich zum Kopf des Schwerverletzten hinunter, damit ich verstehen kann, was er sagt. Seine Augen fixieren mich und mir läuft ein Schauer über den Rücken. Ihre Iriden sind so leuchtend hellblau wie man das Meer auf Karibikfotos immer gezeigt bekommt. Als könnte man direkt darin eintauchen. Sie haben etwas Magisches und Vereinnahmendes an sich. Ich fühle mich sofort in ihren Bann gezogen und von ihm angesprochen, als er wieder meinen Namen herauspresst: „Maria!“

Ich höre einen leichten Akzent heraus, kann ihn aber nicht einordnen.

„Ich bin da“, sage ich automatisch und beruhigend.

Toni schaut mich irritiert an.

Seltsam, aber ich will dem Totgeweihten irgendwie das Gefühl geben, diese Maria wäre beim ihm, nach der er ruft. Er quält sich ein Lächeln von seinen blassen Lippen, zwischen denen Blut hervorsickert. Als er meinen Namen das zweite Mal spricht, klingt es erleichtert. „Maria …“

Doch dann bemerkt er die anderen Umstehenden.

„Kirchen … Kirchenasyl!“, bettelt er eindringlich.

Toni nickt. „Keine Sorge! Wir kümmern uns um Sie!“

Von Weitem hören wir die Sirene. Bald werden die Ersthelfer da sein.

Der Unbekannte verliert wieder das Bewusstsein und ich befürchte, dass er das hier nicht überleben wird.

Hinter mir seufzt Rita mitleidend auf und der Opa nimmt sie noch fester in den Arm. „Ist er tot?“

Toni überprüft wieder den Puls. Er schüttelt den Kopf. „Ganz schwach.“

Wie benommen stehen und knien wir um den Verwundeten herum, bis schließlich der Notarzt und die Sanitäter hereinstürmen. Wir treten beiseite und die drei Männer machen routiniert ihre Arbeit, während mein Mann die Ersthelfer über die Sachlage informiert.

Vor dem Altar im Mittelgang stehend, schauen wir ihnen zu. Vorsichtig heben sie ihn von den Stufen des Podests auf den alten Perserteppich direkt hinter dem Altartisch, um ihn besser behandeln zu können. Was wollte der Mann hier? In unserer Kirche? Mit dieser Stichwunde? Warum bittet er um Kirchenasyl und nicht einfach um Hilfe? Wer hat ihm das angetan? Tausend Fragen schwirren mir durch den Kopf, aus dem mir auch seine flehenden blauen Augen nicht gehen.

„Mary", kommt Toni auf mich zu und holt mich aus meinen Gedanken. „Bist du dir ganz sicher, dass du den Mann noch nie gesehen hast?"

Ich nicke. Solch blaue Augen wären mir mit Sicherheit im Gedächtnis geblieben.

„Ist er vielleicht ein Freund von Quirin oder Lukas?", will er mir auf die Sprünge helfen.

Ich schüttle den Kopf. Wobei ich gestehen muss, dass mir der Freundeskreis meiner beiden erwachsenen Söhne nicht mehr bekannt ist, seit sie in Regensburg wohnen. Zu ihren alten, heimischen Freunden zählt der junge Mann allerdings nicht, obwohl er im gleichen Alter wie sie sein dürfte.

„Ich glaub' nicht, dass er wirklich mich gemeint hat mit dieser Maria", überlege ich.

„Der arme Kerl", hat Rita Mitleid und presst bedauernd die Finger an den schmalen Mund.

Ich versuche, mich zu besinnen. Ich muss jetzt methodisch vorgehen. Darum wende ich mich an sie. Mit ihren 75 Jahren ist sie immer noch eine gepflegt daherkommende Dame mit erstaunlich wenig Falten um die wachsamen, grauen Augen. Ihnen entgeht nix und darum ist sie auch eine wichtige Zeugin.

„Wann sperrst du die Kirch' auf, Rita?", beginne ich also.

„Jeden Tag so um achte herum."

„Und zu?"

„Auch um achte – abends", antwortet mir der Opa eifrig, der sie immer begleitet.

Ich schaue auf meine Armbanduhr. Es ist halb neun.

„Und euch ist nix Besonderes aufgefallen, wie ihr heut' zum Zusperren hergekommen seid?", frage ich sie weiter.

Sie schütteln beide ihre Köpfe.

„Ich hab' die Pfingstrosen, die ich aus meinen Garten mitgebracht hab', in der Sakristei in frisches Wasser in die Vase getan und wollt' sie auf den Altar stellen, als ich fast über den Mann da gestolpert bin", erklärt die neue Mesnerin weinerlich weiter, die auch für den Blumenschmuck verantwortlich ist. Sie deutet auf die zerbrochene Vase, die Wasserlache und die zerstreuten Pfingstrosen auf dem Steinboden vor der Tür zur Sakristei. „Ich bin zu Tode erschrocken und hab' alles fallen lassen!" Sie schluchzt auf und der Opa drückt sie wieder an sich.

„Genau so war's.– Ich hab' geglaubt, der Rita wär' eine Kirchenmaus über den Weg gelaufen, weil sie so geschrien hat", pflichtet er ihr bei, kann sich aber ein Schmunzeln nicht verdrücken.

Dafür kriegt er einen missbilligenden Blick von seiner Angebeteten zugeworfen. Doch er bügelt seinen Fehler sofort wieder aus und zieht sie, sie stützend, zur vordersten Sitzbank. „Hier setzen wir uns jetzt hin. Du kannst dich ja wegen dem Schock kaum noch auf den Beinen halten, meine Liebe!"

Ich seufze über die übertriebene Sorge meines Schwiegervaters. Aber wenn man verliebt ist, dann macht man sich halt zum Affen, auch wenn er noch so alt ist.

Ich schaue mich, genau wie Toni, nachdenklich um. Irgendwann heute kam dieser unbekannte junge Mann also hier herein. War er zu dem Zeitpunkt schon so schwer verletzt? Für mich wahrscheinlich, denn ich glaube nicht, dass der Täter hier auf ihn wartete. Freilich nehme ich als Christin an, dass niemand so skrupel- und ehrfurchtslos wäre und in diesen heiligen Hallen einen Menschen umbringen würde. Ich gehe ans andere Ende der Kirche zum zweiflügligen Tor, durch das er die Kirche betreten haben muss, wie auch wir vor ein paar Minuten. Tatsächlich entdecke ich auf meinem Weg den Mittelgang entlang Blutspuren an den geschnitzten Wangen der Sitzbänke, wo er sich wohl mit den blutigen Händen abstützte. Blutstropfen auf dem alten Kalksteinboden zeugen ebenfalls von seinem Weg. Ich folge ihnen wieder zurück zum Altar, während mich Toni dabei beobachtet. Auch an der Kante des Gabentisches entdecke ich blutverschmierte Fingerabdrücke, darum herum, genauso wie am Hauptaltar selbst bis hin zum Tabernakel.

Toni bückt sich und schaut sich einen Blutstropfen genauer an. „Ist noch nicht eingetrocknet."

„Es ist also noch nicht so lang her, dass er hier hereingekommen ist", überlege ich laut weiter.

„Das hier ist eindeutig nicht der Tatort", schlussfolgert er dann auch.

Ich bin erleichtert. „Aber wo ist er hergekommen?"

Wir folgen den Blutspuren zurück zur Eingangstür hinaus auf den Friedhof. Doch im nassen Kies verlieren wir die Spur. Der Gewitterschauer von vorhin hat jegliche Spuren weggewaschen. Am alten Friedhofstor auf der Südseite, vor dem der Notarztwagen und der Sanka stehen, haben sich inzwischen die ersten Schaulustigen eingefunden, aber sie trauen sich nicht auf den Friedhof.

„Ich ruf' die Spusi und die Kollegen", bestimme ich und zücke mein Handy.

Nachdem ich das erledigt habe, kehren wir zurück in die Kirche, wo uns schon die Nothelfer mit ihrem Patienten, der inzwischen auf einer Rollliege liegt, im Mittelgang der Kirche entgegenkommen.

Aus dem Mund des bewusstlosen Schwerverletzten ragt nun ein Tubus zur Beatmung. Er ist an Kabel und Schläuche angeschlossen, die seinen schwachen Herzschlag aufzeichnen, und über die Infusionen in ihn hineinlaufen.

Der Notarzt Dr. Dollinger, den ich von einigen Polizeieinsätzen her schon kenne, liefert Toni und mir einen kurzen Bericht ab: „Tiefe Stichwunde, knapp am Herzen vorbei in die Lunge. Er hat viel Blut verloren. Schaut nicht gut aus!“

„Kann ich noch schnell ein Foto von ihm machen, damit wir ihn identifizieren können?“, bittet Toni.

Der Arzt nickt und geht einen Schritt zur Seite.

Mein Mann schießt mit dem Handy ein Foto von dem Unbekannten, während ich nachhake:

„Wie weit kann der sich mit so einer schweren Wunde geschleppt haben?“

Der Arzt zuckt mit den Schultern. „Kommt drauf an.“

Damit bin ich nicht zufrieden und schaue Dr. Dollinger auffordernd an. Die Sanitäter schieben den Schwerverletzten an uns vorbei hinaus aus der Kirche.

Er verdreht die Augen und wir folgen dem gehetzten Arzt auf den Friedhof. „Ihr Polizisten wollt immer alles so genau wissen.“

„Wir Polizisten müssen auch die Tat aufklären“, pflichtet mir Toni sarkastisch bei.

Der Notarzt seufzt und hält inne. „Er ist noch recht jung und kräftig gebaut. Er kann noch einen Kilometer gelaufen sein oder aber auch nur hundert Meter. Schwer zu sagen. Auch das Gelände spielt eine Rolle, und nicht zu vergessen ist dabei auch der psychische Aspekt.“

„Er hat um Kirchenasyl gebeten“, meint Toni nachdenklich. „Offensichtlich hat er sich hier in der Kirche Hilfe erwartet.“

„Kirchenasyl?“, wundert sich der Arzt, lacht spöttisch und geht weiter zum Rettungswagen. „Da wäre ihm an der nächstbesten Haustür aber sicherlich besser geholfen worden, als abends in einer leeren Kirche. Jedenfalls kann der junge Mann mit einem starken Willen noch ziemlich weit gekommen sein.“

„Das grenzt den Radius leider nicht ein“, bedauert Toni.

Ein Sanitäter ruft Dr. Dollinger aus dem Heck des Sanka zu: „Wir wären dann so weit!"

Der Notarzt fühlt sich sogleich gefordert. „Ich muss dann, Leut'! Es soll ja schließlich kein Mordfall draus werden, oder?"

Natürlich wollen wir das nicht, aber ich habe ehrlich gesagt wenig Hoffnung.

Der Opa und Rita, die uns zum Friedhofstor nachgedackelt sind, schauen mit Toni und mir dem davonfahrenden Krankenwagen und dem Notarzt-BMW hinterher, genau wie die etwa zehn Schaulustigen, die leise miteinander tuscheln und uns neugierig beäugen, als das Blaulicht um die Kurve verschwunden ist. Ich ahne, dass dieser junge Schwerverletzte das Gesprächsthema hier im Ort sein wird. Denn hier bei uns in der Provinz passiert selten etwas so Dubioses und Rätselhaftes wie ein niedergestochener Wildfremder, der in einer Kirche um Asyl bittet.

„So Leut'" will ich die Gaffer verscheuchen. „Jetzt gibt es nix mehr zu sehen. Geht bitte heim!"

„Ist der junge Mann von der Empore runtergefallen?", will Achhammer Kathi, neben Rita und dem Opa eine der größten Ratschkathln im Dorf, wissen.

War ja klar, dass die sich nicht zufriedengibt. „Morgen werden wir einen Polizeibericht an die Presse rausgeben. Dann könnt ihr alles in der Zeitung nachlesen."

„Du und deine Geheimnistuerei immer!", beschwert sie sich prompt.

Mir entgeht nicht, wie sie mit dem Opa und Rita hinter mir Blicke wechselt. Mir schwant, dass die drei sich heute noch ausgiebig austauschen werden. Und mit genau so einem erwartungsvollen Schmunzeln zieht Kathi dann mit ihren Gaffer-Kollegen auf der Hauptstraße von dannen.

Aus ihrer Richtung kommt der Bär auf der Straße zum Friedhofstor dahergeschnauft. Er trägt eine Trainingshose und ein verschwitztes T-Shirt samt Nordic-Walking-Stöcken und ist total aus der Puste. Offenbar ist er grad sportlich unterwegs. Seine Diät-Managerin Karin hat ihn also unter Kontrolle und ihn aus dem Haus gescheucht, das am anderen Ende im Ortsteil Neuessing steht. Er ist daher schon über zwei Kilometer unterwegs!

Es ist ein Eierlauf für mich, in den Pausen in der PI meine Brotzeit ohne sein Beisein einzunehmen, denn er neidet es mir mit seinen hungrigen Blicken. Den Kollegen geht es da ähnlich. Auch hüte ich mich davor, ihn auf seine Diät anzusprechen, geschweige denn ihn aufzuziehen. Das habe ich nur einmal getan, um einen Spaß zu machen, aber der ist nach hinten losgegangen und er war mir tagelang beleidigt. Das ist er nämlich auch: empfindlich, wenn er sich ungerecht behandelt oder missachtet fühlt.

„Was ist denn hier los?“, fragt er neugierig, als er schnaufend vor uns steht und sich auf seine Stöcke stützt.

Ich kläre ihn kurz auf.

„Zefix!“, ist sein missbilligender Kommentar. „Schon wieder ein Mord!“

„Noch ist er nicht tot“, mahne ich.

„Aber so gut wie“, kommentiert der Opa hinter mir. „Wenn der das überlebt, dann wohne ich ab jetzt in der Kirche.“

Rita gibt ihm einen Ellbogenrüffler. „Bei mir geht’s dir doch nicht schlecht, oder?“

Der Opa schaut sie treuherzig an. „Freilich, meine Liebe! Aber das ewige Leben blüht mir bei dir auch nicht.“

Toni und ich grinsen uns an. Es war von vornherein klar, dass es nicht leicht sein würde, wenn der Opa zu Rita in ihr kleines Häuschen zieht, denn alle zwei haben sie ihre Eigenheiten. Aber das ist eine andere Gschicht und noch ist die Verliebtheit groß.

„Brauchst du mich hier?“, hakt der Bär nach, richtet sich wieder fast normal atmend auf und wischt sich mit dem Handrücken den Schweiß von der Stirn.

Aus der Ferne ist das Martinshorn der Kollegen zu hören.

Darum schüttle ich den Kopf. „Nein, so kann ich dich hier nicht brauchen! Lauf heim und geh' duschen. Wir sehen uns morgen in der PI."

„Versteh' schon", tut er eingeschnappt. „Wenn der Toni da ist, dann bin ich überflüssig."

Ich komme nicht mehr zu einem Beschwichtigungsversuch, denn er dreht sich um und rennt davon, seine Stöcke eifrig in den Asphalt rammend.

Der Koller und der Schubert treffen ein und parken ihr Dienstfahrzeug direkt vor dem Friedhofstor auf der Hauptstraße, die durch den ganzen langgezogenen Ortsteil Altessing führt.

„War das grad der Bär, der da davongerannt ist?", will der Koller wissen, der aussteigt und dem sich entfernenden Bär nachschaut.

„Er ist zufällig vorbeigekommen", tue ich gleichgültig ab, weil ich nicht will, dass sie Scherze über ihn machen.

Aber der Schubert grinst. „Ich hab' nicht gewusst, dass er es mit dem Abnehmen so ernst nimmt."

„Schaden tut's ihm jedenfalls nicht", kommentiert der Koller, bläst seine Backen auf und lacht schadenfroh.

„Können wir dann endlich zum Dienstlichen kommen, meine Herren!", befehle ich barsch.

Trotz aller Achtung gegenüber meinen beiden dienstältesten Kollegen, die seit ihrer Ausbildung in der Polizeiinspektion Kelheim ihren Dienst tun, und das immerhin schon über fünfunddreißig Jahre, geht mir ihre Schadenfreude dem Bär gegenüber gegen den Strich. Inzwischen sind sie ja auch nicht mehr grad die Fittesten, so kurz vor der großen Sechzig! Aber ich schätze sie als wertvolle Kollegen, wenn es ums Zuarbeiten, um Menschenkenntnis und den reichen Erfahrungsschatz jahrelanger Polizeiarbeit geht.

Der Schubert setzt übertrieben dienstbeflissen seine dunkelblaue Polizeimütze auf und steht stramm. „Zu Befehl, Frau Kommissarin!"

Ich seufze und frage mich, woher ich diese Wertschätzung ihnen gegenüber eigentlich habe, weil sie so gar keinen Respekt vor mir und meinem Amt haben. „Sperrt hier großräumig ab. Niemand darf den Friedhof und die Zubringerwege mehr betreten. Die Spusi muss sie nach Blutspuren absuchen."

„Das schaffen wir aber zu zweit nicht", motzt der Schubert.

„Dann holt euch Verstärkung!"

Während der Koller zum Auto zurückgeht und über Funk die Kollegen herbeiruft, trudeln auch die Kriminaltechniker der Spurensicherung mit ihrem weißen Kleinbus ein. Klaus und Ludwig, die hier für unser Gebiet zuständig sind, kenne ich, statt mit Nach- oder Spitznamen, nur bei ihren Vornamen.

Toni und ich weisen auch sie ein.

„Euer Opfer lebt also noch?", hinterfragt der blond gelockte, schlaksige Klaus.

Wir nicken.

„Ihr wisst schon, dass wir eigentlich nur kommen, wenn's eine Leich' gibt", motzt Ludwig und zieht sich die Kapuze seines Schutzanzuges über den großen Schädel mit der Halbglatze und dem braunen Vollbart.

Toni stemmt ungeduldig die Arme in die Hüften. „Es hat ein Gewaltdelikt in einer Kirche gegeben. Was glaubt ihr, was das für Wellen schlagen wird. Da müssen wir akribisch vorgehen, egal ob mit oder ohne Leich'!"

Ludwig verdreht die Augen. „Seit wann hast du denn hier was zu sagen?"

Mein Mann schaut mich genervt und zugleich auffordernd an, was mich in Zugzwang bringt.

„Was soll der Schmarrn mit Zuständigkeiten jetzt bitteschön?", frage ich darum in die Runde. „Jeder macht seine Arbeit und fertig."

Ich will mich nicht auf eine weitere Diskussion einlassen und gehe, gefolgt von Toni, dem es wohl genauso geht, zurück in die Kirche.

Vor dem Altar bleiben wir stehen. Natürlich haben die Ersthelfer ein Chaos hinterlassen, wie üblich. Dort, wo der Schwerverletzte gelegen hat, verteilen sich Verpackungsmaterial und benutztes medizinisches Werkzeug.

„Braucht ihr die Rita und mich noch?“, fragt der Opa plötzlich aus dem Hintergrund.

Wie unsere Schatten sind sie uns wieder unbemerkt hinterhergeschlichen.

Ich drehe mich zu ihnen um. „Nein, geht nur heim und verdaut den Schock! Eure Zeugenaussagen nehme ich dann morgen in der PI zu Protokoll.“

„Heim“, spottet der Opa. „Nach so einer Tragödie geht man doch nicht heim.“

Rita stimmt ihm eifrig nickend zu.

Toni stöhnt, und ich runzle die Stirn.

Mit erhobenem Zeigefinger baue ich mich vor den beiden auf. „Untersteht euch und erzählt alles der Achhammerin!“

„Nur, wenn man über das Erlebte spricht, kann man es verarbeiten“, tut der Opa geschäftig. „Das musstest du als Polizistin doch auch wissen, oder nicht?“

Toni kann sich einen Grinser nicht verdrücken und ich begreife wieder einmal, dass jede Intervention meinerseits eigentlich sinnlos ist.

„Schleicht's euch!“, befehle ich grantig und das tun die zwei dann auch.

„Ich pass' schon auf, dass er sich nicht wieder so reinsteigert“, ruft mir Rita noch über die Schulter zu, weil sie seine Herzprobleme ja auch kennt.

Zugegeben, mein Schwiegervater fehlt mir seit seinem Auszug schon irgendwie, aber bei ihr weiß ich ihn in guten Händen und unter stetiger Kontrolle, damit er seine Herztabletten nimmt und nicht zu viel Alkohol trinkt. Und mittlerweile kümmert sie sich auch noch um seine gesunde Ernährung. Ich bin gespannt, wie lange Opas Verliebtheit noch größer ist als das Manko, unter ihrer Fuchtel zu stehen.

„Schönes Paar die zwei“, kommentiert Toni voller Ironie, während die Spurensicherer den Tatort betreten.

„So ein Saustall!“, hören wir dann den Klaus schimpfen, als er den Altarraum mit einem Blick inspiziert. Sein rundes Gesicht kommt wegen des weißen Ganzkörperanzugs noch röter und grantiger hervor, unter der Kapuze hat er auch seine blonden Locken verschwinden lassen. Er lässt seinen Metallkoffer demonstrativ auf den Boden fallen, dass es nur so scheppert. „Wie sollen wir da noch verwertbare Spuren sicherstellen?“

„An den Kirchenbänken und auf dem Steinboden sind auch noch Blutspuren“, sage ich. „Nehmt davon bitte Proben, damit wir sicher sein können, dass sie auch vom Opfer sind.“

Klaus wirft mir einen genervten Blick zu. „Ich mach’ das hier nicht zum ersten Mal, Mary!“

„Und es wäre auch wichtig, dass ihr rund um den Friedhof nach möglichen Blutspuren sucht, weil wir vermuten, dass die Tat nicht hier drin passiert ist“, fügt Toni hinzu.

„Schon klar“, motzt der untersetzte Ludwig, dass sein brauner Vollbart wackelt. „Und den Täter servieren wir euch dann morgen zum Frühstück!“

Das Gitarrensolo von „Smoke on the Water“ unterbricht uns und hallt durch das Kirchenschiff. Es ist Tonis Klingelton. Er zückt sein Handy und nimmt das Gespräch an, während ich den blutverschmierten Perserteppich anstarre und eine Erscheinung von dem jungen daliegenden Burschen habe, wie er die blauen Augen aufreißt und meinen Namen wispert.

„Der Unbekannte ist identifiziert, Mary. Er ist in unserer Straftäterdatei“, reißt mich Toni aus meinen Gedanken.

„Das ging aber schnell!“, staune ich.

„Ich hab’ das Bild von dem Unbekannten an einen Kollegen ins Präsidium nach Regensburg geschickt. Er hat die biometrischen Daten des Gesichts durch den Computer laufen lassen und Bingo!“

„Und? Wie heißt er?“, zeige ich mich unbeeindruckt, denn das hätte Jo, mein Computer- und Internetspeziallist in der PI in Kelheim, sicher auch gekonnt.

„Tomislav Jovanovic“, klärt er mich auf und hält mir das Foto des Genannten aus unserer Straftäterdatei vor die Linse. Gesund und unverletzt schaut der junge Kerl noch besser aus!

„Und weiter?“, bohre ich, weil mein Mann mich absichtlich schmoren lässt.

„Geboren 1995 in Sarajevo. Verlor seinen Vater in den Wirren des Balkankriegs und kam mit seiner Mutter und seiner Schwester 1996 nach Deutschland, genauer gesagt Regensburg. Typisch kleinkrimineller Lebenslauf. Mehrere Festnahmen wegen Handtaschenklau, kleinerer Diebstähle, Einbrüche und so weiter. Ein paar Monate Jugendarrest. Dann ist er nach einem dilettantischen Banküberfall mit zwei seiner Kumpels verhaftet worden, fünf Jahre in Straubing gesessen und wegen guter Führung vor vier Monaten rausgekommen. Seitdem ist er wie vom Erdboden verschluckt …“

„Grüß Gott beisammen“, werden wir von einer besorgt und spitz klingenden Stimme unterbrochen. Ich kenne sie nur allzu gut, denn sie gehört zu unserm Pfarrer Siegfried Fischer. Eilig kommt der kleine untersetzte Mann im grauen Anzug auf dem Mittelgang auf uns zu, wo Ludwig inzwischen Nummernkärtchen an jedem Blutstropfen auf dem Boden aufstellt. „Was in Gottes Namen ist denn hier geschehen? – Die Rita hat mich angerufen und …“

Bestürzt schaut er sich um, als er beim Altar angelangt ist, und schlägt die Hände vor den Mund. Wieder einmal fällt mir auf, dass er einem Igel doch sehr ähnlich schaut mit seinen grauen gestiftelten Haaren und der spitzen Nase. Außerdem blitzen seine kleinen Äuglein hinter dicken Brillengläsern hervor. Ich kenne Pfarrer Fischer schon ewig. Er hat mich und meinen ersten Mann getraut und meine beiden Söhne waren bei ihm Ministranten. In der heutigen Zeit gibt es leider wenig Geistliche, die ihre Schäfchen noch für den christlichen Glauben begeistern können, aber Fischer ist ganz bestimmt einer von diesen Wenigen, obwohl er schon kurz vor der Rente stehen dürfte. Ich mag ihn und er wird nicht nur von mir in unserer Pfarrgemeinde geschätzt. Darum versuche ich ihm auch möglichst schonend beizubringen, was hier vorgefallen ist.

Trotzdem stockt ihm aber der Atem und er bekreuzigt sich mehrmals mit entsetztem, flehenden Blick in Richtung Kruzifix, das hoch über dem Gabentisch hängt. „Um Gottes, Himmels willen!"

„Kennen Sie sich zufällig aus, wie das in Ihrem Verein mit dem Kirchenasyl ist?", will Toni ziemlich undiplomatisch wissen.

„Kirchenasyl?", fragt der Pfarrer verwirrt.

„Das Opfer hat darum gebeten", erkläre ich.

Der Geistliche versucht, sich zu besinnen und zwinkert dabei mit seinen kleinen Augen. „Lassen Sie mich kurz nachdenken – um 400 erteilte Kaiser Honorius den Kirchen das Asylrecht. In einer frühmittelalterlichen Rechtssammlung, dem Lex Alamannorum wurde es das erste Mal niedergeschrieben …"

„Eine kurze Zusammenfassung", unterbricht ihn Toni ungeduldig.

Dafür kriegt er von mir einen Rempler. „Erzählen Sie nur weiter, Herr Pfarrer!"

Mein Mann verdreht die Augen.

„Im 14. Jahrhundert verfiel das Kirchenasyl immer mehr, bis es im Codex Iuris Canonici 1917 heißt: Ecclesia iure asyli gaudet i tu ut ei …"

„Auf Deutsch bittschön!", wird der Geistliche schon wieder von Toni abgewürgt.

„Die Kirche genießt Asylrecht, sodass Angeklagte, die bei ihr Zuflucht suchen, nicht ohne Zustimmung des Ordinarius oder wenigstens des Kirchenrektors aus ihr herausgezerrt werden dürfen, wenn es nicht der Notwendigkeit bedarf."

„Aha", meint Toni gelangweilt.

Aber das stört den Pfarrer überhaupt nicht, weil er grad so richtig in Fahrt ist, um uns sein großes Wissen mitzuteilen. „Aber im Codex Iuris Canonici von 1983 wurde das Kirchenasyl nicht mehr aufgenommen, was aber nicht heißt, dass die Kirche im Allgemeinen

Schutzsuchenden keine Zuflucht gewähren darf, denn Nächstenliebe und Hilfsbereitschaft gehören ja schließlich zu unseren Doktrinen."

„Ja, ja! Diese Nächstenliebe kenne ich schon", spielt Toni auf die Missbrauchsskandale der jüngsten Kirchengeschichte an.

Aber davon lässt sich Fischer nicht bremsen, denn er berichtet weiter: „In den Neunzigern wurde die Bundesarbeitsgemeinschaft Asyl in der Kirche, kurz BAG gegründet. Sie hat sich dem Schutz von Betroffenen vor staatlichem Zugriff verpflichtet und soll auf Mängel in einzelnen Asylverfahren oder das Asylrecht hinweisen."

„Dann ist unser Tomislav Jovanovic also ein schlaues Bürscherl", stellt Toni fest.

Ich schaue ihn neugierig an. „Warum?"

„Weil seine Aufenthaltsgenehmigung aufgrund seiner Straffälligkeit überprüft wird. Ihm droht die Ausweisung in seine ehemalige Heimat Bosnien."

„Aber warum kommt er dann ausgerechnet hierher in unsere Kirch'?", bedenke ich irritiert. „Hier kann er weder wohnen noch ärztlich versorgt werden."

Toni zuckt mit den Schultern und grinst. „Vielleicht kennt er ja unseren lieben Herrn Pfarrer. Vielleicht war er mal sein Ministrant?"

Mein eisiger Blick soll ihn mahnen, weil er so respektlos ist. Aber der Geistliche bemerkt seine Ironie nicht.

Ich versuche sachlich zu bleiben. „Dann zeig' Herrn Fischer doch bitte das Bild von dem Unbekannten!"

„Er ist uns nicht mehr unbekannt, Mary", erinnert mich Toni und zückt wieder sein Handy. „Tomislav Jovanovic heißt er." Fast triumphierend hält er den Handybildschirm vor Pfarrer Fischers kleine Spitznase. „Kennen Sie diesen Mann?"

Wieder blinzelt er mit den Augen und schaut das Foto aufmerksam an. Aber er schüttelt den Kopf.

„Er hat nach einer Maria verlangt. Sie können sich nicht zufällig vorstellen, Herr Pfarrer, wen er damit gemeint haben könnte?", frage ich ihn weiter.

Dessen Blick wandert zu der Marienstatue auf den linken Seitenaltar, die das Jesuskind auf dem Arm trägt, und die jetzt im Marienmonat Mai mit üppigen Hortensienblüten eingerahmt ist.

Toni lacht sarkastisch. „Die hat er sicher nicht gemeint!"

Dafür bekommt er wieder einen Rüffler von mir, sodass er seufzt. „Gut, das bringt uns nicht weiter. Dann machen wir eben Feierabend für heute. – Oder habt ihr noch was, Jungs?", wendet er sich an die Spurensicherer um uns herum, die fleißig ihrer Arbeit nachgehen.

„Bericht folgt morgen, wie immer", antwortet Klaus monoton, der fotografierend auf dem Perser kniet.

„Alles klar, danke Jungs und gute Nacht", verabschiedet sich mein Mann dann doch sehr schnell.

Zielstrebig marschiert er hinaus. Ich schüttele dem immer noch völlig verdatterten Pfarrer die Hand, beteuere, dass wir in der Sache in Kontakt bleiben und folge Toni hinaus.

Am Friedhofstor hole ich ihn ein. „Ein bisserl freundlicher hättest du schon zu unserem Pfarrer sein können! Er kann nix dafür, was in der katholischen Kirche alles schiefläuft."

Toni lacht sarkastisch. „Ach, du meinst, er hat sich nicht an seinen Ministranten vergriffen, wie zum Beispiel deinen Jungs?"

„Nein, der Pfarrer Fischer würd' so was niemals tun", bin ich überzeugt.

Seit in der katholische Kirche immer wieder neue Missbrauchsskandale aufkommen, ist Toni wütend und anklagend, denn er hatte von Kollegen im Regensburger Präsidium, seinem Arbeitsplatz, im Fall der weltbekannten, musikalischen Eliteschule der Domspatzen, mitbekommen, was dabei vor sich gegangen war. Seine Konsequenz war, dass er aus diesem Verein, wie er die katholische Kirche seitdem abfällig nennt, ausgetreten war. Hier im tiefsten Bayern ist das fast ein Stigma, und ich bin dabeigeblieben, nicht ohne zweifelnd und kritisch zu sein. Aber man kann eben nicht alle Seelsorger, Erzieher oder Mitarbeiter der Kirche über einen Kamm scheren. Ganz bestimmt nicht unseren Pfarrer!

Toni bleibt stehen und schaut mich spöttisch an. „Wennst meinst!“

Diese Diskussion, in der wir nicht uneingeschränkt gleicher Meinung sind, hatten wir schon längst hinter uns gelassen und heute will ich ganz bestimmt nicht wieder damit anfangen. Ob Buddha, Allah, Gott, Jehova oder wie sie alle heißen, im Prinzip geht’s doch immer um das Gleiche: Halte dich an die Spielregeln und tu niemandem was zuleide, dann kommst du ins Nirwana, in den Himmel, wirst am Jüngsten Tag von einem Raumschiff abgeholt oder im schlimmsten Fall als Kuh oder Regenwurm wiedergeboren. Das sind freilich nur einige Auszüge aus Glaubensrichtungen, die wir sündigen Menschen uns zurechtgelegt haben. Wer keinen Glauben hat, der kann auch nicht zwischen Gut und Böse unterscheiden. Und darum bin ich gläubige Christin, wie in der bayerischen Provinz halt so üblich. Allerdings muss ich dazusagen, dass das Christentum für mich die beste Wahl ist, denn nach dessen Grundsätzen kann ich ganz gut leben.

Besänftigend halte ich ihn am Arm fest. „Wir sollten unsere persönlichen Überzeugungen und Gefühle da raushalten, Toni.“

Das bringt ihn zur Räson, er bleibt stehen und atmet tief durch. „Da hast du schon recht, aber manchmal kotzt mich diese Scheinheiligkeit und diese biedere Frömmigkeit so was von an.“

„Gib unserem Pfarrer nicht die Schuld dafür!“

Er schaut mich einsichtig an und deutet dann in Richtung Kirche. „Aber, was der Fischer uns da vorgebetet hat von wegen Kirchenasyl, war doch leeres Gewäsch, das musst du doch zugeben. Da kam nix rüber. Genau wie in den Predigten. Und da wundern die sich, warum ihnen die Gläubigen davonrennen.“

„Pfarrer Fischer hält wunderbare Predigten, aber das kannst du als Nicht-Kirchgänger natürlich nicht wissen. Und da du in diesem Fall gar nicht zuständig bist, werde ich mich wohl mit dem Kirchenasyl befassen und recherchieren müssen und nicht du“, stelle ich entschieden fest.

Er verdreht mit gerunzelter Stirn die Augen und geht weiter.

Kapitel 2

Am nächsten Morgen komme ich schon früh in die PI in der Bahnhofsstraße in Kelheim, die früher einmal das Bahnhofsgebäude war. Heute residiert in dem renovierten und mit einem Anbau erweiterten Gebäude die Polizei, weil die Bahnstrecke Ende der Neunziger stillgelegt worden war und somit der Bahnhof ausgedient hatte. Außerhalb des Stadtkerns auf der Südseite der Donau gelegen sind wir ein bisserl ab vom Schuss, haben aber trotzdem alles gut im Griff.

Ich habe die vergangene Nacht schlecht geschlafen und bin mit Toni aufgestanden, der normalerweise lang vor mir aus dem Haus geht. Immer wieder sehe ich die flehenden, hellblauen Augen unseres Opfers vor mir und hundert Fragen schwirren mir durch den Kopf. Dieser Fall scheint viel mit Kirche zu tun zu haben. Diese Tatsache hat mich wohl dazu gebracht, für den Schwerverletzten zu beten. Ich hoffe und will, dass der junge Mann überlebt, damit ich mit seiner Hilfe alles aufklären kann. Allerdings werde ich sogleich enttäuscht.

„Euer Kirchenopfer ist tot. Ein Arzt aus der Uniklinik in Regensburg hat uns darüber informiert. Er ist ihnen bei der Notoperation unter den Händen weggestorben. Sie konnten nix mehr machen", erklärt mir der Koller, der mir jeden Morgen eine Bestandsaufnahme am Empfang unserer PI gibt.

„Kruzinesn!", fluche ich laut und haue mit der flachen Hand ungehalten auf die Theke.

Alle Kollegen in dem Großraumbüro schauen von ihrer Arbeit auf.

„Und die Presse hat auch schon Lunte gerochen", fügt der Obeth hinzu, der für die Öffentlichkeitsarbeit in unserer PI zuständig ist.

Ich seufze und während ich gen Flur zu meinem Büro weitergehe, rufe ich über die Schulter: „Vorerst noch keine Infos rausgeben!"

Der Bär ist schon da. Heute wieder in seiner Arbeitsmontur, bestehend aus dunkelblauer Hose und hellblauem Hemd, das sich wie üblich über seine Wampe spannt. Er ist frisch rasiert und duftet nach herbem Deo. Offenbar ist er schon lange vor mir hier eingetrudelt, denn er winkt mir eifrig mit einer Akte, nachdem er mich brummig gegrüßt hat. „Ich hab' die Akte von dem Bürscherl schon da."

„Tomislav Jovanovic hat er geheißen", berichtige ich streng.

Ich mag nicht, wenn er unser Opfer so abfällig benennt. Mit Bürscherl betitelt der Bär nämlich alle Männer, die ihm in seinen Augen weder körperlich, geistig noch gesellschaftlich das Wasser reichen können. Und das sind einige.

„Du solltest froh sein, dass ich mich schon darum gekümmert hab', oder arbeitest du wieder mal lieber mit dem Toni zusammen?", motzt der Bär grantig.

Toni und der Bär vertragen sich sonst eigentlich ganz gut. Es ist ja auch schon öfter vorgekommen, dass mich Toni ermittlungstechnisch unterstützt hat, und soweit ich mich erinnere, hat der Bär bisher nie ein Problem damit gehabt. Ich schiebe sein Missfallen also auf seine Diät, schnaufe tief durch und sage nix auf seine Frage.

Mit anklagendem Blick sitzt er mir groß und breit in seinem abgewetzten Bürosessel am Schreibtisch gegenüber und wirft mir schließlich die Akte herüber. „Da, lies selber!"

Er straft mich also damit, dass ich mich selbst in die Unterlagen einlesen muss und nicht, wie sonst üblich, alles von ihm berichtet bekomme. Meinetwegen, betteln werde ich ihn ganz bestimmt nicht, denn ich fühle mich schuldlos. Also vertiefe ich mich in die Papiere, ohne mich zu beschweren.

Wie ich ja schon von Toni weiß, war Tomislav Jovanovic erst sechsundzwanzig Jahre jung und kam mit seiner Mutter aus Bosnien zu uns, als er grad ein Jahr alt war. Ihm fehlte wohl die väterliche Zuwendung seines im Krieg gefallenen Vaters, denn er schwänzte die Schule, bekam keine Lehrstelle nach seiner abgebrochenen Mittelschule und geriet an die falschen Freunde. Mit fünfzehn wurde er das erste Mal straffällig und aktenkundig, weil er einer Frau in der Fußgängerzone die Handtasche geklaut hatte. So steigerte sich seine kriminelle Karriere weiter, über kleinere Diebstähle in Läden, Einbruch und Betrug bis hin zu dem Banküberfall, nach dem er mit zwei weiteren Kumpanen erwischt worden war. Die Beute, immerhin fünfundzwanzigtausend Euro, blieb allerdings verschwunden und die drei Räuber sagten auch nie aus, wo sie sie versteckt hatten. Jovanovic kam ein paar Monate früher raus, während seine Kollegen noch einige Zeit abzusitzen haben. Er hatte bei dem Überfall eigentlich nur Schmiere gestanden und das Fluchtauto gefahren. Wirklich schade um den hübschen Kerl!

Seufzend lasse ich die Akte sinken.

„Wie machen wir jetzt weiter?", will der Bär wissen, der offensichtlich auf mein Kommando wartet.

„Zuerst einmal Schlachthaus."

Er verdreht die Augen. „Die Leiche von dem ist doch noch nicht einmal kalt und bestimmt auch noch nicht dort."

Für ihn ist die Rechtsmedizin in Regensburg, die wir intern passenderweise als Schlachthaus bezeichnen, ein Horror. Äußerlich ist der Bär zwar ein Trumm Mannsbild, aber innen drin einfach ein Weichei. Allerdings muss ich sagen, dass ich da auch nicht gern reingehe. Mir wird von den kühl gefliesten, hallenden Räumen, dem Geruch nach Tod und der Tatsache, dass dort Leichen auseinandergenommen werden, auch ganz flau im Magen. Aber ich kann es besser kontrollieren als der Bär, der hinterher immer ganz grün im Gesicht ist und den ganzen Tag nix mehr essen kann.

Ich kann mir grad noch eine spöttische Bemerkung zum Thema Appetitlosigkeit und Diät verdrücken. „Um dem Leichendoc noch ein bisserl Zeit für seine Obduktion zu geben, besuchen wir vorher die Mutter des Toten. Du hast doch bestimmt die Adresse schon ausfindig gemacht?"

Die Aussicht auf einen miesen Tag stimmt den Bär noch schlechter, als er es bei meiner Ankunft schon war. Todesbotschaften zu überbringen ist ihm nämlich ein noch größerer Gräuel als das Schlachthaus.

Wieder bekomme ich von ihm einen Zettel herübergeworfen. Darauf eine Adresse in Bad Abbach. Die Mutter unseres Opfers trägt den Vornamen Maria, genau wie offenbar seine Schwester, die mit ihr unter genannter Adresse wohnt.

„Gleich zwei Marias“, murmle ich nachdenklich und berichte ihm ausführlich von den letzten Äußerungen unseres Opfers.

„Komisch, dass ein sterbendes, junges Bürscherl nach seiner Schwester oder seiner Mutter verlangt“, hat er genauso nachdenklich kombiniert wie ich.

„Allerdings! Vor allem in einer Essinger Kirche, wo die beiden in Bad Abbach, also über zwanzig Kilometer entfernt wohnen.“ Ich mache eine Pause und versuche ihn dann weiter an meinen Gedankengängen teilhaben zu lassen: „Wen würdest du in deiner letzten Stunde bei dir haben wollen?“

Ein bissel pikiert schaut er mich an. „Die Karin natürlich!“

„Eben, denjenigen Menschen, den man am meisten liebt“, entgegne ich, zufrieden mit seiner Antwort.

„Du meinst, er hat ein Gspusi namens Maria in Essing gemeint?“

„Ist doch irgendwie logisch, außer er hat ein dermaßen enges Verhältnis zu seiner Schwester gehabt und seine Mutter beim Vornamen genannt, was ich beides nicht glaub’“, schlussfolgere ich. „Aber das mit dem Kirchenasyl versteh’ ich immer noch nicht.“

„Ja, sehr komisch. Gibt’s so was heut’ überhaupt noch?“

„Laut unsrem Pfarrer schon“, erinnere ich mich an die Erklärung von Pfarrer Fischer, die ich allerdings nicht wirklich verstanden habe. Ich stehe entschlossen auf. „Das bedeutet einen Haufen Arbeit.“

Von der Theke am Empfang koordiniere ich dann die Arbeitsaufteilung: „Koller, du machst mir eine Liste von allen in Essing gemeldeten Marias. – Obeth, du schreibst einen zusammenfassenden, kurzen Bericht für die Presse, damit die derweil zufrieden sind und Jo, du informierst dich darüber, wie das mit dem Kirchenasyl und unserer Gesetzgebung zusammenpasst.“

Die Kollegen schauen mich von ihren Arbeitsplätzen aus aufmerksam an.

„Ich fahre mit dem Bär ins Schlachthaus und besuche die Angehörigen unseres Opfers", füge ich erklärend hinzu und winke meinem Partner zu, damit er mir hinausfolgt.

Seit ein paar Wochen haben wir ein neues Dienstfahrzeug: einen nigelnagelneuen BMW 3er Touring in Silber mit blauer Polizeikennzeichnung. Langsam erneuert sich unser Fuhrpark also. Man mag es kaum glauben, aber auch hier in der Provinz scheinen wir nicht ganz bei der polizeilichen Modernisierung vergessen zu werden. Dem Bär ist das neue Auto allerdings nicht sonderlich sympathisch. Kein Wunder, denn der alte Audi A4, den wir davor hatten, war so etwas wie sein zweites Wohnzimmer: auf den Rücksitzbänken stapelten sich leere Plastikflaschen und Brotzeitverpackungen, der Fahrersitz hatte sich inzwischen seinen Körperausmaßen angepasst und die Pflege war wegen des eh schon desolaten Zustandes des Fahrzeugs nicht notwendig. Das Cockpit des Neuen ist mit der aktuellsten Technik ausgestattet und der Bär, wie auch ich, wir sind trotz einer genauen Einführung durch einen Kollegen damit ein bisserl überfordert. Obwohl die Sitze ergonomisch geformt sind, fühlt sich der Bär nicht wohl darin. Weil sie für sein breites Kreuz viel zu eng geschnitten sind, jammert er immer wieder. Ich passe hinein wie die Faust aufs Auge, enger dürften sie aber wirklich nicht sein. Trotzdem es aber ein neues, sauberes und edles Auto ist, hat der Bär seine alten Gewohnheiten nicht abgelegt und die Rücksitzbank beginnt, sich schon wieder in eine Müllhalde aus den Hinterlassenschaften seiner Brotzeiten zu verwandeln. Hier hat die Karin keine Gewalt über ihn und hier glaubt er wohl auch von mir unbemerkt seinen Gelüsten nachgehen zu können! Diät-Typ 3 sag' ich nur. Derweil ist mir seine Fasterei vollkommen wurscht.

Wir steigen also ein und er startet per Knopfdruck den Motor ganz ohne Autoschlüssel, den man ruhig in der Hosentasche lassen kann. Daran haben wir uns zumindest schon gewöhnt.

„Schön fahren tut er sich schon", meint der Bär zufrieden, während er den BMW mittels der Rückfahrkamera, dessen Aufnahmen auf dem großen Bildschirm in der Mittelkonsole erscheinen, gekonnt aus der Parklücke lenkt.

Das sagt er zu Beginn jeder Fahrt, so als wollte er sich das Auto damit selbst schönreden.

Und ich ignoriere es wie gewohnt, denn meine Gedanken sind ganz woanders.

„Weißt du, was ich nicht versteh'?", fange ich an, sie ihm mitzuteilen. „Warum hat sich der Jovanovic nach seiner Freilassung nicht einfach die versteckte Beute von dem Bankraub geholt und ist damit abgehauen? Stattdessen fristet er offenbar ein ärmliches Dasein ohne ein Heim, lässt sich abstechen und kommt in unsere Kirch', um um Kirchenasyl zu bitten! Das passt doch hinten und vorne nicht zusammen."

„Vielleicht weiß er nicht, wo das Geld versteckt ist."

„Dann hätt' er Sozialhilfe und Wohngeld beantragen und sich ein neues Leben aufbauen können. Im Haftbericht steht, dass er nur ein Mitläufer und einsichtig war."

„Kann ja alles sein, aber er hat es eben nicht getan, wenn du dir das für das Bürscherl auch noch so sehr wünschst", stellt der Bär fest, der inzwischen wohl mitgekriegt hat, dass mir das Schicksal unseres Opfers schon wieder viel zu nahe geht. „Nur weil er dich in eurer Kirche sterbend mit seinen blauen Augen angefleht hat, ist er kein Heiliger. Er war ein Krimineller."

Ich überhöre seine Mahnung. „Das heißt also, wir müssen nachvollziehen, was er nach seiner Haftentlassung getan und mit wem er Kontakt gehabt hat."

Der Bär stimmt mir nickend zu. „Ein Haufen Arbeit."

„Sag' ich doch", bestätige ich und bin voller Tatendrang. „Am besten wir fangen bei seiner Mutter an."

„Wennst meinst ...", pflichtet er mir missmutig bei.

Kapitel 3

Die Jovanovics wohnen in Bad Abbach. Das liegt auf unserer Strecke nach Regensburg an der vielbefahrenen Bundesstraße 16. Wir finden das fünfstöckige, ziemlich heruntergekommene Wohnhaus und parken auf dem nur für Bewohner ausgewiesenen Parkplatz gegenüber.

Ich klingle auf dem Schild mit dem Namen Jovanovic und die Frau lässt uns ein, nachdem wir uns über die Sprechanlage vorgestellt haben. Wir steigen die Stufen bis in den fünften Stock hinauf. Das Treppenhaus ist dreckig und hätte dringend einen Anstrich und ein neues Geländer gebraucht, denn es wackelt verdächtig, als ich mich daran festhalte. Die Wohnung der Jovanovics liegt direkt unter dem Flachdach und sie wartet schon an der Wohnungstür auf uns.

Die Mutter unseres Opfers schaut verhärmt und alt aus. Sie trägt ein im Nacken gebundenes dunkelblaues Kopftuch, einen langen Faltenrock und eine geblümte, altmodische Bluse unter einer weinroten Kittelschürze und erinnert mich so an meine eigene Oma. Meiner Vermutung nach dürfte die Frau allerdings nicht älter als ich, also um die fünfzig, sein.

Wir zeigen unsere Dienstausweise und stellen uns nochmals vor.

„Sind Sie Maria Jovanovic, die Mutter von Tomislav Jovanovic?“, hake ich nach.

Sie nickt. „Was hat er diesmal wieder angestellt?“ Ihre Stimme klingt besorgt, aber auch resigniert. Der südosteuropäische Akzent ist deutlich zu hören.

„Dürfen wir drinnen mit Ihnen sprechen?“, bitte ich sie höflich, denn ich möchte eine Todesbotschaft nicht zwischen Tür und Angel überbringen.

Sie bittet uns herein. Die Wohnung ist spärlich mit offensichtlich billigen und alten Sperrholzmöbeln eingerichtet, ziemlich klein und eng, aber picobello sauber und ordentlich.

In der schmalen Küche bittet sie uns, an dem kleinen Esstisch Platz zu nehmen. Wir tun es und sie setzt sich gefasst auf den Stuhl uns gegenüber.

„Frau Jovanovic …“ Ich zögere kurz und schnaufe tief durch. „Ihr Sohn ist letzte Nacht bei einer Notoperation in der Uniklinik gestorben. Es tut uns sehr leid.“

Zuerst starrt sie uns wie versteinert an, doch dann bekreuzigt sie sich mit dem Blick auf das große Kruzifix an der Wand über dem Kopf vom Bär gewandt und fängt an, herzerweichend zu weinen. Schneller als erwartet fasst sie sich aber wieder, murmelt etwas in ihrer Muttersprache und faltet betend die Hände vor der bebenden Brust. Sie scheint sehr gläubig zu sein und ihren Sohn trotz seines Lebenswandels sehr geliebt zu haben.

In mir kriecht die Erinnerung hoch, als mir vor nunmehr neun Jahren zwei Polizisten die Nachricht vom Unfalltod meines ersten Mannes überbracht hatten. Ich war geschockt und es dauerte einige Tage, bis ich es überhaupt erst realisiert hatte. Ich kann die arme Frau also sehr gut verstehen und ich gebe ihr Zeit, sich zu fangen. Der Bär hält sich sowieso zurück, die Memme.

Aber nicht ich fange an zu reden, sondern sie, nachdem sie sich in ein Papiertaschentuch geschnäuzt hat. „Warum ist er operiert worden? Er war doch nicht krank?“

Ich schüttle den Kopf.

„Ihr Sohn wurde schwer verletzt.“

Wieder schlägt sie die Hände vor das ausgezehrte Gesicht. „Hatte er einen Unfall?“

„Nein, er wurde niedergestochen.“

Über ihre Lippen fliegt ein sarkastisches Schmunzeln, aber dann schluchzt sie auf. „Hat ihn einer seiner sogenannten Freunde von damals also erwischt?“

„Wie meinen Sie das?“, bohre ich neugierig nach, denn mit dieser Reaktion hatte ich nicht gerechnet.

Sie zuckt mit den Schultern. „Nach seiner Haftentlassung war er ein paar Mal hier bei mir. Ich hab' für ihn gekocht und er hat auch hier geschlafen. Er wollte mir nicht sagen, wo er jetzt wohnt und was er tut. Aber er hat vor irgendetwas oder wem Angst gehabt."

„Er hat also Feinde gehabt?", forsche ich weiter.

„Ich weiß nicht, welche krummen Dinger er noch vor seiner Haft gedreht hat. Da war dieser Banküberfall ...", überlegt sie. „Aber die anderen sind doch noch im Gefängnis, oder?"

Ich nicke. „Hat Ihr Sohn Ihnen denn gar nix erzählt?"

Diesmal schüttelt sie den Kopf. „Er hat gemeint, es wäre besser für mich, wenn ich nicht so viel wüsste." Sie schaut mich durchdringend an und jetzt erkenne ich, woher Tomislav Jovanovic seine hellblauen, magischen Augen hatte: von seiner Mutter. „Aber er hat mir versprochen, dass er nie wieder etwas anstellen wird."

Wieder weint sie, nimmt dabei meine Hand, die auf dem Tisch liegt und drückt sie. „Er war doch noch so jung! Mein Tomi war ein guter Junge. Wirklich ein lieber Junge. Er hätte alles für mich und seine Schwester getan."

Mütter glauben wohl immer an das Gute in ihren Kindern, auch wenn sie noch so tief drinstecken. Mutterliebe verzeiht alles. Da spreche ich aus Erfahrung.

„Wo ist Ihre Tochter?", will ich wissen.

„In der Arbeit", informiert uns Frau Jovanovic. „Sie arbeitet als Zimmermädchen in einem Hotel hier in Abbach."

„Sie heißt Maria, genau wie Sie?"

Irritiert schaut sie mich an. „Ja, warum fragen Sie?"

„Ihr Sohn hat nach einer Maria verlangt als er im Sterben gelegen ist."

Maria Jovanovic schaut uns verwundert an. „Ich dachte, er wäre bei einer Operation gestorben?"

„Ist er auch, aber er wurde davor schwer verletzt in Essing in der Kirche gefunden. Können Sie sich vorstellen, was er dort wollte?"

Sie schüttelt den Kopf.

„Er hat auch um Kirchenasyl gebeten", füge ich hinzu.

Ihr tiefes Seufzen und Schluchzen deutet mir, dass sie etwas darüber weiß.

Diesmal drücke ich die Hand der Frau. „Bitte, Frau Jovanovic, Sie müssen uns alles dazu sagen, damit wir den Mörder Ihres Sohnes ausfindig machen können!"

Sie nickt gutmütig. „Damals, als wir aus Bosnien hierhergekommen sind, hat uns ein Pfarrer ein paar Wochen in der Sakristei seiner Kirche untergebracht, damit wir nicht abgeschoben werden konnten."

„Gegen Ihren Sohn lief ein Ausweisungsverfahren wegen seiner Straffälligkeit", erkläre ich, schnaufe tief durch und frage weiter: „Kannte Ihr Sohn jemanden in Essing?"

Kopfschütteln. „Ich weiß nicht, wo er sich herumgetrieben hat und mit wem."

„Hat Ihr Sohn irgendetwas von der Beute von dem Bankraub erzählt?", stellt der Bär seine erste Frage gleich ziemlich direkt und ohne Umschweife. „Hat er es versteckt? Oder vielleicht sogar Ihnen gegeben?"

Sie schaut uns zuerst mit großen Augen an und lacht dann höhnisch. „Glauben Sie, wenn ich so viel Geld hätte, würde ich noch hier wohnen? Oder wäre es Tomi so schlecht gegangen?"

„Ist es ihm denn schlecht gegangen?", hinterfrage ich.

Ratloses Schulterzucken und Schnäuzen. „Ich weiß es nicht! Er hat nur immer so ausgesehen, als hätte er keine Bleibe zum Schlafen und Duschen. Das hat er meistens getan, wenn er hier war und ich hab' ihm seine verdreckten Klamotten gewaschen. Er hat mir nur immer versichert, dass ich mir keine Sorgen machen brauche und er schon zurechtkäme. Mehr hat er mir nicht gesagt."

Doch kaum, dass sie den Satz zu Ende gesprochen hat, fällt ihr offenbar doch noch etwas ein: „Nur einmal hat er mich gewarnt."

„Vor was?"

„Falls jemand nach ihm fragen würde, soll ich antworten, dass ich nicht wüsste, wo er sei. Auf keinen Fall soll ich ihnen sagen, dass wir noch Kontakt hätten."

„Wen hat er damit gemeint?", will der Bär wissen.

„Ich hab' Ihnen doch schon gesagt, dass er vor irgendwem Angst gehabt hat. Ich glaube, er meinte seine damaligen Freunde. Aber die sitzen ja noch ihre Strafen ab, wie Sie mir gesagt haben", wird sie langsam mürbe von unserer Fragerei.

Dann die Bayernhymne. Ich entschuldige mich und gehe mit meinem Handy auf den Flur hinaus.

Toni ist dran. „Servus, Mary! Du, ich hätt' ein paar Infos zu dem Jovanovic für dich."

„Spuck's aus, ich kann alles brauchen!"

„Also, er hat sich ein paar Mal mit seinem Bewährungshelfer getroffen, von dem er sich aber nicht helfen lassen wollte. Irgendwann ist er dann zu den Treffen nicht mehr aufgetaucht und auch sonst haben wir über seinen Aufenthalt keine Informationen. Er hat weder eine Sozialwohnung noch Sozialhilfe in Anspruch genommen und war wie vom Erdboden verschluckt. Parallel dazu lief das Ausweisungsverfahren gegen ihn. Aber der Bewährungshelfer hat mir am Telefon erzählt, dass er ziemlich nervös und auf der Hut vor irgendjemandem war. Er hat sich andauernd umgeschaut."

„Das hat uns seine Mutter auch grad erzählt", bestätige ich.

„Offenbar war der Jovanovic doch derjenige, der die Beute von dem Banküberfall versteckt hat und jemand von seinem alten Clan, wollt' sie von ihm haben, als er wieder draußen war", erzählt mir Toni von seinen Schlussfolgerungen. „Wir haben die Russen-Connection nämlich auch grad wegen einiger Straftaten im Auge."

„Aber die anderen beiden Bankräuber sitzen doch noch ihre Haftstrafen ab."

„Wahrscheinlich gibt es noch weitere Mitwisser. Es handelt sich um mafiöse Strukturen, die im Umkreis von Regensburg immer noch ihr Unwesen treiben", informiert mich Toni weiter.

„Dann werd' ich mir die beiden Kumpels vom Jovanovic mal zu Gemüte führen müssen."

„Ja, das wirst du wohl."

„Kannst du die Akten der zwei besorgen und heut' Abend mitbringen?", bitte ich ihn. „Ich muss noch ins Schlachthaus."

„Mach' ich. Die hab' ich eh schon auf meinem Schreibtisch", ist er voller Tatendrang. „Wie gesagt: Wir ermitteln auch grad gegen deren Clan. – Viel Spaß beim Zucker!"

„Danke", seufze ich, verabschiede mich und gehe zurück in die Küche. Mein Mann scheint schon wieder mit Feuereifer dabei zu sein.

„Frau Jovanovic, hat ihr Tomi eine Freundin gehabt?", fragt der Bär sie grad.

Sie schaut befremdet zwischen uns hin und her, nachdem ich wieder Platz genommen habe. „Wie kommen Sie darauf?"

„Er hat nach einer Maria verlangt", erkläre ich.

„Ich heiße so und auch seine Schwester, wie Sie schon wissen", fällt ihr dazu nur ein.

Eine Freundin scheint ihr völlig abwegig zu sein.

„Hat er sich gut mit seiner Schwester verstanden?", ziehe ich daraufhin alle Möglichkeiten in Betracht.

„Maria war mit einem seiner Freunde zusammen und Tomi hat versucht, ihn ihr auszureden, weil der Dreck am Stecken hatte." Sie schluchzt auf. „Tomi hat sich immer sehr um seine Schwester gekümmert und wollte sie vor allem beschützen. Er war wie ein Vater für sie."

„Was ist aus dem Freund geworden?", hakt der Bär nach.

„Er war einer der beiden anderen von dem Banküberfall und sitzt im Gefängnis. So hat sich das von selbst geregelt", erklärt uns Frau Jovanovic mit einem zufriedenen Gesichtsausdruck.

„Können wir uns mit Ihrer Tochter unterhalten?", fordere ich. „Wann ist sie zu Hause?"

„Ich kenne ihren Dienstplan nicht auswendig."

Ich reiche ihr meine Visitenkarte aus der Tasche meiner Jeansjacke. „Sagen Sie ihr bitte, dass wir mit ihr sprechen wollen. Sie kann mich jederzeit anrufen oder auf der Dienststelle in Kelheim vorbeikommen. Und, falls Ihnen noch was einfällt, wir haben immer ein offenes Ohr!"

Der Bär und ich stehen auf und gehen zur Wohnungstür, weil wir die arme Frau nicht länger strapazieren wollen. Sie folgt uns.

Als der Bär schon im Treppenhaus ist und ich in der Tür stehe und mich grad verabschieden will, nimmt sie mich am Arm. „Wie geht es jetzt weiter mit meinem Tomi?"

Ich zögere. Soll ich ihr sagen, dass ihr Sohn grad in der Rechtsmedizin aufgeschnitten wird?

„Wir schließen unsere Untersuchungen ab und dann wird sein Leichnam vom Arzt freigegeben", formuliere ich es diplomatisch. „Dann können Sie ihn beerdigen."

Sie bekreuzigt sich wieder, was mich auf eine weitere Frage bringt: „War Ihr Sohn auch so gläubig, Frau Jovanovic?"

Sie nickt. „In unserer Heimat ist der Glaube noch sehr stark in den Menschen verwurzelt. Das habe ich auch versucht, an meine Kinder weiterzugeben, aber trotzdem ist er …" Ihr versagt die Stimme und sie schluckt schwer. „Aber er hat nie einem Menschen Gewalt angetan!"

Ich spüre, dass die Frau Zuspruch braucht in ihrem Leid. „Nein, das hat er nicht."

„Er war ein guter Junge und wollte immer für uns sorgen …", jammert sie.

Den Gefühlsverweigerer Bär neben mir überfordert so eine Situation total, darum geht er einfach die Treppen hinunter und flüchtet, so wie er es immer macht, wenn's ihm zu sentimental wird.

„Falls Sie irgendwelche Hilfe brauchen, dann rufen Sie mich an.", biete ich ihr an und folge ihm dann.

„Gott helfe Ihnen bei der Suche nach dem Mörder", ruft sie mir hinterher.

Ja, das darf er gern tun. Ich bin dankbar für jegliche Unterstützung, auch für die himmlische!

Auf dem Weg nach unten dann schon wieder Bayernhymne.

Der Übelacker ist dran.

An dieser Stelle muss ich vielleicht dazu erklären, dass Dr. Herbert Übelacker unser zuständiger Staatsanwalt ist, der uns andauernd mit seiner akkuraten, peniblen und gekünstelt hochdeutschen Art nervt, obwohl er ein waschechter Oberpfälzer ist. Mit den Großkopferten des Landkreises Kelheim pflegt er freundschaftliche Beziehungen und gehört somit zur Prominenz dieser Stadt, zumal er sich gern in der Öffentlichkeit präsentiert. Und das tut er, wenn es einen brisanten Fall gibt, allzu gern in Pressekonferenzen, die ich verabscheue. Mein Verhältnis zu ihm – wir waren mal eine kurze Zeit per Du – ist nicht so ganz einfach. Es kommt halt immer auf die Situation an, in der wir uns begegnen. Aber kraft seines Amtes ist er weisungsbefugt, das heißt, er schafft an und wir müssen rumpeln. Ich muss nicht extra erwähnen, dass der Bär und ich dabei das ein oder andere Mal rebellieren, schon wegen der geschäftigen und hochnäsigen Art und Weise vom Übelacker. Am meisten aber deswegen, weil er uns und unseren Fähigkeiten als Polizisten nicht vertraut und uns total unterschätzt. Und das, obwohl ich schon vier Mordfälle gelöst habe!

„Warum werde ich nicht von Ihnen informiert, wenn wir einen neuen Fall haben?“, beschwert er sich gleich.

Da ist es wieder, dieses Wir! Mit diesem Wort stellt er sich gnädigerweise mit uns als seinen Untergeben auf eine Ebene, um unsere Sympathie zu erschleimen. Ich kenne diese seine Taktik inzwischen zur Genüge.

„Wir haben viel zu tun“, rede ich mich gelassen raus, denn es stimmt ja auch.

„Die Details bitte!“

Ich befolge also den Befehl und kläre den Übelacker über unseren bisherigen Kenntnisstand auf, während wir in unser Auto steigen und in Richtung Regensburg weiterfahren.

„Die Presse rennt mir schon wieder alle Türen ein“, verkündet der Staatsanwalt geschäftig, als ich fertig bin.

Als wäre das unser größtes Problem!

„Mein Kollege Obeth ist bereits von mir instruiert, einen kurzen, neutralen Polizeibericht herauszugegeben“, informiere ich ihn, denn ich mache meine Arbeit schließlich gewissenhaft.

Er lacht sarkastisch. „Sie wissen so gut wie ich, dass die sich damit nicht zufriedengeben werden.“

„Und Sie wissen, dass ich für eine Pressekonferenz nicht zur Verfügung stehen werde“, bin ich direkt und bestimmt.

„Noch haben wir zu wenig, um vor die Presse treten zu können“, stellt er fast enttäuscht fest. „Verhören Sie diese zwei anderen Bankräuber und zwar so bald als möglich!“

„Jawohl“, nehme ich seinen Befehl in Soldatenmanier an.

„Und finden Sie heraus, wo sich dieser Jovanovic in den letzten Monaten herumgetrieben hat. Irgendwo muss es doch Zeugen geben!“

„Jawohl!“

„Und machen Sie diese ominöse Maria ausfindig!“

„Jawohl! Sonst noch was?“, bin ich genervt. Für wie blöd hält er uns eigentlich, Kruzinesn?

Aber er überhört meine Ironie geflissentlich. „Was steht im Bericht der Spurensicherung?“

„Haben wir noch nicht gelesen, weil wir unterwegs in die Rechtsmedizin sind. War's das dann?“

Demonstrativ stöhnt der Bär neben mir, der das Gespräch stirnrunzelnd am Steuer verfolgt.

„Im Moment bin ich anderweitig ziemlich eingespannt, aber Sie informieren mich sofort, wenn es was Neues gibt, verstanden!“, keift der Staatsanwalt mir weiter ins Ohr.

„Jawohl!“

„Und hören S' endli auf, se über mi lustig z'macha, Herrschaftszeiten!“, ist er nun sauer, verfällt dabei in seinen Oberpfälzer Dialekt und legt einfach auf.

Kapitel 4

Zögernd wagen wir uns in das Büro vom Zucker Leo in der Rechtsmedizin, nachdem wir den langen, mit leeren Leichenbahren bestückten, hallenden Flur entlang in sein Reich geschlichen sind. Hier betreten wir eine andere Welt voller Computer, Laborgeräte, Bildschirme und anderen technischen Errungenschaften, um Tätern anhand ihrer Todesopfer auf die Schliche zu kommen. Was allerdings in diesem Raum die Ordnung und Professionalität, die dieses Ansinnen erfordert, durcheinanderbringt, ist Leos Schreibtisch, auf dem sich Ordner, Bücher und Papiere kreuz und quer übereinander stapeln. Irgendwo hat wohl jeder seinen Misthaufen!

Der Leichendoc ist jedenfalls nicht hier. Aber ich entdecke ihn hinter der großen Glasscheibe, wo sich der Obduktionssaal in seiner ganzen skurrilen, edelstahlkalten, weiß gefliesten und grausigen Pracht befindet. An einem der drei Seziertische geht der Rechtsmediziner seiner Arbeit nach. Ich klopfe gegen das Glas, um auf uns aufmerksam zu machen. Aber es folgt nicht die erhoffte Reaktion von ihm. Er scheint so konzentriert zu sein, dass er uns nicht wahrnimmt.

Der Bär klopft noch einmal. Lauter und energischer mit der Faust, sodass ich befürchte, die Scheibe geht zu Bruch.

Aber immer noch keine Regung von Leo. Kruzinesn! Macht er das mit Absicht, weil er genau weiß, welche Abneigung wir haben?

Es bleibt uns also nix anderes übrig, als zurück auf den Flur zu gehen, um die Höhle des Löwen zu betreten. Der Bär lässt mir ehrfurchtsvoll den Vortritt. Schon der erste Atemzug, nachdem ich die Tür in den Seziersaal geöffnet habe, lässt mich erschaudern. Ein Geruchskonglomerat aus Metzgerei, Gruft und Krankenhaus zieht durch meine Nasenflügel.

Leo steht in seiner grünen Arbeitstracht, Häubchen und Schutzbrille am hintersten von drei Seziertischen über eine Leiche gebeugt, deren Torso auseinandergefaltet vor ihm liegt. Mir wird flau im Magen.

„Leo!", rufe ich von der Tür aus, weil ich nicht näherkommen will.

Der Angesprochene bemerkt uns immer noch nicht.

„He! Zucker!", versucht es auch der Bär und schaut mich nach der immer noch ausbleibenden Reaktion des Leichendocs verwundert an. „Ist der taub oder was?"

Ich reiße mich zusammen, versuche die Leiche auf dem Tisch auszublenden und gehe zu Leo hin. Der Bär bleibt an der Tür stehen wie festgewachsen.

Erst als ich näherkomme, erkenne ich die beiden verkabelten Stöpsel in Leos Ohren, die die überhängende Schutzhaube verdeckt hat. Er trägt Kopfhörer und hört Musik, während er in den Innereien seiner Leiche herumwurschtelt.

Ich klopfe ihm auf die Schulter. Erst jetzt bemerkt er mich. Erschrocken schaut er mich an und lächelt mich dann, als er mich erkennt, mit seinem Milchbubi-Harry-Potter-Gesicht an, das mit Sommersprossen übersät ist.

Mit seinen blutigen, behandschuhten Händen bedeutet er mir, dass ich ihm die Stöpsel aus den Ohren ziehen soll. „Kannst du mir mal helfen?"

Ich entstöpsle ihn also und endlich habe ich seine volle Aufmerksamkeit. Aus den Ohrhörern, die jetzt an ihren Kabeln aus seinem Kragen baumeln, tönt klassische Musik.

„Ah, die Kelheimer Polizei! Guten Morgen, ihr zwei. Schön, euch mal wieder zu sehen!"

Ich mag Leo wirklich, aber das Wiedersehen mit ihm steht halt auch immer im Zusammenhang mit einer Leiche. Und das ist halt nicht so schön.

An dieser Stelle muss ich dazu erklären, dass er mit Leib und Seele Pathologe beziehungsweise Rechtsmediziner ist. Vor seiner Station hier, wer weiß, was ihn hierher nach Regensburg verschlagen hat, soll er viel Erfahrung bei seinen Kollegen in Amerika gesammelt haben, wie wir bei unserer bisherigen Zusammenarbeit schon mitgekriegt haben. Allerdings traut man ihm seine Kompetenz nicht nur wegen seines Alters von etwas mehr als dreißig Jahren, sondern auch optisch nicht zu, denn er schaut dem Zauberlehrling aus den berühmten Romanen von J. K. Rowling wirklich zum Verwechseln ähnlich. Allerdings in der Erwachsenenversion. Mir kommt es immer so vor, als würde er es direkt genießen, in Leichen herumzuwühlen. Er hat quasi seine Berufung gefunden und sein Privatleben gestaltet sich schwierig, eben wegen seines Berufs. Das hat er uns schon einmal anvertraut, obwohl seine Privatsphäre ansonsten tabu ist.

„Hast du grad Tomislav Jovanovic auf dem Tisch?“, frage ich gut einen Meter Abstand haltend.

Mit einer gewissen Neugier aber auch einem flauen Gefühl im Magen schiele ich auf die nackte Leiche mit dem geöffneten Brustkorb.

„Bin grad dabei. Ihr könnt gern zuschauen!“

Ehrlich gesagt wäre mein Interesse groß, aber meine Ekelgrenze ist dafür einfach zu niedrig. Ich befürchte, irgendwann einfach zusammenzubrechen, spätestens dann, wenn er mit einer Säge die Schädeldecke der Leiche öffnet.

Ich schaue mich nach dem Bär an der Tür um, der energisch den bleichen Kopf schüttelt.

„Wir haben’s eilig. Kannst du uns schon was über den Toten sagen?“, bitte ich ihn mit zunehmender Übelkeit und versuche angestrengt die geöffnete Leiche nicht anzusehen. „Sonst sind wir umsonst hierhergefahren.“

Leo versenkt seine Hände wieder in den Innereien des Toten. Das matschige Geräusch, das er dabei verursacht, übersteigt langsam nicht nur meine Schmerzgrenze, sondern auch die meines Partners, denn plötzlich vernehme ich ein lautes Würgen von der Tür her und sehe grad noch, wie der Bär hinausstürmt. Memme!

Völlig ungerührt von Bärs Flucht und meiner Beklemmung legt Leo los: „Leiche, männlich, südosteuropäischer Herkunft, 26 Jahre alt, von kräftiger Statur, normaler Ernährungszustand. Sechs Zentimeter große Stichwunde unterhalb der linken Brust. Er wurde also mit einem Messer mit breiter Klinge erstochen. Die Klingenlänge dürfte circa fünfundzwanzig Zentimeter betragen haben."

„Also ein ziemlich großes Küchenmesser", stelle ich fest und erinnere mich an das meine daheim in der Küchenschublade.

Leo nickt, greift sich ein Skalpell von einem Edelstahltisch mit einigen furchteinflößenden Werkzeugen, hantiert damit in der geöffneten Bauchhöhle herum, befördert schließlich eine Innerei – ich glaube, es ist eine Niere – heraus und legt sie in eine Edelstahlschale.

Ich muss schlucken.

„Der Mörder muss ziemlich kräftig gewesen sein, um mit so einem großen Messer zwischen die Rippen seines Opfers hindurchzustechen", erklärt mir der Leichendoc und klappt den linken Rippenflügel des Toten um, um mir den Wundkanal dadurch zu zeigen, indem er mit dem Zeigefinger durch den Haut- und Rippenlappen bohrt.

Ich halte die Luft an und schaue es mir an, nicht ohne dabei meine Selbstbeherrschung überzustrapazieren. Wenn ich nicht bald hier rauskomme, dann kotze ich ihm in seine Leiche!

„Die Klinge ist knapp am Herz vorbei in die Lunge eingedrungen und hat schwere innere Blutungen hervorgerufen. Er ist quasi an seinem eigenen Blut erstickt. Der Eindringwinkel verläuft leicht schräg von unten nach oben."

Er dreht sich zu mir her und demonstriert mir mit seinen blutigen Händen, wie das Tatwerkzeug vom Täter geführt worden sein muss. Mit einem imaginären Messer, das er auf die obere Bauchhöhe hält, sticht er mir unterhalb meiner linken Brust in den Oberkörper. „Der Täter muss es mit beiden Händen gehalten haben und hat eventuell noch mit seinem Körpergewicht nachgeholfen. Außer das Opfer ist schon auf dem Boden gelegen, aber dann passt der Wundkanal nicht mehr. Es gibt auch keine äußeren Abwehrverletzungen. Es muss also ein Überraschungsangriff des Täters gewesen sein."

Diese Demonstration gibt mir endgültig den Rest. Der Drang, dem Bär hinauszufolgen, nimmt überhand und ich wende mich in Richtung Tür.

„Gute Arbeit", stelle ich fest und weiche aus. „Aber ich muss jetzt mal nach meinem Kollegen sehen."

Leo schaut mir fast amüsiert hinterher. „Schon klar! Alles andere steht dann in meinem Bericht. Den hast du dann spätestens morgen. – Hast wirklich lange durchgehalten!"

Winkend stürme ich zur Tür raus und eile gen Ausgang. Ich bin erleichtert, als ich frische Luft schnappe und mir wird sofort wieder wohler in meiner Haut. Noch nie während meiner Karriere, wenn man denn meine langjährige Berufslaufbahn bei der Polizei so bezeichnen mag, bin ich so nah bei einer Obduktion dabei gewesen. Und das werde ich mir sicher nicht nochmal antun!

Ans Auto gelehnt erholt sich auch der Bär von unserem makabren Besuch. Ihm ist direkt anzusehen, dass sein kärgliches Frühstück, wahrscheinlich bestehend aus Müsli und Obst, seinen Magen wieder verlassen hat, bevor es gänzlich verdaut worden ist. Sein rundes Gesicht ist immer noch blass und wirkt geschunden und direkt ausgezehrt.

Und diesmal kann ich mir eine ironische Bemerkung nicht verdrücken: „Solang du Diät machst, solltest du den Zucker jeden Tag besuchen, dann nimmst du ganz automatisch ab."

„Sehr witzig", frotzelt er gekränkt. „Mach' dich nur lustig! Dir würd' ein bisserl Abnehmen auch nicht schaden."

„Der Toni hat nix an meinen Rundungen auszusetzen", zeige ich mich selbstsicher, denn ich habe ja gestern erst darüber mit ihm gesprochen.

„Weil er ein Gentleman ist! Aber ich bin halt nur dein Kollege und ich darf dir das sagen."

Er grinst mich frech an und steigt ein.

Seine Bemerkung macht mich nachdenklich. War Toni wirklich ehrlich zu mir, was mein Aussehen betrifft? Er ist ein attraktiver Mann. Hätte er nicht auch gern eine schöne Frau an seiner Seite? Aber die Schönheit liegt bekanntlich im Auge des Betrachters. Und Eitelkeit gehört definitiv nicht in mein Repertoire. Bisher war ich mit meinen blonden, langen Haaren, die ich immer zu einem Pferdeschwanz zusammengebunden trage, und meinem ovalen Allerweltsgesicht mit blauen Augen, schmalen Lippen und einer hohen, inzwischen faltigen Denkerstirn ganz zufrieden. Meine schlanke Taille und meinen flachen Bauch habe ich schon während der Schwangerschaften mit meinen Söhnen geopfert. Seitdem trage ich Kleidergröße 40/42. In letzter Zeit auch mal 44 …

„Wohin jetzt?“, fragt mich der Bär und reißt mich damit aus meinen Gedanken, während ich neben ihm auf dem Beifahrersitz Platz nehme.

Ich beschließe, bei den Aussagen meines Gatten hellhörig zu sein, eventuell auch noch einmal versteckt nachzubohren, und konzentriere mich wieder auf die Arbeit.

„Zurück in die PI“, bestimme ich.

„Endlich seid ihr wieder da“, begrüßt uns Jo eifrig, als wir die PI betreten. „Ich hab' vom Übelacker den Befehl erhalten, im Konferenzraum eine Aufschlüsslung über den Fall Jovanovic zu machen. Er hat die Soko Kirchenasyl gegründet. Leider ist er momentan verhindert.“

Ich stöhne demonstrativ. War ja klar, dass der Staatsanwalt wieder den Wichtigtuer raushängen lässt, mit dem Jo kann er's ja machen!

An dieser Stelle muss ich dazu erklären, dass Jo, eigentlich Josef Birnthaler, nicht nur Polizeihauptmeister, sondern auch unser Computer- und Internetspezialist in unserer PI ist. Er hat mehrere Aus- und Fortbildungen dazu genossen und kennt sich mit Bits, Bytes und dem World Wide Web aus, dass ich oft nur so staune. Außerdem dient Jo als Anlaufstelle des Staatsanwalts, wenn er beim Bär und mir nicht durchkommt. Dienstbeflissen und fleißig wie unser Kollege ist, befolgt er gehorsam die Befehle unseres Weisungsbefugten.

Deshalb mag ich Jo aber nicht weniger, denn er ist ja auch noch mein Schwager. Meine 39-jährige Schwester Ulli lebt mit dem um acht Jahre jüngeren, doch recht attraktiven, breitschultrigen und elegant vollbärtigen Jo in wilder Ehe zusammen. Seit Januar haben sie eine gemeinsame Tochter. Noch dazu hat er ihren inzwischen dreijährigen Sohn Nepomuk, der aus einem kurzen Techtelmechtel von Ulli mit einem Schweden hervorgegangen ist, wie sein eigenes Kind akzeptiert. Meine anfängliche Skepsis ihrer Beziehung gegenüber hat sich inzwischen in Luft aufgelöst.

Die zusammengerufenen Kollegen Koller, Schubert, Strobl, Obeth, Pollinger, Niedermayer, der Bär und ich bewundern also die Aufschlüsselung von Jo an der großen Tafel im Konferenzraum im ersten Stock unserer Polizeiinspektion. Ansonsten ist dieses Zimmer eher verwaist und wird als Lager- und Abstellraum missbraucht. Wir setzen uns alle brav auf die Stühle, die Jo schon vorher für sein Brainstorming vor der Tafel aufgestellt hat. Dort prangt in großen Lettern Soko Kirchenasyl, ein Foto von Tomislav Jovanovic mit den wichtigsten Eckdaten aus seinem Lebenslauf und eine Landkarte mit den Umrissen des Friedhofs und der Kirche darauf. Darunter hat Jo ein paar Stichpunkte geschrieben, die er uns nun erklärt:

„Laut Spusi weist das Spritzmuster der Blutstropfen entlang des Mittelgangs in der Kirche eindeutig darauf hin, dass unser Opfer zur Kirchentür hereingekommen und auf den Altar zugegangen ist und sich geschwächt immer wieder an den Kirchenbänken und sogar am Altartisch und am Hauptaltar abgestützt hat. Sie haben dort überall seine blutigen Fingerabdrücke feststellen können. Außerhalb, also auf dem Friedhof, verlieren sich die Blutspuren des schwer verletzten Tomislav Jovanovic, weil es gestern Abend geregnet hat. Das Gewitter war ungefähr um 20 Uhr. Seine Kleidung war aber nicht nass, also muss er zu diesem Zeitpunkt schon in der Kirche gewesen sein."

„Wir haben ihn kurz vor halb neun gefunden. Und der Notarzt war zehn Minuten später da", informiere ich meine Kollegen. „Er konnte uns aber nicht genau sagen, wie lange das Opfer mit dieser Verletzung überleben konnte."

„Wir müssen den Obduktionsbefund vom Zucker abwarten", bestimmt der Bär.

„Ich glaub' auch, dass der psychische Aspekt dabei eine große Rolle spielt. Er hat um Kirchenasyl gefleht und hat sich wohl Hilfe in unserer Kirche erhofft", erörtere ich meinen Eindruck vom sterbenden Tomislav Jovanovic. „Wie schaut's damit aus?"

Meine Frage gilt Jo, der den Auftrag hatte, drüber zu recherchieren.

Er reicht mir einen Ausdruck, der dicht beschrieben ist.

Ich seufze und schaue ihn auffordernd an. „Zusammenfassung bitte!"

Er befolgt meine Bitte mit einem demonstrativen Stirnrunzeln. „Kirchengemeinden treten mit der Gewährung von Kirchenasyl zwischen Behörden und Flüchtlinge, damit ihre drohende Abschiebung noch einmal neu überprüft wird. Das Kirchenasyl verschafft ihnen also Zeit für weitere Verhandlungen und für die Ausschöpfung aller Rechtsmittel. Auf jeden Fall muss die Kirche eine solche Unterbringung aber bei den zuständigen Behörden melden, sonst gilt es nicht als Kirchenasyl. Der Staat kann aber von seinem Zugriffsrecht Gebrauch machen, um die Abschiebung zu vollziehen", rattert er seinen Bericht herunter. „Die vom Jovanovic, falls sie rechtskräftig geworden wär', hätte also auch, wenn er sich in eurer Kirche verschanzt hätt', durchgezogen werden können."

Der Bär spottet: „Ja, genau! Und wir hätten ihn da rausschleifen dürfen."

„So weit wär's nicht gekommen", bin ich überzeugt. „Zu viel Aufsehen und schlechte Presse. Und außerdem sind wir hier im katholischen Niederbayern. Hier tun nicht mal die Behörden was, das nicht gottgefällig wär', schon aus Ehrfurcht vor dem da droben und vor der Institution Kirche selbst."

„Dein Glaube in allen Ehren", bemerkt der Kollege Strobl, Polizeimeister und Mitte vierzig, ironisch. „Aber wer sagt uns, dass der Jovanovic überhaupt von seiner möglichen Abschiebung gewusst hat. Er war untergetaucht und hat sich nicht mal mehr mit seinem Bewährungshelfer getroffen."

Das scheint auch mir plausibel, darum überlege ich: „Vielleicht hat er vor seinem Täter einfach nur Zuflucht, also Asyl, in der Kirche gesucht, weil er von ihm verfolgt worden ist."

„Könnte gut möglich sein", stimmt mir der Strobl zu. „Aber doch ein bisserl altmodisch oder?"

„Laut seiner Mutter ist die ganze Familie sehr gläubig. Als Flüchtlinge damals im Balkankrieg wurde ihnen in einer Kirche hier in Deutschland Asyl gewährt. Das hat sie uns jedenfalls erzählt", berichte ich den Kollegen. „Warum sollt' er in seiner Notsituation also nicht in die Kirche kommen und um Hilfe bitten, wenn er sie schon einmal dort erhalten hat?"

„An der nächstbesten Haustür in Essing hätt' er sicher auch Hilfe bekommen und zwar schneller, wenn man bedenkt, dass es fast eine halbe Stunde gedauert hat, bis er gefunden worden ist", wirft der Schubert ein.

„Die wichtigste Frage ist aber doch, was er überhaupt in Essing gewollt hat", bringe ich den brennendsten meiner Gedanken zu Wort.

Jo nickt zustimmend und blättert in seinen Unterlagen. „Er hat keine weiteren Angehörigen hier in Deutschland bis auf seine Schwester und seine Mutter, beide heißen Maria und leben in Bad Abbach. Sein Lebensmittelpunkt war vor dem Knast aber immer in Regensburg. Dort hatte er eine kleine Sozialwohnung, seinen Freundeskreis und Gelegenheitsjobs als Kellner oder Küchenhilfe in einigen Kneipen und Bars."

„Maria …", wiederhole ich den Namen gedankenvoll.

„Also, wenn du mich fragst, würd' ich, wenn ich von jemandem abgestochen worden bin, den Namen meines Mörders sagen", wirft der Schubert ein.

„Klingt logisch", stimme ich zu, nehme es im Fall Jovanovic aber eher nicht an und erörtere: „Oder aber man verlangt nach der Person, die man in seinen letzten Stunden bei sich haben will. Also eine Maria! Und da er seine Mutter wahrscheinlich nicht bei ihrem Vornamen nennen würd' und seine Schwester und sie nix mit Essing zu tun haben …"

„… muss es sich um eine Maria aus deinem Heimatdorf handeln.", beendet Jo meinen Satz.

Der Koller, der diesbezüglich von mir beauftragt war, fühlt sich angesprochen und reicht mir über den Bär hinweg eine Liste mit allen Marias, die er ausfindig gemacht hat.

Anerkennend nehme ich sie ihm ab.

„Vierzehn Marias gibt es im Markt Essing", verkündet er dann.

Sie stehen fein säuberlich der Reihe nach mit Adresse und Geburtsdatum auf dem Computerausdruck.

„Ich hätt' nicht gedacht, dass es so viele sind", meine ich staunend und lese die Nachnamen. Einige kenne ich, einige nicht. Wenn man allerdings bedenkt, dass der Markt Essing plusminus tausend Einwohner zählt, da scheint vierzehn eine geringe Zahl.

Heutzutage geben Eltern ihren Kindern manchmal schon sehr individuelle Namen und wissen manchmal gar nicht, was sie ihnen damit antun. Meine Schwester wäre hier im Besondern zu nennen. Nepomuk und Gwendolin sind hier in unserer Gegend schon ziemlich ausgefallen und außergewöhnlich. Aber die alten Namen, wie eben auch Maria, sind wieder schwer im Kommen – habe ich zumindest gehört.

„Ich hab' dich und eine neugeborene Maria rausgestrichen", meint der Koller und grinst mich spitzbübisch an.

Ich grinse zurück. „Freut mich, dass du ein Baby und mich nicht verdächtig findest."

Meine Kollegen schmunzeln.

„Du hast Tomislav Jovanovic also sicher nicht gekannt?", hakt Jo trotz meiner ironischen Bemerkung nach.

Ich stutze. Wie kann er an meiner Aussage zweifeln, bittschön?

„Na, immerhin hast du dich vom Jovanovic in der Kirche angesprochen gefühlt", wirft er schnell hinterher. „Hat mir zumindest der Opa erzählt."

„Der Opa hat dir das erzählt?“, bin ich noch erstaunter, denn die beiden kommen eigentlich nur an Familienfeiern zusammen.

„Er und Rita waren heut’ hier und haben ihre Aussagen zu Protokoll gegeben, die ich aufgenommen hab’, weil ihr ja unterwegs wart.“

Höre ich da eine Spur Zurechtweisung aus seiner Erklärung heraus? Ich glaub’s ja nicht! Aber ich werde mich davon nicht provozieren lassen. Schließlich bin ich die Kommissarin hier, Kruzinesn!

Ich räuspere mich, während ich die neugierigen Blicke der anderen auf mir spüre. „Nein, ich habe unser Opfer nicht gekannt. In dem Moment, als er sterbend und blutend dagelegen ist, wollt’ ich ihm einfach das Gefühl geben, dass die Frau, nach der er so eindringlich verlangt hat, da ist und ihm beistehen.“

„Du hättest ihn nach dem Täter fragen sollen“, mahnt mich der junge Niedermayer mit seiner dunklen Elvis-Tolle. Er ist noch nicht lange hier bei uns. Das wird ja immer schöner! Jetzt weisen mich schon die Grünschnäbel zurecht!

„Er war nicht lange genug bei Bewusstsein, mein lieber Niedermayer, dass ich dazu gekommen wär’“, sage ich schnippisch.

Der Bär verdrückt sich einen Grinser, genau wie die anderen Kollegen, nur ihm gelingt das weniger gut.

Auf einmal geht die Tür auf und eine Frau stürmt herein. Frau ist direkt untertrieben. Sie ist eher eine Matrone oder, noch besser gesagt, ein Vollweib wie die Barbara Schöneberger. Groß, kurvig, auffallend geschminkt und mit blonder Mähne. Sie knallt ihre Aktentasche und ihre große Handtasche auf einen Stuhl neben dem Whiteboard mit Jos Aufschlüsselung. Voller Interesse verfolgen wir diesen Auftritt und warten, bis sie sich in ihrem figurbetonten, beigen Kostüm vor uns aufgebaut hat. Der weit aufgeknöpfte V-Ausschnitt der roten Bluse darunter, die wunderbar mit der Farbe auf ihren vollen Lippen harmoniert, gibt den Blick frei auf ihr üppiges Dekolleté, das sie uns ganz unverhohlen präsentiert. Mich wundert es, dass der große Knopf, der auf Bauchnabelhöhe das Jackett gespannt zusammenhält, nicht auf der Stelle abspringt. Der knielange Bleistiftrock betont ihre weiblichen Hüften und ihre stämmigen Waden enden in ebenso roten Pumps. An ihren Fingern, Handgelenken und um den Hals trägt sie massenhaft Goldschmuck in Form von Kettchen, Ringen und einer protzigen Armbanduhr mit Glitzersteinen. Die Weiblichkeit in Person also!

Meinen männlichen Kollegen, wie auch mir, sind inzwischen die Unterkiefer heruntergeklappt und weit aufgerissene Augenpaare starren sie an, während das Vollweib ihre blonden Locken mit einer lässigen Handbewegung hinter ihre Schultern wirft und sich räuspert. Diese Frau strotzt nur so vor Selbstsicherheit und ist sich ihrer Ausstrahlung offensichtlich sehr bewusst.

„Servus beinand“, begrüßt sie uns im einheimischen Dialekt und mit einer sympathischen, hellen Stimme. „Ich heiße Dr. Susanne Schneidhart und bin in diesem Fall ihre zuständige Staatsanwältin. Herbert, ich meine Dr. Übelacker, hat mich damit betraut, weil er momentan anderweitig eingespannt ist.“

Der Bär lässt ein zur Erkenntnis kommendes „Ahaaaaaa“ vernehmen.

Ich sehe ihm förmlich an, wie fasziniert er von unserer neuen Weisungsbefugten ist. Und auch die Gesichter der anderen lassen keinen Zweifel daran, dass sie schwer beeindruckt sind.

Die Schneidhart schaut mit ihren blauen, großen Augen, die dick schwarzgetuschte Wimpern umrahmen, suchend in die Runde, als sich niemand, auch ich nicht, dazu entschließt, etwas zu sagen.

„Es wär’ mir recht, wenn Sie sich alle kurz vorstellen würden, damit wir uns kennen lernen. Das wär’ für eine Zusammenarbeit sehr dienlich, meinen Sie nicht?“, bestimmt sie direkt und ohne Hemmungen.

Ich fühle mich aufgefordert und erhebe mich also. Keine Ahnung, was ich von dieser Frau und der Aktion vom Übelacker halten soll, dass er uns so eine aufs Auge drückt. Der erste Gedanke, der mir dabei kommt, ist, dass er das mit Absicht getan hat. Aber ich will mir meine Verwirrung, meinen Argwohn und mein Staunen nicht anmerken lassen. Freundschaftlich reiche ich ihr die Hand. Sie schüttelt sie mit unerwarteter Kraft.

„Dann fang' ich mal an: Kommissarin Maria Weidinger. Ich bin die Dienstgruppenleiterin dieser Mannschaft", stelle ich mich also vor.

Über ihre roten Lippen huscht ein mildes Lächeln. „Herbert hat mir schon viel von Ihnen erzählt. Ihnen eilt ja ein gewisser Ruf voraus."

Ich bin wie erschlagen von ihrer Offenheit. „So?"

Sie erkennt ihren Schnitzer, grinst und rüffelt mich neckisch mit dem Ellbogen. „Wir Powerfrauen müssen doch zusammenhalten."

Ich kenne diese Frau erst seit einer Minute und sie tut schon so, als wären wir dicke Freundinnen! Das irritiert mich noch mehr. Hilfesuchend blicke ich in die Runde meiner Kollegen, die uns neugierig beobachten.

Dann springt der Bär hoch und reicht ihr ebenfalls seine Rechte. „Markus Bärnreuther ..."

Ganz unverhohlen mustert sie ihn und scheint von ihm angetan zu sein. Ihr Lächeln an ihn ist direkt anzüglich! Und er ist verschämt wie ein Jungspund. Ich glaub's ja nicht!

Weiter empören kann ich mich nicht, weil nun der Reihe nach alle aufstehen, um der Schneidhart die Hand zu schütteln. Der letzte ist Jo, den die kesse Blondine anscheinend nicht in seinen Bann gezogen hat, denn er verhält sich lässig wie immer.

„Da wir uns nun alle kennen, können wir mit dem Fall weitermachen. Wenn Sie mich bitte kurz einweisen könnten, Frau Weidinger", fordert sie mich auf, während alle wieder Platz nehmen.

Ich schnaufe tief durch, trete vor das Whiteboard mit den Namen und versuche mich wieder auf meine Arbeit zu konzentrieren. Betont sachlich kläre ich sie über unseren Ermittlungsstand auf, während sie sich auch einen Stuhl heranzieht, darauf Platz nimmt und kunstvoll ihre Beine übereinanderschlagt. Würdevoller und weiblicher kann eine Frau nicht sitzen! Und meine Kollegen beobachten jede ihrer Bewegungen geifernd. Kruzinesn! Ich muss sie wieder auf den

Boden bringen und das tu ich dann auch und befehle streng: „Wir arbeiten die Namensliste ab, besuchen alle Marias und befragen sie mit Bild, ob sie unser Opfer gekannt haben. Am besten in Zweierteams: Koller und Schubert, Obeth und Strobl und der Bär und ich. Jo, du hältst weiter hier die Stellung mit dem Niedermayer und dem Pollinger."

„Ich seh', Sie haben Ihre Männer fest im Griff", ist die Schneidhart von mir beeindruckt. Sie steht wieder auf und tätschelt meine Schulter.

Ich fühle mich ungewollt geschmeichelt und das bringt mich kurzzeitig aus dem Takt. Doch ich fange mich schnell wieder: „Toni hat die Akten von den beiden anderen Mittätern des Banküberfalls besorgt. Ich werde sie heut' Abend noch mit ihm durchgehen. Sie sitzen derzeit noch in der JVA Straubing ein. Wir vermuten, dass es da irgendwelche Zusammenhänge mit ihnen, der verschwundenen Beute aus dem Banküberfall und dem Mord an Jovanovic gibt. Auch seine Mutter hat uns bestätigt, dass ihr Sohn vor irgendjemandem Angst gehabt hat. Wahrscheinlich ist er deshalb untergetaucht. Vielleicht gibt es noch irgendwelche Mitwisser von damals. Aber er allein hat gewusst, wo die Beute versteckt ist, was ihm zum Verhängnis geworden ist."

„Aber warum hat er sich das Geld dann nicht einfach geschnappt und ist damit abgehauen?", mischt sich die Staatsanwältin nun ein.

„Das müssen wir eben auch noch herausfinden", gebe ich ihr eine fast zu patzige Antwort.

Doch sie scheint das überhört zu haben, denn sie lobt mich wieder: „Ich bin überzeugt, das werden Sie!"

So viel Vertrauen in meine Arbeit bin ich von staatsanwaltlicher Seite nicht gewohnt und das überfordert mich.

„Wie schaut's mit den Handydaten aus?", forscht sie weiter.

„Jovanovic hatte keins bei sich", erkläre ich und schaue Hilfe suchend zu Jo hinüber, in der Hoffnung, er hat routinemäßig überprüft, ob unser Opfer einen Handyvertrag hatte oder nicht.

Und ich habe nicht umsonst gehofft: „Er war bei keiner Telefongesellschaft unter Vertrag“, erörtert er eifrig.

„Seltsam …“, grübelt die Schneidhart.

In der heutigen Zeit ist es wirklich komisch, wenn jemand kein Mobiltelefon hat. Aber ich messe dem keine große Bedeutung bei.

„Wie hätte er ohne einen festen Wohnsitz einen Vertrag abschließen können? – Also, auf geht's Kollegen!“, befehle ich darum eilig in der Hoffnung, dass die Schneidhart sich nicht noch mehr einmischt und sich dann auch verabschiedet und geht.

Doch sie wartet ab, bis alle außer dem Bär draußen sind.

„Auf ein Wort, Frau Weidinger“, bittet sie mich vertraulich.

Was kann ich also anderes tun, als dem Bär durch ein Nicken verstehen zu geben, dass er mich mit ihr allein lassen soll.

Als er weg ist, lächelt sie mich an. Es ist ein ehrliches, gut gemeintes Lächeln, bei dem ihre Wangen zu Pausbäckchen werden. „Ich weiß, dass Sie mit Herbert Ihre Differenzen haben. Er ist ein aufgeblasener Gockel, ein Angeber und ein Snob, aber ein guter Staatsanwalt.“

Sie sieht mich abwartend an, was ich dazu sage. Ich schwanke immer noch zwischen Staunen, Zustimmung und Argwohn.

Weil ich nicht reagiere, redet sie weiter: „Ich will Ihnen nicht in Ihre Arbeit dreinreden, denn Sie machen sie sehr gut, wie ich gehört hab'. Ich mag Ihre Ermittlungsmethoden. Sie sind sehr weiblich und das gefällt mir!“

„Dddanke …“, stottere ich nun total perplex über ihre Offenheit.

„Wie ich höre, arbeiten Sie des Öfteren mit Ihrem Mann zusammen. Ist er dieser Toni, von dem Sie grad gesprochen haben? Toni Weidinger?“

Ich nicke. Sie scheint gut informiert zu sein. „Er ist eigentlich hier im Landkreis nicht zuständig, aber manchmal ist es schwierig, Privates und Berufliches zu trennen.“

„Ach, Kindchen! Wem sagen Sie das!“, pflichtet sie mir amüsiert bei und verdreht dabei die Augen. „Bei ihm wär’ ich auch schwach geworden.“

„So hab’ ich das nicht gemeint“, verteidige ich mich und stutze dann. „Sie kennen ihn?“

Das Schmunzeln um ihre Lippen ist mir eine Spur zu süffisant.

„Was heißt kennen! Rein beruflich natürlich. Oberflächlich“, tut sie ab. „Aber Sie haben einen guten Männergeschmack, das muss ich schon sagen!“

„Dddanke …“, bringe ich wieder nur heraus.

In mir zieht sich mein Magen zusammen. Eifersucht ist ein Gefühl, das ich in der Beziehung zu Toni bisher noch nicht kannte.

Sie greift sich ihre Hand- und Aktentasche und wendet sich dann wieder mir zu. „Ich lasse Ihnen freie Hand, aber es wär’ mir recht, wenn Sie mich im Fall Kirchenasyl auf dem Laufenden halten.“

Eilig klemmt sie sich den Aktenkoffer zwischen Hüfte und linkem Arm ein und fischt aus einer Seitentasche ein Kärtchen heraus, das sie mir reicht.

Ich nehme es ihr ab und lese darauf in geschwungener Schrift: Dr. Susanne Schneidhart, Staatsanwältin, Handynummer, die Telefonnummer und Adresse ihrer Büros im Kelheim und Regensburg.

Dann hält sie mir freundschaftlich ihre rechte Hand her. „Auf eine gute Zusammenarbeit, Frau Weidinger!“

Ihr gewinnendes Lächeln gibt mir den Rest. Ich kann mir nicht helfen, aber ich will es wagen, mich mit dieser aufgedonnerten Wuchtbrumme zu vertragen. Vorerst! Und ich werde ganz bestimmt heute Abend nicht nur über die beiden Knastis mit Toni reden!

„Gern“, antworte ich und schlage ein.

So pompös ihr Erscheinen war, genauso rauscht sie auch wieder stöckelnd davon und ich schaue ihr verwirrt hinterher.

Kapitel 5

Ich finde den Bär im Aufenthaltsraum zusammen mit dem Pollinger und dem Niedermayer, den zwei jüngsten unserer Kollegen. Wie ich erwartet habe, ist natürlich unsere Besucherin von gerade eben das Gesprächsthema. Die beiden Grünschnäbel teilen aber anscheinend nicht die Begeisterung für unsere neue Staatsanwältin, denn der Niedermayer meint grad: „… zu fett."

„Spinnst du!", regt sich der Bär gleich auf. „Die hat ihre Proportionen genau an den richtigen Stellen." Mit beiden Händen formt er die Figur des Vollweibs nach und grinst überaus angetan.

„Habt ihr keine Arbeit?", unterbreche ich die drei.

Der Pollinger und der Niedermayer fühlen sich zwar gemahnt, seufzen aber demonstrativ und machen sich vom Acker. Kein Respekt vor den Vorgesetzten!

„Wenn sich hier in der PI was tut, dann meldet euch", rufe ich ihnen noch hinterher.

Dann teilt der Bär auch mir seine Begeisterung mit: „Zefix, diese Schneidhart! Was für ein Weib!"

„Allerdings", fällt mir dazu nur etwas lahm ein.

„Diese Schneidhart ist schon eine Schneidige." Er kichert wie ein kleiner Bub über seinen Wortwitz.

„Können wir dann?", drängle ich gelangweilt.

„Glaubst' die steht auf gut gebaute Männer?", will er ernsthaft von mir wissen und hält sich seine Wampe.

Wie sie mir ja vorhin ganz offen mitgeteilt hat, fällt mein Toni in ihr Beuteschema und da passt der Bär ganz eindeutig nicht hinein. Ich mustere ihn abwertend und er versteht mich.

„Auf geht's! Liste abarbeiten!", fordere ich ihn auf.

Während ich gen Ausgang gehe, folgt er mir aufgedreht wie ein Kind an Heiligabend. „Glaubst, wenn ich ins Fitnessstudio geh', nehm' ich schneller ab?"

„Probier's aus!"

„Glaubst, mit zwanzig Kilo weniger würd' ich ihr besser gefallen?", lässt er nicht locker.

An der Theke am Empfang erwarte ich die Namensliste von Jo, der sie mir reicht, und ignoriere den Bär.

„Macht einen ganz schönen Wirbel hier, die neue Staatsanwältin", meint Jo spöttisch. „Die hat unseren Kollegen total den Kopf verdreht." Mit einem genervten Blick zum Bär rollt er die Augen.

Seufzend stimme ich ihm zu. „Dir nicht?"

Er schüttelt energisch den Kopf. „Zu aufdringlich."

Seine Freundin, also meine Schwester ist ja nun auch nicht grad eine sittsame Blondine, aber lange nicht so aufreizend und drall wie die Schneidhart. Glücklicherweise scheint er immun gegen Letztere.

Doch viel schlimmer hat es offenbar den Bär erwischt. „Oder soll ich lieber dreißig Kilo abspecken?"

Ich wende mich ihm zu und tätschle seinen Bauch. „Darüber würd' sich deine Karin ganz bestimmt freuen! Am besten du besprichst dich mit ihr. Sie ist deine Diätassistentin."

Wums! Das bringt ihn mit einem Schlag auf den Boden der Tatsachen zurück und er zieht eine Lätschn.

Die erste Maria, die wir besuchen, heißt mit Nachnamen Wimmer. Sie ist die Mutter vom Wimmer Heinz, dem Tankstellenbesitzer in Essing. Heinz, inzwischen Mitte Fünfzig, war der beste Freund meines ersten Mannes und somit kenne ich ihn und seine Familie recht gut.

Auch wenn seine Mutter schon auf die Neunzig zugeht, müssen wir sie nach unserem Opfer befragen, obwohl ich mir beim besten Willen nicht vorstellen kann, was der junge Jovanovic mit der zu tun gehabt haben soll. Aber sie steht halt auf unserer Liste.

Die Wimmer-Oma, wie sie allgemein im Dorf bekannt ist, so wie mein Schwiegervater unter dem Spitznamen der Opa, wohnt in einem Anbau neben der Tankstelle, wo sie trotz ihres hohen Alters noch ihren eigenen kleinen Haushalt führt. Sie ist schon lange Witwe.

Sie sitzt auf ihrer kleinen Terrasse in einem bequemen Gartensessel unter einem Sonnenschirm und trinkt grad ihren Kaffee, als uns ihre argwöhnische Schwiegertochter zu ihr führt. Wir haben ihr den Grund unseres Besuchs nicht genannt.

Das alte Weiblein macht der Bezeichnung Oma noch alle Ehre, wie sie so dahockt mit ihrer Kittelschürze, dem faltigen Gesicht und den grauen Haaren. Ich habe keine Ahnung, welcher Friseur auf die Idee gekommen ist, grauhaarigen Frauen einen blauen Haarfestiger zu empfehlen und ihnen weiszumachen, dass das natürlicher ausschaut als das einfache Grau. Wimmer Marias Föhnwelle jedenfalls strahlt mit dem Azurblau des Himmels um die Wette. Auf den ersten Blick wirkt sie tattrig und gebrechlich, doch ihre wachen kleinen Augen funkeln unter ihren hängenden Augenlidern listig hervor.

„Ah, unsere beiden Dorf-Gendarmen", erkennt sie uns fast hämisch.

Diese französische Berufsbezeichnung ist bei den Alten noch aus der napoleonischen Besatzung übrig geblieben. Genau wie Trottoire für Bordstein oder Botschamperl für Nachttopf.

Nachdem wir sie gegrüßt haben, halte ich ihr ohne große Umschweife das Bild aus der Akte vom Jovanovic unter die Nase. „Kennst du den Mann, Wimmer-Oma?"

„Ein hübscher Kerl", stellt sie fest und ein breites, schelmisches Grinsen zieht sich über ihre faltigen schmalen Lippen, sodass ihr strahlendes Gebiss zum Vorschein kommt. „Wollt ihr mich mit dem verkuppeln, oder wie?"

„Nein, Wimmer-Oma", wehre ich ab. „Wir wollen wissen, ob du den kennst."

„Glaubst du allen Ernstes, dass ich mir in meinem Alter noch die ganzen Gesichter merken kann, die hier täglich an die Tankstelle kommen? Also, ich sitz' ja viel am Fenster und beobacht' die Leut' beim Tanken, aber dass ich mir die Visagen von denen einpräg', kannst du wirklich nicht von mir erwarten."

Der Bär stöhnt leise.

„Erwart' ich auch nicht", wiegle ich ab. „Ich wollt' nur wissen, ob dir der junge Mann bekannt ist."

Sie schüttelt den Kopf und beugt sich neugierig in ihrem Gartensessel vor. „Was hat er den ang'stellt?"

„Nix."

„Dann wär' der ja glatt einer für die Julia", schlägt die Alte ihre pubertierende Enkelin vor und redet sich dann so richtig in Rage: „Ich sag's euch, was die jungen Derndln heut' für einen Geschmack haben bei den Männern, pfui Deife! – Als ich jung war, hätt' ich diese windigen Burschen nicht mal mit der Beißzange ang'fasst! Steckerldürr sind die und die Hose hängt ihnen bis zu den Kniescheiben runter. Von den Frisuren will ich gar nicht erst reden. Es ist einfach grauenhaft, wie unsere Jugend heut' verkommt. Keinen Geschmack und keine Eleganz haben die mehr. Ist euer Bürscherl da schon vergeben?"

Ich schnaufe tief durch, der Bär hat sich schon während der Worttirade von der Wimmerin verzogen, um sich alles Weitere zu ersparen.

„Er ist tot."

Die Wimmer-Oma ist sichtlich enttäuscht. „Schad'."

„Ich muss dann wieder weiter", will ich mich verabschieden, aber die Alte denkt gar nicht daran, mich gehen zu lassen.

„Ist er dann etwa der Unbekannte aus der Altessinger Kirch'?"

An dieser Stelle muss ich dazu erklären, dass Essing aus zwei Ortsteilen besteht, die inzwischen zusammengewachsen sind: Alt- und Neuessing. Beide Ortsteile haben natürlich jeder eine Kirche, wobei die Altessinger, also die, in der unser Opfer vom Opa und Rita gefunden worden ist, nur noch eine Filialkirche ist.

Ich nicke.

„Hab' schon gehört, dass da einer abgemurkst worden ist. Schad' drum, wirklich schad'!"

„Und ich muss jetzt weiter ermitteln, damit ich den Mörder erwisch'", versuche ich erneut, mich loszueisen.

Aber sie steht auf und hält mich am Arm zurück. „Der Opa hat erzählt, dass der geblutet hat wie eine Sau, wenn sie abgestochen wird. Und gestöhnt und geröchelt muss der haben in seinem Todeskampf. Da steckt bestimmt die Mafia dahinter!" Empört schlägt sie die runzeligen Hände vor ihrer schmalen Brust zusammen. „Jetzt kommen diese Halunken schon bis zu uns aufs Dorf raus! Können die ihre Opfer nicht in der Stadt umbringen, wie sie das sonst auch gemacht haben, frag' ich dich? Man kann sich ja nicht mehr sicher fühlen. Nicht mal mehr bei uns auf dem Land."

Ich seufze. War ja klar, dass der Opa und seine Freundin das Ganze wieder ausgeschmückt und dramatisiert haben. Schon bereue ich, dass ich den beiden keinen polizeilichen Maulkorb verpasst habe. Aber das hätte sie genauso wenig davon abgehalten, bin ich nach wie vor überzeugt.

„Ganz so schlimm ist es auch wieder nicht", will ich sie besänftigen.

Ihr blasses Gesicht hat vor Aufregung einen rosa Farbton angenommen.

Sie nickt eifrig und tätschelt meinen Arm. „Aber Gott sei Dank haben wir ja dich und den Bärnreuther! Ihr zwei fangt den Übeltäter schon, gell!"

„Wir tun unser Bestes", versichere ich ihr gutmütig.

Die Alte setzt sich wieder und scheint befriedigt. „Dann schau' endlich, dass du weiterkommst, statt mit mir hier deine Zeit zu verplempern", schimpft sie mich dann.

Kopfschüttelnd mache ich mich davon und steige zum wartenden Bär ins Auto.

„Wenn alle Marias so drauf sind, na dann Prost", stöhne ich und trinke von meiner Wasserflasche.

Der Bär startet per Knopfdruck den angenehm leise schnurrenden Motor, grinst breit über sein pausbäckiges Gesicht und kündigt mir an: „Die nächste ist die Bürgermeistersgattin."

Ich seufze und verdrehe die Augen, weil ich mir vorstellen kann, was mich bei dem Besuch im Hause Weinzierl erwarten könnte. „Wir haben eindeutig die falschen Marias zugeteilt gekriegt."

„Ich glaub' die Kollegen waren einfach nicht scharf auf die und haben sie uns absichtlich überlassen", mutmaßt er. „Aber sieh' es einfach so: Früher oder später hätt' dir unser Bürgermeister sowieso die Leviten gelesen, dass du den Fall schnell klärst, damit der Ruf seiner schönen Gemeinde keinen Schaden nimmt. Dann hast du es heut' gleich hinter dir."

An dieser Stelle muss ich erklären, dass unser Dorfhäuptling Manfred Weinzierl wirklich so tickt. Durch die schöne Lage im unteren Altmühltal direkt an den Wander- und Radwegen am Rhein-Main-Donaukanal entlang und kurz vor Kelheim, das mit einigen Sehenswürdigkeiten viele Urlauber anlockt, ist Essing schon ein Touristenmagnet. In der Hauptsaison sind die vier größten Gaststätten und Hotels in unserem Markt und die vielen Privatvermieter ausgebucht. Da ist es eher abschreckend, wenn hier ein Mord passiert. Das zerstört die Idylle, die vermeintlich heile Welt und den guten Ruf, und das will der Bürgermeister natürlich vermeiden. Und dabei bin ich zu meinem Leidwesen und logischerweise seine Anlaufstelle. Nur, dass ich halt nicht so schnell einen Schuldigen aus dem Hut zaubern oder das Ganze gar ungeschehen machen kann.

Ich schnaufe tief durch. „Also gut, dann pack' mas!"

Glücklicherweise treffen wir die Frau Bürgermeisterin aber allein zu Hause an. Maria Weinzierl ist eine eifrige Teilnehmerin an den Yogakursen meiner Freundin Bärbel, genau wie ich. Allerdings hat sie sich, anders als die meisten anderen, die jenseits des Alters und der wohlgeformten, weiblichen Proportionen, mit denen man sich noch in einem Fitnessstudio blicken lässt, ihre schlanke Figur erhalten.

Überhaupt ist sie eine recht ansehnliche, attraktive Frau und in ihrer Position als Bürgermeistersgattin auf jeden Fall vorzeigbar. Ich mag die inzwischen Sechzigjährige ganz gern, wenn sie sich ihre Stellung nicht immer wieder raushängen lassen und manchmal schon ein bisserl hochnäsig daherkommen würde.

Ihr Bürgermeistersgatte hat natürlich wichtige Termine, wie sie uns in Jeans, T-Shirt und mit blondem Pferdeschwanz ausschweifend an der massiven, mit Schnitzereien verzierten Haustür ihrer rustikalen Villa erzählt.

„Wir wollten eigentlich nicht zu deinem Mann, sondern zu dir“, komme ich dann endlich zu Wort.

Sie staunt. „Zu mir?“

Der Bär schaut auf unsere Namensliste. „Sie heißen doch Maria mit Vornamen?“

Er ist natürlich noch per Sie mit ihr, genau wie ich mit dem Bürgermeister. Obwohl wir uns schon so lange kennen, will sich ein vertrautes Du einfach nicht einstellen. Das wahrt Distanz.

Sie nickt verunsichert. „Ja …“

Ich zücke das Bild vom Jovanovic. „Kennst du diesen Mann?“

Sie nimmt es mir ab und schaut sich das Gesicht genauer an. Dann schüttelt sie den Kopf. „Ist er der Tote aus der Kirch’?“

„Ja.“

„Was hab’ ich mit dem zu tun?“, fragt sie argwöhnisch und gibt mir das Foto zurück. „Ich hab’ ihn noch nie gesehen.“

„Er heißt Tomislav Jovanovic“, erkläre ich ihr weiter. „Als er noch kurz zu Bewusstsein gekommen ist, hat er nach einer Maria verlangt.“

Sie lacht höhnisch. „Und da kommt ihr ausgerechnet auf mich?“

„Wir müssen alles in Betracht ziehen“, meint der Bär brummig.

Wieder lacht sie. Diesmal mit einem anklagenden Unterton. „Aber, was hatt’ ich denn mit einem Ermordeten zu tun? Ich bin die Bürgermeistersfrau!“

„Na und“, lässt ihn diese Bemerkung ungerührt.

Aber das gefällt ihr gar nicht und ihre Stimme überschlägt sich fast vor Empörung. „Also, ich bitt' Sie! Wenn das mein Mann hören könnt', dann …"

„Das war's auch schon", unterbricht sie der Bär einfach und geht zurück zum Auto.

Ein bisserl verlegen stehe ich vor ihr. Sie schnaubt vor Wut, weil sie sich von ihm missachtet fühlt. „Also das ist doch die Höhe! Wenn ich das meinem Mann erzähl' …"

Bevor sie weiterschimpfen kann, mache ich einen eiligen Abgang und verabschiede mich: „Ja dann, danke dir für deine Auskunft."

Als ich auf der Beifahrerseite einsteige, sehe ich gerade noch, wie sie die Haustür zuhaut.

Und wieder sitzen wir genervt vor der Namensliste im Auto.

„Wenn das so weitergeht, dann können die Kollegen die restlichen Marias mitübernehmen, weil es mir langsam langt", kündigt der Bär resigniert an. „Eine ist schlimmer als die andere. Und was hätt' der junge Jovanovic mit denen getrieben, bittschön?"

Ich seufze beipflichtend. „Das meiste an unserer Arbeit ist reine Routine, wie du bestimmt noch weißt. Und alle Marias abzuhaken, damit wir nix auslassen, gehört nun mal dazu."

„Ts", motzt der Bär weiter. „Wenn ich mir vorstell', der und die Bürgermeisterin! Oder noch schlimmer mit der Wimmer-Oma. Das ist doch absurd!"

„Die Welt ist ein Irrenhaus, Markus. So was hat es alles schon gegeben", resümiere ich in einem besänftigenden Singsang und werde dann wieder ernst. „Wer ist die Nächste?"

Mit zusammengekniffenen Augen liest er: „Zeiss Maria. Geboren 2003, wohnhaft im Eisenbrünnerl 24. Das ist die Tochter vom Anderl."

Den Zeiss Anderl, also Andreas, kenne ich seit meiner Kindheit. Er ist meine Altersklasse und hat mit seiner Frau Sabine zwei Söhne, die Mitte zwanzig sein dürften, wie die meinen. Die Tochter Maria ist das dritte Kind und ein Nachzügler, wie man so schön sagt.

„Ich glaub' sie ist mit meiner Franzi in die Grundschule gegangen. Vielleicht ist diese Maria mal eine normale," hofft der Bär.

„Vergiss es, sie ist achtzehn", nehme ich ihm seine Zuversicht gleich wieder. „In dem Alter sind die wenigsten Mädchen normal. Oder ist es deine Franzi?"

Er zieht eine leidgeprüfte Lätschn und startet den Motor.

Zeiss Maria ist offenbar ein fleißiges Mädchen, weil uns ihre Mutter an der Haustür verunsichert mitteilt, dass sie oben in ihrem Zimmer für das Abitur büffelt. Zielstrebig scheint diese Maria schon einmal zu sein. Das lässt uns hoffen.

„Wir müssen sie nur zu einem Fall befragen. Das ist reine Routine", versuche ich Sabine im Treppenhaus zu beruhigen, nachdem sie uns eingelassen hat.

Sie nickt. „Um was geht's denn eigentlich?"

„Um den Unbekannten in der Kirch'", halte ich mich kurz.

Sabine runzelt die Stirn. „Hab' schon davon gehört. Schlimme Sache. – Aber, was hätt' meine Tochter denn mit dem zu schaffen?"

Sie hat die Gerüchte um den geheimnisvollen Fremden also auch schon vernommen.

„Ich sagte doch, wir befragen sie nur routinemäßig. Keine Sorge", will ich sie beruhigen.

„Können wir dann", drängelt der Bär ungeduldig.

Sie führt uns also zum Zimmer ihrer Tochter hinauf in das Obergeschoss und klopft an eine Zimmertür, auf der mit großen Lettern auf einem Plakat „Betreten verboten!" steht. Scheint momentan die Standardausrüstung an Kinderzimmertüren zu sein. Wir hören ein gedämpftes und genervtes „Was?" von drinnen und Sabine lugt hinein.

„Maria, die Polizei will mit dir reden!"

Dann macht sie die Tür weit auf, um uns hineinzulassen. Maria sitzt tatsächlich an ihrem Schreibtisch vor dem Fenster und lernt offensichtlich. Auf der Arbeitsfläche liegen überall aufgeklappte Bücher und Hefte herum. Das hübsche Mädchen schaut uns erschrocken an und scheint einen kurzen Moment wie erstarrt, wie wir es häufig von Menschen erleben, wenn sie unerwarteterweise mit der Polizei konfrontiert werden.

Die schlanke Teenagerin fasst sich aber schnell wieder und dreht sich auf ihrem Bürostuhl so, dass sie uns direkt anschauen kann. „Was gibt's?"

Ich stelle uns kurz vor. „Wir müssten Ihnen ein paar Fragen stellen."

Mit ihren dünnen Fingern streift sie sich eine Haarsträhne hinters Ohr. „Sagen Sie ruhig du zu mir", fordert sie verlegen. „Wir kennen uns ja."

Das macht sie mir noch sympathischer. Sie ist ein Mädel vom Typ fleißige, brave, intelligente Gymnasiastin, ohne irgendwelche pubertären Ausschweifungen oder Eskapaden. Noch dazu ist sie mit ihren langen, blonden Haaren und der perfekten Figur, die in einem einfachen rosa T-Shirt und einer Jeans-Short steckt, ein hübsches Ding. Ihr rundes Gesicht zierten ein keckes, spitzes Kinn und zwei große Puppenaugen mit langen, dunklen Wimpern. Ich kann mir vorstellen, dass sie bei Lehrern und Freunden sehr beliebt ist und auch ihren Eltern keinen Kummer macht. Sicherlich rennen ihr die jungen Burschen in Scharen hinterher, wenn sie nicht schon einen festen Freund hat.

Ich werfe ihr ein vertrauenerweckendes Lächeln zu und zeige ihr das Bild. „Kennst du diesen Mann?"

Sie nimmt mir das Foto ab, schaut es sich an und lehnt sich dabei in ihrem Stuhl zurück. Ich beobachte sie genau, wie bei den vorhergehenden Marias auch, aber ich kann nichts Auffälliges, wie ein Zusammenzucken, weit aufgerissene Augen oder Luftanhalten an ihr feststellen.

Dann schüttelt sie den Kopf und starrt weiter auf das Foto. „Wer ist das?"

„Tomislav Jovanovic“, erkläre ich. „Du hast sicher schon von dem Unbekannten in der Kirche gehört? Er ist vergangene Nacht seinen schweren Verletzungen erlegen.“

„Oh Gott“, erschrickt Sabine Zeiss hinter uns im Türrahmen, die das Gespräch mitverfolgt. „Er ist also wirklich in der Altessinger Kirche erstochen worden, wie es heißt?“

Ihr zugewandt berichtige ich die Gerüchte: „Die Tat ist nicht in der Kirche verübt worden. Wir haben ihn nur dort gefunden.“

„Und was hat Maria mit dem zu tun?“, will sie dann doch ein bisserl ungehalten wissen und geht zu ihrer Tochter an den Schreibtisch. Sie blickt Maria über die Schultern, die immer noch das Bild unseres Opfers anschaut. „Du kennst den doch nicht, oder?“

Maria schüttelt den Kopf und gibt es mir zurück. „Nein, noch nie gesehen.“

„Also ich kenn’ denn jungen Mann auch nicht“, pflichtet Sabine ihr bei. „Er ist kein Essinger, oder?“

Ich schüttle den Kopf. „Wir wollen herausfinden, was er hier gewollt hat.“

„Und was hat das mit meiner Maria zu tun?“, forscht sie wieder und legt beschützend ihre Hände von hinten auf die Schultern ihrer Tochter.

Sie ist die erste, die das wirklich wissen will, stelle ich fest.

„Als er im Sterben gelegen ist, hat er nach einer Maria verlangt und darum klappern wir jetzt alle einheimischen Marias ab“, erklärt der Bär gelangweilt.

„Was wollt’ der denn in der Kirch’?“, fragt Maria interessiert.

„Er hat auch noch was von Kirchenasyl gestammelt“, erzähle ich.

„Komisch“, kommentiert Sabine, während auch Maria verwirrt die Stirn runzelt.

„Ja, das war’s dann auch schon“, will der Bär zum Ende kommen und schaut mich auffordernd an. „Danke für eure Hilfe.“

Irgendwie habe ich das Gefühl, diese Maria hat noch was auf dem Herzen, kann aber nicht reden, weil ihre Mutter dabei ist.

Trotzdem verabschiede ich mich, zücke eine meiner verbogenen Visitenkarten aus meiner Jeansjacke und biete ihr an: „Falls dir noch was dazu einfällt, ruf' mich einfach an."

Sie nickt brav und wir gehen in Begleitung ihrer Mutter wieder hinunter.

„Wieder nix", stellt der Bär im Auto fest und zückt die Namensliste. „Kolbinger Maria ist die Nächste."

Aber ich bin gedanklich noch bei der Maria, die wir grad verlassen haben. „Irgendwie hab' ich da so ein Gefühl ..."

„Ah geh'! Die hat doch nicht mal gezuckt, als du ihr das Foto hingehalten hast", widerspricht er mir. „Wie käm' dieses fleißige und anständige Mädel aus gutem Hause zu so einem Kriminellen?"

Wo der Bär recht hat, hat er recht. Ich traue dieser Maria auch nicht zu, dass sie sich auf einen kriminellen Burschen mit ausländischen Wurzeln einlässt.

Zeiss Anderl, ihr Vater, ist Ingenieur bei einem namhaften Regensburger Autohersteller und dort im Betriebsrat, genau wie im Essinger Marktrat. Er setzt sich sehr für die Belange der Jugend in unserem Dorf ein, wie man so hört, tritt unserem Bürgermeister ab und zu auf seinen Schlips und sagt offen seine Meinung. Gerade das macht ihn überall gleichermaßen gefürchtet und respektiert, wie auch beliebt. Seine beiden älteren Söhne haben ebenfalls studiert und sind jetzt in der Welt unterwegs. Früher haben sie mit den meinen in den gleichen Mannschaften Fußball gespielt, und wir haben uns öfters auf dem Platz getroffen und unterhalten. Er und Sabine waren immer sehr kritisch und streng mit ihren Jungs. Und ich bin mir sicher, dass sie das bei ihrer Jüngsten nicht anders gehandhabt haben. Sie wird ebenfalls einen geraden, erfolgreichen und anständigen Lebensweg einschlagen.

„Stimmt schon", pflichte ich also dem Bär bei. „Weiter zur nächsten Maria."

Er startet den Motor, fährt los und lässt mich unfreiwilligerweise an seinen Gedanken teilhaben. „Maria ist ein langweiliger Name."

„Danke auch", spotte ich. Aber eigentlich pflichte ich ihm da schon bei.

Und er lässt sich auch nicht von meiner Intervention ablenken. Sein Gesicht hat schon wieder diesen entrückten Ausdruck angenommen, sodass ich mir fast denken kann, was jetzt kommt:

„Da gefällt mir Susanne viel besser. Das klingt doch schon nach einem tollen Weibsbild", schwärmt er verträumt. „Su-san-neeeee."

Ich verdrehe die Augen. „Wie schaut's denn dann mit Kaaaaa-riiiiin aus?"

Er wirft mir einen scharfen Seitenblick zu. „Das ist der Name von meiner Frau …"

„Schön, dass du dich daran erinnerst", lobe ich ihn zynisch.

Dann unterbricht uns die Bayernhymne.

Ich nehme das Gespräch an. „Was gibt's, Jo?"

„Der Übelacker hat angeschafft, ein Foto von dem Jovanovic in der morgigen Zeitung zu veröffentlichen und um sachdienliche Hinweise in der Bevölkerung zu bitten", informiert mich mein Kollege.

Offenbar ist nun Jo die andauernde Anlaufstelle für den Staatsanwalt, weil er gefügiger ist als ich.

„Hat er das?", sage ich darum und kann mir ein bisserl Sarkasmus nicht verdrücken.

„Ja, hat er."

„Ich hab' gedacht, die Schneidhart ist für den Fall zuständig", wundere ich mich.

„Tja, der Gschaftlhuber kann's halt nicht lassen und erteilt telefonisch seine Befehle. Und anscheinend bin ich sein neu auserkorener Befehlsempfänger", frotzelt Jo genervt.

„Und, was willst du dann von mir?", verstehe ich den Grund seines Anrufs nicht. „Der Obeth ist für die Pressearbeit zuständig."

„Wissen, ob das klargeht?"

„Wenn unser Herr Staatsanwalt das so anordnet, dann bittschön."

„Ich mein', ich will dir nicht dazwischenfunken …"

Ich merke, dass Jo im Zwiespalt steckt und unterbreche ihn. „Denk' dir nix. Wenn er sich an dich hält, hab' ich wenigstens meine Ruhe. Und ich darf mich dann mit der Schneidigen abmühen."

Ich kann Jos schadenfrohes Grinsen direkt vor mir sehen, als er sagt: „Der Bär wird sie dir liebend gern abnehmen."

„Hör' mir bloß auf!"

„Was für ein verknallter Trottel", kommentiert mein Gesprächspartner und stimmt in mein spöttisches Lachen mit ein.

„Was ist da so komisch?", beschwert sich der Bär neben mir.

„Passt schon", fertige ich ihn mit der typisch bayerischen Allround-Antwort ab.

Jo am anderen Ende der Leitung schnauft tief durch. „Zurück zum Dienstlichen: Der Obeth hat schon einen Bericht für die Zeitungen geschrieben. Willst du ihn absegnen, bevor er rausgeht?"

Dieter Obeth ist eher ein ruhiger, schweigsamer Kollege Mitte vierzig mit einer stämmigen Figur. Als ehemaliger Journalismus-Student war er quasi prädestiniert für unsere Pressearbeit. Und das tut er nun schon jahrelang ziemlich zuverlässig und zufriedenstellend.

„Er sollt' eigentlich mit dem Strobl die Maria-Liste abarbeiten", stelle ich fest.

„Die sind schon durch."

„Wie bitte?", bin ich fassungslos, weil wir erst bei Maria Nummer vier sind.

„Alle Marias Fehlanzeige. Keine erkannte den Jovanovic", berichtet mir Jo. „Willst du selber mit ihm reden?"

„Nein."

Offenbar haben wir wirklich alle anstrengenden und nervigen Marias auf der Liste erwischt!

„Der Koller und der Schubert sind aber auch noch unterwegs", macht er einen Versuch, mich zu besänftigen.

Umsonst.

„Gebt den Bericht raus und lass uns die Liste fertig abarbeiten“, grantle ich ihn an und lege auf.

Wir schaffen noch die restlichen zwei an diesem Tag: eine Schülerin von zehn Jahren und eine zugezogene Lehrerin mittleren Alters, die im alten Forsthaus wohnt. Keine von ihnen erkennt Jovanovic. Was wir allerdings immer wieder erfahren, sind Gerüchte und Mutmaßungen über den toten Unbekannten in unserer Kirche, die wir dementierten, diplomatisch bestätigen oder gar nicht ernst nehmen. Den restlichen Nachmittag verbringen wir mit dem Schreiben der Protokolle.

Als ich heimkomme, ist Toni schon am Kochen. Das macht er manchmal, und darüber bin ich sehr froh. Oder ist er es einfach leid, am Abend immer nur eine kalte Brotzeit von mir zu bekommen? Es gibt mein Lieblingsgericht Lasagne und es duftet im ganzen Haus schon herrlich nach dieser italienischen Nudelspeise.

Stöhnend lasse ich mich auf einen Hocker an der Küchentheke nieder, nachdem ich mir ein Radler aus dem Kühlschrank eingeschenkt habe.

„Harter Tag, was?“, fragt mich mein Gatte mitleidig, drückt mir ein Bussi auf die Lippen und lässt Spülwasser ins Spülbecken am Fenster ein. „Essen dauert noch ein paar Minuten.“

Ich nicke und nehme einen großen Schluck. Dann erzähle ich ihm von den ganzen Marias.

„Und was, wenn der Jovanovic doch seine Schwester mit dieser Maria gemeint hat?“, gibt er dann zu bedenken.

Ich zucke mit den Schultern. „Dann war der heutige Tag für die Katz’.“

„Ich glaub’, du solltest dich mehr auf die Kreise konzentrieren, in denen sich dein Opfer aufgehalten hat. Angefangen bei den zwei Mittätern von dem Banküberfall“, rät mir Toni und deutet auf die Akten, die auf der Küchentheke neben mir liegen.

Eigentlich langt's mir für heute schon, aber die Neugier ist dann doch übermächtig und ich schlage die erste Akte auf.

Juri Petrov, geboren 1993 in einem unaussprechlichen, russischen Kaff und 1996 mit seiner Familie aus Weißrussland bei uns eingewandert. Ähnliches Vorstrafenregister wie Jovanovic. Allerdings scheint Petrov gewaltbereiter, skrupelloser und brutaler zu sein als sein Freund, weil er Körperverletzung und Freiheitsberaubung mit in seinem Vorstrafenregister hat. Er war der Rädelsführer bei dem Bankraub und wohl auch der Chef der drei Freunde. Auf den seitlichen und frontalen Aufnahmen seines Profils hat er einen kantigen, kahlrasierten Schädel und Bartstoppeln auf seinem ausgeprägten Kinn. Die breiten, hohen Wangenknochen, die flache Nase, die eisigen, nah beieinanderstehenden blauen Augen und die schwulstigen Lippen sind typisch für seine osteuropäische Herkunft. Sein Nacken ist bullig, wie der eines Stiers. Nachts möchte ich dem nicht über den Weg laufen!

Ali Gökdal, Sohn türkischer Einwanderer, 1995 in Regensburg geboren und aufgewachsen, ist ebenfalls einschlägig vorbestraft. Sein Profilbild zeigt ihn als stämmigen, rundgesichtigen, braunäugigen Südländer mit dunklem Dreitagebart, olivfarbenem Teint und dichten wirren schwarzen Haaren auf dem Kopf. Er ist der dritte Beteiligte an dem Bankraub, der vor fast sechs Jahren in einer kleineren Filiale der Sparkasse in Regensburg-Kumpfmühl verübt wurde.

Petrov hatte eine Bankangestellte mit der Waffe bedroht und auch geschlagen, während Gökdal im Hintergrund gestanden und Jovanovic draußen mit dem Fluchtauto gewartet hatte. Trotz ihrer Schirmmützen konnten Petrov und Gökdal durch die Bankangestellten eindeutig identifiziert und geschnappt werden, aber Jovanovic war zuerst unauffindbar. Allerdings hängte Petrov bei seiner Vernehmung ihn dann hin, wohl, weil er vermeiden wollte, dass sein Genosse mit dem erbeuteten Geld verduftet und sich ein schönes Leben macht, während er und Gökdal im Knast schmoren. Jovanovic schwieg aber während der ganzen Gerichtsverhandlung und somit kam nie ans Licht, was er letztendlich mit der Beute gemacht hatte.

Petrov bekam sechs Jahre und vier Monate, Gökdal fünf Jahre und sieben Monate und Jovanovic bedeutend weniger aufgebrummt, wie ich ja schon weiß, und wurde wegen guter Führung und einem positiven psychologischen Gutachten schon eher entlassen.

Ich schließe die Akten wieder. „Ich könnt' mir vorstellen, der Petrov und der Gökdal haben im Knast Panik geschoben, dass der Jovanovic doch noch mit der Beute abhaut, als er vor ihnen rauskam."

Toni hängt das Geschirrtuch auf, als er mit dem Abtrocknen fertig ist. „Das hab' ich mir auch schon gedacht. Aber jetzt essen wir erst, mein Schatz! Die Lasagne ist fertig."

Mein siebter Sinn empfängt da irgendwelche Schwingungen. Da ist doch was im Busch! Er kocht freiwillig und noch dazu mein Lieblingsgericht und dann nennt er mich beim Kosenamen, die wir längst abgelegt haben.

„Wir essen zuerst, bevor wir was tun?", frage ich darum direkt.

Er trinkt von meinem Radler und schaut mich aus seinen rehbraunen Augen zuckersüß an. „Ich werd' morgen mit nach Straubing fahren und die zwei Burschen mit dir vernehmen. Wir müssen uns noch darauf vorbereiten."

„Wie komm' ich zu der Ehre?"

„Wie ich dir schon gesagt hab', haben wir in Regensburg die Clique um die Petrov-Brüder ebenfalls im Auge. Die drei Haupttäter sind zwar im Knast oder tot, aber da gibt es noch mehr Hintermänner und Helfershelfer, die weiter ihr Unwesen treiben. Dabei geht's um organisiertes Verbrechen und hochkriminelle Kreise. Mit denen ist nicht zu spaßen", erklärt mir Toni eindringlich. „Ich bin zur Soko Russen-Connection im Präsidium dazugestoßen. Die zuständige Staatsanwältin hat das begrüßt und es ist alles mit ihr und dem Übelacker abgeklärt."

„Heißt diese Staatsanwältin zufällig Susanne Schneidhart?", geht mir da ein Licht auf.

Toni holt grad mit Ofenhandschuhen an den Händen die Auflaufform mit der Lasagne aus dem Backofen und schnuppert genüsslich daran. „Nimm die Akten da weg!"

Schnell greife ich nach den Papieren und er stellt den dampfenden Nudelauflauf vor mir auf einem Korkuntersetzer auf der Theke ab.

„Ja", antwortet er so ganz nebenbei. „Holst du die Teller und das Besteck? Ich mach' den Salat noch an."

„Sie ist eure Staatsanwältin?", forsche ich neugierig weiter und lege die Akten nachdenklich auf das ungenutzte Ceranfeld.

„Ja, sie und der Übelacker haben Kontakt aufgenommen, als sich herausgestellt hat, dass eure Soko Kirchenasyl und unsere Soko Russen-Connection was miteinander zu tun haben. Die beiden Fälle werden jetzt sozusagen zuständigkeitsübergreifend behandelt."

Langsam fügt sich alles zusammen. Der Übelacker und die Schneidhart also! Wahrscheinlich denkt er, das Vollweib wird mir eher Herr als er und hat sie vorgeschickt. Wahrscheinlich hatte sie den Auftrag, mich um den Finger zu wickeln mit ihrem Gesäusel von wegen gute Zusammenarbeit. Die kann sie sich in ihren prallen Apfel-Hintern stecken, das aufgedonnerte, verlogene Weibsbild! Mein argwöhnischer siebter Sinn hat mich also nicht getäuscht. Die hat es nicht nur rein äußerlich faustdick hinter den Ohren!

Was hat sie noch gleich über Toni gesagt? Bei ihm wäre sie auch schwach geworden und nur oberflächlich kenne sie ihn. Dass ich nicht lache!

Zornig, aber gleichzeitig neugierig, hole ich zwei Teller aus dem Küchenschrank und zwei Gabeln und Messer aus der Schublade. „Wie gut kennst du die Schneidhart?"

Toni schaut mich mit der Salatschüssel in der Hand verwundert an, als ich ihm das Besteck direkt drohend vors Gesicht halte. „Beruflich laufen wir uns immer mal wieder über den Weg. Warum?"

„Warum?", wiederhole ich fast ein bisserl zu spitz. Ich will mir meine Eifersucht auf keinen Fall anmerken lassen, aber mein Herz krampft sich schmerzhaft in meiner Brust zusammen. „Weil sie heut' bei uns in die PI gestöckelt ist in ihrem knappen Kostümchen und hat mich und meine Männer offenherzig bezirzt. Sie hat kein Wort über die zwei Sokos verloren, und auch nicht darüber, dass ihr zwei zusammenarbeitet."

Ich stelle die Teller scheppernd auf die Theke.

Toni setzt sich auf den Hocker, schneidet die Lasagne und gibt sich immer noch ungerührt. „Ich hab' mir gleich gedacht, dass du sie nicht magst."

Aha, er wusste also von ihrem Besuch bei uns und hat sich schon darüber Gedanken gemacht.

„Diese Frau ist mit ihrer Aufmachung alles andere als eine ernstzunehmende Staatsanwältin", rege ich mich auf.

„Ihr Aussehen hat nix mit ihrer Qualifikation zu tun. Sie macht ihren Job gut und inzwischen haben wir uns an sie gewöhnt", mahnt er mich. „Und jetzt setz' dich endlich her und iss! Die Lasagne wird kalt."

Innerlich brodelt es in mir, aber ich reiße mich zusammen und setze mich neben ihn.

„Ihr habt euch an sie gewöhnt, das ist ja prima!", kann ich mir eine spöttische Bemerkung nicht verdrücken und lade mir eine Portion von dem Auflauf auf meinen Teller.

„Sie ist halt sehr direkt", meint er mampfend und fügt dann selbstzufrieden über seine Kochkünste hinzu: „Hab' ich gut hingekriegt heut'."

„So nennst du das?"

Irritiert schaut er mich an. „Schmeckt's dir nicht?"

Ich verdrehe die Augen. „Ich hab' nicht das Essen gemeint."

Toni schnauft tief durch. „Können wir jetzt mal von was anderem reden als von der Schneidhart?"

„Bitte gern", zeige ich mich bereit.

„Ich muss sowieso was mit dir besprechen."

Ich spüre, dass er was auf dem Herzen hat und es ihm nicht leichtfällt, es mir zu sagen. Jedenfalls isst er weiter. Ich auch und ich muss gestehen, seine Lasagne ist wirklich die beste!

„Was jetzt?“, hake ich nach einer Weile nach, in der wir schweigend gegessen haben.

Er legt sein Besteck weg, obwohl er noch gar nicht fertig ist. „Ich hab’ mich um eine andere Stelle beworben.“

„Du willst zurück nach Landshut?“, vermute ich staunend.

Damals, als wir zusammengezogen sind, ist er von Landshut nach Regensburg gewechselt, weil sein Weg in die Arbeit dann nicht gar so weit war. Ich habe immer befürchtet, er würde das irgendwann bereuen.

„Nein, Halle.“

Ich bin geplättet. „Halle?“

Polizeiintern und auch aus den Medien ist mir bekannt, dass Halle in Sachsen-Anhalt eine rechtsradikale und antisemitische Hochburg ist. Die Kollegen dort kämpfen jeden Tag gegen rassistische Übergriffe, Brandanschläge und sonst welche Angriffe von Neonazis auf Juden und Migranten. Immer wieder erfahren wir aber leider auch davon, dass ein Kollege bei einem Einsatz schwer verletzt oder sonst wie bedroht und verbal attackiert worden ist. Es gibt regelrechte Hetzjagden auf die Polizei. Es ist also alles andere als ein besserer Job, verglichen mit dem im Polizeipräsidium Regensburg/Oberpfalz.

„Die Kollegen dort suchen händeringend nach Verstärkung“, erklärt mir Toni ruhig.

Ich lache sarkastisch. „Das kann ich mir vorstellen! Und da können die einen über fünfzigjährigen Kriminalhauptkommissar aus der verschlafenen Oberpfalz brauchen?“

„Na, den letzten Fitness- und Gesundheitscheck hab’ ich bestanden“, verteidigt er sich. „Aber darum geht’s doch gar nicht!“

„Ach, nein?“

Er dreht sich nun ganz zu mir her. „Mein jetziger Job findet fast nur am Schreibtisch statt. Und ich will das nicht mehr, ich brauch’ wieder eine Herausforderung, ein bisserl mehr Action, Maria!“

„Und da musst du dich gleich dahin versetzen lassen, wo es in Deutschland am gefährlichsten ist?“, spotte ich immer noch ungläubig. „Wie hast du dir das vorgestellt? Willst du nach Halle ziehen?“

Zu meinem Erstaunen nickt er. „Ich kann bei einem Kollegen dort wohnen. Der Dienststellenleiter hat mir zusammenhängende Dienste versprochen, dann kann ich an meinen freien Tagen zwischen Halle und hier pendeln.“

Mein Herz zieht sich wieder zusammen. Diesmal nicht aus Eifersucht, sondern aus Angst und Empörung. Offenbar plant er das Ganze schon länger. Und was mich noch mehr erschüttert, ist die Tatsache, dass er das tut, ohne mich dabei miteinzubeziehen. Fassungslos lasse ich mein Besteck fallen und rutsche vom Hocker.

„Und was ist mit mir?“, frage ich ihn verdattert.

Er steht auch auf, tritt vor mich hin, schaut mich durchdringend an und nimmt meine Hand. „Der Quirin und die Vroni würden hier einziehen, damit du nicht so ganz allein in dem großen Haus bist.“

Immer mehr staunend entziehe ich ihm meine Hand. Das ist ein jämmerlicher Versuch, mich zu besänftigen. Als käme ich nicht allein zurecht! Was mich allerdings noch mehr aufregt, ist etwas anderes: „Das heißt, der Quirin weiß es schon?“

Er nickt betreten.

„Der Opa und der Lukas auch?“

Noch beschämter weicht er meinem Blick aus. Sie also auch!

Jetzt reicht es mir und ich explodiere: „Dann weiß ich ja jetzt, wo ich in deiner Lebensplanung steh’! Als Letzte!“

Zutiefst gekränkt, erschüttert und fassungslos kann ich nicht glauben, was mir mein zweiter Mann da grad offenbart hat. Ich will aus dem Zimmer rennen, aber er hält mich am Arm fest.

„Maria, bitte, lass’ uns in Ruhe drüber reden!“

Ich lache sarkastisch und verdrücke mir die Tränen. „Du hast doch ch schon alles entschieden! Worüber sollen wir da noch reden? Einen Mann zu verlieren hat mir in meinem Leben vollkommen gereicht, weißt'! Ich will das nicht noch mal durchmachen müssen! Ich hab' gedacht, das wär' klar zwischen uns!"

Ich entwinde mich seinem Griff gekonnt und flüchte auf den Flur hinaus. Ich muss raus hier! Weg von ihm! Ich kann ihn und seine Beschwörungen nicht länger ertragen und reiße die Haustür auf, wo der Opa grad steht, um zu klingeln.

„Komm nur rein, Opa", begrüße ich ihn und dränge mich an ihm vorbei hinaus. „Der Toni hat gekocht. Er ist sicher froh, wenn ihm jemand seine Bezirzer-Lasagne abnimmt."

Verdattert schaut mich der Opa an. „Maria ...?"

Mein letzter, vernichtender Blick gilt Toni in der Küchentür. Und schon bin ich weg.

„Maria, jetzt wart' doch ...!", ruft er mir dann doch noch hinterher.

Aber ich ignoriere ihn und renne.

„Spinnt's jetzt?", höre ich den Opa fragen.

Meine heutigen Gefühlswallungen treiben mich zügig voran durch das Dorf bergauf gen Wald. Ich erreiche den Eselssteig am nördlichen Talhang, einen Wanderweg durch den Wald, der hinauf nach Randeck, einer kleinen Siedlung, führt, die oberhalb von Essing auf einem Felsplateau thront. Auf dem steilen Felsmassiv, das das Jurameer hier vor Millionen von Jahren herausgewaschen hat, steht eine Burgruine, von deren wiederaufgebautem Wehrturm man das untere Altmühltal wunderbar überblicken kann. Dort oben kriege ich wieder einen klaren Kopf, so hoffe ich, und renne blindlings auf dem teilweise sehr steilen und felsigen Pfad durch den Wald. Schon nach der Hälfte bin ich mit meinen Kräften am Ende und ich schaffe es schwitzend und schnaufend zum ersten Felsvorsprung, der sich wie ein graues, monumentales Mahnmal aus längst vergangener Zeit aus dem Talhang reckt. Ich lasse mich unter dem einzigen Baum, der hier thront, auf dem von den Sonnenstrahlen erwärmten Stein nieder und beobachte noch, wie der gelbe Stern am Horizont zwischen den Fichtenwipfeln verschwindet. Dabei schimmern der Himmel und die paar Wolkenstreifen in wunderschönen Orange-, Rosa- und Rot-Tönen und dann kommen die ersten Tränen. Ein Heulkrampf erschüttert mich, wie ich ihn seit dem Tod von Martin nicht mehr erlebt habe. Wut, Verzweiflung, Fassungslosigkeit, Enttäuschung und Schmerz überrollen mich wie eine Dampfwalze.

Ich klingle an der Haustür von Katzmeier Ritas Häuschen, wo der Opa seit fast einem Jahr wohnt. Er macht die Tür erst nach dem zweiten Läuten und nur einen Spalt breit auf. Es ist ja auch schon spät in der Nacht, keine Ahnung, wie spät. Als er mich erkennt, öffnet er ganz. Er trägt schon seine Schlafmontur und mustert mich in meinem Zustand: verheult, verschwitzt, zitternd und zutiefst niedergeschlagen.

„Er hat's dir gesagt, hm?" Es ist mehr eine Feststellung als eine Frage. „Wir haben uns schon Sorgen um dich gemacht."

„Kann ich heut' Nacht bei euch bleiben?"

Rita kommt aus ihrer Deckung hinter der Tür, nimmt mich am Arm und zieht mich hinein. „Komm rein! Du bist ja schon ganz durchgefroren."

Ohne groß mit mir zu reden oder mich auszuquetschen, was passiert ist, richten die zwei mir ein Lager auf der Wohnzimmercouch her. Es kommt mir so vor, als hätten sie meinem Besuch erwartet. Die Wolldecke und das Kopfkissen liegen jedenfalls schon auf der Couch bereit.

Müde und mit den Nerven am Ende lasse ich mich darauf nieder.

Der Opa kommt zu mir her und streichelt über meine Schulter. „Jetzt schlaf' erst mal eine Nacht drüber! Morgen schaut die Welt schon wieder ganz anders aus."

Das kann ich mir beim besten Willen nicht vorstellen und es dauert noch lang, bis ich endlich einschlafe.

Kapitel 6

Am Morgen dann werde ich vom Opa geweckt. Ich setzte mich benommen auf und weiß erst gar nicht, was los ist, bis mich die Erkenntnis mit einem Schlag trifft.

„Der Toni wär' da", meint er zaghaft.

„Ich will ihn nicht sehen", sage ich schroff.

Der Opa setzt sich neben mich auf die Couch. Ich reibe mir über das vom Weinen geschwollene Gesicht und hoffe inständig, dass alles, was mir mein Mann gestern gesagt hat, nur ein Traum war.

„Maria, jetzt sei halt gescheit.", mahnt mich mein Schwiegervater.

Mit gescheit meint er vernünftig.

Ich lache kurz auf und bin empört. „Ich soll gescheit sein! Kein einziges Wort hat er mit mir darüber geredet, wie unzufrieden er ist und dass er sich einen anderen Job gesucht hat. Und darüber, dass ihn die Neonazis in Halle zusammenschlagen oder über den Haufen schießen werden, will ich gar nicht erst nachdenken."

„Er hat halt Angst vor deiner Reaktion gehabt", verteidigt er Toni.

Ich springe auf und renne zum Fenster. „Ja, ist das nicht verwunderlich, Kruzinesn? Einmal Witwe zu werden hat mir nämlich vollkommen gereicht!"

Der Opa steht auch auf und tritt hinter mich. Er weiß genau, was ich damals durchgemacht habe, als Martin, also sein Sohn, tödlich verunglückt ist, wenn wir auch nie große Worte darüber verloren. Und eigentlich hatte ich angenommen, Toni, mit dem ich immer mal wieder über meinen Schicksalsschlag geredet habe, hätte auch eine Ahnung davon.

„Mei, die Spinnerten in Halle könnten ihn abknallen, da hast schon recht ..."

„Aber?", unterbreche ich gespannt, wie der Opa mir Tonis Zukunftspläne schmackhaft machen will.

„... aber, wenn du von ihm erwartest, dass er dableibt, nur weil du das willst, verlierst du ihn vielleicht auch", sagt er ruhig. „Wenn auch auf eine andere Art und Weis'. Du kannst ihn nicht einsperren, Maria. Ihr seid verheiratet, aber er gehört dir nicht."

So viel hintergründige Interpretation hatte ich vom sonst so verstockten Opa nicht erwartet. Wie hat Rita das nur hingekriegt? Sie tut ihm offenbar gut, besser als ich das immer gedacht hatte. Vor allem aber hat es Sinn, was er da sagt. Aus diesem Blickwinkel habe ich es noch gar nicht betrachtet. Natürlich will ich, dass Toni in seinem Beruf glücklich ist. Natürlich will ich ihn nicht einsperren. Und natürlich will ich ihn vor allem nicht verlieren. Aber er hätte doch von Anfang an mit mir darüber reden können, ich bin doch seine Frau! Doch hätte ich in dieser Funktion nicht merken müssen, wie unzufrieden er ist?

„Maria" höre ich meinen Namen von der Wohnzimmertür her. Toni steht da. Keine Ahnung, wie lange schon. Er schaut mich mit reuigem Blick an. Ich halte ihm nicht stand und weiche ihm aus. Dann kommt er auf mich zu und reicht mir ein Bündel Klamotten. „Ich hab' dir frische Sachen, dein Handy und deine Zahnbürste mitgebracht."

Ich nehme es ihm ab, strafe ihn aber mit Missachtung. Der Opa schleicht hinaus, als ich mich umziehe.

„Wir müssen darüber reden, Maria", bittet Toni schließlich eindringlich und sieht aus wie ein begossener Pudel.

Ich wehre ihn mit einer Handbewegung ab, nachdem ich in mein T-Shirt geschlüpft bin. „Nicht jetzt, ich muss das erst verdauen!"

„Okay", nimmt er meine Abwehr enttäuscht an und räuspert sich. „Was ist mit dem Verhör von Petrov und Gökdal im Straubinger Knast?"

„Das mach' ich mit dem Bär", bestimme ich, obwohl mir dabei mit Toni wohler gewesen wäre. Aber ich habe auch meinen Stolz. Und der ist ziemlich verletzt. Ich kann heute unmöglich mit ihm zusammenarbeiten.

Und auch diese Abfuhr nimmt er ohne Widerrede hin. „Gut. Aber pass auf!"

„Keine Sorge, ich riskiere meine Gesundheit schon nicht!"

Anders als du, das lass ich weg, aber er kann es sich schon denken. Das sehe ich seinem resignierten Gesichtsausdruck an und husche mit der Zahnbürste bewaffnet an ihm vorbei in Richtung Badezimmer. Als ich nach einer Katzenwäsche zurückkomme, ist er weg. Ich bin erleichtert, aber auch eine Spur enttäuscht. Was will ich eigentlich? Dass er mich um Verzeihung bittet, dass er mich in Ruhe lässt? Am liebsten wäre es mir, wenn er verkünden würde, dass alles nur ein Scherz war. Aber auch dann wäre ich sauer auf ihn.

Der Opa unterbricht mich in meinen Gedanken und tätschelt meine Schulter. „Magst mit der Rita und mir frühstücken?" Er deutet in Richtung Küchentür, hinter der Geschirrgeklapper zu vernehmen ist.

Ich schüttle den Kopf. „Keinen Hunger."

Dann renne ich schon in Richtung Haustür. „Danke, dass ich hier schlafen hab' dürfen."

Der Opa ist mir nachgewetzt. „Wart' mal, ich muss dir noch was sagen."

Ich verdrehe die Augen. „Misch dich bitte nicht mehr ein!"

Er winkt ab. „Nicht wegen dem Toni, wegen dem Bürscherl in der Kirch'."

Ich halte inne. „Dem Jovanovic?"

Seine leuchtenden Augen und sein eifriges Nicken zeigen mir, dass er meint, etwas Wichtiges in petto zu haben.

„Na, in der Zeitung steht heut' ein Aufruf von euch, dass ihr sachdienliche Hinweise zu dem Bürscherl sucht", druckst er rum.

„Red' schon!"

„Die Achhammer Kathi hat nämlich den Unbekannten vorgestern Abend gesehen", offenbart er sich eifrig.

„Die Kathi hat ihn gesehen?", wundere ich mich übertrieben.

Er nickt eifrig. „Ja, sie hat geglaubt, es wär' ein betrunkener Urlauber, der grad vom Wirt kommt, weil der so gewankt ist."

Achhammer Katharina, inzwischen Rentnerin und ehemalige Teilzeit- Bürokraft bei der Mittelbayerischen Zeitung, wittert hinter jedem Gerücht eine Sensation. Da wird aus einem harmlosen Zuagroasten schnell mal ein „Preißnmörder" oder eben aus einem vermeintlich Betrunkenen ein Mordopfer. Ich gebe nicht viel darauf, was eine unserer Ratschkathln verzapft. Wenn die Hälfte davon stimmt, ist es immer noch zu wenig, um ihr alles zu glauben. Ihr kleines Häuschen steht an der Hauptstraße schräg gegenüber dem Lindenwirt. So entgeht ihr niemand, der das Gasthaus betritt oder verlässt und in welchem Zustand derjenige sich befindet.

„Und warum kommt sie damit nicht direkt zu mir?", will ich gelangweilt wissen, weil ich nix auf diese Beobachtung gebe.

„Sie hat geglaubt, du willst dich nicht mit ihr unterhalten."

„Und darum hat sie dich vorgeschickt", erkenne ich.

Er nickt verlegen und drückt meinen Arm. „Aber es könnt' doch wichtig sein."

Ich schnaufe tief durch. „Wenn's denn sein muss! Wann hat sie diesen ominösen Betrunkenen denn gesehen?"

„Gestern so kurz vor acht, sagt sie. Sie hat grad noch schnell die Sitzpolster von ihrer Hausbank hereinholen wollen, weil doch das Gewitter gekommen ist. Der junge Bursch war ihr unbekannt und hat sich sogar an ihrem Gartenzaun abstützen müssen, so wie der beinand war! Aus Angst, er würd' ihr auch noch in den Vorgarten speim, hat sie ihn eine Zeitlang beobachtet, aber er ist dann weitergetorkelt."

„Und wo ist er hin?"

„Er ist die Stufen zum Friedhof hinaufgestolpert und hat sich lang am Eisentor festgehalten. Dabei hat sie sich noch gefragt, was so ein junger, total besoffener Bursch um diese Zeit auf dem Friedhof will."

Spätestens jetzt habe ich Blut geleckt. „Und woher er gekommen ist, hat sie nicht gesehen?"

Er schüttelt den Kopf. „Ich hab' doch gesagt, dass sie geglaubt hat, er kommt vom Wirt. Wo sonst hätt' er sich so volllaufen lassen können?"

„Aber er war nicht betrunken, sondern schwer verletzt!“, berichtige ich. „Das heißt, wenn Kathi denselben meint, den wir in der Kirche gefunden haben.“

Der Opa tut verschworen. „Ich hab’ ihn ihr genau beschrieben. Er war’s ganz bestimmt!“

Ich grüble. Tomislav Jovanovic ist also um kurz vor acht mitten durchs Dorf getorkelt und niemand hat erkannt, dass er verletzt ist und Hilfe braucht. Ist das ein Armutszeugnis für die Einheimischen oder völlig normal, dass er als vermeintlich Betrunkener missachtet worden ist?

Im Grunde hilft mir die Zeugenaussage von Kathi nicht viel, denn ich weiß ja, dass unser Opfer von irgendwoher gekommen sein muss. Und heute wird die Bevölkerung in der Zeitung sowieso aufgefordert, uns etwaige Beobachtungen zu melden, wie der Opa grad erzählt hat. Vielleicht hat ihn noch ein Essinger oder auch ein Urlauber auf der Hauptstraße gesehen, schließlich ist jetzt Hauptsaison. Wegen des nahenden Gewitters hat wohl jeder, der an besagtem Abend noch auf der Straße unterwegs war, einen Unterschlupf gesucht. Da fällt so ein wankender Fremder nicht besonders auf.

Erwartungsvoll und gespannt beobachtet mich der Opa beim Grübeln.

„Danke, Opa, für diese Info“, tue ich ihm dann den Gefallen und lobe ihn.

„Soll die Kathi morgen in die PI kommen wegen dem Protokoll?“, fragt er geschäftig.

„Ja, soll sie.“

Ich habe die Türklinke schon in der Hand, als ihm noch was einfällt: „Dass ich es nicht vergess’, Maria: Ihr braucht’s in Essing nicht weiter nach dieser ominösen Maria suchen. Diesen kriminellen Jugoslawen hat hier wirklich niemand gekannt.“

Damit gibt er mir wieder einmal zu verstehen, dass er genau über meine Ermittlungsarbeit Bescheid weiß und die Essinger Buschtrommeln wunderbar funktionieren. Und es spricht der Kleinweltler aus ihm, der bei jedem argwöhnt, der fremd und anders ist. Und das ärgert mich.

„Tomislav Jovanovic hat der ehemalige Bosnier geheißen", berichtige ich ihn schnippisch. „Kennst du vielleicht alle Marias hier im Ort? Und woher willst du überhaupt wissen, welche Maria er gemeint hat?"

„Arbeit' ich bei der Polizei oder du? Find's raus", wird er frech und grinst hämisch.

Dann spielt mein Handy die Bayernhymne. Der Bär ist dran.

„Kommst du bald? Ich hätt' nämlich die Schwester von unserem Opfer hier im Büro."

Ich bin sofort elektrisiert. „Ich bin gleich da! Wart' mit der Vernehmung!"

Als ich in unser Büro komme, sitzt da ein junges Pärchen auf den beiden Besucherstühlen neben unseren zusammengestellten Schreibtischen. Der Bär, sichtlich erleichtert, dass ich endlich komme, macht uns bekannt.

Maria Jovanovic hat etwas Unschuldiges an sich und weckt durch ihre schüchterne, zurückhaltende Art sofort Beschützerinstinkte in mir. Groß, fast mager und flachbrüstig steckt sie in einer einfachen Jeans und einem weißen T-Shirt. Aus ihrem fein geschnittenen, ebenmäßigen Gesicht strahlen mich dieselben hellblauen Augen wie die ihres Bruders an. Ihre langen, blonden Haare hat sie im Nacken zu einem Pferdeschwanz zusammengebunden. Ohne jegliches Zurechtmachen oder Makeup wirkt sie sehr natürlich und schlicht, aber dadurch auch authentisch, und wäre sicher ein geeignetes Modell für die Laufstege in Paris oder Mailand.

„Mein herzliches Beileid zum Tod Ihres Bruders", bedauere ich und schüttle ihre matte, schmale Hand.

Sofort schießen Tränen in ihre scheuen Augen, sodass sie mein Mitgefühl noch weiter steigert.

Ihr Begleiter ist mir da wesentlich unsympathischer. Er stellt sich mit deutlich russischem Akzent als Dimitri Petrov vor. Mit seinen kurz geschorenen Haaren, dem Dreitagebart, seiner bulligen Figur und den eisgrauen Augen, die mich aus seinem breiten, flachen Gesicht mit slawischen Zügen anstarren, verschafft er mir direkt eine Gänsehaut. Seine Körpersprache zeigt deutlich, dass er genervt ist von diesem Auftritt hier. Noch dazu nehme ich deutlich wahr, dass Maria Angst vor ihm hat.

Nicht nur durch dieselben Nachnamen, sondern auch durch die Ähnlichkeit ist es offensichtlich, dass er der Bruder von Juri Petrov ist, der in Straubing im Knast sitzt. Das weckt mein Misstrauen und ich bin auf der Hut. Sie erinnern mich irgendwie an die Klitschko-Brüder, die ich noch nie auseinanderhalten konnte.

Ich setze mich an meinen Schreibtisch gegenüber vom Bär, der mir verschwörerische Blicke zuwirft, die ich nicht deuten kann.

„Sie sind in Begleitung gekommen?“, wende ich mich an Maria Jovanovic, um zu erfahren, in welcher Beziehung sie zu diesem Dimitri steht.

Sie schaut ihn erst unsicher an und antwortet dann: „Dimitri ist … mein Freund.“

Nie und nimmer ist die freiwillig mit diesem Rohling beinand! Es kommt mir eher so vor, als wäre er ihr Aufpasser. Zwischen ihnen erahnt man keinerlei Gefühle, eher Furcht und Argwohn.

„Ich chabe sie begleitet, weil sie der Tod ihres Bruders doch ziemlich mitgenommen chat“, erklärt uns Petrov betont hilfsbereit und mit deutlich russischem Akzent.

„Ihre Mutter hat Ihnen sicher gesagt, was mit Ihrem Bruder passiert ist?“, spreche ich weiter mit Maria und ignoriere ihn.

Sie senkt ihren Blick traurig und nickt. Dann schluchzt sie leise und sagt in gutem Deutsch: „Er ist ermordet worden …“

Ich gebe ihr ein paar Sekunden, um sich zu fangen. Ihr Begleiter tätschelt wie zum Beweis seiner Fürsorge ihren Arm. Doch sie zuckt zusammen und schnäuzt sich in ein Papiertaschentuch.

Vorsichtig taste ich mich weiter. „Können Sie uns sagen, wo er sich nach seiner Haftentlassung aufgehalten hat?“

Sie schüttelt den Kopf. „Er hat meine Mutter und mich ein paar Mal in unserer Wohnung besucht, aber er war sehr verschwiegen und abweisend, so ganz anders als früher. Sind Sie die Polizistin, die meinen Bruder in der Kirche gefunden hat?“

Ich nicke. „Ja, er ist noch einmal zu sich gekommen und hat nach einer Maria verlangt. – Können Sie sich vorstellen, wen er damit gemeint haben könnte?“

„Mich?“, meint sie zögerlich, doch überzeugt.

Ich seufze. Langsam glaube ich es auch. Aber warum hat er seine Schwester bei uns in Essing gesucht?

„Sind Sie öfters in Essing, Frau Jovanovic?“, will der Bär wissen, der offensichtlich die gleichen Gedanken hat wie ich.

„Meinen Sie den Ort, wo Sie ihn in der Kirche gefunden haben?“, forscht sie betreten.

Der Bär nickt. „Genau.“

Sie schüttelt den Kopf. „Ich war noch nie dort.“

Dann meldet sich Petrov zu Wort. „Chat er noch was gesagt, bevor er gestorben ist?“

Seine kalte, harte Stimme mit dem Akzent jagt mir wieder eine Gänsehaut über den Rücken.

„Kirchenasyl“, antworte ich wahrheitsgemäß.

„Kirchenasyl?“

„Ja, offensichtlich hat Tomislav Jovanovic in der Kirche Schutz und Hilfe gesucht. Nun fragen wir uns, vor wem er so Angst gehabt hat?“

Ich schaue Maria direkt in die Augen und sie weicht verlegen aus.

Ihr Aufpasser lacht auf. „Da müssen Sie sich täuschen, Frau Kommissarin! Der Tomi war kein Angstchase! Er chat eine Bank überfallen und war im Knast!“

„Warum sind Sie eigentlich nicht dort bei Ihrem Bruder?“, frage ich direkt. „Ich kann mir gut vorstellen, dass Sie ebenfalls beteiligt waren damals.“

Wieder lacht er. Ich mag sein spöttisches, selbstgefälliges und überhebliches Getue nicht.

„Sagen wir es so, Frau Kommissarin, aber das muss unter uns bleiben: Irgendjemand musste sich opfern, und das rechne ich meinem Bruder sehr choch an."

Es gibt also noch mehr Beteiligte oder zumindest Mitwisser an dem Banküberfall, wie wir es uns schon gedacht haben. Und dieser Petrov fühlt sich offenbar unantastbar, dass wir ihn deswegen belangen könnten, denn der Fall ist bereits gerichtlich geregelt worden. Beweise für eine Mittäterschaft des Petrov-Bruders gibt es wohl kaum noch, denn es existieren laut den Akten von damals keine Anhaltspunkte, dass es noch Hintermänner gegeben hat.

Dann lacht der Bär. Ebenfalls höhnisch wie Petrov grad. „Das Blöde an der ganzen Sache ist nur, dass die Beute verschwunden ist, nicht wahr?"

Damit hat er einen offenbar wunden Punkt bei unserem Besucher getroffen. Im Gesicht des Russen zucken die Wangenmuskeln unkontrolliert. Er beißt die Zähne zusammen. Aber er sagt nix.

Sein Bruder, Jovanovic und Gökdal haben also die Drecksarbeit erledigt, werden erwischt, und er selbst lebt unbehelligt weiter sein zweifelhaftes Dasein, jedoch ohne das erhoffte Diebesgut.

Der Bär stichelt weiter: „Der Jovanovic hat sie ziemlich gut versteckt, was? Wie lang suchen Sie schon nach der Kohle? Die ganzen sechs Jahre seit damals? Das muss doch zermürbend sein!"

Petrov kann sich nicht mehr im Zaum halten und springt wütend auf. Sein Gesicht ist zornverzerrt und sein ganzer massiger Körper bebt. Aber er beherrscht sich mühsam und kommentiert die Provokation vom Bär nicht.

Grob reißt er Maria an der Hand aus ihrem Stuhl. „Komm, mein Schatz, wir chaben ihnen alles gesagt, was wir wissen!"

Ängstlich folgt sie seinem Befehl. Als sie von ihrem Pseudofreund durch unsere Bürotür hinausgezerrt wird, wirft sie mir noch einen flehenden Blick zu. Dann sind sie weg.

„So ein Arschloch“, stellt der Bär fest.

Ich lehne mich in meinem Bürostuhl zurück und seufze. „Kruzinesn!“

„Der Petrov hat sicher schon auf den Jovanovic gewartet, als er aus dem Knast gekommen ist. Darum ist unser Opfer logischerweise untergetaucht.“

„Glaubst’, dass der Petrov der Maria was antut?“. Mir geht ihr letzter Blick nicht aus dem Sinn.

Der Bär zuckt mit den Schultern, denn er ist mit den Gedanken bei der Rekonstruktion des Tathergangs. „Ich glaub’, der hat sich den Jovanovic geschnappt und hat ihn zur Einschüchterung erst einmal zusammengeschlagen. Daher die schlecht verheilten Brüche.“ Er wirft mir die braune Mappe mit dem Obduktionsbericht herüber auf meine Schreibunterlage. „Ist heut’ reingekommen. Steht alles da drin: Nasenbeinbruch und eine angeknackste Rippe, laut Zucker nicht behandelt und vor ungefähr drei Wochen passiert.“

Ich schlage die Mappe auf und auf der ersten Seite habe ich die Umrisse eines menschlichen Körpers vor mir, auf dem Leo Zucker alle Verletzungen eingezeichnet und kurz beschrieben hat. Das lob ich mir, denn es erspart mir die ganze Leserei eines medizinisch kryptischen Berichts.

Während ich mir die Skizze genauer ansehe, analysiert der Bär weiter: „Vielleicht hat der zusammengeschlagene, eingeschüchterte Jovanovic seinem Peiniger versprochen, die Beute für ihn zu holen. Aber stattdessen war es ihm gelungen, sich bis vorgestern, also dem Tattag, zu verstecken. Der Petrov hat ihn aber aufgespürt und ist ihm bis nach Essing gefolgt. Dort hat er ihn zur Rede gestellt und in rasender Wut erstochen, weil er die Beute immer noch nicht rausrücken wollt’. Ich trau’ dem Russenbürscherl alles zu!“

„Aber offenbar hat der Jovanovic dichtgehalten, sonst wär’ der Petrov heut’ nicht hier gewesen und hätt’ uns ausgehorcht, ob der vor seinem Tod noch irgendwas gesagt hat“, fahre ich fort, die Hypothese vom Bär zu vollenden.

„So schaut's aus", stimmt er mir zu.

„Das erklärt aber immer noch nicht, warum Jovanovic in Essing war." Ich seufze und reibe mir die Augen, weil ich müde und erschöpft bin.

„Und uns fehlen leider die Beweise", fügt er ebenfalls resigniert hinzu und schaut mich dann durchdringend an. „Sag' mal, ist irgendwas?"

Ich schüttle eilig den Kopf. „Hab nur schlecht geschlafen. – Ich mach' mir außerdem Sorgen um die Maria Jovanovic. Der Petrov hat sie vollkommen in seiner Hand."

„Wenn du meinst, dann schicken wir den Koller und den Schubert zu der Wohnung von den zwei Jovanovic-Frauen, damit die dort ein bisserl aufpassen", schlägt der Bär vor.

Ich nicke zustimmend und bin mit den Gedanken schon wieder woanders. Er erhebt sich und geht aus dem Büro, um die Anordnung weiterzugeben, weil ich keine Anstalten dazu mache.

Wäre dieser Fall für Toni Nervenkitzel genug, sich mit dem Petrov anzulegen? Ich erinnere mich daran, dass mein Mann mir gesagt hat, dass wir es hier mit organisierter Bandenkriminalität zu tun haben, die mafiöse Ausmaße hat. Bin ich dem gewachsen? Einen Teufel werde ich tun, um bei Toni um Unterstützung zu bitten! Das haben der Übelacker und die Schneidhart ja schon getan.

Der Bär kommt zurück und mustert mich nachdenklich in meinem Bürostuhl. „Die zwei sind schon unterwegs. Und, was machen wir jetzt?"

Entschlossen stehe ich auf. „Wir fahren in die JVA Straubing."

„Willst du das nicht lieber mit dem Toni machen?", zögert er unsicher.

Ich weiß, dass er nicht gern in den Knast geht. Wer tut das schon, wenn er nicht unbedingt muss?

Darum grinse ich schadenfroh. „Nein, du bist der Auserwählte!"

„Jetzt auf einmal", spöttelt er und folgt mir aus dem Büro.

Auf der Fahrt fühle ich mich dazu gezwungen, meinen Partner wohl oder übel über die beiden zuständigkeitsübergreifenden Sokos aufzuklären.

„Die Schneidhart und der Übelacker haben Kooperation verordnet. Der Dimitri Petrov und seine Clique treiben ihr Unwesen offenbar weiter in Regensburg. Der Toni hat irgendwas von organisiertem Verbrechen und Bandenkriminalität gesagt und arbeitet bei der Soko Russen-Connection mit. Details kenn' ich leider nicht."

Über unsere unterschiedlichen Meinungen zur Schneidhart, unsere Auseinandersetzung und meine Flucht verliere ich kein Wort. Gestern nach dem Essen wollten Toni und ich ja eigentlich noch alles wegen Petrov und Co durchgehen, aber der Abend war dann anders verlaufen.

„Hab' mir gleich gedacht, dass der Russ' ziemlich tief im kriminellen Sumpf drinsteckt. Das sieht man ihm ja direkt an", kommentiert der Bär verächtlich und ihm fällt ein: „Sollten wir dann nicht besser mit Toni und seiner Soko absprechen, dass wir in die JVA zum Petrov fahren?"

„Das Verhör betrifft nur die Soko Kirchenasyl, also ziehen wir das jetzt durch", sage ich entschlossen. Ich habe Toni ja bereits angekündigt, dass ich das mit dem Bär machen werde.

„Wenn's ernst wird, hast du doch sonst auch immer mit ihm zusammengearbeitet." Er schaut mich irritiert an.

„Dann wird's Zeit, dass sich das ändert."

Keine Ahnung, ob es an meiner entschlossenen Stimme oder an meinem sarkastischen Unterton liegt, aber der Bär gibt sich zufrieden: „Gut, wenn du das sagst."

„Und außerdem hat mir die Schneidhart freie Hand gewährt", erinnere ich mich an ihre Aussage. Kaum, dass ich ihren Namen ausgesprochen habe, legt sich auf das Gesicht meines Partners ein sehnsuchtsvoller Ausdruck, als sähe er die aufgedonnerte Wuchtbrumme direkt vor sich.

„Die Schneidhart und der Übelacker, das passt doch hint' und vorn nicht zusammen!"

„Du wirst doch nicht eifersüchtig sein?", ziehe ich ihn auf.

„Ich!", empört sich der Bär. „Ich doch nicht! Ich denk' mir halt, dass die Schneidige eher auf gestandene Mannsbilder steht und nicht auf so einen windigen Bürokratenhengst."

Leider und ungewollt kenne ich ihren Männergeschmack inzwischen. „Und du glaubst, du könntest ihr gefallen?"

Ich mustere ihn von der Seite und er zieht wie auf Kommando seinen Bauch ein, was nicht wirklich viel bringt.

„Drei Kilos sind schon runter", verkündet er stolz.

Wenn für ihn die Werbung um die Gunst der Schneidhart eine Motivation zum Abnehmen ist, dann lasse ich ihn einfach weiterträumen. Und wer weiß, vielleicht lenkt der schlanker werdende Bär sie ja davon ab, sich an meinem Mann zu vergreifen.

Kapitel 7

Zuerst wird Juri Petrov von einem untersetzten Justizvollzugsbeamten zu uns in das karge Verhörzimmer mit den vergitterten Fenstern gebracht.

Juri gleicht seinem Bruder Dimitri wirklich gravierend, aber durch ihre Geburtsdaten weiß ich, dass sie keine Zwillinge sind. Er hat genau dieselben kalten Augen in dem breiten Gesicht mit den hohen Wangen. Auf der rechten zeugt eine große Narbe davon, dass er wohl schon einiges während seiner kriminellen Karriere einstecken musste. Juri ist allerdings schlanker, muskulöser und breitschultriger als sein bulliger Bruder in Freiheit. Hier im Knast hat er ja Zeit, seine Muskeln zu stählen.

Ganz lässig setzt er sich an den Edelstahltisch uns gegenüber auf den Stuhl, lehnt sich zurück und verschränkt die Arme vor der breiten Brust, die unter einem grauen T-Shirt steckt. Seine eisblauen Augen schauen uns gelangweilt an. Ich kann seine Ablehnung und sein Misstrauen direkt spüren und ahne, dass er eine harte Nuss ist, die schwer zu knacken sein wird.

Aber der Bär und ich haben uns während der Fahrt natürlich vorbereitet, vorgewarnt durch meinen Mann. Mit organisiertem Verbrechen und Bandenkriminalität hatte ich in meiner Zeit in München und Ingolstadt bereits zu tun, aber ich war immer nur ein kleines Rädchen in einer Sonderkommission. Diesmal bin ich die Leiterin der Soko, und ich wünsche mir insgeheim Toni an meine Seite. Doch mit dem Bär fühle ich mich wenigstens physisch geschützt. Noch dazu haben wir uns eine Taktik zurechtgelegt und werden in die Trickkiste greifen.

Aber zuerst einmal stellen wir uns vor. Er gibt keinen Mucks von sich.

„Herr Petrov, Ihr Bruder hat uns einiges über den Bankraub damals erzählt", beginne ich ruhig.

Er tut weiterhin ganz cool, aber mir ist das kurze Aufflackern in seinen Augen nicht entgangen.

„Du willst doch sicher nicht, dass er ganz allein mit den 25.000 Euro abhaut, oder?“, fragt der Bär ironisch. Petrov scheint ihm in seinen Augen nicht ebenbürtig zu sein, weil er ihn duzt.

Alarmiert setzt sich der Russe auf. „Was soll das cheißen?“

Er hat angebissen!

„Na, dass es so ausschaut, als hätt’ der Dimitri aus dem Jovanovic herausgepresst, wo die Beute ist …“, lüge ich gekonnt, „… bevor er ihn umgebracht hat.“

Petrov springt auf. Auf einen Schlag ist seine Gelassenheit verflogen und er ist auf hundertachtzig. „Mein Bruder würde mich niemals bescheißen!“

Der Bär steht ebenfalls auf, grinst voller Sarkasmus und drückt ihn auf den Stuhl zurück. „Schon blöd, wenn man im Knast schmort, während der eigene Bruder unbehelligt ein Leben in Saus und Braus führen kann, nicht wahr?“

„Ach, tut er das?“, argwöhnt Juri Petrov in seinem russischen Akzent. „Das letzte Mal, als ich mit ihm gesprochen chab’, chat er mir nix davon gesagt.“

Natürlich wissen wir, dass im Handyzeitalter die Kommunikation auch im Knast einwandfrei funktioniert, auf welchen Umwegen auch immer. Aber auch dafür sind wir gewappnet.

Der Bär und ich schauen uns schmunzelnd an.

„Glauben Sie, dass er Ihnen das wirklich sagen würd’?“, will ich spitzbübisch wissen.

Damit haben wir es endgültig geschafft, den Knasti zu verunsichern. Er weiß nun nicht mehr, was oder wem er glauben soll. Das war einfacher, als ich gedacht hatte.

Ich setze neu an. „Warum haben Sie damals den Jovanovic verpfiffen und nicht auch Ihren Bruder?“

Er grinst höhnisch, während er sich über den Tisch zu uns herüberbeugt. „Ist doch logisch: Weil Tomi die Beute chatte und ich nicht wollte, dass er damit davonkommt. Er sollte genauso chier drin chocken wie wir.“

Der Bär macht einen mitleidigen Gesichtsausdruck. „Und so wolltest du dich absichern, dass auch dein Bruder mindestens bis zu eurer Haftentlassung warten muss, bis er zu dem Geld kommt. Irgendwie clever, nur ist der Jovanovic leider früher rausgekommen.“

„Und als der draußen war, hat sich Ihr Bruder gleich an seine Fersen geheftet, ihn erst mal bedroht und ein bisserl vermöbelt, damit er die Beute rausrückt“, fahre ich fort.

Petrov lehnt sich wieder zurück und verschränkt die Arme vor seiner Brust, was wohl heißen soll, dass er jetzt nix mehr sagt. Er ahnt, dass wir jede Aussage gegen ihn und seinen Bruder verwenden können.

„Allerdings schaut's so aus, als hätt' dein lieber Bruder den Tomi umgebracht, sich die Beute und dein Mädchen geschnappt und ...“

Weiter kommt der Bär nicht mit seiner Provokation, denn der Russe springt wieder hoch und diesmal so, dass der Metallstuhl scheppernd nach hinten umfällt. Wut und Zorn stehen in seinem rot verzerrten Gesicht und sein muskelbepackter Körper bebt, sodass man wirklich Angst vor ihm kriegen könnt'.

„Meine Maria? Nein, die würde er niemals auch nur anfassen. Sie gechört mir, nur mir allein!“, brüllt er rum wie ein Irrer.

Der wachhabende Beamte vor der Tür kommt hereingestürmt, aber der Bär winkt ihm zu, dass wir alles im Griff haben. Ich muss mich über den coolen Bär wundern, der eigentlich jeder Gewalt und Eskalation aus dem Weg geht. Aber beim Petrov fühlt er sich wohl irgendwie herausgefordert. Mit einer bewundernswerten Gelassenheit, hebt er den Stuhl wieder auf, stellt ihn hin und drückt den Knasti wieder darauf.

„Hinsetzen und ruhig bleiben, mein Freunderl“, befiehlt der Bär „Oder hast du wirklich geglaubt, dass dir das Mädel mehr als sechs Jahre treu bleibt?“

Wenn ihn schon das Geld nicht aus der Reserve gelockt hat, dann doch die Eifersucht. Typisch Männer!

Und so fängt unser russisches Vöglein an zu singen: „Ich chabe Dimitri auf den Tomi angesetzt, als er rauskam. Er sollte aus ihm cherausbekommen, wo das Geld ist."

„Dann bist du und nicht dein Bruder der Kopf der Bande?", stellt der Bär fest.

Ich schaue ihn vorwurfsvoll an. „Na klar! Wer kriegt das hübsche Mädel? Der Boss!"

„Ja, genau", wird Petrov wieder lauter. „Maria war … ist meine Freundin!"

Der Bär, der neben ihm stehen geblieben ist, klopft ihm beruhigend auf die Schulter. „Das wissen wir ja jetzt."

Der Russe besinnt sich. „Dass er den Tomi umgebracht chat, damit chab' ich nix zu tun, aber ich trau' ihm alles zu!"

„Schon klar", meint der Bär spottend. „Jetzt reitest du deinen Bruder aber mächtig rein. Nur, weil er sich in der Zwischenzeit um deine holde Maid gekümmert hat."

„Und meine Kohle chat er sich auch noch unter den Nagel gerissen …". Juri Petrov fügt noch ein paar zornige, russische Beleidigungen und Verwünschungen hinzu, die wir nicht verstehen, und das ist wohl auch gut so.

Man muss also gar kein versierter oder besonders in Verhörtaktik geschulter Bulle sein, um so ein kriminelles Russenbürscherl aus der Reserve zu locken. Es reicht, wenn man die niedersten männlichen Instinkte weckt. Verletzter Stolz, Eifersucht und Neid. Und damit kenne ich mich aus!

Der Bär kann sich ein selbstgefälliges Grinsen nicht verdrücken.

Und das war leichtsinnig, denn das lässt den Russen erkennen, dass wir ihn beschissen haben. Wieder explodiert er, fährt in die Höhe und will auf meinen Partner losgehen. Doch der kennt die Kräfte vom Bär nicht! Bei ihm sind die Muskeln zwar nicht zu sehen, aber allein seine Masse und Körpergröße gleichen die Muckis vom kleineren Petrov aus. Geschickt packt der Bär ihn mit seinen großen, ausgestreckten Pranken an der Kehle, drängt ihn gegen die Wand und hält ihn somit auf Abstand, während der Beamte, der an der Tür gewartet hat, ihm zu Hilfe kommt. Ich stehe jetzt auch auf und halte den Beamten mit einem zusichernden Nicken zurück. Mit diesem Kehlgriff hat mein Partner schon mehrmals einen Angreifer zur Räson gebracht. Ich frage mich dabei immer, ob es wirklich so leicht für ihn ist, oder ob er nur so tut, denn es muss schon einige Kräfte kosten, den Bodybuilder in Zaum zu halten. Allerdings geht dem langsam die Luft aus und er japst mit puterrotem Schädel und grummelt gequält.

„Ich würd' mir das gut überlegen, ob du einem Bullen Gewalt antun willst, das könnte schwerwiegende Konsequenzen für dich haben und wehtun! Glaub' mir das", weist ihn der Bär gelassen zurecht. „Ich werd' dich jetzt loslassen und dann benimmst du dich wieder, mein Freund!"

Und er tut wie angekündigt, lockert den Griff um den Hals des renitenten Petrov langsam und der muss sich schwer atmend an der Wand abstützen. Nach ein paar tiefen Atemzügen ist er wieder einigermaßen fit und lässt sich willenlos Handschellen von dem Vollzugsbeamten anlegen. Dabei wirft er uns eisige Blicke zu, die mich jetzt so gar nicht mehr berühren.

„Ich bring' ihn zurück in seine Zelle", kündigt der Beamte an. „Oder braucht ihr ihn noch?"

Wir schütteln die Köpfe. Wir haben alles erfahren, was wir wissen wollten.

Grad als er mit seinem gefesselten Gefangenen zur Tür hinaus will, fällt mir noch was ein: „Noch eine kurze Frage, bitte."

Die beiden Männer drehen sich zu mir um.

„Was?", motzt Juri Petrov genervt.

„Gibt es irgendeine Verbindung nach Essing? Hat jemand aus Ihrer Clique Freunde oder Verwandte dort?"

Er runzelt die Stirn. „Essing? Wo soll das sein, verdammt?", meint er gelangweilt und geht weiter.

Ich ziehe eine Lätschn. Er kennt es also nicht mal.

Als der Beamte und Petrov draußen sind, lasse ich mich erleichtert auf den Stuhl nieder, auf dem grad noch der Russe gesessen hat. „Kruzinesn! Das war hart!"

„Aber es hat direkt Spaß gemacht, das Russenbürscherl aufs Glatteis zu führen", freut sich der Bär und reibt sich seine großen Pratzen, die eben noch den Hals vom Petrov zugedrückt haben.

„Wir haben nur herausgefunden, wie die fünf strukturiert waren und dass ein Russe ziemlich eifersüchtig sein kann", resümiere ich. „Und deswegen sogar seinen Bruder hinhängt."

„Es ist doch wohl hiermit erwiesen, dass der Dimitri Petrov den Jovanovic umgebracht hat."

„Dafür haben wir keine Beweise."

Der Bär lacht sarkastisch. „Ich bitt' dich! Das passt doch alles zusammen!"

„Schon irgendwie", gestehe ich ihm zu. „Aber warum war der Jovanovic in Essing? Warum hat er nach dieser ominösen Maria verlangt?"

„Du und diese blöde Maria", stänkert er genervt. „Aber wenn du unbedingt meinst, dann müssen wir uns eben seine Schwester noch mal allein zu Gemüte führen. Vielleicht redet sie mehr, wenn dieser Russ' nicht dabei ist."

Mein Gefühl sagt mir immer noch, dass Tomislav Jovanovic nicht seine Schwester mit dieser Maria gemeint hat. Gutes Verhältnis und Beschützerinstinkt hin oder her. Wenn man im Sterben liegt, will man doch seine große Liebe bei sich haben! Würde ich in der momentanen Situation nach Toni verlangen, wenn ich im Sterben läge? Natürlich liebe ich ihn nach wie vor, sonst wäre es mir ja wurscht, ob er nach Halle geht. Aber ich bin gekränkt und tief verletzt, weil er mich deshalb hintergangen und nicht mit mir darüber geredet hat, und das kann ich ihm nicht einfach so verzeihen. Oder reagiere ich wieder einmal über? Bin ich cholerisch? Dass ich einfach so abgehauen bin, statt die Sache mit ihm auszudiskutieren? Aber ich kann halt auch nicht raus aus meiner Haut! Ich wollte ums Verrecken nicht in seiner Nähe bleiben. Auch nicht, als er heute Morgen bei Opa und Rita auftauchte. Ich muss meine Gedanken erst sortieren, bevor ich mich auf ein Gespräch mit ihm einlasse. Und ich muss mich auch wappnen, denn ich habe Angst davor. Große Angst sogar, denn ich befürchte das Schlimmste. Er geht nach Halle und lässt mich allein! Und das schnürt mir die Kehle zu, dass ich kaum noch atmen kann, wie grad eben der Petrov.

„... Mary?", holt mich mein Partner aus meinen Gedanken.

„Was?", erschrecke ich.

„Ich hab' gemeint, dass wir uns den Gökdal sparen können", wiederholt der Bär noch einmal und mustert mich neugierig. „Was ist heut' eigentlich los mit dir?"

Ich hole tief Luft, stehe auf und gehe zur Tür. „Ja, sparen wir uns das Verhör. Der weiß wahrscheinlich auch nicht mehr als der Petrov."

Der Bär seufzt und folgt mir missmutig.

Als wir wieder in unserem Auto sitzen, ertönt die Bayernhymne.

Der Koller ist dran: „Ihr solltet schnell zu der Wohnung der Jovanovics nach Abbach kommen!"

Meine Alarmglocken klingeln nicht nur, sondern schrillen beim schockierten Unterton in der Stimme meines Kollegen „Was ist passiert?"

„Hier schaut's aus wie auf einem Schlachtfeld!", erklärt er mir und schluckt schwer. „Die Mutter ist tot und die Tochter schwebt in Lebensgefahr!"

„Wir sind schon unterwegs!", sage ich, lege auf und werfe mein Handy zornig auf das Armaturenbrett, dass es nur so scheppert. „Kruzinesn!"

Der Bär staunt. „Was ist denn los?"

„Die Jovanovics hat's erwischt!"

Dann flucht auch er „Zefix!“, startet das Auto und wir brausen davon.

Immer wieder sehe ich während der Fahrt die flehenden Augen von Maria Jovanovic vor mir. Sie wollte, dass ich ihr helfe und ich blöde Kuh schicke ihr nur meine Kollegen! In meiner Brust zieht sich alles zusammen. Ich mache mir die größten Vorwürfe! Warum habe ich nicht gleich eingegriffen? Eigentlich habe ich doch immer ein gutes Gespür dafür, wenn was im Argen liegt.

Ich schimpfe mich in Gedanken selber und bin zutiefst bestürzt. Irgendwann kann ich die Tränen vor lauter Wut und Erschütterung nicht mehr zurückhalten. Mein Nervenkostüm ist eben momentan sehr angeschlagen.

Der Bär schaut mich von der Seite neugierig an. „Zefix, jetzt spuck’ endlich aus, was los ist!”

„Ich hätt’ die Maria nach dem Verhör in der PI nicht mehr mit dem Dimitri mitgehen lassen sollen“, mache ich meinem schlechten Gewissen Luft und wische mir die Tränen von den Wangen.

„Sind sie beide …?“

Ich schüttle immer noch fassungslos den Kopf. „Laut Koller lebt die Tochter noch …“

Nach einer kurzen Pause, nach der sich mein Partner verlegen räuspert, fragt er vorsichtig: „Aber allein deswegen heulst du hier doch nicht rum.“

Soll ich es ihm sagen? Ja, Kruzinesn! Ich muss es endlich loswerden und mit jemand reden, der nicht zur Familie gehört.

„Der Toni lässt sich nach Halle versetzen.“

Ich schnäuze mich lautstark in ein Papiertaschentuch.

Staunend schaut der Bär zu mir herüber. „Midlife-Crisis, oder wie?“

Ich zucke mit den Schultern. „Er braucht eine neue Herausforderung, sagt er. Es ist ihm zu fad in Regensburg.“

„War der Toni immer schon ein Draufgänger?“

„Du kennst ihn doch!“

Als ich ihn vor über dreißig Jahren während unserer Ausbildung kennenlernte, war er andauernd vorne mit dabei, wenn es bei Einsätzen brenzlig wurde. Zwar wurde er für seinen Einsatz gelobt, sogar befördert, aber auch gemahnt. Er wurde sogar schon einmal angeschossen.

Der Bär schmunzelt. „Naja, dem Tod ins Aug' geschaut hast du ja auch schon."

Damit hat er gar nicht so Unrecht, fällt mir auf und erinnere mich an den Psychopathen, der mich vor zwei Jahren bei einer Geiselnahme fast ins Jenseits befördert hätte. Und um diese schwer zu verdauende Erfahrung zu machen, musste ich gar nicht erst nach Sachsen-Anhalt, sondern es passierte hier, im tiefsten, idyllischen und christlichen Bayern. Durch die Bemerkung vom Bär wird mir also klar, dass die Gefahr für uns Gesetzeshüter immer da ist, egal wo auf der Welt man diesen Beruf ausübt.

„Nur in Halle ist die Chance ein bisserl größer draufzugehen", gebe ich meinen Standpunkt trotzdem nicht auf.

„Der Toni kann schon auf sich aufpassen", beschwichtigt mich der Bär. „Er ist ein guter Bulle!"

So kann ich meinen Partner also nicht auf meine Seite bringen. Darum versuche ich es auf eine andere Art und Weise: „Er hat es mir bis gestern verheimlicht, aber alle anderen haben es schon lang gewusst, inklusive meiner Söhne und dem Opa!"

„Weil der Toni dich halt kennt", ist die resolute Meinung vom Bär.

Ich bin empört. „Was soll denn das heißen? Ich bin doch kein Unmensch! Mit mir kann man über alles reden!"

Er ist sichtlich verlegen. „Na … na, du bist halt immer sehr … emotional!"

Aber diese beschönigte Antwort reicht mir nicht. „Wie meinst du das jetzt genau?"

„Ihr Frauen könnt halt einfach nicht sachlich bleiben und rational denken. Ihr nehmt immer alles gleich so persönlich und flippt total aus“, versucht sich der Bär mit Hilfe dieser Verallgemeinerung für das weibliche Geschlecht herauszureden.

„Du sprichst jetzt auch von deiner Frau?“, forsche ich. Mittlerweile macht es mir Spaß, wie er sich in Erklärungsnot bringt. Und so holt er mich ein bisserl aus meiner Tristesse.

Er schüttelt zuerst den Kopf, aber dann wird das Verneinen zu einem Nicken. „Irgendwie schon auch.“

Ich seufze. „Du sagst also, es ist nicht egoistisch vom Toni, wenn er mich hier allein lässt und eventuell draufgeht, nur damit er seinen Nervenkitzel kriegt?“

Er rümpft die Nase. „Genau das hab’ ich gemeint: Du malst immer alles schwarz!“

Ich lache sarkastisch. „Muss wohl an meiner Erfahrung als Ex-Witwe liegen …“

„Sei doch einfach mal stolz auf ihn und vertrau’ ihm! Er wird schon nicht zu viel riskieren, weil er dich hat“, überhört er meine Bemerkung.

„Du meinst so wie du und deine ahnungslose Karin, die jeden Tag daheim auf dich wartet, während du die Schneidhart anschmachtest?“

Mit gerunzelter Stirn und einem vorwurfsvollen Blick schaut er zu mir herüber. „Um mich und die Karin geht’s jetzt grad nicht, oder?“

„Wennst meinst!“

Kapitel 8

Vor dem Wohnhaus in Bad Abbach stehen schon ein Notarztwagen, ein Sanka, der weiße Bus der Spurensicherung und einige Polizeiautos meiner Kollegen aus Kelheim und Regensburg. Unter anderem auch der schwarze Audi von Toni. Wer hat ihn und seine Mannschaft verständigt, Kruzinesn? Na egal, er ist jedenfalls schon vor mir am Tatort. Und ich habe mich wohl oder übel auf eine Zusammenarbeit einzustellen, die unter den gegebenen Umständen alles andere als einfach sein wird. Da muss ich mich also beherrschen und professionell bleiben, so gut es mir gelingt. Ich schnaufe tief durch und steige aus.

Auf dem Bürgersteig vor dem Eingang tummeln sich einige aufgeregt miteinander tuschelnde Schaulustige. Mir wird immer flauer im Magen bei dem Gedanken, was mich gleich erwarten wird. Gedrückt und schweigend marschieren der Bär und ich das Treppenhaus hinauf, wo zwei Regensburger Kollegen, der Schubert und der Koller, uns im Dachgeschoss vor der Wohnung der Jovanovics empfangen. Sie wirken direkt verstört und sind bleich wie die Wand.

„Also ich hab' ja schon viel gesehen, aber das …", sagt der Koller betroffen, schluckt schwer und hält uns das rotweiße Trassenband hoch, das das Geschoss ab dem Treppenabsatz absperrt. Wir schlüpfen hindurch.

„Habt ihr nix mitgekriegt?", will ich von meinen Kollegen wissen.

Der Koller schüttelt den Kopf. „In einem Wohnhaus gehen viele Leute ein und aus. Wir haben den Petrov nur auf dem Foto gesehen, das uns der Bär gegeben hat, und der Auftrag hat gelautet, dass wir vor dem Haus observieren sollen."

Resigniert wechsle ich verzagte Blicke mit dem Bär. Offenbar haben wir die gefährliche und lebensbedrohliche Lage von Maria Jovanovic und ihrer Mutter total unterschätzt.

„Wer hätte auch ahnen können, dass der die beiden Frauen gleich massakriert?“, verteidigt sich der Bär mit erkennbar schlechtem Gewissen.

Da steht auf einmal Toni in der Wohnungstür und kommt zu uns heraus ins Treppenhaus. Auch er als hartgesottener Bulle ist bleich im Gesicht und schaut mitgenommen drein.

„Servus“, grüßt er uns kurz angebunden und stellt sich neben mich, was mir direkt unangenehm ist.

„Nervenkitzel genug, hm?“, frage ich ihn voll spitzer Ironie.

Doch er scheint Herr seiner Gefühlswallungen zu sein oder lässt sich zumindest vor den andern nix anmerken, denn er klärt uns sachlich über seinen Kenntnisstand auf: „Die Tochter ist grad mit dem Krankenwagen weggebracht worden. Der Notarzt sagt, sie wird es überleben, aber für die Mutter kam jede Hilfe zu spät.“

Auch ich versuche, routiniert zu bleiben, räuspere mich und will an ihm vorbei in die Wohnung, doch er hält mich am Arm zurück, so wie er es gestern getan hat, als ich abgehauen bin.

„Erspar’ dir das lieber“, warnt er mich.

Doch ich denke gar nicht daran! Wieder entwinde ich mich und betrete den Tatort. Der Bär folgt mir nicht, sondern bleibt bei den Kollegen im Treppenhaus.

Schon im engen Flur bietet sich mir ein Anblick des Grauens. Auf dem Boden liegt die Mutter Jovanovic seitlich da, umgeben von einer Blutlache und Blutschlieren und -spritzern links und rechts an der Wand. Auch den Flur entlang sind verschmierte Blutspuren auf dem Läufer und den Fliesen zu sehen. Hier hat offenbar ein Kampf auf Leben und Tod stattgefunden, den sie verloren hat. Ihre karierte Bluse ist dunkelrot getränkt. In ihrem reglosen, bleichen und zarten Gesicht glaubt man noch den Schrecken und die Panik zu sehen über das, was ihr widerfahren ist. Glücklicherweise sind ihre Augen schon geschlossen. Der starre, leere Blick einer Leiche geht mir immer durch Mark und Bein und verfolgt mich eine Zeitlang.

Der Leichendoc hockt in seinem weißen Schutzanzug neben dem Oberkörper und untersucht die Leiche grad hochkonzentriert. Rein optisch ist es diesmal Alf, der lange, dürre Helfer von Leo Zucker aus der Rechtsmedizin, den ich von meinem letzten Fall eher als unscheinbaren, unbeholfenen Typ in Erinnerung habe. Auch die beiden Techniker von der Spurensicherung, Klaus und Ludwig, gehen bereits eifrig ihrer Arbeit nach, verteilen ihre Nummernschilder, fotografieren, sichern Spuren und Fingerabdrücke und nehmen mich gar nicht wahr.

Aus dem Garderobenschränkchen und der Kommode links und rechts neben der Toten stehen die Schubläden und Türen offen, alles ist durchwühlt und ausgeräumt. Anscheinend hat der Täter nach etwas gesucht.

Wie angewurzelt bleibe ich neben den Beinen der Toten stehen. Durch die Enge im Flur, das viele Blut und den Saustall, komme ich nicht weiter und höre Toni draußen weiter berichten: „Offenbar hat der Täter die Frauen frontal mit einem Messer angegriffen. Angefangen hat das laut dem Klaus von der Spusi in der Küche. Das Mittagessen und das benutzte Geschirr stehen noch auf dem Esstisch. Die beiden Frauen haben Abwehrverletzungen an Armen und Händen. Der Leichendoc sagt, die Mutter hat mehr als zehn Einstiche im Oberkörper, die wohl so ziemlich alle wichtigen inneren Organe getroffen haben. Der Angreifer scheint auch nach etwas gesucht zu haben. Alle Zimmer und Schränke sind durchwühlt und ausgeräumt."

Die Stimme vom Bär klingt entsetzt, als ich ihn sagen höre: „Der Petrov muss vollkommen irre gewesen sein!"

„Und wir haben draußen nix davon mitgekriegt", fügt der Koller niedergeschlagen hinzu.

„Für die Bewohner gibt es einen Parkplatz hinter dem Haus mit einem separaten Zugang zum Treppenhaus. Über den muss der Täter wohl gekommen und auch wieder geflohen sein", erklärt ein uniformierter Kollege von Toni.

„Da konnten wir ihn auf unserem Posten vor dem Haupteingang unmöglich sehen“, ist der Koller direkt erleichtert.

„Ihr habt die Jovanovics observiert?“, hakt Toni nach.

„Naja ...“, antwortet der Bär unsicher.

Als der Leichendoc den rechten, schlaffen Arm der Toten vor mir hochhebt, kann ich die vielen, blutigen Schnittwunden erkennen. Dieser Anblick jagt mir eine Gänsehaut über den Rücken. Was muss diese Frau in ihrem Todeskampf durchgemacht haben? Erschüttert wende ich mich ab und fliehe zurück ins Treppenhaus.

Toni fragt grad den Bär weiter: „Wie kommst du auf den Petrov?“

Bevor mein Partner antworten kann, kläre ich ihn auf: „Der Dimitri Petrov war heut’ früh mit der Tochter Jovanovic wegen ihrer Aussage zum Tod ihres Bruders bei uns in der PI. Die Maria hatte Angst vor dem Russen, das haben der Bär und ich ihr eindeutig angemerkt. Darum haben wir den Koller und den Schubert hier abgestellt. Als der Petrov sie heimgebracht hat, muss es, so wie es ausschaut, zum Streit gekommen sein und er ist ausgerastet.“

„Die Tochter hat jedenfalls den Notruf abgesetzt und wir sind gleich, nachdem uns der Obeth aus der PI informiert hatte, hochgerumpelt und haben die Tür halb offenstehend vorgefunden“, erzählt mir der Koller immer noch sichtlich aufgeregt. „Bei der Mutter im Flur war nix mehr zu machen, das haben wir sofort festgestellt“, fährt der mitgenommene Schubert fort. „Wir haben die Maria im Bad gefunden, nachdem wir die Tür eingetreten hatten. Es war der einzige verschlossene Raum, nachdem wir die Wohnung durchkämmt hatten. Sie lag ohnmächtig zwischen Kloschüssel und Wand, als wir zu ihr gekommen sind. Das blutverschmierte Handy in ihrem Schoß. Sie hat anscheinend noch den Notruf absetzen können.“

„Er muss angenommen haben, sie wäre auch tot“, überlege ich.

„Warum seid ihr euch so sicher, dass es der Dimitri Petrov gewesen ist?“, hakt Toni nach.

„Na, wer denn sonst?“, spöttelt der Bär. „Das ist doch ganz offensichtlich!“

„Weshalb?“

Wieder springe ich als Soko-Leiterin ein: „Wir vermuten, dass der Petrov angenommen hat, Tomislav Jovanovic hat seiner Familie erzählt, wo er das verschwundene Geld von dem Bankraub von vor sechs Jahren versteckt hat. Wahrscheinlich hat er auch ihn in rasender Wut umgebracht, als er nicht damit rausgerückt war. Wie der Bär und ich heut' im Knast beim Verhör des Bruders Juri Petrov am eigenen Leib erfahren mussten, liegt es wohl in der Familie, dass die ihre Fassung schnell mal verlieren.“

Irritiert mustert mich Toni. In seinen Augen kann ich eine Spur Besorgnis um mich erkennen. „Ist was passiert?“

Sofort beschwichtigend mischt sich der Bär ein. „Wir hatten alles unter Kontrolle!“

„Ich hab' dir gleich gesagt, dass mit denen nicht zu spaßen ist“, unterlässt Toni es trotzdem nicht, mich zu mahnen.

Aber der Bär übergeht das. „Jedenfalls hat der Juri nach ein paar Fragen unsererseits bereitwillig gesungen, dass er seinen Bruder in Freiheit auf den Jovanovic wegen der Beute angesetzt hatte und ihm auch gleich den Mord an dem jungen Bürscherl angehängt. Und da heißt es immer, Blut ist dicker als Wasser! Bei Geld und der Ehre sind selbst Familienbande nicht mehr so wichtig.“

Beeindruckt schaut Toni zwischen mir und dem Bär hin und her. „Die zwei sind beide keine zahmen Lämmchen. Das wissen wir von der Soko Russen-Connection nur zu gut! Während der eine im Knast die Strippen zieht, organisiert der andere die kriminellen Machenschaften im Namen seines Bruders weiter. Auf ihr Konto gehen mehrere Einbrüche und Betrugsgeschichten zusammen mit einigen leichten und schweren Körperverletzungen und Erpressungen.“

Tonis Regensburger Kollegen nicken zustimmend.

Zwei Bestatter, die ihren grauen Plastiksarg die Treppen heraufschleppen, unterbrechen uns in unserer Besprechung. Wenn die kommen, ist die Stimmung auf einen Schlag noch gedrückter, als sie an einem Tatort eh schon ist, so als würde ihr Erscheinen der endgültige Beweis für den stattgefundenen Tod sein.

Doch ich halte die zwei in dem engen Treppenhaus noch kurz zurück, weil ich einen Gedankenblitz habe, den ich mit dem Rechtsmediziner unbedingt schnell abklären muss. Ich renne also wieder in den Flur der Wohnung, wo der Alf grad seine Einweghandschuhe abstreift.

„Alf! Du kennst doch das Obduktionsergebnis vom Jovanovic auch, oder?"

Er nimmt die gelbe Schutzbrille ab und schaut mich aus einem schmalen, langen Gesicht neugierig an. „Ich habe die Leiche wieder zusammengeflickt, nachdem der Leo fertig damit war, warum?"

„Egal", tue ich ab und stelle meine drängende Frage trotzdem: „Könnt' das hier der gleiche Täter wie beim Jovanovic gewesen sein?"

Er schüttelt zweifelnd den Kopf. „Kann ich mir nicht vorstellen. Der hier muss rasend vor Wut gewesen sein und hat wahllos zugestochen. Ich schätze mit einem Butterfly-Messer, aber das kann ich dir erst nach der Obduktion genauer sagen. Einer, der so ein Messer parat hat, hat meistens nix Gutes im Sinn. Beim Jovanovic war es ein einziger gezielter Stich mit einem Küchenmesser. Kommt mir eher wie eine spontane Tat vor."

Alf scheint ein versierterer Leichendoc zu sein, als ich es ihm zugetraut hatte.

„Zwei verschiedene Täter also …", analysiere ich nachdenklich und kehre zurück zu den anderen vor die Wohnungstür.

„Du glaubst also nicht, dass der Petrov auch den Jovanovic umgebracht hat?", bohrt Toni nach.

Ich komme ihm ungewollt ziemlich nahe, als wir uns alle zusammendrängen, weil die Bestatter mit dem Sarg vorbei müssen.

„Aber das hier passt doch eindeutig alles zu dem Russen! So wie der das arme Mädel heut' früh in der PI mit sich herumgeschleift hat", kommentiert der Bär überzeugt.

„Jedenfalls schreiben wir ihn zur Fahndung aus. Auf geht's Leute, wir haben viel Arbeit! Ich muss der Schneidhart Bericht erstatten und mit ihr einen Haftbefehl wegen dringenden Tatverdachts gegen Dimitri Petrov bei Gericht erwirken", befiehlt daraufhin Toni und wendet sich zum Gehen.

Als der Bär den Namen der Staatsanwältin vernimmt, erklärt er sich sofort bereit: „Das können die Mary und ich doch auch machen, ich mein', wo wir jetzt doch zusammenarbeiten."

Mein schneidender Blick durchbohrt ihn, aber er bemerkt es gar nicht oder tut zumindest so.

„Ich treff' mich sowieso gleich mit ihr", nimmt ihm Toni die Vorfreude auf ein Wiedersehen mit dem Vollweib.

Und diese Aussage nervt mich noch mehr als das Angebot vom schmachtenden Bär. Wieder greift die kalte Hand der Eifersucht nach meinem Herzen.

Bevor Toni die Stufen hinunter nimmt, schaut er mich bittend an. „Wir sehen uns dann heut' Abend?"

Ich gebe ihm weder eine Antwort noch zeige ich sonst eine Gefühlsregung. Darüber habe ich mir noch keine Gedanken gemacht.

Glücklicherweise huscht der Leichendoc eilig an mir vorbei und scheucht den Toni vor sich die Treppen hinunter. „Meinen Bericht kriegt ihr, so schnell es geht", ruft er noch zurück und überholt meinen Mann eilig auf der zweiten Treppe.

„Komm, wir packen es auch", drängelt mich der Bär.

Aber ich habe es nicht so eilig, denn ich will der Gefahr aus dem Weg gehen, Toni unten nochmal zu begegnen.

„Zuerst muss ich auch noch meine Anweisungen geben."

An Koller und Schubert gewandt erteile also auch ich meine Befehle: „Ihr zwei haltet hier die Stellung, bis die Spusi fertig ist. Danach schwärmt ihr mit den anderen diensthabenden Kollegen aus und haltet eure Augen nach dem Petrov offen. Eine Streife hier in Abbach, eine in Kelheim und eine in Essing. Vielleicht sucht er ja dort, warum auch immer, noch nach der Beute."

Nickend nehmen die beiden an und wir verabschieden uns von den Kollegen. Grübelnd steige ich hinter dem Bär Stufe für Stufe hinunter und merke, wie ich mich nach frischer Luft sehne.

„So ein Massaker!", kann er es immer noch nicht fassen, obwohl er es gar nicht mit eigenen Augen gesehen hat, die Memme. „Wird ganz schön hohe Wellen schlagen."

Seine Bemerkung steigert mein Unwohlsein nur noch mehr. Das hier ist eindeutig eine Nummer zu groß für mich! Toni hatte mich gewarnt, dass es sich hier um skrupellose Täter handelt. Trotzdem bei uns grad Krisenstimmung herrscht, bin ich froh, dass wir Unterstützung von seiner Soko aus Regensburg haben.

Petrov muss wohl im Blutrausch gewesen sein, so wie man es aus den schlimmsten Horrorfilmen kennt. Was war der Auslöser für diese schreckliche Tat? Wirklich die verschwundene Beute aus dem Bankraub, wie wir es annehmen? Hätten die beiden Frauen etwas darüber gewusst, hätten sie es Petrov gesagt, dessen bin ich mir sicher und sie könnten unversehrt sein. Aber offenbar hatten sie keine Ahnung von dem Versteck und sind deshalb jetzt tot beziehungsweise schwer verletzt. Hätte ich die beiden vor ihm beschützen können? Wie Toni uns sagte, gehört schwere Körperverletzung zu den Straftaten, die Petrov angelastet werden. Aber Mord? Offenbar ist seine Geduld fast sechs Jahre nach dem Bankraub am Ende. Die Presse wird unangenehme Fragen stellen und der Übelacker und die Schneidhart wohl genauso. Mir graust es vor dem, was uns noch an Arbeit bevorsteht.

Das schlechte Gewissen wiegt schwer in meiner Brust. Immer und immer wieder habe ich das hübsche, zarte Gesicht von Maria Jovanovic vor mir, wie ihre flehenden Augen mich um Hilfe anbetteln. Und es zieht mich zu ihr. Ich muss nachschauen, wie es ihr geht, sonst habe ich heute keine ruhige Minute mehr. Also überhole ich den Bär, der unser Dienstauto schon von Weitem entriegelt hat, wie er es immer tut, und steige nicht wie gewohnt auf der Beifahrer-, sondern auf der Fahrerseite ein, sodass der Bär erstaunt ruft: „He, wo willst du hin?"

„Zur Maria ins Krankenhaus“, erkläre ich und halte durch die offene Tür meine Hand für den Schlüssel auf.

„Aber das ist doch sinnlos, Mary“, will er es mir ausreden. „Die wird sicher stundenlang operiert und ist bestimmt nicht vor morgen vernehmungsfähig, wenn überhaupt!“

„Ich muss aber zu ihr, das bin ich ihr schuldig“, widerspreche ich und halte meine Hand auf. „Schlüssel bitte.“

„Du bist noch nie mit dem neuen Auto gefahren!“

Ich seufze laut und halte meine Hand noch höher, bis er schließlich missmutig den Autoschlüssel aus der Uniformjacke zieht. „Aber ich bin nicht schuld!“

Ich haue die Tür zu, starte den Motor, lege den Gang ein, nicke dem irritierten Bär noch einmal kurz zu und brause davon.

Irgendwie finde ich die Chirurgie im unendlich riesigen Uniklinikum, in das Maria Jovanovic eingeliefert worden ist. Ich muss vor dem OP-Bereich warten und renne ungeduldig den Flur auf und ab. Meine Gedanken drehen sich im Kreis. Nicht nur die ungeklärte Situation mit Toni, meine Eifersucht auf die Schneidhart und mein aktueller Fall mit zwei Toten und einer Schwerverletzten, an deren Zustand ich mich zutiefst schuldig fühle, beherrschen mich, sondern auch der Schlafmangel und die stundenlange Anspannung fordern ihren Tribut. Ich zittere und zucke jedes Mal zusammen, wenn die Tür des OP-Bereichs aufgeht. Aber die Schwestern oder Ärzte, die herauskommen, können mir keine Auskünfte geben oder sagen mir, dass die OP noch läuft. Irgendwann setze ich mich auf einen der Stühle an der Wand und zwinge mich zur Ruhe. Und wenn ich die ganze Nacht hier warten muss, ist mir das auch egal. Nach Hause zu Toni will ich sowieso nicht und zu Rita und dem Opa auch nicht. Angestrengt und wie ich es immer meinen Kindern geraten habe, wenn sie etwas belastet hat, versuche ich an etwas Schönes zu denken. Ich durchstreife die grüne, von Gebirge umgebene Seiseralm in Südtirol, die Toni und ich letzten Sommer bewanderten, wate im Wasser des Gardasees durch den groben Kies und drifte immer weiter weg.

Wecken tut mich dann irgendwann die tiefe, warme Stimme von Quirin. Ich glaube zuerst, dass ich halluziniere.

„Mama! Mama, wach auf“, sagt er und rüttelt sanft an mir.

Verschwommen sehe ich dann aber tatsächlich meinen Ältesten vor mir. Nach endlosem Studium in Regensburg, einem halben Jahr in Australien mit seiner Langzeitfreundin Vroni und einigen Praktika ist er als fast fertiger Maschinenbauingenieur auf Arbeitssuche. Wieder einmal erkenne ich, wie sehr er mit seinem ovalen Gesicht, den dunkelbraunen Augen und den beginnenden Geheimratsecken seinem Vater ähnelt. „Quirin?“

Großgewachsen und schlank wie er ist, hat er sich zu mir heruntergebeugt und streichelt meine Schulter.

„Der Toni hat sich solche Sorgen gemacht, weil du nicht heimgekommen bist. Wir haben nach dir gesucht“, erklärt mir mein Sohn erleichtert. „Schließlich hat er vom Bär erfahren, dass du hier bist.“

„Wie spät ist es denn?“

„Kurz vor Mitternacht.“

„Kruzinesn!“, fluche ich, weil ich total verpennt habe.

Ich stehe auf und strecke mich. Mir tut alles weh von meinem unbequemen Schlafplatz. „Es hat mich voll weggebeamt …“

„Komm’, ich bring’ dich heim.“

Auf einen Schlag fällt mir wieder ein, warum ich hier bin. „Die Maria!“

„Welche Maria?“

Glücklicherweise kommt grad ein grün gekleideter Arzt, der ziemlich erschöpft aussieht, aus dem OP-Bereich. Ich halte dem nach Professor aussehenden, älteren Herren sofort meinen Dienstausweis unter seinen großen Zinken und frage nach Maria Jovanovic. Aber der Doc ist wenig beeindruckt davon, dass ich Kommissarin bin, sondern unverhohlen genervt, dass er nach seiner harten Arbeit nun auch noch von mir belästigt wird.

„Die OP ist seit einer Stunde beendet. Sie liegt auf der Intensiv“, gibt er trotzdem kurz Auskunft.

„Wird sie durchkommen?“

Er zuckt die Schultern. „Sie muss die Nacht überstehen, dann sehen wir weiter.“

Mit dieser schwammigen Standardantwort lässt er mich wie einen begossenen Pudel stehen. „Danke auch.“

„Mama, um wen geht's hier eigentlich?“, hakt Quirin irritiert nach.

Ich reibe mir die müden Augen und erzähle ihm dann, was Dimitri Petrov mit Maria und ihrer Mutter angestellt hat und wie ich dabei versagt habe.

„Mama, du kannst nicht Gott und die Welt vor dem Bösen beschützen“, will mein Sohn mich beschwichtigen.

„Die beiden Frauen waren aber nicht Gott und die Welt.“

„Diese Maria wird wahrscheinlich nie erfahren, dass du hier wegen deines schlechten Gewissens stundenlang rumhockst. Und es bringt ihr auch nix. Und dir schon gleich gar nicht“, bemerkt Quirin doch ziemlich logisch.

Ich schweige und stehe unschlüssig da. Natürlich hat er recht und meine Erschöpfung drängt mich ebenfalls dazu, heimzufahren, schnell was zu essen, zu duschen und dann ins Bett zu gehen.

„Können wir dann?“, bohrt er weiter.

Ich ergebe mich und nicke.

„Hat dieser Petrov was mit dem Tomi Jovanovic zu tun, über den ihr in der Zeitung Infos sucht?“, will er wissen, als wir die langen Flure gen Ausgang entlanggehen.

„Die zwei sind in einen Bankraub verwickelt gewesen“, erkläre ich und bleibe dann wie angewurzelt stehen. Hat mein Sohn grad den Spitznamen unseres ersten Opfers genannt? „Kennst du Tomislav Jovanovic etwa?“

Quirin zieht mich am Arm weiter.

„Ja, der Tomi hat ein paar Wochen in einer Bar mit mir gekellnert. Netter Kerl! Hätte ihm nie zugetraut, dass der eine Bank überfallen hat. Habt ihr ihn wirklich in unserer Kirche gefunden, halbtot?"

Ich nicke ungeduldig. Natürlich unterstütze ich meine Jungs während ihres Studiums finanziell, aber ich habe auch von ihnen erwartet, dass sie sich selbst etwas dazuverdienen. Und das tut Quirin als Barkeeper in einer Kneipe in der Regensburger Innenstadt.

„Hast du ihn näher gekannt?"

Er schüttelt den Kopf. „Nicht besonders. Er war ein ganz normaler Typ. Nett, fleißig und ziemlich verschwiegen, was sein Privatleben anging."

Wir verlassen die Klinik durch das große Drehkarussell am Eingang.

„Ihr habt euch nie unterhalten über eure Freundinnen, was er so tut oder so?", bohre ich weiter.

Während wir über den großen Parkplatz gehen, verneint er. „Wie gesagt, er hat wenig von sich erzählt. Aber wart' mal", fällt ihm doch noch was ein. „An einem Abend ist er richtig aufgetaut. Und zwar, als er ein paar hübsche Mädels an einem Tisch bedient hat."

„Aha!" Mein siebter Sinn regt sich mit Übermacht.

Quirin scheint sich jetzt gut zu erinnern, weil er schmunzelt. „Ich hab' kurz gescherzt mit ihnen, weil ich die alle gekannt hab'."

„Die Mädels?"

Er nickt eifrig. „Ja, die waren alle aus Essing!"

Mich durchzuckt ein Blitz. „Aus Essing? Wer?"

„Naja, beim Namen kenn' ich die nicht, nur so von früher vom Sehen her. Die sind ja fast zehn Jahre jünger als ich. Und außerdem bin ich schon zu lang weg aus Essing."

„Ich brauch' aber ein paar Anhaltspunkte", bin ich ungeduldig.

„Mama, das ist Wochen her", ist er genervt.

„Wenigstens einen Nachnamen, Aussehen, Wohnort oder so was."

Mein Sohn hält inne und überlegt angestrengt, weil er merkt, dass ich ihm keine Ruhe lassen werde, bis er ein paar Details ausspuckt.

„Auf jeden Fall war die kleine Schwester vom Wimmer Sebastian dabei."

„Die Wimmer Julia!"

„... und eine von den Zitzelsbergers."

„Die haben zwei Töchter: Simone und Susanne", will ich ihm auf die Sprünge helfen.

Er zuckt ahnungslos mit den Schultern. „Vom Sandner, glaub' ich, war auch eine dabei."

„Die Sandners haben keine Tochter."

„Dann war's eben vom Zeiss, keine Ahnung!", tut er genervt ab. „Jedenfalls hat die dem Tomi am besten gefallen, glaub' ich."

Meine Alarmglocken schrillen. „Zeiss Maria?"

„Kann sein. Wie gesagt, ich kenn' die alle nur von früher, als sie noch mit Puppen gespielt haben", entschuldigt er sich grantig, weil ihn meine Ausfragerei langsam ermüdet.

„Zeiss Maria", stelle ich fest. In meinem Kopf rattert es. Endlich habe ich eine Verbindung nach Essing und zu der ominösen Maria gefunden. Endlich!

„Und mit der Zeiss Maria hat der Jovanovic angebandelt?"

Quirin schmunzelt und nickt. „Aber wie! Er ist ständig um den Tisch herum geschwanzelt und hat sie nicht mehr aus den Augen gelassen."

„Ist da was gelaufen zwischen den beiden?"

Er zuckt mit den Schultern und seufzt. „Kann sein. Wie ich dir schon ein paar Mal gesagt hab', war der Tomi nicht sehr gesprächig und kurz darauf hat er gekündigt. Aber sie war ganz offensichtlich an dem Abend nicht abgeneigt von seinen Annäherungsversuchen."

Am liebsten würde ich jetzt gleich zur Zeiss Maria fahren und sie zur Rede stellen. Das junge Ding hat uns ja sauber angelogen! Ohne mit der Wimper zu zucken hat sie Tomislav Jovanovic verleugnet, derweil war sie der Grund, warum er nach Essing gekommen war. Nun erscheint mir alles logisch. Ich ärgere mich über mich selbst, dass der Bär und ich sie im Beisein ihrer Mutter verhört haben. Ich bin mir fast sicher, dass Maria ihren Eltern ihr Gspusi verheimlicht hat und sich deshalb nicht getraut hat, ihre Bekanntschaft vor uns zuzugeben. So ein Freund passt nicht als Wunschschwiegersohn, den sich die Zeissens für ihre gescheite, anständige Tochter wünschen. Das hatten der Bär und ich ja schon festgestellt. Darum war uns eine Liaison der beiden ja auch so absurd vorgekommen. Aber man lernt halt nie aus!

Morgen früh wird mich mein erster Weg zum Hause Zeiss führen, um endlich ehrliche Antworten zu erhalten. Vielleicht, nein ganz bestimmt, wird Maria etwas Licht in die Sache bringen können. Mir brennen tausend Fragen unter den Nägeln. Ich kann es kaum erwarten. Aber vorher muss ich irgendwo nächtigen. Das andere übermächtige Problem in meinem Leben tut sich wieder vor mir auf. Nach Hause zu Toni werde ich ganz sicher nicht fahren!

Endlich sind wir an Quirins Auto angelangt und erst jetzt fällt mir ein, dass ich mit dem Streifenwagen hier bin.

„Du musst mich nicht heimfahren, Quirin", will ich ihn abwimmeln. „Ich bin mit dem Dienstauto hier. Ich fahr' selber, weil wir es ja morgen früh wieder brauchen."

Mit gerunzelter Stirn mahnt er: „Mama, willst du dich nicht mit dem Toni aussprechen?"

Ich schaue ihn anklagend an. Hat mein Gatte also meinen Sohn in die Pflicht genommen, um mich zu beschwichtigen!

„Im Moment muss ich mich mit dem Gedanken erst anfreunden, dass ich wieder Witwe werden könnt'!"

„Ach geh, Mama! Übertreibst du da nicht ein bisserl?"

Ich lache höhnisch. „Warum muss eigentlich immer ich mich rechtfertigen? Ich will nicht nach Halle und den großen Bullen raushängen lassen!"

„Warum eigentlich nicht? Du könntest mit Toni gehen."

Irritiert schaue ich ihn an. „Ich bei den Ossis? Das ist ja, wie ... wie, wenn du eine Gams in die Sahara schickst. Die verreckt dort jämmerlich!"

Quirin schaut mich mitfühlend an. „Ich hab' ihm gesagt, dass du nicht einverstanden sein wirst und auch nicht mitgehen würdest."

„Heißt das, wenigstens du verstehst mich ein bisserl?"

Er nickt. „Aber ihn genauso."

„Und, was soll ich jetzt tun?", will ich von meinem Sohn wissen, den ich auch schon einmal mit einem unguten Gefühl gehen lassen habe und zwar nach Australien. Er und Vroni hatten dort keine guten Erfahrungen gemacht. Sie mussten das Auslandsjahr nach ein paar Monaten abbrechen und nach Hause kommen. Meine schlimmen Befürchtungen hatten sich leider bestätigt. Und diese meine treffsichere Intuition macht mir Angst.

Zuerst zuckt er mit den Schultern und dann meint er: „Wenn er nach Halle geht, kommt er bestimmt so oft heim, wie er kann. Und Toni wird kein zu großes Risiko eingehen, so schätz' ich ihn jedenfalls ein."

„Dann kann er doch gleich hierbleiben!"

„Mama", mahnt er mich gelangweilt. „Du kannst doch nicht von ihm verlangen, dass er an seinem Schreibtisch eingeht wie eine Primel. So wirst du ihn ganz bestimmt los."

„So ähnlich hat der Opa auch dahergeredet."

Mein Sohn grinst. „Und der oide Hund muss es ja schließlich wissen!" Dann lehnt er sich übertrieben gelassen an die Fahrertür und holt tief Luft. Ich merke ihm an, dass da noch was ist.

„Wenn Toni tatsächlich nach Halle geht, könnten die Vroni und ich dann bei dir einziehen?"

Ich kann mir einen Spott nicht verdrücken. „Du willst wieder aufs Dorf zu deiner alten Mutter? Und die Vroni auch?"

„Warum nicht? Das ist meine Heimat. Außerdem brauchen wir bald mehr Platz …"

„Mehr Platz für was?"

Unsicher, aber doch mit einem sanften Lächeln auf den schmalen Lippen, offenbart er sich endlich: „Die Vroni und ich kriegen ein Baby!"

Jetzt bin ich total perplex. Quirin als Vater? Der kann sich mit Müh und Not selbst ernähren, wie dann erst ein Kind und eine Frau? „Wie bitte?"

„Es ist halt passiert", tut er recht unschuldig und schaut verlegen auf seine Füße. Doch dann räuspert er sich und wirkt entschlossen: „Der Geburtstermin ist Ende August."

Ich staune immer mehr und überschlage im Kopf. Bis August sind es noch gut drei Monate. „Wie bitte?"

Ein stolzes, seliges Schmunzeln zeigt sich auf seinen Lippen. „Vierundzwanzigste Schwangerschaftswoche."

„Aha", bin ich beleidigt, weil sie es so lange vor mir verheimlicht haben, und verschränke die Arme vor der Brust.

Quirin windet sich. „Mama, ich wollt' vermeiden, dass du dich aufregst und dir wieder zu viele Gedanken machst."

Ich unterbreche ihn grantig: „Also, ihr müsst schon alle eine Meinung von mir haben! Ich bin doch keine Furie, sondern anscheinend die einzige in unserer Familie, die rational denkt. Ihr scheint langsam alle durchzudrehen: zuerst die Liebelei vom Opa und der Rita, dann der Toni und jetzt du und die Vroni!"

„Mama, bitte! Im Leben läuft halt nicht immer alles nach Plan. Das müsstest du doch selbst am besten wissen. Und das Baby war nicht geplant, das kannst du mir glauben. Die Vroni und ich waren auch erst geschockt, aber jetzt freuen wir uns einfach nur." Seine Stimme klingt gekränkt und lauter als sonst.

„Und wie willst du die zwei ernähren?", frage ich rechthaberisch. „Ihr seid doch beide noch so jung und habt bisher kein Geld verdient."

„Ich bin ja auf Jobsuche und ich habe nächste Woche ein Vorstellungsgespräch in Kelheim in einem Ingenieurbüro."

Ich schüttle nur den Kopf.

Und dann wird Quirin noch lauter: „Verdammt, Mama! Kannst du dich nicht einfach freuen, dass du Oma wirst! Alles andere ergibt sich schon von selber."

Ich lache höhnisch. „Mit meiner Hilfe meinst du wohl."

„Hatten wir gehofft …", gibt er zu. „Aber wenn du natürlich nix mit deinem Enkelkind zu tun haben willst, dann …"

„Hör' auf, mich zu erpressen!", fahre ich ihn an.

Sein erschrockener Blick lässt mich erkennen, dass ich zu kritisch bin. Ich will nicht andauernd das nörgelnde Familienoberhaupt sein. Und ändern lässt sich jetzt sowieso nix mehr. Ich werde tatsächlich das erste Mal Oma!

Meine zusammengepressten Lippen formen sich zu einem zögernden Schmunzeln. Dann umarme ich langestreckt auf Zehenspitzen meinen großgewachsenen Sohn. „Ich freu' mich ja!"

Quirin bedankt sich mit einem milden Lächeln für mein Zugeständnis, fordert aber noch mehr: „Und wie schaut's aus? Kommen wir daheim unter?"

Noch kann ich mir nicht vorstellen, wie sie sich das ausgemalt haben. Ich schiebe die ganzen Fragen und Zweifel, ob und wie das gutgehen kann, beiseite und zwinge mich dazu, einfach mal alles locker zu sehen. Natürlich helfe ich ihnen!

Ich nicke und lächle gutmütig.

„Du bist die Beste", freut er sich und umarmt mich nun seinerseits.

Als wenn ich das nicht wüsste!

Auf der Heimfahrt beschließe ich, dass ich zu Ulli nach Kelheim fahre und sie und Jo um einen Übernachtungsplatz auf ihrer Couch bitte. Inzwischen ist es schon fast ein Uhr und eine bleierne Müdigkeit übermannt mich während der Fahrt. Aber meine Gedanken kreisen wieder um die ganzen Ereignisse der letzten Stunden. Jetzt halten sie mich wach und ich befürchte, dass sie mir auch später noch den Schlaf rauben werden.

Ich weiß, dass es nicht die feine englische Art ist, mitten in der Nacht anzutanzen, aber Ulli hat das bei mir auch schon des Öfteren getan. Jetzt darf sie sich mal revanchieren! Überraschenderweise wird mir ziemlich schnell die Tür aufgemacht, nachdem ich geläutet habe.

Ulli steht im Jogginganzug mit übermüdetem Gesicht und wirren, langen blonden Haaren vor mir. Im Arm wiegt sie die vier Monate alte Gwendolin, die aus Leibeskräften schreit.

„Was machst du denn da?“, will meine Schwester erstaunt wissen.

Ich bin einigermaßen verlegen. „Ich bräucht’ einen Schlafplatz ...“

Sie tritt wortlos zur Seite, um mich einzulassen. Es ist zu spät und sie offensichtlich zu erschöpft, als dass sie nach dem Grund fragen würde. Ich gehe rein. Ulli haut die Haustür mit dem Fuß zu. Sie scheint geladen.

„Hat sie Blähungen?“, frage ich meine Schwester mitleidig und betrachte Gwenys vom Brüllen rot angelaufenes Gesichtchen.

„Was weiß ich“, ist sie sichtlich ratlos und genervt. „Ich glaub’, sie zahnt, aber diese verdammten Globuli helfen gar nix!“

„Wart’“, renne ich ihr hinterher ins Wohnzimmer. „Gib sie mir!“

Ulli schaut mich zweifelnd an.

Ich streichle ihr tröstend über die hagere Schulter und nehme die schreiende Gweny auf den Arm. Bevor meine Schwester ihre Kinder bekommen hat, war sie Modescout und in den Modemetropolen dieser Welt daheim. Sie war eine blonde Schönheit, immer perfekt gestylt, rank und schlank. Mit ihren 39 Jahren ist sie zwar immer noch eine attraktive Frau, aber leider hat sie kaum noch die Zeit und die Muße, ihre Schönheit zu pflegen und zur Geltung zu bringen. Durch den Schlafmangel und die Aufopferung für ihre Kinder ist sie immer magerer geworden und das gefällt mir gar nicht. Nach ein paar Brüllern schaut die Kleine mich neugierig an und hört tatsächlich auf zu weinen. Ich rede beruhigend und zuckersüß auf sie ein. Sanft wippe ich sie in meinen Armen und es dauert nicht lang, da macht sie auch schon die Äuglein zu und ist eingeschlafen.

Ulli hat das mit Staunen beobachtet. „Wie machst du das bloß?“

Ich zucke vorsichtig mit den Schultern, um Gweny nicht wieder zu wecken. Ulli will sie mir abnehmen, aber ich schüttle den Kopf. „Ich bring' sie schon in ihr Bettchen."

Langsam gehe ich den Flur entlang bis zu der offen stehenden Tür, auf der in großen bunten Buchstaben Gwendolin steht, und lege das friedlich schlummernde Baby vorsichtig ins Gitterbettchen. Tief und fest schläft sie in ihrem Schlafsack weiter. Ich schaue ihr eine Weile dabei zu. Bald wird wieder so ein kleines Wunder in mein Leben treten. Ich werde tatsächlich Oma! Und Quirin Vater! Ich kann es kaum glauben. Aber ich spüre neben den Zweifeln auch eine große, unbändige Freude darauf. Ich seufze tief und verlasse leise das Zimmer.

Meine Schwester hat draußen gewartet und fällt mir dankbar um den Hals. „Du kannst hierbleiben, bis sie aus der Schreiphase raus ist!"

„Danke, aber ich hoff', dass ich dein Angebot nicht so lang in Anspruch nehmen muss ..."

Bedauernd schaut sie mich an. „Toni, hm?"

Sie ist also auch schon eingeweiht.

Ich nicke nur. „Kann ich auf der Couch schlafen? Ich bin saumüd'."

Sie geht zum Wohnzimmerschrank, holt eine Wolldecke heraus und reicht sie mir. „Du kennst dich ja aus. Reden wir morgen drüber", bietet sie an und schlurft gähnend in Richtung Schlafzimmertür.

Kapitel 9

Maria Jovanovic liegt regungslos auf dem Boden im engen Flur ihrer Wohnung. Ich bin allein mit ihr. Ihr ganzer Körper ist blutüberströmt. Mein Herz krampft sich zusammen und ich gehe neben ihr in die Hocke. Was hat diese Frau vor ihrem Tod durchstehen müssen? Todesangst, unausstehliche Schmerzen von den Verletzungen, die ihr ihr Angreifer in rasender Wut beigebracht hat, Panik um das Leben ihrer Tochter. Meine Brust fühlt sich an, als würde sie jeden Moment bersten. Eigentlich ertrage ich den Anblick der Toten kaum, aber irgendeine Kraft lässt mich an Ort und Stelle verharren. Ich betrachte das friedliche Gesicht der Toten voller Mitleid und Schmerz. Plötzlich reißt sie die Augen auf und starrt mich mit dieser strahlend türkisblauen Iris an, genau wie es ihr Sohn in seinem Todeskampf in der Kirche getan hat.

„Maria …“, presst sie angestrengt zwischen ihren bleichen, schmalen Lippen hervor.

Dann schrecke ich stöhnend aus dem Alptraum auf. Schweißgebadet setze ich mich auf und versuche, mich wieder zu fassen. Zuerst weiß ich gar nicht, wo ich bin, aber zwischen den Lamellen der Jalousie dringt schon ein wenig Tageslicht herein. Mein Handy, das ich auf den Couchtisch gelegt habe, zeigt mir kurz vor sechs Uhr morgens an. Ich schnaufe tief durch. Wieder habe ich zu wenig Schlaf gekriegt und fühle mich wie gerädert.

Maria, Maria, Maria … immer wieder dieser Name. Mein Name. Er hat mir noch nie gefallen. Darum ja auch mein Spitzname Mary. Allerdings im bairischen Dialekt nicht unbedingt wohlklingender als Mare oder Marei.

Aber nun weiß ich, welche Maria Tomislav Jovanovic gemeint hat: Zeiss Maria. Ich versuche, mich an das Verhör in ihrem Zimmer zu erinnern. Als ich ihr das Foto ihres vermutlichen Freundes zeigte, zuckte sie nicht mal mit der Wimper!

„Wer ist das?“, fragte sie, ohne irgendeine Gefühlsregung.

Und als ihre Mutter ebenfalls nachbohrte, ob sie den Unbekannten kenne, verneinte sie entschieden.

Und ich erinnere mich auch, dass Maria nachgehakt hatte, was er in der Kirche gewollt hatte. Damals irritierte mich diese Frage kaum. Aber heute kommt mir ihre Neugier ganz anders vor. Warum wollte sie das wissen? Hatte sie ein heimliches Date mit ihm und er erschien nicht, weil er schon schwer verletzt war, oder passierte die Tat erst nach ihrem Treffen? Denn, dass er wegen ihr in Essing war, ist für mich inzwischen vollkommen logisch. Aber warum war er in der Altessinger Kirche?

Kirchenasyl, immer wieder dieses blöde Kirchenasyl. Mag ja sein, dass er so gläubig war, wie seine Mutter es uns schilderte und dieses Asyl ihn nach der Flucht aus seiner Heimat in seiner Kindheit prägte. Mag ja sein, dass er seine mögliche Abschiebung damit abzuwehren versuchte. Und mag ja sein, dass er eventuell seinem Angreifer damit entkommen wollte. Aber so ein junger Bursch sucht sich in seinem lebensbedrohlichen Zustand seine Hilfe doch an der nächsten Tür oder ruft sie selbst mit dem Handy, von dem bis jetzt jede Spur fehlt. Kruzinesn!

Dann könnte er heute vielleicht noch leben. Und seine Mutter auch!

Ich ärgere mich dermaßen über Tomislav Jovanovic. Hätte er sich nur ein bisserl anders verhalten, dann wären einige Menschenleben verschont geblieben und ich müsste mir nicht das Hirn zermartern und hätte keine Alpträume.

Ich reibe mir über mein verspanntes, schweißnasses Gesicht und versuche, einen groben Plan für diesen Tag zu machen.

Zeiss Maria werde ich mir als Erstes vorknöpfen. Ich kann es kaum erwarten, endlich gescheite Antworten von ihr zu erhalten. Und nach der schwer verletzten Maria muss ich auch sehen.

Und das nächste Problem wäre das klärende Gespräch mit Toni, dem ich mich wohl oder übel stellen werde. Ich kann nicht noch eine weitere Nacht woanders verbringen und vor dem Unausweichlichen davonlaufen. Ich spüre immer mehr, dass ich ihn wohl gehen lassen werden muss, so schwer es mir auch fällt. Grad weil ich ihn liebe, will ich seinem Wunsch nicht im Weg stehen und nicht schuld daran sein, dass er neben und wegen mir unglücklich ist. Und im Grunde weiß ich, dass er auf sich aufpassen wird und ein vorsichtiger und bedachter Hauptkommissar ist. Aber, dass er es mir so lang verheimlicht hat, während alle anderen aus der Familie es bereits gewusst haben, das verzeihe ich ihm so schnell nicht!

Als ich also den Alptraum einigermaßen verdaut und meine Gedanken sortiert habe, stehe ich auf. Es ist kurz vor halb sieben und ich schleiche mich ins Bad, um zu duschen. In der Wohnung ist es ganz ruhig. Jo hat Spätschicht, soviel ich weiß, und meine Schwester und ihre Kinder werden wohl auch noch schlafen. Frisch geduscht ziehe ich meine alten Klamotten wieder an und fühle mich gar nicht wohl damit. In die meiner Schwester mit ihrer Magermodellkleidergröße passe ich mit meinen Pölsterchen nicht rein. Aber im Moment habe ich andere und wichtigere Probleme als mein Erscheinungsbild.

Zuallererst rufe ich im Krankenhaus an und gelange nach unzähligen Weiterverbindungen endlich an den behandelnden Arzt von Maria Jovanovic.

Ich erkläre Dr. Langmeier, wer ich bin und in welcher Beziehung ich zu seiner Patientin stehe. Nur zögerlich will er mir Auskunft geben. Allerdings hat er eine sehr angenehm warme, dunkle und junge Stimme, die ihn mir, ohne ihn gesehen zu haben, sympathisch macht. Ich sehe Sascha Hehn als Arzt aus der Schwarzwaldklinik direkt vor mir.

„Hören Sie, die junge Frau hat keine Angehörigen mehr. Ihr Bruder und ihre Mutter sind ermordet worden und ich will ihr helfen, dass sie dieses Drama einigermaßen gut übersteht. Dazu muss ich sie aber vernehmen und wissen, wann ich mit ihr reden kann. Sie ist eine wichtige Zeugin“, versuche ich ihm in seine Ausflüchte von wegen ärztlicher Schweigepflicht reinzureden.

„Versteh' schon“, wird er weich. „Sie kennen sie näher?“

„Nein", gebe ich zu. „Aber sie hat mich indirekt um Hilfe gebeten."

Mein schlechtes Gewissen drängt sich mit aller Übermacht hervor und wieder habe ich die flehenden Augen von Maria Jovanovic vor mir, als Petrov sie aus dem Büro gezerrt hatte.

„Sie sagten, Sie sind die ermittelnde Kommissarin in dem Fall?"

Ist der eine harte Nuss, Kruzinesn!

„Ja", versichere ich ihm wieder und wiederhole: „Kommissarin Maria Weidinger, PI Kelheim. Sie können sich gern dort bei meinen Kollegen nach mir erkundigen und mich dann umgehend zurückrufen. Die Nummer wär' …"

„Nein, lassen Sie nur", unterbricht mich der Tüpferlscheißer und schnauft tief durch. „Also, Frau Jovanovic hat die Nacht überstanden, ist aber immer noch nicht über dem Berg. Wir mussten ihr eine Niere entfernen. Die andere ist geschädigt und wir bräuchten dringend ein Spenderorgan."

Das hört sich nicht gut an.

„Wie stehen die Chancen?"

„Sie steht auf Platz drei der Empfängerliste. Sie wissen ja sicher, wie es mit der Organspendebereitschaft in Deutschland aussieht."

Ja, das weiß ich, weil man es ja oft genug liest oder hört.

Ich seufze.

„Haben Sie …"

„Ja, habe ich", unterbreche ich ihn, weil ich diese Frage schon erwartet hatte.

Natürlich habe ich einen Organspende-Ausweis! Nicht nur, weil ich mich aus beruflicher Hinsicht dazu verpflichtet und in einer Vorbildfunktion fühle, sondern auch deshalb, weil ich helfen will. Und außerdem, was will ich mit den ganzen Organen noch, wenn ich tot bin? Ich brauche sie ja dann eh nicht mehr.

„Und haben Sie sich auch schon typisieren lassen?", hakt er weiter nach.

Das nun nicht! Aber darüber nachgedacht habe ich.

„Leider hat sich bisher keine Gelegenheit dazu geboten."

„Ich mach' das gern mit Ihnen", bietet der eifrige Arzt aufdringlich an. „Tut auch nicht weh, versprochen! Nur Wattestäbchen in den Mund und fertig."

Wieder seufze ich. Eigentlich hatte ich angerufen, um mehr über seine Patientin zu erfahren und nicht, um meine Seele an ihn zu verkaufen, denn genauso kommt es mir grad vor. Der Arzt hätte lieber Versicherungsmakler oder Vertreter werden sollen.

Momentan habe ich wirklich anderes zu tun! Trotzdem sage ich: „Wenn ich Zeit hab'."

„Alles klar, ich wart' auf Sie!", nimmt er mich in die Pflicht.

„Was ist jetzt mit Maria Jovanovic?", komme ich auf den eigentlichen Grund meines Anrufes zurück. „Kann ich mit ihr reden?"

„Sie liegt noch im Koma. Ich kann Ihnen leider nicht sagen, wann sie aufwachen wird. Bei manchen Patienten dauert es Wochen, bei anderen nur ein paar Tage oder Stunden."

„Dann rufen Sie mich bitte sofort an, wenn es so weit ist."

„Sicher", verspricht er mir. „Wenn Sie …"

„Ja, ich hab' schon verstanden", wiegle ich ab und verabschiede mich eilig, bevor er mir wirklich meine Seele abkauft.

Staunend werden der Bär und ich mit Nepi an meiner Hand an der Haustür von Zeiss Sabine begrüßt.

„Ja, wer bist du denn?", fragt sie meinen Neffen als Erstes voller Entzücken und beugt sich zu ihm hinunter.

Es ist meist die erste Reaktion, wenn man mit ihm irgendwo auftaucht. Denn, das muss ich jetzt dazu erklären, Nepi schaut wirklich fast so aus wie Michl aus Lönneberga aus den Kinderfilmen von Astrid Lindgren. Das muss wohl an seinem schwedischen Erzeuger liegen, mit dem meine Schwester vor vier Jahren ein kurzes Intermezzo hatte. Mit seinen weißblonden Haaren und seiner spitzbübischen Mimik steht Nepomuk, wie er eigentlich heißt, der Lausbub schon ins Gesicht geschrieben.

Er brüllte Zeter und Mordio, als ich heute Morgen nach dem Frühstück bei meiner Schwester das Haus verlassen wollte. Ich sollte ihn unbedingt mit dem neuen Polizeiauto in den Kindergarten fahren. Also vereinbarten Ulli, Nepi und ich, dass ich ihn bringe. Allerdings dauerte das Um- und Einbauen des Kindersitzes in mein Auto länger und ich fuhr sofort nach Essing. Dort hatte ich mich nämlich schon in aller Frühe telefonisch mit dem Bär vor dem Zeiss-Haus verabredet, um Maria zu verhören, noch bevor sie in die Schule geht. Also muss der Kindergarten warten!

„Ich bin der Nepomuk!", stellt sich mein Neffe mustergültig und voller Stolz vor.

„Er ist mein Neffe", erkläre ich kurz und räuspere mich, um einen ernsteren Ton anzuschlagen. „Wir müssten noch mal mit deiner Tochter reden."

Sie schaut mich irritiert an. „Die ist heut' aber krank."

„Es ist dringend, Sabine", gibt der Bär ihr zu verstehen, dass uns das nicht abhalten wird.

Sabine gibt nach. „Dann kommt halt rein!"

Wir folgen ihr wieder hinauf ins Obergeschoss, wie beim letzten Mal.

„Verhaftet ihr den Mörder jetzt?", fragt Nepi lauthals und gespannt.

„Aber nein! Wir müssen nur mit der Maria reden. Vielleicht kann sie uns ja helfen, damit wir den Mörder bald verhaften können", versuche ich ihm zu erklären.

„Aber du hast ja gar keine Handschellen dabei, Tante Mary!"

Wir sind vor der Zimmertür von Maria angekommen und ich bedeute ihm mit einem Zischen und dem vor den Mund gepressten Zeigefinger, dass er jetzt still sein soll.

Sabine klopft vorsichtig und steckt den Kopf durch den Türspalt ins Zimmer. „Wie geht's dir?"

Wir können die Antwort von drinnen nicht verstehen.

„Die Polizei ist wieder hier. Sie wollen nochmal mit dir reden."

Nepi neben mir kann seine Neugier nicht mehr in Zaum halten. Er reißt sich von meiner Hand los, drückt die Tür auf und stürmt in das Zimmer. Enttäuscht bleibt er vor dem Bett stehen, indem das Mädchen dick in die Daunendecke eingemummelt liegt. Nur ihr Kopf ist zu sehen und ich erschrecke mich, als ich sie sehe. Ihre Haare umranden in fettigen Strähnen wirr ihr Gesicht, das ganz bleich und eingefallen wirkt, und ihre Augen sind verquollen, als hätte sie die ganze Nacht geweint. Ihrer Mutter kann sie vielleicht weismachen, dass sie krank ist, aber wir wissen inzwischen, dass sie Liebeskummer hat. Ist ja auch eine Krankheit!

„Bist du eine Mörderin?“, will mein Neffe gradheraus wissen.

„Nepi“, mahne ich ihn, folge ihm in den Raum, nehme ihn wieder an der Hand und entschuldige mich verlegen. „Sorry!“

„Wir hätten da noch ein paar wichtige Fragen an dich“, erklärt der Bär dann bestimmt.

„Mir geht’s nicht gut …“, jammert Maria kleinlaut.

Sabine interveniert gleich: „Hat das nicht Zeit bis morgen? Ihr seht doch, dass sie nicht gut beinand ist.“

Ich seufze. „Wär’ deine Tochter gleich ehrlich gewesen, dann könnten wir uns das hier ersparen.“

Dabei sehe ich Maria eindringlich an und sie versteht.

Dann wendet sie sich an ihre Mutter: „Lass nur Mama, das geht schon in Ordnung.“

Aber die versteht nicht.

Darum räuspert sich der Bär und meint. „Wir möchten allein mit der Maria reden, Sabine.“

Nur zögernd verlässt sie endlich das Zimmer und macht sogar die Tür hinter sich zu.

Nepi, wie immer ohne jegliche Scheu, setzt sich mitleidig zu Maria auf den Bettrand und fragt: „Hast du ein Aua?“

Das entlockt ihr sogar ein sanftes Lächeln. Sie kommt aus der Deckung ihrer Bettdecke hervor und setzt sich im Bett auf. „Du bist aber ein Süßer.“

„Ich bin der Nepomuk! Wie heißt du?“

„Ich bin die Maria.“

Erfreut dreht er sich zu mir um. „Tante Mary, die heißt fast so wie du.“

„Ich weiß“, bestätige ich ungeduldig und mahne ihn wieder: „Aber jetzt musst du uns mit ihr reden lassen.“ Wieder lege ich meinen Zeigefinger auf den Mund, um meiner Aufforderung Nachdruck zu verleihen, und er presst angestrengt die Lippen zusammen, dass es schon fast wieder komisch ist. Inzwischen bereue ich es, dass ich mich von ihm hab’ breitschlagen lassen, ihn mitzunehmen. Allerdings hat er mit seiner kindlichen Art die beklemmende Situation aufgelockert.

„Du hast uns angelogen“, wirft der Bär ihr dann ohne eine Spur Diplomatie vor.

Sie nickt nur stumm und die ersten Tränen kullern. Nepi beobachtet das voller Mitgefühl. Ich sehe es seiner traurigen Mimik direkt an.

„Du hast den Tomislav Jovanovic also gekannt. In welcher Beziehung bist du zu ihm gestanden?“, ist der Bär weiterhin ziemlich forsch.

„Wir waren verliebt …“, gibt sie zu und schluchzt auf.

Mein Neffe rutscht näher zu ihr hin und fragt mitleidig: „Wo hast du denn ein Aua?“

Das entlockt ihr ein Lächeln unter den Tränen und sie fasst sich an die Brust. „Hier, im Herz tut es mir weh … sehr weh.“

Mitfühlend fasst sich Nepi an seine eigene Brust und horcht wohl in sich, ob es bei ihm auch wehtut. Aber schnell löst sich sein angespannter Gesichtsausdruck auf und Erleichterung macht sich darauf breit. „Kein Aua.“

Der Bär verdreht die Augen und schnauft tief durch.

Jetzt bin ich mal dran, Fragen zu stellen: „Du hast ihn in einer Regensburger Kneipe kennen gelernt?“

Sie nickt. „Hat es dir der Quirin also erzählt?“

„Du hast diese Beziehung verheimlicht?“ Es ist mehr eine Feststellung als eine Frage von mir.

Ihr Auflachen ist sarkastisch. „Was glaubt ihr, was mein Vater gesagt hätt’, wenn ich ihm einen ausländischen Ex-Knacki als meinen Freund vorgestellt hätt’?“

Tomislav Jovanovic war also ehrlich zu ihr.

„Es hat niemand was über euch zwei gewusst?“

Kopfschütteln. Dann beginnt sie zu erzählen: „Anfangs hab’ ich ihn abblitzen lassen, aber er war so süß …“ Sie schluchzt auf und Nepi streichelt ihr über den Arm. Dankbar lächelt sie ihn an. „Wir haben uns heimlich getroffen. Tomi ist mit dem Zug bis zum Bahnhof in Saal und dann mit dem Bus bis Essing gefahren. Wir haben beide kein Auto. Ich hab’ mich nachts aus dem Haus geschlichen. Vom Wimmer Sebastian hab’ ich den Schlüssel für die Dorfdisco gekriegt und …“ Sie bricht weinend ab.

Ich kann mir lebhaft vorstellen, was Jovanovic und sie dort getrieben haben. Die Dorfdisco, wie die Holzhütte draußen am Waldrand unter Einheimischen genannt wird, ist der Treffpunkt der Essinger Jugend, und das schon seit Generationen. Wo sollen die jungen Leute hier in der Pampa auch hin ohne fahrbaren Untersatz und nicht volljährig? Dort draußen am Waldrand stören sie die Einwohner mit ihrer lauten Musik und ihrer Gaudi wenigstens nicht. Auch ich hatte während meiner Jugend in der Dorfdisco wirklich schöne Stunden, Kruzinesn!

Aber sie dient nicht nur als Jugendtreff und Partyhäusl, sondern auch als Liebeslaube für Pärchen, die sonst keinen Platz haben, wo sie ihre traute Zweisamkeit pflegen können. Vor ein paar Jahren hatte ich schon mal einen Mordfall, bei dem die Dorfdisco auch das Liebesnest von einem ungleichen Paar war.

„Er hat dir alles aus seiner kriminellen Vergangenheit erzählt?“, hake ich nach.

Sie nickt. „Eines Tages ist er mit einer Plastiktüte vor mit gestanden und hat mir das viele Geld da drin gezeigt. Dann hat er mir von dem

Bankraub und seinen sogenannten Freunden erzählt, und dass er das Geld irgendwo verstecken müsste“

„Wo also?“

Sie deutet in eine Ecke ihres Zimmers „In meinem Kleiderschrank.“

Ich schüttle ungläubig den Kopf. „Maria! Tomi ist wahrscheinlich deshalb umgebracht und gestern sind seine Schwester schwer verletzt und seine Mutter erstochen worden.“

Entsetzt und ungläubig schlägt sie die Hände vors Gesicht. „Oh mein Gott!“

Nepi beobachtet die Szene verunsichert. Wieder bereue ich, dass ich ihn dabeihabe. Das ist eindeutig nix für einen Dreijährigen!

„Ist es noch da drin?“, will der Bär hartnäckig wissen und geht zum Schrank.

Sie schüttelt den Kopf. „Am Mittwoch hat er mir eine Nachricht geschrieben, dass er mich unbedingt sehen muss und zwar schon um sechs abends. Und ich soll unbedingt das Geld mitbringen. Wir haben uns also in der Dorfdisco getroffen, wie immer.“ Sie schluckt. „Das war das letzte Mal, dass ich ihn gesehen hab' …“ Ihre Stimme bricht.

Nepi streichelt ihr wieder über den Arm und versucht so, sie zu trösten. Schließlich kramt er sogar ein zerknülltes Papiertaschentuch aus seiner Jeans und reicht es ihr, was ihr wiederum ein dankbares Lächeln entlockt. Sie nimmt es ohne Ekel und wischt sich die Tränen von den Wangen. Nepi ist sichtlich zufrieden mit seiner Hilfsmaßnahme.

„Du hast eine Nachricht von ihm bekommen?“, stutze ich. „Wir haben aber kein Handy bei ihm gefunden.“

„Er hatte auch keins“, gesteht sie. „Wir haben bei unseren Treffen immer schon fest ausgemacht, wann wir uns wiedersehen. Und wenn mal was dazwischen gekommen ist, dann hat er mir das über das Handy eines Freundes mitgeteilt.“

„Wozu hat er das Geld auf einmal gebraucht?“, bohrt der Bär weiter.

„Er hat gemeint, dass er mich damit in Gefahr gebracht hat, weil ihm einer seiner Freunde auf der Spur wär'. Er wollte ein anderes Versteck dafür suchen. Der Typ hat ihn sogar schon zusammengeschlagen."

„Hat er einen Namen genannt?"

Ihr hübsches Gesicht verzieht sich angestrengt nachdenklich, aber sie kann sich nicht erinnern. „Irgendwas Russisches … Ich weiß es nicht mehr."

„Dimitri Petrov?"

Als sie den Namen hört, nickt sie eifrig. „Ja, genau!"

„Warum ist Jovanovic nicht einfach mit dem Geld abgehauen?", forscht der Bär.

Typisch Bär! Er hat auch überhaupt keinen Sinn für Romantik und Liebe!

Sie lacht höhnisch. „Weil dieser Typ dem Tomi gedroht hat, seine Mutter und seine Schwester umzubringen … und auch wegen mir … denk' ich."

Der Bär seufzt übertrieben. „Da hätt' er ihm lieber das Geld geben sollen."

„Wo ist es jetzt?", bleibe ich sachlich.

Sie schüttelt verzweifelt den Kopf. „Tomi wollt' mir nicht sagen, wo er es hinbringt, weil er geglaubt hat, es wär' besser für mich."

„Ist dir niemand aufgefallen, als du dich mit ihm in der Dorfdisco getroffen hast?"

Schulterzucken. „Nein … Ich bin mit dem Rad gefahren und hab' extra aufgepasst, weil es ja noch hell war. Aber im Wald hinter der Dorfdisco könnt' sich jeder gut verstecken."

Der Bär und ich tauschen Blicke. In meinem Kopf setzt sich langsam ein Bild des Tathergangs zusammen. Petrov ist Jovanovic an dem besagten Tag zu dem Treffen mit seiner Freundin gefolgt, wie auch immer, und hat ihm in der Dorfdisco aufgelauert. Als Maria wieder weg war, hat er sich mit Gewalt die Beute geholt. Genau das reimt sich wohl auch mein Partner zusammen, denn er nickt mir zustimmend zu.

„Ihr müsst dieses Arschloch erwischen!“, fleht Maria uns dann an, denn sie hat offenbar auch eins und eins zusammengezählt.

Nepi schaut gebannt zwischen mir und ihr hin und her.

„Allerdings hat er die Beute nicht, wie wir wissen. Und warum sollt’ er dann auch noch die beiden Jovanovic-Frauen umbringen?“, stelle ich nachdenklich fest und schaue Maria auffordernd an. „Wo ist also die Tüte mit dem Geld geblieben?“

Sie räuspert sich. „Es war in keiner Tüte mehr …“

Wir schauen sie fragend an.

„Ich hab’s in ein Schminktäschchen von mir getan. Das war unauffälliger, falls meine Mum drauf stoßen sollt’“, erklärt sie uns.

„Wie schaut es aus?“

Sie formt mit ihren Daumen und Zeigefingern beider Hände ein Rechteck. „Die Scheine haben genau hineingepasst. Tomi hat das dicke Bündel in Frischhaltefolie eingewickelt und dann hineingesteckt. Das Täschchen ist lila mit einem weißen Einhorn mit wehender Mähne drauf und einem Reißverschluss an der Längsseite.“ Verlegen zuckt sie mit den Schultern. „Ziemlich kitschig, ich weiß, aber das hat mir meine Patentante zur Kommunion geschenkt und ich konnt’s nicht wegwerfen.“

Ziemlich kitschig und so gar nicht unauffällig!

Ich zücke mein Handy und gehe hinaus auf den Flur. Die Spurensicherung muss sofort zu der Dorfdisco kommen und nach Blutspuren suchen. Der Tatort muss dort sein und Jovanovic muss auch das Täschchen dort versteckt haben. So viele „muss“ …

Als ich aufgelegt habe, steht Sabine Zeiss verunsichert am Treppenabsatz. „Was ist denn los?“

„Maria hat uns sehr weitergeholfen. Jetzt können wir weitere Ermittlungen einleiten“, lobe ich ihre Tochter ausweichend. Ich will Maria die Chance geben, ihrer Mutter selbst die Wahrheit zu sagen.

Fast tut mir die beunruhigte Frau leid. Ich kann mir vorstellen, was in ihr vorgeht, schließlich habe ich auch Kinder. „Am besten, du redest selbst mit ihr."

„Sie hat doch nix angestellt, oder?"

„Nix, wofür wir sie belangen könnten", tue ich ab, und übergehe damit die Lügerei ihrer Tochter. Aufmunternd tätschle ich den Arm von Sabine, so wie Nepi es vorhin mehrmals bei Maria gemacht hat.

Ich lasse sie stehen, kehre ins Zimmer zurück und schließe die Tür hinter mir. Der Bär hat sich abwartend auf den Bürostuhl gesetzt. Ich nicke ihm zu, dass alles in die Wege geleitet ist. Er nickt zufrieden zurück.

Nepi schaut jetzt direkt neben Maria im Bett sitzend ein Buch mit ihr an. Es ist ein Schulbuch.

Mit ihren roten, verweinten Augen und einem Unschuldsblick sieht sie zu mir auf.

„Ich hab' leider keine Kinderbücher mehr", bedauert sie.

„Tante, schau' mal! Da sind so komische Würmer drin …", ist mein Neffe begeistert und deutet auf eine Seite.

„Warum hast du uns nicht von Anfang an gesagt, dass Tomi dein Freund war?", frage ich sie vorwurfsvoll und ignoriere meinen Neffen.

Wieder dieser Unschuldsblick und wieder sammeln sich Tränen in ihren Augen.

„Ich konnt' doch nicht wegen meinen Eltern! Die wären total ausgeflippt!"

„Die werden es jetzt sowieso erfahren. Aber am besten, du schenkst ihnen selber reinen Wein ein", rate ich ihr.

Sie nickt verschämt und Nepi streichelt ihr wieder über den Arm. Ich hoffe inständig, dass er wegen dem hier keinen psychischen Knacks kriegt.

„Wie viel Uhr war es, als du die Dorfdisco verlassen hast?", konzentriere ich mich wieder auf meine Arbeit.

Sie zuckt mit den Schultern. „Keine Ahnung! Aber, als ich daheim war, hat es angefangen zu regnen und ich habe gehofft, dass Tomi auf dem Weg zum Bus nicht nass wird."

„Er ist in der Dorfdisco geblieben, als du gegangen bist?", bohre ich weiter.

Sie nickt. „Das haben wir immer so gemacht. Zuerst ich und zehn Minuten später dann er, damit es nicht so auffällt." Leise Tränen kullern bei der Erinnerung wieder über ihre Wangen.

„Ist er an der Bushaltestelle in Altessing in den Bus gestiegen?"

„Ja, immer. Sie liegt am nächsten zur Dorfdisco."

Ich stelle mir den Weg von Tomislav Jovanovic vor: Die Dorfdisco befindet sich an einem Feldweg auf der nördlichen Seite des Tals, direkt am Waldrand und bevor der Talhang beginnt, ein gutes Stück außerhalb des Dorfes. Er ist wohl von der Dorfdisco, die, außer auf der Vorderseite, von Gebüsch und Wald umgeben und gut versteckt ist, ein Stück bergab über die Wiese bis zur Staatsstraße gegangen. Das ist die kürzeste und direkteste Strecke zur Bushaltestelle Altessing, die an der St 2230 liegt.

Während ich nachdenke, hat das auch Maria getan, denn sie stellt fest: „Du glaubst, dieser Petrov hat gewartet, bis ich weg war, und Tomi dann …?" Ihre Stimme bricht schmerzerfüllt ab.

Ich seufze, was so viel wie ein Ja bedeuten soll. Angeschlagen wie er nach dem Aufeinandertreffen mit Petrov gewesen sein muss, hat Jovanovic diese Bushaltestelle links liegen lassen, hat die Staatsstraße überquert und ist ins Dorf gen Kirche getorkelt. Auf dem Weg hat ihn die Achhammerin gesehen. Aber warum hat Petrov ihn nicht weiter verfolgt und warum hat es Jovanovic in die Kirche getrieben? Und da ist es wieder dieses Wort, das mich schon von Anfang an verfolgt: Kirchenasyl!

Sie schluchzt auf und jammert los: „Tomi wollte unbedingt, dass ich gehe … Er wollte mit dem nächsten Bus kurz vor acht wieder zurückfahren, um das Geld woanders zu verstecken … Wär' ich doch bei ihm geblieben!"

Nepi schaut mich vorwurfsvoll an, denn in seinen Augen sieht es freilich so aus, als würde ich das Mädchen andauernd zum Weinen bringen. Jetzt muss ich wohl die Trösterin spielen und ich setze mich neben sie auf die Bettkante. Mitfühlend lege ich ihr meinen Arm um die zarten, bebenden Schultern.

„Solang' er die Beute von dem Banküberfall gehabt hat, war er in Gefahr. Das muss ihm klar gewesen sein, denn er kannte seine sogenannten Freunde." Ich spare mir den Vorwurf, dass sie sie besser uns übergeben hätten sollen. „Du hättest es auch nicht verhindern können."

Unter ihrem Tränenschleier schaut sie mich an. „Und er hat nach mir gerufen … in der Kirche …?"

Ich nicke nur.

Wieder ein lautes Aufschluchzen.

„Kannst du dir vorstellen, was er mit Kirchenasyl gemeint haben könnt'?", bedränge ich sie trotzdem, weil mich ihre Gefühlsausbrüche langsam strapazieren.

Verwirrt schaut sie mich an. „Kirchenasyl? Hat er das auch noch gesagt?"

„Du weißt also nix darüber?"

Während sie grübelt, zupft sie an dem inzwischen völlig durchnässten Papiertaschentuch in ihren Händen. „Er hat mir mal erzählt, wie er mit seiner Mutter und seiner Schwester damals im Krieg hierher geflohen ist und eine Zeitlang in einem Pfarrheim untergekommen ist."

„Er war sehr gläubig, hm?"

Sie nickt. „Seine Faszination für Jesus war ansteckend."

Die Zimmertür geht einen Spaltbreit auf und Sabine steckt entschlossen den Kopf herein. „Kann ich jetzt endlich mit meiner Tochter reden?"

Bereitwillig erhebe ich mich. Im Moment wissen wir alles, was wir wissen müssen.

Ich lasse den Bär am Feldweg zur Dorfdisco raus, denn ich muss ja erst meinen Neffen in den Kindergarten bringen. Als ich auf dem Parkplatz vor dem Kindergarten in Kelheim parke, ist schon wieder Bayernhymne. „Toni“ zeigt mir mein Display an. Für ihn habe ich jetzt absolut keine Nerven!

Trotzdem gehe ich dran.

„Hör' zu, ich hab' jetzt keine Zeit für Diskussionen! Können wir das auf heut' Abend verschieben?“, begrüße ich ihn abwehrend.

„Deswegen ruf' ich nicht an. Ich wollt' dir nur sagen, dass wir den Petrov haben“, informiert er mich mit gekränktem Unterton.

Ich bin baff. „Ihr habt Dimitri Petrov?“

„Ja, auf frischer Tat ertappt!“

„Bei was?“

„Banküberfall! Allerdings war da nix zu holen wegen einem Zeitschloss. Er ist uns praktisch in die Arme gelaufen“, erklärt mir mein Gatte routiniert. „Offenbar hat er schnell Kohle gebraucht, um sich aus dem Staub zu machen. Das ist fast so was wie ein Schuldeingeständnis.“

„Ich komm', aber zuerst muss ich Nepi in den Kindergarten bringen …“, erkläre ich gehetzt und springe aus dem Auto. „Und außerdem haben wir einen Ermittlungserfolg zum Tatort. Da muss ich vorher auch noch hin …“

Toni seufzt hörbar. „Was tut Nepi bei dir, während du arbeitest?“

„Lange Gschicht“, tue ich ab, während ich mich einhändig abschnalle. „Alles später …“

„Du kommst heim?“, forscht er vorsichtig.

„Ja. Wie war das Gespräch mit der Schneidhart?“, kann ich meine Neugier nicht unterdrücken.

„Sie ist hier. Der Übelacker auch. Wir beraten uns grad wegen einer Pressekonferenz.“

„Ohne mich“, wehre ich mich gleich und lasse Nepi, der sich schon selber abgeschnallt hat, aus dem Auto steigen. Er rennt zur Eingangstür und klingelt.

„Die Konferenz soll auch hier bei uns im Präsidium stattfinden und bezieht sich auf die Festnahme des mutmaßlichen Täters des blutigen Angriffs auf die zwei Jovanovic-Frauen“, beschwichtigt er mich.

Ich lache spöttisch, weil es so typisch ist für den Staatsanwalt. „Na, dann habt ihr doch schon einen Erfolg vorzuweisen und der Übelacker kann sich wieder rühmen.“

„Du hast wohl noch nicht mitgekriegt, welch hohe Wellen die Tat inzwischen schlägt?“ Seine Stimme klingt missbilligend und nörgelnd.

Das habe ich allerdings nicht!

Aber ich weiß mich stichelnd zu verteidigen: „Wie auch? Ich nächtige momentan nicht daheim und darum krieg’ ich auch keine Zeitung zum Frühstück.“

Wenn ich gestern nach dem Blutbad in Bad Abbach oder heute schon einmal in der PI gewesen wäre, hätte ich sicher davon was mitbekommen, denn ich kann mir vorstellen, dass die Kollegen gut zu tun haben. Auch mit den Anfragen der Presse.

Nepi ist inzwischen im Kindergarten verschwunden und hat sofort seine Freunde auf das Polizeiauto aufmerksam gemacht, das da direkt vor der Tür steht. Jetzt pappen sie alle neugierig und aufgeregt der Reihe nach mit den Nasen an den Fenstern und der Eingangstür und glotzen zu mir heraus. Ich kann mir einen Lacher nicht verdrücken.

„Also ich find’s grad nicht so lustig“, motzt Toni am anderen Ende.

„Ich schon gleich gar nicht“, schlage ich grantig zurück und lege einfach auf.

Die Dorfdisco ist mit Holundersträuchern und Weißdornhecken ziemlich eingewachsen, obwohl sie und alles drum herum vor ein paar Jahren abgebrannt waren. Damals hat die Feuerwehr eine verkohlte Mädchenleiche in den Überresten gefunden. Natürlich haben wir den Mörder zur Strecke gebracht, aber alles endete in einer dramatischen Geiselnahme, bei der ich angeschossen wurde. Mit Grauen erinnere ich mich daran und eine Gänsehaut läuft mir über den Rücken, als ich mit dem Streifenwagen auf der alten Gemeindeverbindungsstraße, die nach Ihrlerstein oder Painten führt, kurz nach der Brücke über die St 2230 in den abzweigenden Feldweg abbiege. Dort steht nämlich die Dorfdisco, schon seit ich denken kann, am Waldrand und ist damit weit genug weg von den nächsten Wohnhäusern Essings.

Der weiße Kleinbus der Spurensicherung steht auch schon da und ich parke dahinter.

Der Bürgermeister und ein paar betuchte Essinger haben nach dem Brand damals eine neue Hütte für die Dorfjungend gesponsert. Ich muss sagen, mir gefällt sie viel besser, weil sie eigentlich gar nicht mehr wie eine Holzhütte, sondern eher wie ein kleines modernes Wohnhaus aussieht. Von außen habe ich mir das glatt verputzte, graue Gebäude mit dem Pultdach aus Trapezblech und den beiden Fenstern auf der Vorderseite auf unzähligen Spaziergängen natürlich schon angeschaut, aber drin war ich noch nie.

Ich überquere den gekiesten Lagerfeuerplatz davor, um den, wie zu meiner Zeit vor über dreißig Jahren, alte Sofas und ausgediente Kanapees und Sessel stehen.

Neugierig betrete ich also die Dorfdisco durch die schwarze, offenstehende Kunststofftür und werde als Erstes von einer stickigen Hitze im Inneren fast erschlagen. Als ich mich aber umsehe, vergesse ich das Raumklima schnell, denn ich bin ziemlich beeindruckt, welchen Luxus ich darin vorfinde. An der gegenüberliegenden Wand steht eine einfache, aber neue Küchenzeile in weiß mit einer Spüle und einem E-Herd, in der Bär grad dabei ist, alle Schubladen zu durchwühlen. Eine Eckbank samt Tisch und eine gebrauchte, aber noch ziemlich schöne Couchlandschaft verteilen sich auf die Ecken des einzigen, etwa dreißig Quadratmeter großen Raumes. Vor dem Couchtisch, auf dem ein paar leere Flaschen Bier und ein überquellender Aschenbecher stehen, knien die beiden Spurensicherer auf einem alten dunkelrot und blau gemusterten Teppich, der so gar nicht zu den modernen Möbeln passen will. Offenbar haben sie dort etwas gefunden, was ihr Interesse weckt.

Durch ein lapidares „Servus, Leute!“, mache ich auf mich aufmerksam.

Der Bär kommt, darum bemüht, die Nummernschildchen der Spurensicherung, die überall auf dem Boden verteilt stehen, zu umgehen, zu mir her. Über seine Stirn rinnen Schweißperlen und sein hellblaues Polizeihemd zeigt ebenfalls deutlich feuchte Spuren. „Da bist ja endlich!“

„Hab’ ich was versäumt?“

Geschäftig schnauft er durch. „Ich hab’ die Küchenzeile schon durchsucht …“

„Ja, und zwar schon bevor wir hier waren und alle Spuren hatten sichern können“, wird er von Spusi-Klaus genervt unterbrochen, der sich in seinem weißen Ganzkörperschutzanzug vom Boden erhoben hat, und mich groß und hager um mindestens einen halben Kopf überragt. Unter seiner Kapuze schauen ein paar blonde Locken hervor, die an seiner verschwitzten Stirn kleben. Schon blöd mit dem Arbeitsgewand in dieser Hitze.

Ich strafe den Bär mit einem Blick, während es mir auch langsam den Schweiß aus den Poren treibt.

„Ich hab’ doch nur nach dem Schminktäschchen gesucht. Leider bisher Fehlanzeige“, entschuldigt er sich, ohne wirklich großes Bedauern zu zeigen. „Außerdem sind hier die letzten Tage jede Menge junger Leute durchgelatscht und haben eine Party gefeiert, da kommt’s auf mich auch nicht mehr drauf zamm.“

Dann hält er mir, um mögliche Fingerabdrücke nicht zu verwischen, wozu es, so nehme ich es an, inzwischen schon zu spät ist, im Pinzettengriff mit Daumen und Zeigefinger ein riesiges Messer mit der Klinge nach unten vor die Nase. Die Schneide ist ziemlich lang und schmal und hat einen Griff aus schwarzem Kunststoff. „Aber das hier hab’ ich gefunden. Könnt’ als Tatmesser wunderbar passen.

Ziemlich groß und schwer das Ding." Er hält es noch höher und begutachtet es geschäftig.

Klaus schnappt empört nach Luft. „Du hast ja nicht einmal Handschuhe an! – Und ich hab' gedacht, du hättest inzwischen wenigstens das kapiert, Zefix!"

Unschuldig zuckt der Bär mit den Schultern. „Gefahr im Verzug. Es pressiert!"

„Einweghandschuhe überzuziehen dauert fünf Sekunden."

Der Bär hält ihm seine freie linke Hand hin, die annähernd die Größe von einem Klodeckel hat und fünf pralle Wurstfinger zieren. „Nicht bei mir."

Ludwig, der grad die Oberfläche des Teppichs untersucht, kann sich ein hämisches Grunzen nicht verdrücken, während Klaus eine Asservatentüte aus seinem Koffer zieht.

„Rein damit", fordert er dann den Bär drängend auf und hält ihm die Tüte hin. „Du hast mit deinen Pratzen wahrscheinlich eh schon alle Fingerabdrücke zerstört, aber wir nehmen es trotzdem mit."

Der Gemahnte öffnet den Pinzettengriff wie ein Kran seine Zange, und das Messer fällt mit der Spitze voran in die Tüte. Durch die große Fallhöhe und sein Eigengewicht durchschneitet es den dünnen, durchsichtigen Kunststoff und gleitet schnurgerade zu Boden, wo es mit der Messerspitze im Holzboden stecken bleibt, nur wenige Zentimeter von Klaus' mit Plastiküberziehern bezogenen Schuhen entfernt.

„Sag' mal, spinnst du!", fährt der ihn entrüstet an.

„Ups", überspielt der Bär seinen Schnitzer und wendet sich Ludwig zu. „Seid ihr eigentlich auch fündig geworden?"

Der noch am Boden kniende Ludwig nickt und schiebt ein Wattestäbchen mit einer Probe in ein durchsichtiges Glasröhrchen. „Eindeutig Blutspuren. Wir hätten sie auf dem dunklen Teppich fast übersehen."

„Dann ist das also unser Tatort", stelle ich mit einem Seufzen fest, während ich Klaus dabei beobachte, wie er kopfschüttelnd und vor sich hin schimpfend das Messer aus dem Boden zieht und vorsichtig in eine neue Tüte legt.

„So schaut's aus, allerdings müssen wir natürlich erst noch die Blutprobe von hier mit der vom Jovanovic vergleichen, dann wissen wir es hundertprozentig", belehrt mich Ludwig.

Als wüsste ich nicht, wie unsere Arbeit funktioniert.

Ich trete neben ihn und beuge mich zu dem roten Fleck hinunter, dessen Umrisse man auf dem Teppich wirklich kaum erkennen kann. „Ist es viel Blut?"

Bevor Ludwig antworten kann, springt Klaus ein: „Also, wenn du mich fragst, dann hat der Täter das Messer aus der Schublade genommen …" Er geht zur Küchenzeile hinüber und tut so als wäre er der Beschriebene. „… dann ist er direkt auf das Opfer zu und hat es ihm in die Brust gerammt. Hier hab' ich auch noch ein paar Bluttropfen mit gleichmäßigem Spritzmuster sicherstellen können." Er deutet auf den dunklen Holzboden, wo er ein Nummernschildchen für eine Spur platziert hat. „Da es keine Abwehrverletzungen gibt, muss der Jovanovic ziemlich überrascht gewesen sein, der hat nicht mit dem Angriff gerechnet."

Ich stelle mich vorsichtig an die angedeutete Stelle und schaue mich um zu dem Blutfleck, der sich mindestens drei Meter hinter mir befindet.

Bevor ich fragen kann, fährt Klaus fort: „Getroffen taumelt das Opfer nach hinten …" Auffordernd nickt er mir zu, das zu schauspielern.

Ich befolge es, tue so, als wäre ich getroffen und schlurfe rückwärts auf den Teppich zu.

„… dann stolpert er vielleicht über die Teppichkante, fällt nach hinten um und bleibt ohnmächtig liegen. Darauf weist zumindest die größere Menge Blut an dieser Stelle hin", vervollständigt Klaus zufrieden den möglichen Tathergang und ich spare diesbezüglich mit meinen schauspielerischen Fähigkeiten. Ich schwitze eh schon wie ein Schwein!

„Und der Täter glaubt, er hat sein Opfer erledigt, schnappt sich das Schminktäschchen und haut schnell ab, ohne das zu überprüfen. – So könnt' es gewesen sein", stellt der Bär zufrieden fest. „Das passt doch wie die Faust aufs Aug' auf den Petrov!"

Das ist es eben, es passt nicht! Mir zumindest nicht und ich hake bei den Technikern nach, wo wir schon dabei sind. „Hier hat also eine andere Handlung stattgefunden, als in der Wohnung der Jovanovic-Frauen in Abbach."

Ludwig und Klaus wechseln Blicke.

„Allerdings!"

„Völlig anders", tut Klaus irritiert, weil ich das frage. „Der Täter hier hat sein Tatwerkzeug nicht dabeigehabt, falls das Messer vom Bär sich als solches erweisen sollt'. Schaut also nach einer spontanen Tat aus. Und er hat auch nicht wild zugestochen, sondern es war ein einziger, gezielter Stich, mit dem das Opfer nicht gerechnet hat."

„Das hat mir der Leichendoc auch schon gesagt …", grüble ich.

Der Bär grunzt unzufrieden. „Aber das wär' doch dem Petrov genauso zuzutrauen!"

„Der ist doch eher der Typ, der gleich ausrastet und dann in einen richtigen Gewaltrausch verfällt", bin ich überzeugt. „Siehe unseren zweiten Tatort in Abbach. Und außerdem hat Petrov das Geld hier nicht gefunden, sonst hätt' er die Jovanovic-Frauen in Ruh' gelassen."

Die beiden Spusis nicken mir beipflichtend.

Langsam lässt sich der Bär überzeugen. „Aber wer …?"

Klaus grinst hämisch. „Das herauszufinden, wär' dann euer Job."

Dann widmen sich die zwei Techniker wieder ihrer Arbeit.

„Also schon wieder ein Mord in der Dorfdisco", seufzt der Bär resigniert, wischt sich mit dem Handrücken den Schweiß von der Stirn und hat wohl das gleiche Déjà-vu wie ich, damals mit der erschlagenen und samt der Dorfdisco verbrannten Leiche von Sophie Betz.

Ich schnaufe tief durch. Die Hitze hier drin ertrage ich nicht mehr lang. „Vielleicht war es doch keine so gute Idee, dass sie wiederaufgebaut worden ist", meine ich, denn ich unterstützte damals die

Dorfjugend, sagen wir mal mental, damit sie vom Bürgermeister finanzielle Hilfe und eine Genehmigung für den Wiederaufbau bekommen.

„Zu meiner Zeit war es noch nicht tödlich, sich mit seiner Liebsten hier zum Kuscheln zu treffen", bemerkt der Bär mit einem glückseligen Grinsen.

„Kaum vorstellbar, dass das je eine freiwillig mit dir getan hat", lässt sich Klaus mit einem ironischen Kommentar von seiner Pinselei ablenken.

Ich kann mir ein Schmunzeln nicht verdrücken.

„Ich war einmal ein ziemlich begehrter Junggeselle", schlägt der Bär zurück.

Klaus' Blick wandert zum Bauch vom Bär. „Eben: war!"

Doch mein Partner motzt zurück: „Wart' nur, in ein paar Wochen wirst du staunen!"

Ich fühle mich dazu verpflichtet, ihn zu unterstützen: „Ihr könnt' euch gar nicht vorstellen, wie motiviert der Bär ist. Auf einen Schlag ist er vom Diät-Typ 3 zum Diät-Typ 1 mutiert."

Die Männer schauen mich fragend an.

„Nur so ein Insider von mir", tue ich mit einem Winken ab.

Ludwig erhebt sich und stichelt weiter: „Hab schon gehört, dass du auf Diät bist."

Und Klaus legt spöttelnd nach: „Und mir ist zu Ohren gekommen, dass dir die neue Staatsanwältin ganz schön den Kopf verdreht hat."

Der Bär wirft mir einen anklagenden Blick zu und ich fühle mich dazu gezwungen, mit erhobenen Händen meine Unschuld zu beteuern. Von mir können sie es wirklich nicht wissen, wo ich doch so diskret bin! Doch seine vorwurfsvolle Mimik zeigt mir, dass er mir nicht glaubt.

Mit einem Pinsel tupft Klaus dem Bär auf die Brust. „Aber da muss ich dich vorwarnen, nur so von Kollege zu Kollege: Die Schneidhart ist eine männerverschlingende Nymphomanin!"

„Was soll das heißen?", stutzt der Bär irritiert, der anscheinend die griechischen Sagen nicht kennt.

„Na, die hat einen ziemlich lustigen Unterleib", fügt Ludwig erklärend hinzu, aber der Gewarnte versteht immer noch nicht.

„Können wir dann mal zurück zur Arbeit kommen?", gehe ich dazwischen, weil mir das jetzt eindeutig zu weit geht. „Es ist also bis jetzt kein lilafarbenes Schminktäschchen aufgetaucht?"

„Wie schaut es denn eigentlich genau aus?", forscht Klaus, während er auf dem von Zigarettenasche und Flaschenrändern beschmutzten Tisch nach Fingerabdrücken pinselt.

Ich beschreibe ihm, was uns Maria darüber erzählt hat. „... und die Scheine haben genau hineingepasst."

„Dann ist es nicht viel größer als ein Portemonnaie", analysiert Ludwig und formt ein Rechteck mit seinen behandschuhten Fingern, um es sich besser vorstellen zu können. „Oder ein Schulmäppchen."

„Das müsste hier doch leicht zu finden sein", grüble ich und schaue mich um.

Der Bär sinniert ebenfalls und wischt sich mit dem Handrücken über die schweißnasse hohe Stirn. „In der Küche ist es jedenfalls nicht."

Zeiss Maria hat es mit hierhergebracht und an ihren Freund übergeben. Wo würde ich es an seiner Stelle verstecken? Eine Schweißperle rinnt mir die Wirbelsäule hinunter. In dieser stickigen Hitze kann ich nicht nachdenken, Kruzinesn! Und danach zu suchen ist noch anstrengender! Außerdem muss ich ins Regensburger Präsidium zu Toni und Petrov. Doch ich weiß aus Erfahrung, wenn ich die Spurensicherer direkt darum bitte, sich des Täschchens anzunehmen, werde ich auf Widerstand treffen. Also greife ich in die Trickkiste und beginne mit einer vorgetäuschten Suche.

Ich turne kniend auf der Sofalandschaft herum und ernte wie erwartet sofort Protest vom peniblen Klaus: „He, hör' auf damit, du zerstörst mögliche Spuren, verdammt!"

Ich ergebe mich gerne und unverzüglich mit erhobenen Händen. „Ups!"

Klaus verdreht die Augen und seufzt laut. „Was hab' ich grad gesagt, von wegen Handschuhen an einem Tatort, Zefix?"

„Ups", entschuldige ich mich halbherzig.

„Ups", äfft er mich genervt nach. „Wo habt's denn das wieder her? Das könnt' ihr euch schnell wieder abgewöhnen, dieses Ups!"

Ich spiele das Unschuldslamm. „Keine Handschuhe dabei."

„Wir werden nach dem Schminktäschchen suchen, bevor ihr hier alle Spuren kaputtmacht", bestimmt er schließlich und wechselt genervte Blicke mit seinem Kollegen. „Haut bloß ab hier!"

Ich habe mein Ziel erreicht. „Wir müssen eh weiter." Dann wende ich mich an den Bär: „Auf nach Regensburg! Toni hat mich vor einer Stunde angerufen, sie haben den Petrov!"

„Und das sagst du mir erst jetzt?", beschwert er sich und ist schon zur Tür hinaus.

„Bericht nicht vor morgen!", ruft mir Klaus hinterher, während ich dem Bär hinaus folge. „Und wir schicken euch gleich zwei Packungen Einweghandschuhe in L und 3XL in eure PI."

Kapitel 10

Der Bär gibt Gas.

„Du kannst dir ruhig Zeit lassen. Der Toni hat gesagt, der Übelacker hält eine Pressekonferenz und da will ich nicht dabei sein“, kläre ich ihn weiter auf, als wir auf der St 2230 in Richtung Kelheim sind.

Er stöhnt. „Auch schon wieder!“

„Die Zeitungsfritzen sind wohl schon wieder ziemlich aufdringlich wegen des Überfalls auf die Jovanovics.“

„Kann ich mir denken. Sowas passiert ja schließlich nicht jeden Tag hier und lässt die Menschen auf keinen Fall kalt.“

Damit bezieht er auch sich mit ein, erahne ich. Obwohl er sich das Blutbad gar nicht angeschaut hat, sehe ich seiner blassen Nasenspitze an, dass er ziemlich betroffen deswegen ist.

„Ja, furchtbar. Ich hatte letzte Nacht auch einen Alptraum deshalb“, gebe ich missmutig zu, dass es mich auch sehr mitgenommen hat. Ich tätschle seinen Schenkel. „Ich kann dir gern die Nummer vom Leiki geben.“

Leiki, eigentlich Bernhard Leikam, ist Polizeipsychologe und mein Psychiater, den ich nach dem Tod vom Martin und der Geiselnahme in Anspruch genommen hatte und auch ermittlungstechnisch immer mal wieder zurate ziehe. Freilich verweigert man sich erst solch einer Therapie, aber erst als ich mich bei ihm darauf eingelassen hatte, merkte ich, wie gut es mir tat.

Doch der Bär, verklemmt wie er in Gefühlsdingen halt ist, lenkt sofort auf ein anderes Thema ab: „Was hast du vorhin gemeint mit Diät-Typ 1 und Diät-Typ 3?“

„Das ist nur so eine interne Klassifizierung von mir. Nicht weiter wichtig …“

„Aha“, gibt er sich nicht zufrieden. „Du klassifizierst mich also heimlich!“

Ich seufze und ergebe mich. „Eins ist logischerweise der fleißige Abnehmer, dann kommt zwei für weniger fleißig und drei für …"

„… gar nicht fleißig", schlussfolgert der Bär richtig. „Und für dich war ich nur ein Dreier?"

„Ja, warst du, aber jetzt bist du ja zum Einser aufgestiegen. Gratulation!"

„Danke", freut er sich wie ein kleiner Bub. „Auf einmal geht's auch viel leichter."

„Dank der Schneidigen", spotte ich.

Forschend blickt er zu mir herüber. „Warum magst du sie eigentlich nicht? Sie hat dir doch gar nix getan und dir noch dazu freie Hand gelassen. Soweit ich weiß, hat sie uns seit ihrem Besuch vor zwei Tagen in der PI nicht einmal hinterhertelefoniert oder nervende Anweisungen gegeben, so wie der Übelacker das immer macht."

„Wie der Ludwig und der Klaus schon festgestellt haben, ist die Frau für manche Männer wie dich ziemlich gefährlich."

„Ach geh! Appetit wird man sich ja noch holen dürfen", zieht der Bär seine Schwärmerei ins Harmlose.

„Hauptsache du isst daheim."

„Ich würd' meine Karin niemals betrügen."

Verwirrt und mit gerunzelter Stirn schaue ich ihn an. „Wieso dann das ganze Theater um die rassige Blondine?"

Mit zusammengekniffenen Augen schielt er zu mir herüber, aber statt einer Antwort kommt er mit einer absurden Feststellung daher. „Ah, ich seh' schon, du bist neidisch auf die Schneidhart."

„Ich!", empöre ich mich. „Neidisch auf die! Dass ich nicht lache!"

Aber insgeheim muss ich zugeben, dass ich es doch bin. Zwar nicht auf ihr Aussehen und ihre Aufmachung, aber auf ihre offensichtliche Nähe zu meinem Mann. Eifersucht ist in diesem Fall viel schlimmer als Neid, aber das muss der Bär ja nicht wissen.

Aufmunternd tätschelt er nun meinen Schenkel. „Du könntest auch ein bisserl mehr aus dir machen. Ihr müsstet ziemlich im gleichen Alter sein."

Jetzt reicht's mir aber!

„Hör' zu, ich will von dem Schmarrn nix mehr hören! Und von der Schneidhart schon gleich gar nix mehr, verstanden?"

„Wennst meinst", ergibt sich der Bär doch eine Spur verlegen, weil er wohl einsieht, dass er zu weit gegangen ist. Er wechselt das Thema. „Wie schaut's mit dem Toni aus?"

Das ist auch nicht viel besser. „Darüber will ich auch nicht mit dir reden."

„Bist du momentan empfindlich! Midlife-Crisis, hm?"

„Ich glaub' eher, der Toni und du habt die."

Der Bär schnauft tief durch und zeigt sich versöhnlich. „Dann haben wir sie halt alle."

„Und jede Menge andere Probleme, wie einen frei herumlaufenden Mörder."

„Ich glaub' ja immer noch, dass der Petrov auch den Jovanovic auf dem Gewissen hat. Ein Täter muss sich nicht zwingend bei all seinen Taten gleich verhalten. Das kann dir jeder Profiler bestätigen. Es kommt immer auf die Situation an."

„Beides waren Affekthandlungen, das mag sein. Aber warum hat der Petrov nicht sein Butterfly-Messer auch beim Jovanovic benutzt, sondern eins aus der Schublade aus der Küch' in der Dorfdisco genommen?"

„Dann hat der Russ' sich halt erst danach bewaffnet."

Das kann gut möglich sein, scheint mir aber eher unwahrscheinlich.

„Er ist ein organisierter Verbrecher, der schon jahrelang im Geschäft ist. Der trägt immer eine Waffe bei sich", erkläre ich ihm meine Gedankengänge. „Mein Gefühl sagt mir, dass wir Jovanovics Mörder ganz woanders suchen müssen."

„Du meinst hier bei uns?", fühlt sich der Bär sichtlich unwohl bei dieser Vorstellung.

„Eventuell in Maria Zeiss' Umfeld", überlege ich laut. „Wir haben sie zum Beispiel nicht nach einem Ex-Freund befragt."

Der Bär zieht eine Lätschn. „Ach geh, nicht schon wieder ein eifersüchtiger Ex."

„Ist dir die Russen-Connection lieber, oder was?"

„Spannender ist es auf alle Fälle", bestimmt er mit hoch erhobenem Zeigefinger. „Aber vor allem haben wir das Bürscherl schon."

„Und den nehmen wir uns jetzt zur Brust", bin ich entschlossen, weiß aber auch, dass Toni dabei das Sagen hat. Schließlich haben seine Leute ihn in seinem Revier festgenommen.

Wir finden Toni in seinem Büro im ersten Stock. Ich war schon ein paar Mal hier und habe ihn besucht, privat, aber auch beruflich. Heute allerdings rein beruflich!

„Da seid ihr ja endlich", begrüßt er uns und steht von seinem Schreibtisch auf.

Er schaut heute noch müder und abgespannter aus als gestern. So wie ich wahrscheinlich. Ich spüre seinen musternden Blick. Das ist mir so was von unangenehm. Ich ertappe mich dabei, nach Lippenstiftspuren an seinem Hemdkragen und Hals zu suchen, werde aber nicht fündig.

„Ging nicht schneller", entschuldige ich mich gespielt gelassen. „Wir haben ja auch was zu tun."

Der Bär steht verlegen neben mir. Es ist ihm sichtlich peinlich, zwischen die Fronten zu geraten.

„Der Petrov führt sich in seiner Zelle auf wie ein Irrer", berichtet uns Toni.

„Hat er schon was ausgesagt?", will ich wissen.

„Nein, er verweigert jede Aussage."

Er reicht mir den Bericht der Spurensicherer vom Tatort in der Wohnung der Jovanovic-Frauen in Bad Abbach.

„Warum hast du den Bericht?", frage ich irritiert.

Er wirft mir einen kühlen Blick zu und verteidigt sich: „Die Schneidhart gibt den Ton an, schon vergessen?"

Wie könnte ich? Sie und er scheinen ein prima Team zu sein! Ich schnaufe tief durch und reiße mich zusammen. Beruf und Privates zu trennen, fällt mir dabei unheimlich schwer. Ich fühle mich wie das fünfte Rad am Wagen.

„Wenn du mit ihr schon so eng zusammenarbeitest, warum hast du mich überhaupt angerufen?"

Toni verdreht die Augen, übergeht meine Frage und berichtet routiniert: „Am Tatort in der Wohnung der Jovanovics haben sie Dimitri Petrovs Fingerabdrücke sichergestellt. Das Tatwerkzeug, ein Butterfly-Messer, hat er auch für den Bankraub benutzt. Es ist schon bei der Spusi. Allerdings habe ich mit bloßem Auge schon Blutreste daran sehen können."

„Kann ich mit ihm reden?", dränge ich.

Toni schaut mich an, als hätte ich ihm gerade offenbart, dass ich lesbisch bin. „Drei meiner Kollegen haben alle Mühe gehabt, ihn in die Zelle zu bugsieren, und da willst du zu ihm?"

„Du wirst mich hoffentlich beschützen", meine ich ironisch.

Will ich ihn damit provozieren oder ihm etwas beweisen? Ich kann mein Gefühlschaos momentan nicht ordnen, aber ich will unbedingt mit Dimitri Petrov reden.

„Mary, sollten wir das nicht die Profis hier machen lassen?", raunt der Bär unsicher.

„Wir sind auch Profis", bin ich weiterhin entschlossen und werfe ihm einen vorwurfsvollen Blick zu. „Du musst ja nicht mit zu ihm rein."

„Gut! Wenn du unbedingt willst", gibt Toni sich geschlagen, nicht ohne eine Spur Häme in seiner Stimme.

Wir folgen ihm hinunter zu den Arrestzellen.

„Er wird auch bei dir seinen Mund nicht aufmachen", mutmaßt Toni, als wir die Treppen hinuntersteigen. „Was erwartest du dir eigentlich von ihm? Ein Schuldeingeständnis? Reue?" Er grunzt sarkastisch. „Der Petrov ist ein skrupelloser Gangster ohne irgendein Gewissen, ist dir das klar?"

„Man muss nur wissen, wie man ihn nehmen muss", sage ich selbstsicher. „Bei seinem Bruder hat das jedenfalls einwandfrei funktioniert, nicht wahr Markus?"

Der Angesprochene hinter mir nickt zögerlich.

„Was hast du vor?", lässt mein Mann nicht locker.

„Lass mich einfach mit ihm reden!"

Irritiert mustert er mich von der Seite und fragt nicht weiter nach.

Auf dem langen Flur vor uns reihen sich einige Eisentüren aneinander. Vor einer hält ein junger Kollege Wache.

Toni geht zu ihm hin. „Hat er sich inzwischen beruhigt?"

Der Kollege nickt. „Allerdings kann ich seine russischen Flüche nicht mehr hören."

Toni macht das Sichtfenster in der Eisentür auf und lugt in die Zelle. Was er sieht, scheint ihn zufrieden zu stellen. „Er liegt auf der Pritsche und schläft."

Dann mustert er mich forschend. Ich versuche, so entschlossen wie möglich dreinzuschauen, obwohl mir schon die Düse geht, wie man so schön sagt. Der Bär neben mir räuspert sich nervös.

„Du kannst hier draußen warten", biete ich ihm an und ich spüre direkt, wie erleichtert er ist.

Brav nickt er und bietet sich an: „Schreit einfach und ich komm' euch zu Hilfe!"

Toni gibt dem wachhabenden Kollegen mit einem Kopfnicken zu verstehen, dass er aufsperren kann. Er tut, wie ihm geheißen, und öffnet die schwere Eisentür.

„Bleib' an der Tür!", befiehlt er ihm, als wir an ihm vorbei in die Zelle gehen.

Der Inhaftierte liegt seitlich zusammengerollt wie ein Embryo mit dem Gesicht zu uns auf dem provisorischen Bett, wobei der Vergleich mit diesem Trumm von einem Mannsbild eher unpassend ist. Mein Herz schlägt mir bis zum Hals und ein beklemmendes Gefühl breitet sich in mir aus. Hier in diesem kargen Raum, der nicht größer ist als mein Gästeklo mit seinen sechs Quadratmetern, ist es ziemlich stickig und eng und ich bereue, dass ich das hier wage. Aber jetzt gibt es kein Zurück mehr!

„Herr Petrov“, will Toni den Insassen wecken, doch er reagiert nicht.

Ich nehme all meinen Mut zusammen, trete vor die Pritsche und rüttle an seiner Schulter. Erst jetzt erkenne ich, dass er noch Handschellen trägt, die seine Hände vor seinem Bauch zusammenhalten. Dann grummelt er verschlafen und öffnet die Augen. Als er mich erkennt, stöhnt er und flucht in seinen Dreitagebart. Sein kalter Blick mustert mich abschätzig und ich fühle mich noch unwohler in meiner Haut, sodass ich nix rausbringe.

„Würden Sie sich bitte aufsetzen, Herr Petrov“, bittet ihn Toni höflich. „Wir müssen mit Ihnen reden.“

Wieder Flüche. Gut, dass ich sie nicht verstehen kann. Sie klingen jedenfalls ziemlich scharf und derb, aber immerhin befolgt er die Bitte, was ihm mit der Fesselung umständlich gelingt.

„War ich vorchin nicht deutlich genug?“, fragt er dabei grimmig und schaut mich mit bösen Blicken an. „Muss ich es der Polizistenschlampe noch mal extra sagen, oder warum seid ihr chier?“

Wenigstens erkennt er mich wieder!

Toni bleibt ruhig und lässt mich nicht zu Wort kommen. „Wir haben inzwischen einen Haufen Beweise für Ihre Täterschaft, Herr Petrov. Ein Geständnis käm’ ihnen zugute.“

„Scheiß drauf!“, speit uns der Häftling her und grinst höhnisch.

Sein dunkelblaues, mit Schweißrändern besudeltes T-Shirt ist an einigen Stellen zerrissen und seine Jeans dreckig. An seinen muskelbepackten Oberarmen, die gut und gerne den Umfang von meinen Oberschenkeln haben, sehe ich einige blaue Flecken und Abschürfungen. Seine Festnahme muss ziemlich spektakulär gewesen sein.

Mit aller Mühe versuche ich, meine Angst zu verbergen, nicht nur ihm gegenüber. Aber auf die normale Tour kommen wir offensichtlich mit dem nicht weiter, wie ich es erwartet hatte.

Es wird Zeit, dass ich in die Gänge komme, schimpfe ich mich und reiße mich zusammen.

„Die Schwester von Tomislav Jovanovic hat Ihre Attacke überlebt. Sie hat Sie eindeutig als Täter identifiziert", sage ich ihm kühl auf den Kopf zu.

Toni wirft mir einen erstaunten Blick zu. Ein bisserl tricksen hat uns schließlich auch bei Juri Petrov geholfen.

„Dieses blöde Luder", spottet Petrov verächtlich.

Bei ihm sind offenbar alle Frauen minderwertig. Tolles Frauenbild!

„Die Blutspuren, die wir an Ihrem Butterfly-Messer festgestellt haben, passen eindeutig zu den beiden Jovanovic-Frauen", bluffe ich weiter. „Sie sind also überführt."

Petrovs Auflachen ist kehlig und sarkastisch. Lässig lässt er sich mit dem Rücken gegen die Wand hinter sich fallen und spottet mit finsterer Miene: „Ich chatte die beiden Weiber so satt! Dieses ständige Gejammer und Gebete. Ich konnte es nicht mehr chören!" Dann verstellt er seine Stimme und ahmt die beiden Frauen nach: „‚Gott wird uns beschützen und die Sündigen bestrafen!' … Sie wollten mir ums Verrecken nicht sagen, wo das verdammte Geld ist!"

Das hört sich doch fast nach einem Geständnis an.

„Außer den Blutspuren der Frauen haben wir noch DNA von Tomislav Jovanovic an Ihrem Messer gefunden", täusche ich weiter vor.

Da braust der Häftling plötzlich von seiner Pritsche auf, sodass er nur Zentimeter vor mir steht.

Ich kann seinen miesen Atem riechen, als er mich anfaucht: „Ich hab' dem Tomi kein Chaar gekrümmt, verdammte Scheiße!" Speicheltropfen treffen mich im Gesicht. Igitt!

Toni drängt ihn erschrocken zurück. „He, nicht so stürmisch, mein Freund!"

Petrov lässt sich wieder auf die Pritsche plumpsen, die dabei gequält ächzt. „Ich seh' doch, wie das hier läuft."

„Sie bleiben also dabei, dass Sie mit seinem Tod nichts zu tun haben?", hakt Toni nach.

„Mein Deutsch ist doch nicht so schlecht, oder?“, speit unser Tatverdächtiger ihn bissig an.

„Sie bestreiten also, dass Sie Jovanovic nach Essing in die Dorfdisco gefolgt sind und ihn dort erstochen haben?“, will ich eine genauere Auskunft von ihm.

Er wendet sich gelangweilt an Toni: „Sag' mal, ist die so blöd oder versteht die Polizistenschlampe mich wirklich nicht?“

Toni und ich wechseln Blicke. Über solchen Provokationen müssen wir drüberstehen. Aber das stachelt mich nur noch mehr an, ihn ein bisserl zu ärgern.

„Leider haben Sie sich die Hände umsonst schmutzig gemacht, denn die beiden Frauen konnten gar nix über das Geld wissen“, meine ich gelassen und füge verschwörerisch hinzu: „Dein Kumpel Jovanovic konnt' mir vor seinem Tod noch sagen, wo er die Beute versteckt hat, damit es nicht in die falschen Hände gerät.“

Petrov durchbohrt mich mit seinen eisblauen Augen. Für eine Sekunde sehe ich Zweifel in ihnen, aber dann glaubt er meine Täuschung. Genau wie es meine Absicht war. Dann fährt er erneut hoch, doch diesmal ist Toni schneller, stellt sich schützend vor mich und drängt mich zurück, sodass ich mich mit dem Rücken gegen die kalte Zellenwand pressen muss.

Mit rotem, zornverzerrtem Gesicht baut sich der aufgebrachte Russe vor uns auf und brüllt: „Du verfickte Polizistenschlampe chast das Geld? Du chast mich die ganze Zeit verarscht und mich nach der Dreckskohle suchen lassen!“

Toni will die Situation deeskalieren: „Hocken Sie sich wieder hin, Herr Petrov!“

Aber der Aufgeforderte denkt gar nicht daran. Ganz im Gegenteil ist diese Aufforderung der Startschuss zum nächsten Ausraster von Petrov. Der kommt blitzschnell. Mit geballten Fäusten holt er seitlich von unten aus und sie landen treffsicher, aber zusammengekettet wie sie sind, in Tonis Gesicht. Die Wucht des Aufpralls lässt ihn nach hinten gegen mich prallen. Sein Hinterkopf knallt gegen meine Nase und die Mauer hinter mir ist wiederum der Prellbock für meinen Kopf. Ich sehe Sternchen, doch spüre ich, wie mir sofort Blut aus der Nase über die Lippen rinnt. Benommen wie ich bin, kann ich das Gerangel nicht verfolgen und dränge mich mit zitternden Beinen gegen die Wand. Direkt vor mir erkenne ich nur schemenhafte hektische Bewegungen, höre brüllende Männerstimmen, schmerzhaftes Gestöhne, Befehle und Boxgeräusche, bis schließlich Ruhe einkehrt. Nur langsam kommt mein Blickfeld wieder zustande. Vor mir auf dem Boden haben drei Männer schwer damit zu kämpfen, den wutschnaubenden Petrov im Zaum zu halten, der mit dem Rücken auf dem Boden liegt. Toni und der wachhabende Kollege knien auf seiner breiten Brust und halten mit allen vier Händen seine zuckenden Arme in Schach. Der Bär hockt mit seinem ganzen Gewicht auf den Beinen des Cholerikers. Noch immer versucht sich der Renitente angestrengt aus dieser Position freizukämpfen, aber es gelingt ihm nicht. Nebenbei stößt er Flüche und Verwünschungen in seiner Muttersprache aus, dass mir ganz anders wird.

„Jetzt beruhigen Sie sich endlich, Petrov!“, befiehlt Toni und erst jetzt sehe ich, dass auch er aus einer Platzwunde unter dem linken Auge blutet.

Er wendet sich mir zu. „Alles okay?“

Ich nicke und suche in meiner Hosentasche hektisch nach einem Papiertaschentuch, um es mir unter die bluttriefende Nase zu halten. Zwischen meinen Augen spüre ich einen pulsierenden, dumpfen Schmerz, als hätte mir jemand mit einem Hammer dagegen gedonnert. Vermutlich ist meine Nase gebrochen, Kruzinesn!

Weil ich kein Taschentuch finde, halte ich mir die Nase mit den Fingern zu und eile gen Tür, zu der weitere Kollegen hereinrumpeln, um zu helfen. Ich dränge mich hinaus. Erst auf dem Flur nimmt sich eine Kollegin in Uniform meiner an und begleitet mich stützend zur nächsten Toilette.

Erst nach zwanzig Minuten hört das Nasenbluten langsam auf. Die nette, hilfsbereite Kollegin hat mir zwei Tamponaden aus einem herbeigeholten Verbandskasten in die Nasenlöcher geschoben, was höllisch wehgetan hat, aber ich habe mir vor ihr keine Blöße geben wollen. Beim Blick in den Spiegel erschrecke ich vor mir selbst. Meine komplette Nase ist blutunterlaufen und dick angeschwollen, genau wie die Tränensäcke unter meinen glasigen Augen. Und von den beiden Wattestäbchen, die unten rausschauen und sich langsam wieder voll Blut saugen, will ich gar nicht erst reden. Ich bin ein Zombie!

„Kruszinesn!", fluche ich. Das hat mir jetzt grad noch gefehlt!

„Das wird schon wieder", macht die Helferin einen aufmunternden Tröstversuch.

Dann wird an die Tür geklopft und ich höre Tonis Stimme. „Der Sanka ist da, Mary!"

Ein Krankenwagen kommt mir fast übertrieben vor. Der Bär hätte mich schon in die Notaufnahme gebracht. Auf jeden Fall muss ich dazu das Klo verlassen. Als ich das Waschbecken loslasse, ist mir immer noch ein bisserl schwindlig, aber ich wehre die Helferin ab. Ich schaffe das auch allein.

Trotzdem hält sie mir die Tür auf. Draußen lehnt Toni mit vor der Brust verschränkten Armen an der Wand des langen Flures. Er hat ein großes Pflaster unter dem linken Auge. Auf seinem hellblauen, ziemlich zerknitterten Hemd, dessen Ärmel er zurückgeschlagen hat, zeugen ein paar Blutstropfen von seiner Verletzung. Ich merke ihm an, dass er sauer ist, stinksauer sogar!

Und er lässt nicht lang auf seine Standpauke warten, sondern schnauzt mich grantig an: „Herrschaftszeiten, Mary! Deine unüberlegten Tricksereien kosten dich noch mal das Leben! Ich hab' dich gewarnt, dass der gemeingefährlich ist!"

Unschuldig zucke ich mit den Schultern. Ich habe jetzt eigentlich keine Kraft und keine Nerven mehr für eine Auseinandersetzung mit ihm. Und eigentlich hatte ich ein bisserl Mitleid von ihm erwartet, so wie ich ausschaue. Die Kollegin neben mir räuspert sich verlegen und macht sich aus dem Staub.

„Danke auch“, rufe ich ihr noch kurz hinterher.

Aus der Richtung, in die sie den Gang hinunter verschwindet, sehe ich den Bär mit der Schneidhart auf uns zukommen. Heute trägt sie einen schwarzen Hosenanzug, der ihre Hüften, ihre Taille, vor allem aber ihre Oberweite wunderbar betont. Ihre blonde Mähne weht bei jedem Schritt, den sie uns auf ihren hohen Hacken näherkommt, und ihr knallroter Lippenstift leuchtet mir schon von Weitem entgegen. Die ist mir jetzt grad noch abgegangen!

„Das ist eben meine Befragungstaktik“, verteidige ich mich halbherzig und das Pochen in meiner Stirn wird stärker. „Und außerdem hast du mitgemacht.“

Er stößt sich energisch von der Wand ab und baut sich vor mir auf. „Es ist mir gar nix anderes übrig geblieben!“ Er schnaubt und seine braunen Augen sprühen vor Wut, als er mich anschaut: „Wie oft hab’ ich dir schon gesagt, du sollst deine Intuition bei deiner Arbeit rauslassen, Mary! Für uns zählen nur die realen Fakten. Deine Methoden sind alles andere als routinierte Polizeiarbeit, und auch du musst dich an Vorschriften halten. Das hätt’ in der Zelle verdammt übel für uns ausgehen können!“

Seine Stimme hallt den langen Flur entlang.

Ich verschränke die Arme vor der Brust. Der Bär und die Schneidhart haben uns gleich erreicht und sind Zeugen der Standpauke von Toni. Kruzinesn, ist mir das peinlich!

„Ich hab’ dir nur den Nervenkitzel verschafft, den du doch so vermisst“, motze ich zurück.

Meine Provokation bringt ihn noch mehr auf die Palme. „Hier geht’s um unsere Arbeit, Maria! Was wir privat für Probleme haben, darf dabei keine Rolle spielen!“

„Dann sollten wir in Zukunft besser getrennt arbeiten“, erwidere ich betont gelassen und füge ironisch hinzu. „Aber das hast du ja eh schon so beschlossen.“

Inzwischen sind die Staatsanwältin und der Bär bei uns angekommen.

Ihr bedauernder Blick, der mich mitleidig mustert, ist mir so was von zuwider. Ihre Augen streifen Toni kurz. Offenbar haben sie sich vorher schon gesehen.

„Grüß Sie, Frau Weidinger! Sie sollten sich auch von den Sanitätern verarzten lassen, oder noch besser in die Uniklinik mit ihnen fahren. Das sieht nicht gut aus.“, spricht sie mich an.

Toni reibt sich mit Daumen und Zeigefinger die Nasenwurzel und versucht, sich zu beruhigen.

Dann legt sie doch tatsächlich ihre manikürte Hand auf seinen Arm und fragt besorgt: „Bei dir alles in Ordnung, Toni?“

Eine sehr vertraute Geste. Zu vertraut für meinen Geschmack.

Toni nickt. „Bin schon verarztet. Nur eine kleine Platzwunde.“

Am liebsten würde ich sie jetzt anspringen und ihr ihr nuttiges Gesicht zerkratzen, aber ich habe keine Kraft. Ich bin immer noch wackelig auf den Beinen und stütze mich mit einer Hand an der Wand ab. Mein Kopf dröhnt, doch ich will mir vor der keine Blöße geben. Vor allem aber will ich sie nie wiedersehen!

Ich reiße mich zusammen, und versuche sachlich zu bleiben: „Die Soko Russen-Connection kann ja dann ihre Ermittlungen erfolgreich abschließen. Sie haben den Drahtzieher der Bande, er ist geständig zum Überfall auf die Jovanovic-Frauen und überführt im Banküberfall von heut’ früh. Die restlichen Vergehen werden Sie ihm sicher auch noch irgendwie nachweisen können. Eine weitere Zusammenarbeit der beiden Sokos wird also nicht mehr nötig sein, oder besser gesagt, Sie können Sie sich sonst wohin schieben, meine liebe Frau Schneidhart! Zukünftig arbeit’ ich wieder mit meinen Männern in meinem Revier weiter. Falls es noch irgendwelche Fragen gibt, dann unterhalt’ ich mich sehr gern mit Herrn Dr. Übelacker darüber. Er ist mein zuständiger Staatsanwalt.“

Ich nutze den kurzen Moment der Verblüffung aller Anwesenden, hake mich beim Bär unter und nötige ihn mit einem „Komm, wir sind fertig hier!" zum Gehen.

„Aber … Frau Weidinger", höre ich die Schneidhart verdattert hinter mir, und dann Toni: „Lass sie!"

Vor lauter Wut, Eifersucht, Zorn und einem anschwellenden Dröhnen in meinem Kopf kralle ich mich am Arm vom Bär immer fester, dass er schmerzhaft das Gesicht verzieht.

Ich schaffe es gerade noch bis zum Eingangsbereich, wo die Sanitäter schon auf ihre Patientin warten und sinke dann auf eine der Wartebänke.

Die Bayernhymne ist dumpf zu hören. Eine Krankenschwester ist grad in einem der Verbandsräume in der Notaufnahme der Uniklinik in Regensburg dabei, mir eine Nasenschiene auf meinen lädierten Zinken mit Pflastern festzukleben. Glücklicherweise habe ich dank einer Infusion im Krankenwagen, der mich hierhergebracht hat, keine Schmerzen mehr und ich fühle mich nach meinem Schwächeoder wenn man so will auch Wutanfall schon wieder wohlauf. Auf einem von meinem Kopf angefertigten Röntgenbild hat ein ziemlich gestresster junger Arzt, dessen Namen ich schon längst wieder vergessen habe, festgestellt, dass mein Nasenbein angeknackst ist, so wie ich vermutet hatte.

Bemüht, die arbeitende Schwester nicht zu stören, ziehe ich mein Handy aus der Innentasche meiner Jeansjacke. Nebenbei entdecke ich einige Blutflecken darauf und fluche.

„Kruzinesn!"

Die Schwester lässt erschrocken von mir ab.

Auf dem Display eine unbekannte Nummer. „Dr. Langmeier hier, grüß' Sie, Frau Weidinger. Es gibt Neuigkeiten von meiner Patientin Maria Jovanovic. Sie ist aus dem Koma aufgewacht."

„Wie geht's ihr?"

„Den Umständen entsprechend."

Dass Ärzte nie genauere Auskünfte geben und immer so schwammig daherreden müssen? Kann er nicht einfach sagen: „Es geht ihr beschissen. Sie wird von uns vollgepumpt mit Medikamenten, damit sie keine Schmerzen hat, und hadert mit ihrem Schicksal."

Genauso stelle ich mir nämlich ihre momentane Situation vor.

„Ich bin sowieso hier in der Klinik", informiere ich ihn und wende mich an die Schwester, die geduldig darauf wartet, dass sie weitermachen kann. „Wie lang wird's noch dauern?"

„Fünf Minuten."

„Gut, dann bin ich in zehn Minuten bei Ihnen, Herr Langmeier", kündige ich dem Arzt in der Leitung an.

„Und wenn Sie schon mal da sind, können wir gleich die Typisierung machen", hat er mein kürzliches Versprechen anscheinend nicht vergessen.

„Meinetwegen", gebe ich mich geschlagen. „Heut' ist mir eh schon alles wurscht."

Dr. Langmeier holt mich am Eingang zur Intensivstation ab, nachdem ich geläutet und mich über die Freisprechanlage angemeldet habe. Ich bin erstaunt über den unscheinbaren, dünnen Mann Mitte dreißig mit dem Milchbubigesicht, das so gar nicht zu seiner tiefen Stimme und meiner Vorstellung von ihm passen will. Und auch er ist überrascht über mein Aussehen. Nun ja, momentan falle ich ja schon sehr auf mit dem Nasenpanzer mitten im Gesicht. Ich erkläre ihm kurz, dass ich einen ziemlich gewalttätigen Einsatz hatte und er gibt sich damit zufrieden. Wahrscheinlich hört er den lieben langen Tag genug Horrorgeschichten von seinen Patienten. Sonst bräuchten sie auch keine Behandlung von ihm.

Ich gebe also brav meine Speichel- und sogar eine Blutprobe ab, während ich mehr über den Zustand von Maria Jovanovic von ihm erfahren will. Sie hat mehrere Stiche im Bauchbereich abbekommen, die den Darm, die Milz und die Galle verletzt haben, aber alle in der Notoperation reparabel waren. Zwei lebenswichtige Organe hat es allerdings schlimm erwischt, erklärt er mir, und egal, was sie bisher versucht hatten, sie zu retten, es kommt immer auf das Gleiche heraus: Die junge Frau braucht dringend eine Spenderniere, und zwar bald, sonst wird sie sterben.

Die Schwerverletzte liegt bleich und kraftlos, durch zig Schläuche und Kabel an irgendwelchen Maschinen und piepsenden Geräte angeschlossen, in einem Intensivzimmer der Station. Ich kriege vom Arzt zehn Minuten für das Verhör.

„Und strapazieren Sie sie nicht allzu sehr, bitte!", befiehlt er streng, bevor ich eingekleidet in sterile, grüne Schutzkleidung das Zimmer betrete.

Vorsichtig gehe ich zum Krankenbett und sie öffnet langsam die hellblauen Augen. Sie wirken stumpf und leer, aber als sie mich erkennt, huscht ein zartes Lächeln über ihre blassen, trockenen Lippen.

Ich grüße sie. „Hallo, Maria!"

„Haben Sie den Dimitri schon verhaftet?", ist ihre erste ängstliche Frage mit leiser, kratziger Stimme. Offenbar bemerkt sie meine Maskierung gar nicht. Besser so.

Ich nicke und sehe förmlich die Erleichterung in ihrem Gesicht. Ich habe keine Ahnung, ob ihr schon jemand gesagt hat, dass nun auch ihre Mutter tot ist. Ich werde diese Aufgabe allerdings nicht übernehmen und frage: „Wie geht es Ihnen?"

Ein gequältes Lächeln zeigt sich auf ihrem Mund. „Ich spüre keine Schmerzen, aber ich bin so müde."

„Sie müssen sich langsam von ihren Verletzungen erholen", versuche ich eine hilflose Beschwichtigung.

Sie schaut mich mit tränengefüllten Augen an und sagt dann völlig überraschend: „Ich glaube, dass Tomi verliebt war.!"

Ich stimme ihr zu. „Ja, sie heißt Maria."

Eine Träne kullert über ihre eingefallene Wange. „Dann war sie es, nach der er in der Kirche verlangt hat."

Ich nicke nur.

„Haben Sie sie schon nach Tomi befragt?", erkundigt sie sich erwartungsvoll.

Ich fühle mich ihr gegenüber in der Pflicht, ihr wenigstens ein bisserl was über unsere bisherigen Ermittlungen zu erzählen. „Sie waren ziemlich verknallt und haben sich heimlich getroffen. Niemand hat etwas davon gewusst."

Sie lächelt. „Mama und mir hätte er sie ruhig vorstellen können. Wir hätten uns sehr für die beiden gefreut."

Ganz anders als die Familie von Maria Zeiss wahrscheinlich, kommt mir der Gedanke, aber das gehört jetzt nicht hierher.

„Wir haben inzwischen auch den Tatort in Essing ermittelt. Wir müssen den Bericht der Spurensicherung abwarten. Vielleicht kriegen wir neue Hinweise zum Täter", erkläre ich kurz.

„Aber es war doch Dimitri, oder nicht?"

Ich zucke mit den Schultern. „Er bestreitet es."

Sie lacht sarkastisch auf und verzieht dann schmerzerfüllt das zarte Gesicht. Jede Anstrengung tut ihr anscheinend weh. „Sie glauben ihm doch wohl nicht?"

Ich schnaufe tief durch. „Warum haben Sie mir nicht irgendwie zu verstehen gegeben, dass er Sie bedroht, dann hätt' ich Sie besser vor ihm beschützen können."

Wieder lacht sie auf. Diesmal vorsichtiger. „Vor Dimitri kann man nicht sicher sein. Er ist ein schlechter Mensch."

Das ist aus ihrer Sicht noch harmlos ausgedrückt.

„Hören Sie, es tut mir leid, was passiert ist", will ich mein schlechtes Gewissen erleichtern, aber sie unterbricht mich, indem sie meine Hand mit einem überraschend festen Griff packt.

„Keine Sorge, Gott lenkt unser Leben und er hat mir diese Bürde auferlegt, warum auch immer. Es hat alles seinen Sinn. Mutter und Tomi sind jetzt bei Gott vereint."

Sie weiß es also bereits. Und von diesem Standpunkt kann man das furchtbare Schicksal ihrer Familie auch betrachten, wenn man so gottergeben, selbstlos und tiefgläubig ist, wie diese schwer kranke

Frau vor mir. Ich bin tief beeindruckt von ihr, denn mein Glaube und meine Gutmütigkeit reichen leider nicht so weit. Ich habe da eher rein menschliche Gefühle und Gedanken wie Rache und Angst. Aber ich bin froh und dermaßen erleichtert, dass sie mir wegen meiner Tatenlosigkeit ihr gegenüber keine Vorwürfe macht und lächle sie dankbar an.

„Vor Gott werden wir alle irgendwann zur Rechenschaft gezogen", meint sie zufrieden.

Ob sie auch mich damit meint? Ich hoffe jedenfalls, dass Gott einmal gnädig mit mir ist.

Ich tätschle ihre Hand. „Ich lasse Sie dann wieder in Ruhe."

„Aber Sie werden doch wiederkommen?"

Ich nicke lächelnd. „Freilich."

Sie zu besuchen, ist das Mindeste, was ich für sie tun kann, denn jetzt ist sie ganz allein.

Ich melde mich zurück in der Notaufnahme und werde dann von einer Schwester auf meine Station gebracht. Wer mich kennt, der weiß, dass ich Krankenhäuser hasse wie die Pest. Aber heute kommt es mir ehrlich gesagt richtig gelegen, dass ich eine Nacht wegen der leichten Gehirnerschütterung hier zur Beobachtung verbringen soll. Hauptsache ich muss nicht nach Hause zu Toni. Als ich also dann auf meinem Krankenbett sitze, wird es doch Zeit, mal jemand von meiner Familie zu benachrichtigen. Ich brauche ja auch frische Klamotten, Waschzeug und ein Nachthemd. Ulli scheint mir am geeignetsten, denn sie wohnt am nächsten an meiner Heimat und kann schnell etwas zusammenpacken und mir vorbeibringen. Und sie wird mich verstehen, so hoffe ich.

„Mary, gut, dass du anrufst! Mit dir muss ich ein ernstes Wörtchen reden", würgt sie mich gleich ab, nachdem ich mich gemeldet habe.

„Was hab' ich angestellt?"

„Was hast du mit dem Nepomuk gemacht? Er redet von nix anderem mehr als von einer Maria, die immer weint und ein großes Aua hat. Er will ständig zu ihr und sie trösten."

„Er meint die Zeiss Maria."

Ihre Stimme ist spitz. „Und wie bitteschön kommt er zu ihr?"

„Ich hab' sie verhört", halte ich mich kurz.

„Du hast ihn zu einem Verhör mitgenommen?", ist sie empört. „Mary, er ist drei Jahre alt!"

„Es ging nicht anders", verteidige ich mich halbherzig und sehe ein, dass es ein Fehler war, meinen Neffen mit so was zu konfrontieren. Ich hätte ihn gar nicht erst mitnehmen oder sofort in den Kindergarten bringen sollen. „Sorry!"

„Sorry?", regt sich Ulli immer noch auf. „Das hilft mir nix! Ich weiß nicht, wie ich ihn von dieser Maria abbringen kann. Der ist richtig traumatisiert."

Ich kenne meine Schwester und weiß, dass sie manchmal alles ein bisserl dramatisiert und auch immer überbesorgt um ihre Kinder ist.

„Ich kann nochmal mit ihm drüber reden, vielleicht hilft das", biete ich ihr an.

„Das wär' nicht schlecht", stimmt sie mir schnippisch zu. „Am besten gleich heut' Abend noch, damit er einschlafen kann."

„Das geht leider nicht …"

„Verdammt Mary, kannst du nicht einmal deinen Job vergessen und deine Familie wichtiger sein lassen?", drängt sie mich.

Nun bin ich dran mit schnippischem Unterton: „Das kann ich gern tun, wenn du den Nepi zu mir ins Krankenhaus bringst."

„Du bist im Krankenhaus? Ist dir was passiert?", erschrickt sie.

„Halb so wild", beschwichtige ich. „Ich bin in eine Rauferei geraten und meine Nase ist gebrochen."

„Scheiße!", flucht sie mitfühlend. „Darum hörst du dich so komisch an. Tut's sehr weh?"

„Ich bin voll mit Schmerzmitteln, geht also. Aber ich muss eine Nacht in der Uniklinik bleiben", tue ich ab, weil ich von ihr kein Mitleid brauchen kann, sondern eher ihre Hilfe. „Bringst du mir ein paar Klamotten und Waschzeug, bitte?"

„Kann das der Toni nicht tun?"

Bei der Erwähnung seines Namens geht ein Stich durch mein Herz. „Ich will ihn nicht sehen", wiegle ich sofort ab.

„Immer noch keine Versöhnung?"

Meine Stimme bebt, als ich zugebe: „Ich hatte es vor, aber so wie es ausschaut, sind unsere Differenzen doch größer als gedacht."

Ulli seufzt hörbar. „Ok, dann komm' ich."

„Und lass' den Nepi lieber daheim, sonst wird sein Trauma noch größer. Ich schaue aus wie ein Zombie", warne ich sie.

Ein eingehender Anruf bringt mich dazu, das Telefonat mit ihr zu beenden. Ich verabschiede mich kurz und nehme das nächste Gespräch an.

Dran ist der Bär, der sich erkundigt, wie es mir geht. „Na, Frau Frankenstein, wie geht's?"

Sein Vergleich soll wohl lustig sein, aber mir ist jetzt gar nicht danach. Die Wirkung der Schmerzmittel lässt merklich nach und das Pochen hinter meiner Stirn kommt langsam wieder zurück.

„Passt schon", antworte ich mit der bayerischen Allround-Antwort, die weitere Nachfragen dezent abblockt. „Hab' ich noch was verpasst?"

„Die Blutspuren auf dem Butterfly-Messer vom Petrov stammen eindeutig von den beiden Jovanovic-Frauen. Toni und die Schneidhart haben ihn in U-Haft genommen und nach Straubing in die JVA verlegen lassen, als ich heimgefahren bin. Der hat sich wieder aufgeführt wie ein wild gewordener Stier, sag' ich dir. Am besten pumpen die ihn jedes Mal mit Beruhigungsmitteln voll, wenn jemand mit ihm reden will, sonst traut sich keiner mehr rein zu dem."

„Ja, der ist wirklich unberechenbar", stimme ich ihm zu. „Aber ich bin wohl auch nicht ganz unschuldig an seinem Ausraster in der Zelle."

„Toni hat's mir schon erzählt", gibt der Bär kleinlaut zu. „Aber einen Versuch war's wert, den Petrov aus der Reserve zu locken, und es hat ja auch geklappt. Wir haben ein Geständnis und wissen jetzt hundertprozentig, dass er die Beute von dem Bankraub damals nicht hat."

„Und er hat den Jovanovic nicht umgebracht", füge ich hinzu. „Genau, wie ich vermutet hab'."

Der Bär brummt. „Ja, du hattest wie immer recht, werte Kommissarin Weidinger."

„Hat die Schneidhart noch was gesagt?", wage ich dann doch die Frage, die mir auf der Seele brennt.

Aber statt mit einer Auskunft darüber antwortet er anklagend: „Du warst ganz schön zickig zu der."

Ich bin empört. „Hast du gesehen, wie die sich an den Toni ranmacht!"

„Sie ist seine zuständige Staatsanwältin, da arbeitet man halt eng zusammen", verteidigt er sie.

Das war ja klar!

Mein Puls geht nach oben und das tut mir gar nicht gut. Die Kopfschmerzen werden augenblicklich stärker. „Ihr Männer seid doch alle gleich, wenn ihr Titten und einen runden Arsch seht."

Zack, dann lege ich auf. Kruzinesn! Ich wollte ihn noch bitten, mich morgen früh hier abzuholen.

Ich klingle nach der Krankenschwester. Ich brauche unbedingt eine Schmerztablette oder noch besser eine Infusion!

Ulli erschrickt sichtlich, als sie mein Krankenzimmer betritt, das ich mir inzwischen mit einer weiteren Patientin teile, die einen Tinnitus hat.

„Wer in Gottes Namen hat dich so zugerichtet?"

„Der Toni! Aber eher indirekt."

„Der Toni?", staunt sie nicht schlecht.

Ich beschreibe ihr die unglückselige Situation in der Zelle mit dem Petrov, während wir die Reisetasche aus- und meinen Schrank einräumen.

„Er hat dich also vor ihm beschützt und das da ...“, sie zeigt auf meine Nase, „... war eher ein Unfall.“

Ich nicke und gestehe ein: „Ich mach' ihm ja deswegen keine Vorwürfe. Bin ja selber schuld, weil ich den Russen provoziert hab'.“

„Warum bist du dann so sauer auf ihn?“

Sie war grad bei mir zu Hause, um meine Klamotten zu packen, und hat Toni sicher dabei angetroffen. Bestimmt haben sie darüber miteinander geredet, was heute vorgefallen ist.

„Jetzt tu nicht so, der Toni hat dir doch eh schon alles erzählt“, bin ich genervt und setze mich auf mein Bett.

„Du hast ganz schön überreagiert“, gibt sie es mit einem Kommentar zu, der mir gar nicht gefällt, stopft die Reisetasche ins unterste Fach meines Schranks und schließt dann die Tür.

Ich weiß genau, was sie meint. „Toni hat mich vor der blöden Schneidhart und meinem Partner auf dem Flur zusammengestaucht und mir zu verstehen gegeben, dass ich eine Scheiß-Ermittlerin bin. Wie soll ich denn da sonst reagieren, bittschön?“, rege ich mich auf, was ich sofort bereue, denn das Pochen in meinem Kopf wird wieder stärker. Die Wirkung der Tablette wird doch nicht schon wieder nachlassen? Mit geschlossenen Augen sinke ich zurück auf mein Kopfkissen.

Ulli kommt besorgt zu mir ans Bett. „Geht's dir nicht gut?“

Ich tue mit einer abwehrenden Handbewegung ab.

Sie überlegt wohl kurz, ob sie zum Thema Toni nochmal was sagen soll, und entscheidet sich dafür, denn sie holt tief Luft und meint ruhig: „Toni hält dich ganz bestimmt nicht für eine Scheiß-Ermittlerin. Er war auch einfach gestresst, und es tut ihm bestimmt schon leid, dass er dich so angefahren hat.“

Daher weht also der Wind! Toni hat sie ins Gebet genommen, zwischen uns zu vermitteln. Seine Anrufe die letzte Stunde habe ich weggedrückt.

Ich grunze nur abfällig, was mir mit meiner zugeschwollenen Nase wunderbar gelingt, und gebe ihr zu verstehen: „Was sollst du mir noch sagen?"

Sie ergibt sich mit einem Seufzen. „Dass du endlich wieder heimkommen und über alles mit ihm reden sollst."

„Und von der Schneidhart hat er nix gesagt?", forsche ich.

„Wer ist das?"

Hat er also nicht, das war ja klar!

„Seine dralle Staatsanwältin, die ihn von vorn bis hinten bezirzt!"

Es pocht noch stärker in meinem Kopf. Aua!

Ulli nickt erkennend und fasst zusammen: „Du bist also nicht nur sauer auf ihn, weil er dir von seinen beruflichen Plänen nix gesagt hat und er dich öffentlich zusammengestaucht hat, sondern auch, weil du eifersüchtig bist."

„Du müsstest diese Wuchtbrumme mal sehen, wie die ihn anhimmelt!", empöre ich mich und fahre hoch. Das bereue ich sofort sehr, denn es kommt mir so vor, als wären die Innereien meines Kopfes auf dem Kissen liegen geblieben. Kreizkruzinesn! Mir ist schwindlig, ich muss mir meinen dröhnenden Schädel mit beiden Händen festhalten und mir auf die Lippen beißen, um nicht laut aufzuheulen.

Meine Schwester ist sofort neben mir, hält mich fest und drückt mich bestimmt, aber sanft wieder zurück in mein Bett. „Jetzt leg' dich einfach hin und reg' dich nicht so auf!"

Mit ein paar tiefen Atemzügen versuche ich, mich zu beruhigen. Langsam lässt das Dröhnen nach und geht wieder zu dem gewohnten, mit meinem Herzschlag synchronen Hämmern über.

„Wie geht's Nepi?"

„Der Jo hat ihn ins Bett gebracht, als ich losgefahren bin, um deine Sachen zu holen."

„Entschuldige, dass ich ihm das mit der Maria zugemutet hab', aber ich konnt' nicht ahnen, dass das so ausgeht."

Ulli runzelt die Stirn, streicht sich eine blonde, lange Haarsträhne hinter ihr kleines, rechtes Ohr und nimmt meine Rechtfertigung mit einem kurzen Lächeln an. „Was ist eigentlich mit ihr? Zeiss Maria hast du gesagt, oder? Ich kenn' einen Andreas Zeiss von früher."

„Der Anderl ist ihr Vater. Gemeinderat, hochangesehen und geschätzt wie auch gefürchtet."

Sie nickt. „Und ziemlich besitzergreifend und eifersüchtig ist er auch."

Ich stutze, aber sie erklärt sich auch ohne meine Nachfrage: „Ich hatte mal was mit ihm. Das war kurz bevor ich nach München bin. Er hat mich ständig kontrolliert und mir wegen jedem Typen, mit dem ich mich unterhalten hab', eine Szene gemacht."

„Das hab' ich nicht gewusst", staune ich.

Sie macht eine wegwerfende Handbewegung. „Ist auch nicht so wichtig. Das ist lang her."

„Danke, dass du gekommen bist", bedanke ich mich bei ihr, denn jetzt brauche ich wirklich meine Ruhe.

Sie versteht und drückt mir ein Bussi auf den Scheitel. Dann meint sie, während sie mich mit einem ironischen Schmunzeln mustert: „Mike Tyson wär' direkt neidisch!"

„Ha, ha!", lache ich gekünstelt. „Hau' bloß ab jetzt!"

Aber ich bekomme nicht die erhoffte Ruhe, die ich mir wünsche, als Ulli weg ist, denn schon wieder ertönt die Bayernhymne. Auch meine Bettnachbarin fühlt sich gestört, stöhnt verächtlich und dreht sich auf die andere Seite. So ein Pfeifen im Ohr muss schon grausam sein. Fast so wie mein Pochen.

Auf dem Display steht der Übelacker. Der ist mir jetzt grad noch abgegangen!

Ich wäge ab, ob ich drangehen soll. Andererseits ist mir jetzt er viel lieber als seine schneidige Kollegin. Ja, ich stelle sogar fest, dass ich ihn direkt vermisst habe, also hebe ich ab.

„Was verschafft mir die Ehre, werter Herr Dr. Übelacker?", begrüße ich ihn übertrieben freundlich.

Doch er wertschätzt meine Freundlichkeit überhaupt nicht, sondern fährt mich in seinem Oberpfälzer Dialekt grantig an: „Wenn i des könnt', dann dat' i Eahna sofort und fristlos kündigen, Frau Weidinger! Was Sie se als einfache Kommissarin herausnehma, grenzt scho an Gemeingefährlichkeit. So a Leichtsinn, Eahna und die Gesundheit von Ihrm Mo aufs Spui zum setzen, um an a – unter hinterlistigen Umständen errungene – Aussage von am Schwerverbrecher z' kumma!"

„Als hätten Sie noch nie getrickst", spotte ich und der Schmerz kehrt stärker pulsierend zurück. Eigentlich hatte ich mir wenigstens von ihm ein bisserl Lob und Mitleid erhofft. Aber der Staatsanwalt ist auf hundertachtzig, was sein Rückfall in seinen bellenden Dialekt beweist.

„So a handgreiflicher Zwischenfai in der Arrestzelle von am Polizeipräsidium ziagt immer a genaue Untersuchung nach sich, verdammt. Der Anwalt vom Petrov hod des scho in die Wege g'leitet. Aber Sie wissen doch, wia die Presse is, wenn die erst amoi Wind von so oana Sach' kriagt hom. Da steht die Staatsgewalt gern amoi als Buhmann da, ganz zu schweigen von der sinkenden öffentlichen Meinung gegenüber vo der Polizei. Die Bürger hom doch eh scho koan Respekt mehr vor uns." Er macht eine Pause und holt Luft.

Den ganzen Rattenschwanz und die Konsequenzen, die da folgen, hatte ich noch gar nicht auf dem Schirm. Wahrlich ist ein von Polizisten in einer Zelle niedergeschlagener Häftling kein positives Aushängeschild für unsere Arbeit.

Doch der Übelacker ist noch nicht fertig mit seiner Standpauke: „Und Eahna Verhalten gegenüber der Frau Schneidhart is a bodenlose Frechheit! Sie hod Eahna quasi freie Hand g'lassen und Sie tretn ihr Vertrauen in Sie, um des i Susanne explizit gebeten hob, mit de Fiaß!"

Ich kann mir nicht helfen, aber mein schlechtes Gewissen liegt plötzlich wie ein schwerer Stein auf meiner Brust, sodass ich noch schlechter Luft bekomme als so schon. Andererseits ist er es doch immer, der schnelle Ermittlungserfolge haben will!

„Ich mach' nur meine Arbeit", verteidige ich mich halbherzig.

„Allerdings! Des Problem da dro is nur, wie!", stellt er noch fest, räuspert sich und wechselt dann das Thema und den Dialekt: „Jetzt zum Fall Kirchenasyl."

Seine zynische Bemerkung kränkt mich und ich frage spitz: „Hat Sie Ihre geschätzte Kollegin noch nicht ausführlich aufgeklärt?"

„Ja, wia denn, wenn Sie mit Eahnane Ergebnisse z'rückhalten und ned amoi Eahnan Mo über ois informiern", regt er sich wieder auf. „Sie kinna eahm übrigens dankbar sei, dass er se so für Sie ins Zeig legt, sonst warn Sie mit sofortiger Wirkung suspendiert, bis die Untersuchung zu dem heindigen Vorfall abgschlossen is, des kinna S' ma glaum!"

Ja, ich glaub es ihm! Aber er dramatisiert das Ganze wieder enorm. Mein Gehirn explodiert gleich!

„Ich hab' dem Petrov kein Haar gekrümmt und meine Kollegen haben das erst, nachdem er gewalttätig geworden war", rechtfertige ich mich, diesmal energisch, was den Schmerz nur noch mehr steigert.

Und auch die Wut vom Staatsanwalt tut dies, denn er brüllt ins Handy: „Herrschaftszeiten, Frau Weidinger! Etz san S' doch endlich moi einsichtig! Sie bearbeiten zwei fürchterliche Morde und Sie lassen se scho wieder nur vo Eahnane Gefühle leitn. Egal, welche Differenzen Sie mit Eahnam Gatten hom, raufa Sa se g'fälligst wieda zamm! In so am brisanten Fall können Se se des ned leisten, die Beleidigte zum spün. Mia müssn schließlich vor der Öffentlichkeit Rede und Antwort steh'!"

Wenn mir der Herr Staatsanwalt so daherkommt, dann spiele ich aber nur allzu gern die Widerspenstige. Und offenbar hat Toni ihm von unserer Meinungsverschiedenheit erzählt. Das stinkt mir noch mehr, weil das den Übelacker nix angeht. Aber schon gleich gar nix!

Der überhandnehmende Schmerz, meine Wut und auch meine Empörung über seine Einmischung in mein Privatleben machen mich sprachlos. Und es kommt ihm wohl auch, dass er zu weit gegangen ist, denn ich höre ihn tief durchschnaufen und sich räuspern.

„Maria“, wird er dann ruhiger und persönlich. Vor einigen Jahren waren wir mal kurzzeitig per Du. Daran scheint er sich plötzlich wieder zu erinnern. „Ich kann mir vorstellen, dass es nicht leicht für dich ist, wenn Toni seine berufliche Zukunft in Halle sieht, aber …“

Er hält verlegen inne und ich warte weiter schweigend und gespannt ab, was er zu meiner Besänftigung vorbringen wird.

„… aber so ein guter Kriminaler wie er muss sich immer wieder neuen Herausforderungen stellen, um sich steigern zu können. In gewisser Weise hat er für seine Kollegen auch eine Vorbildfunktion. Und schließlich und endlich sind die Kollegen in Halle froh über jegliche Unterstützung. – Was ich damit sagen will: er gehört dir nicht allein, sondern in gewisser Weise auch der Staatsmacht.“

„Amen“, beschließe ich seine hochtrabende Predigt.

„Maria!“

„Ich hoff’, diese Staatsmacht wird das honorieren, wenn ich wieder Witwe bin“, spotte ich noch und lege einfach auf.

Mir schwirrt der Kopf über so viel pathetischem Gequatsche. Was für ein Schmarrn! Von wegen Toni gehört nicht mir allein!

Meine Bettnachbarin dreht sich zu mir um, wirft mir einen anklagenden Blick zu und meint sarkastisch: „Sie haben Probleme!“

Aber wirklich! Dann drücke ich auf den roten Knopf. Ich brauche unbedingt mehr Schmerzmittel.

Kapitel 11

Mit jedem habe ich gerechnet, nur nicht mit dem Opa und der Rita, als ich am nächsten Morgen beim Frühstücken auf meiner Bettkante sitze. Die vergangene Nacht war die Hölle, bis mir eine herbeigerufene Nachtschwester ein Schlafmittel verabreichte. Sobald ich eingeschlafen war, hatte ich Alpträume. Entweder Tomislav Jovanovic oder seine Mutter sahen mich im Todeskampf auf dem Boden in unserer Kirche vor dem Altar liegend mit ihren strahlend blauen Augen an und bettelten um Kirchenasyl. Es wird wirklich Zeit, dass ich diesen Fall endlich löse, denn sonst wird diese Sache mit den Augen zu meinem Trauma! Mein Schädel brummt immer noch, jedoch gleichbleibend und dumpf.

Meine Zimmernachbarin wurde schon für eine Untersuchung abgeholt.

„Guten Morgen, Maria", begrüßt mich der Opa und beäugt mich wie ein Ausstellungsstück in einem Museum.

„Oh, wie schaust du denn aus!", ist auch Rita entsetzt. „Das ist ja noch schlimmer, als ich es mir vorgestellt hab'."

Mein Anblick ist wahrlich nicht schöner geworden, habe ich beim Zähneputzen heute Morgen im Spiegel festgestellt. Der Bluterguss unter den Augen hat sich weiter bis zu den Wangenknochen ausgebreitet, aber wenigstens die Schwellung ist ein bisserl zurückgegangen. Eine Schwester hat mir noch vor dem Aufstehen die letzten Tamponaden aus den Nasenlöchern gezogen. Kein Blut mehr, aber an Durchschnaufen ist noch nicht zu denken. Nase zu!

„Hast dir deinen Zinken gleich ein bisserl richten lassen, wo er doch eh schon lädiert ist", macht sich der Opa lustig und grinst schadenfroh.

„Spaßvogel", rügt ihn Rita sofort. „Die Nase von der Maria war doch nicht krumm!"

„Krumm nicht, aber auch nix Besonderes."

Das sagt ausgerechnet der mit dem größten, runzeligsten und knolligsten Riechkolben von ganz Essing!

Aber ich übergehe das. „Was macht ihr denn da?"

„Ich war gestern Abend beim Toni beim Brotzeit …", erschrocken bricht der Opa ab, weil er jetzt erst kapiert, dass seine Diätbeauftragte neben ihm steht.

Empört hält sie die Luft an und stemmt die Arme in die Hüften. „Du untersteh' dich!"

„Mei, der Toni hat halt grad allein Brotzeit gemacht, als ich gekommen bin. Da hab' ich ihm ein bisserl Gesellschaft geleistet und ein kleines Stückerl Wurst und eine Scheibe Brot gegessen", redet er sich verlegen heraus.

„Abends keine Kohlehydrate mehr, hab' ich dir doch gesagt, Vinzent", unterbricht ihn sein Hausdrachen sofort.

Aber der Opa ignoriert sie und wendet sich mir zu. „Warum gehst denn nicht ans Telefon, wenn der Toni dich anruft? Er kümmert sich doch, wie's dir geht."

„Hat er dich also auch für seine Zwecke eingespannt?", spöttle ich. „Es ist besser, du hältst dich da raus."

Der Opa setzt sich neben mich und beugt sich vertrauensvoll zu mir herüber. „Es geht mich doch auch was an, wenn du unglücklich bist."

Und das aus seinem Munde! Wieder staune ich über die Gehirnwäsche, die ihm offenbar seine Rita in Gefühlsdingen verpasst hat.

Ich grunze höhnisch und es hört sich schon sehr nach Schwein an.

Der Opa tätschelt meinen Arm. „Jetzt denkst nochmal drüber nach, erinnerst dich, wie lieb' du den Toni hast und dann wird wieder alles gut."

Er redet mit mir wie mit einem Kind!

„Aber so einfach ist es leider nicht, Opa."

„Eben", pflichtet mir Rita bei. „Der Toni hat einen Haufen Fehler gemacht. Warum soll die Mary die Einsichtige sein?"

Endlich mal jemand, der mich versteht und zu mir hält! Dankbar werfe ich ihr ein Lächeln zu, doch andererseits nervt es mich, dass offenbar Tonis und mein Privatleben eben kein Privatleben ist und jeder darüber Bescheid weiß.

„Manchmal muss man halt nachgeben", wehrt sich der Opa energisch gegen ihren Einwand.

Es klingt direkt aufmüpfig gegenüber seiner Lebensgefährtin.

Die stemmt wieder die Arme in die Hüften, denn sie hat es offenbar auch so aufgefasst. „Wie meinst du das, mein lieber Vinzent?"

„Hier geht's nicht um uns, Rita", wiegelt er ab und wechselt abrupt das Thema: „Wie schaut's eigentlich mit dem Ausländer aus unserer Kirch' aus? Habt's ihr den Mörder endlich gefasst? – Ich mein' ich frag' nur, weil man so gar nix hört."

„Darüber darf ich dir nix sagen."

„Blabla", fährt er mir über den Mund und beugt sich wieder herüber, diesmal voller Neugier: „Der Überfall auf die zwei Frauen aus Bad Abbach, von dem heut' wieder eine ganze Seite in der Zeitung steht, hat doch was mit dem toten Kroaten und dem Russen zu tun, den der Toni festgenommen hat."

„Bosnier", korrigiere ich.

„Was?"

„Tomislav Jovanovic kam aus Bosnien."

Der Opa macht eine abwehrende Handbewegung. „Das ist doch vollkommen wurscht! Auf jeden Fall steckt da die Mafia dahinter. Sonst ist doch hier keiner zu so was Grauenhaftem fähig."

„Kein Kommentar", streite ich ab. Einen Teufel werde ich tun und seine Spekulationen weiter anheizen.

„Du und deine Geheimnistuerei immer!", ärgert er sich und reibt sich dann seine Hände. „Aber ich bin noch hinter jedes Geheimnis gekommen, nicht wahr Rita?"

Sie nickt mit einem zufriedenen Schmunzeln.

Wissen die was, Kruzinesn?

„Raus mit der Sprach'!", befehle ich barsch.

„Geht's auch ein bisserl höflicher", fordert er überlegen.

Ich schnaufe tief durch, um Ruhe zu bewahren, denn Aufregung tut meinem Kopf gar nicht gut. Dann schiebe ich mein rollbares Nachtkastl mit dem halbgegessenen Frühstück von mir und stehe gelassen auf. Ich kenne den Opa gut genug, um zu wissen, dass er drauf anspringt, wenn ich ihm Desinteresse vorspiele. Betteln werde ich ihn heute ganz bestimmt nicht!

„Na gut, können wir dann heimfahren?", fordere ich die zwei auf.

Sofort rumpelt der Opa hoch. „Ich hab' zum Beispiel erfahren, dass die Zeiss Maria mit dem Kroaten was gehabt hat!"

Jetzt bin ich baff. „Wie meinst du das?"

„Na, sie hat sich verstohlen in der Dorfdisco mit ihm getroffen. Immer nachts. Und was die da tun, das kann man sich ja denken."

„Wie bist du da draufgekommen?", staune ich und schlüpfe umständlich in eine frische Jeans aus meinem Schrank.

„Das sind meine laufenden Ermittlungen", stellt er sich stur und verschränkt die Arme energisch vor der Brust. „Darüber darf ich dir nix sagen."

Ich schließe genervt die Augen und schnaufe tief durch. „Opa! Du behinderst damit meine Arbeit. Das könnt' auf ein dickes Bußgeld für dich hinauslaufen, wenn du tatrelevante Informationen zurückhältst."

Wenn der alte Geizkragen was von Zwangsausgaben hört, dann wird er einsichtig.

„Jetzt sag's ihr schon", drängt ihn Rita dann auch.

„Mein Gott", ergibt er sich schließlich. „Gestern am Stammtisch waren auch ein paar junge Leut' aus dem Dorf am Nachbartisch gesessen. Du und deine Spurensicherer habt ihnen ja ihre Dorfdisco versiegelt und wo sollen sie sich dann sonst zusammensetzen als beim Lindenwirt. Unter ihnen scheint's allgemein bekannt zu sein, dass die Maria ihr heimliches Gspusi immer in der Dorfdisco getroffen hat."

„Hast du jemand von denen gekannt?"

„Ich kenn' doch die jungen Leut' heut' alle nicht mehr", gibt er zu und tut dann verschworen: „Aber ich hab' meine Ohren gespitzt, als sie die Köpfe zusammengesteckt haben und die Sprache auf den Toten aus der Kirch' gekommen ist. Der kam denen als denkbarer Kandidat für die Maria vor. Sie hat ihn wohl in einer Disco oder so was in Regensburg kennen gelernt. Und wenn man es sich zusammenreimt, dann kann das Ganze schon möglich sein. Er hat ja im Todeskampf nach einer Maria verlangt."

Das deckt sich teilweise mit dem, was mir Quirin und auch Maria selbst schon erzählt haben. Ich muss unbedingt rausfinden, welche Freundinnen damals dabei gewesen sind und ob es einen Ex-Freund gibt. Aber auf jeden Fall stimmt es nicht, dass niemand etwas von dem heimlichen Liebespaar gewusst hat, wie Maria es uns versichert hat. Ihr Freundeskreis hatte auf jeden Fall Kenntnis davon!

„Und du kannst mir nicht einen Namen von den jungen Leuten vom Lindenwirt nennen?", bedränge ich den Opa, denn ein Zeuge wäre mir schon sehr hilfreich.

„Ich hab' dir doch schon gesagt ...", regt er sich auf und hält dann inne. „Wart' mal! Der junge Wimmer glaub' ich war mit dabei. Also ich mein' den Sohn vom Wimmer Heinz."

„Sebastian heißt er", erkläre ich, denn ich hatte schon in einem früheren Fall mit ihm zu tun. Von ihm hat sich Maria den Schlüssel für die Dorfdisco geholt. Das ist doch schon mal ein Anfang.

Auf einmal bin ich voller Tatendrang und will nur noch raus hier. Eilig ziehe ich mir ein T-Shirt über und stopfe meine Sachen aus dem Schrank in meine Reisetasche.

„Darfst du schon heim?", forscht die Rita irritiert. „So wie du ausschaust?"

„Ich entlass' mich selber", bestimme ich entschieden.

„War denn die Visite wenigstens schon da?", kümmert sich auch der Opa. „Nicht, dass du daheim zusammenbrichst!"

Mit gepackter Tasche stehe ich schon an der Tür. „Ich will nicht heim, sondern in die PI. Ich muss arbeiten!"

Der Opa gibt nach, denn er mag Krankenhäuser genauso wenig wie ich. „Wennst meinst."

Rita fährt, der Opa sitzt vorn auf dem Beifahrersitz, weil ihm hinten auf der Rücksitzbank, auf der ich in dem kleinen Fiesta Platz genommen hab', immer schlecht wird. Wobei, Fahren kann man das, was Rita da tut, wirklich nicht nennen, denn wir schleichen auf der B16 dahin und werden sogar von einem überholenden Bulldog angehupt. Sie klebt mit ihrer Nase fast an der Windschutzscheibe und hat das Lenkrad verkrampft in beiden Händen. Ängstlicher kann man wirklich nicht chauffiert werden!

Mein Schwiegervater lenkt schon lange kein Auto mehr, wozu auch? Erstens kostet so ein Fahrzeug den Geizhals Geld, zweitens bekommt er alles, was er braucht, von Rita und drittens sind der Wirt und die Kirche für ihn fußläufig zu erreichen. Außerdem bringt ihm seine Lebensgefährtin jeden Tratsch vom Ratschkathltreff beim täglichen Einkauf im Kramerladen der Zitzelsbergers in Neuessing mit heim. Bequemer geht's wirklich nicht!

„Jetzt gib' halt mal ein bisserl mehr Gas", treibt der Opa sie an.

„Ich hab' dir gleich gesagt, dass ich nicht gern in die Stadt fahr' wegen dem vielen Verkehr."

„Das hier ist eine Bundesstraße und keine Stadt!"

Täusche ich mich oder wird der Ton zwischen den beiden schon ein bisserl rauer?

„Soll ich weiterfahren?", biete ich mich an, um die Situation zu entspannen und auch, um schneller zur Arbeit zu kommen.

„Nein", kommt es einhellig von vorn.

Was bleibt mir da anderes übrig, als mich zurückzulehnen und die gemächliche Fahrt zu genießen.

Als ich nach einer gefühlten Ewigkeit endlich die PI betrete, herrscht dort regsame Geschäftigkeit in der Amtsstube. Der Bär unterhält sich grad mit dem Jo an der Theke am Empfang.

Sie mustern mich entsetzt.

„Guten Morgen, beinand“, grüße ich und ignoriere ihre Blicke, auch die der anderen Kollegen.

„Du schaust ja beschissen aus!“, meint der Bär ganz offen, aber auch mitleidig.

„Danke auch.“

„Wär’s nicht besser gewesen, du wärst noch im Krankenhaus geblieben?“

„Keine Zeit“, tue ich ab. „Wir haben einen Haufen Arbeit.“

„Allerdings“, pflichtet mir der Bär bei. „Die Schneidhart und der Übelacker haben für heut’ Mittag eine Pressekonferenz im Präsidium in Regensburg angesetzt.“

„Sollt’ die nicht gestern schon sein?“

„Du bist Ihnen mit dem Vorfall in der Zelle dazwischengekommen.“

„Dafür haben sie heut’ dann Ermittlungsergebnisse vorzuweisen. Dank mir“, verkünde ich nicht ohne eine Spur Stolz. „Gut, dass ich momentan nicht vorzeigbar bin.“ Ich hasse es, vor der Pressemeute Rede und Antwort zu stehen.

„Die hatten dich sowieso nicht eingeplant. Momentan bist du für die Regensburger Kollegen eh eine Persona non grata“, informiert mich Jo und grinst mich bedauernd an.

„Persona non grata?“, mischt sich der Bär ein. „Was soll denn das sein?“

„Lateinisch für unerwünschte Person“, kläre ich ihn grantig auf.

Und Jo führt weiter aus: „Die wollen nix mehr mit uns, speziell mit dir Mary, zu tun haben, weil du ihren guten Ruf mit der Aktion mit dem Petrov beschädigt hast und sie es irgendwie gradbiegen müssen. Aber die brauchen alle Ermittlungsergebnisse unserer Soko Kirchenasyl am besten sofort, um sie mit in die Konferenz einzubauen.“

Durch den Anschiss vom Übelacker weiß ich zwar, dass ich Mist gebaut habe, aber es kränkt mich schon, dass die mich so missfällig betiteln. Vor allem, weil Toni zu den Regensburger Kollegen zählt.

Ihm ist es anscheinend auch lieber, wenn ich mich raushalte. Das können sie gern haben!

„Gut, dann erledigt ihr das", befehle ich und blicke in die Runde meiner beschäftigten Kollegen an ihren Schreibtischen. „Dann widme ich mich wieder voll und ganz meinen Ermittlungen."

Der Bär stutzt. „Aber du bist die Soko-Chefin!"

„Unsere Soko hat im Grunde nur mit deren Soko was zu tun, weil unser Opfer Tomislav Jovanovic früher mal mit ihrem festgenommenen Dimitri Petrov in der Russen-Connection war. Den Bad Abbacher Fall haben sie eh schon übernommen. Wir arbeiten weiter an unserem Fall Kirchenasyl. Und genau da mach' ich jetzt weiter."

„Der Petrov hat also den Jovanovic nicht erstochen?", fragt der Schubert verwirrt von seinem Arbeitsplatz aus.

„Nein, hat er nicht", sage ich gereizt. „Das ist gestern bei meiner Aktion ..." Ich mache Gänsefüßchen in die Luft. „... mit dem Petrov rausgekommen. Haben euch das die Regensburger Kollegen nicht durchgegeben?"

Meine Männer schütteln betreten die Köpfe.

Ich grunze sarkastisch und erschrecke wieder davor, wie schweinisch es sich mit meiner lädierten Nase anhört. Das muss ich mir unbedingt wieder abgewöhnen, nicht, dass mir das bleibt.

„Gut, dann geb' ich all unsere Protokolle und Berichte einfach an den Toni weiter", kündigt Jo an und setzt sich an seinen Schreibtisch.

„Und wo machen wir weiter?", fragt der Bär mich.

„Wir fahren zum Wimmer Sebastian."

„Wimmer Sebastian?"

„Ein Informant hat mir da was Interessantes gesteckt", weihe ich ihn ein, während wir hintereinander die PI verlassen.

„Ein Informant?"

„Der Opa war's, wenn du es genau wissen willst", ergebe ich mich.

Der Bär runzelt zweifelnd die Stirn. „Wenn der schon wieder seinen neugierigen Zinken mit reinsteckt!"

Ich verteidige meinen Schweigervater: „Sein neugieriger Zinken hat uns schon oft weitergebracht."

„Genauso oft, wie er uns reingeritten hat", spottet er.

Nachdem wir in unser Dienstfahrzeug eingestiegen sind und der Bär den Motor startet, bestimme ich: „Wir haben nix Besseres, also müssen wir jedem Hinweis nachgehen, den wir kriegen."

„Und der Hinweis führt uns zum Wimmer Sebastian?"

Ich nicke energisch, was meinen Kopfschmerz wieder verstärkt. „Soviel ich weiß, arbeitet er im Autohaus Sammüller im Gewerbegebiet. Er macht dort eine Lehre als Kfz-Mechaniker."

„Kfz-Mechatroniker heißt das jetzt."

„Meinetwegen", ergebe ich mich und befehle: „Also, auf geht's!"

Auf der Fahrt kläre ich meinen Partner über die Infos vom Opa auf, und schließlich kann ich ihn davon überzeugen, dass es eine heiße Spur sein könnte.

Weil ich meine fälligen Inspektionen an meinem Beetle bei den Sammüllers machen lasse, kenne ich den direkten Eingang in die Werkstatt. So können wir den mit protzigen, auf Hochglanz polierten Boliden bestückten Verkaufsraum umgehen und direkt dahin marschieren, wo wir hinwollen: zu den Handwerkern, die sich dreckig machen. Das Rolltor, über dem Reparaturannahme steht, ist eh grad offen. Wir wenden uns an einen jungen Mechaniker in grauer Arbeitsmontur. Er führt uns zum Gesuchten, der sich grad in der geöffneten Motorhaube eines VW Golf zu schaffen macht.

„Sebastian?", mache ich auf uns aufmerksam.

Erstaunt schaut er den Bär und mich an. Und auf mir und meinem Gesicht bleibt auch sein Blick hängen. Ein süffisantes Schmunzeln erscheint auf seinem schmalen Mund.

„Servus! Was verschafft mir die Ehre?", begrüßt er uns.

Es ist schon über zwei Jahre her, dass ich ihn das letzte Mal gesehen habe. Damals war er noch Realschüler und ein wichtiger Zeuge, als seine Klassenkameradin in der Dorfdisco verbrannte. Er trug maßgeblich dazu bei, dass wir den Täter schnappten und ich habe ihn zwar als pubertierenden, aber anständigen und verlässlichen jungen Burschen in Erinnerung. Seitdem ist er zu einem jungen, recht hübschen Mann geworden. Noch größer, noch breitschultriger, jetzt mit dunklem Dreitagebart, schmälerem Gesicht ohne den Babyspeck und markanter, langer Nase, aber immer noch dichter, schwarzer Matte, die ihm sein halbes Gesicht verdeckt.

„Wir hätten ein paar Fragen an dich wegen dem Toten aus der Kirch'", kündige ich an.

Einigermaßen überrumpelt lacht er auf. „Was könnt' ich euch über den sagen? Ich hab' den noch nie in meinem Leben gesehen."

„Aber du hast der Zeiss Maria den Schlüssel gegeben, damit sie sich in der Dorfdisco mit ihm treffen kann."

Wieder stutzt er. „Woher …"

Ich kann verstehen, wenn er seine Freundin schützen will und erkläre ihm: „Sie hat es uns selbst gesagt. Außerdem pfeifen es die Spatzen schon von Essings Dächern, dass sie ein heimliches Gspusi gehabt hat."

„Warum fragt ihr sie dann nicht nach ihm aus?"

„Weil wir nix über ihn wissen wollen, sondern über die Maria", mischt sich der Bär ein.

„Was jetzt: Maria oder der Tote?", muckt unser Zeuge stichelnd auf.

Das bringt den Bär dazu, sich vor ihm aufzubauen und ihn Auge in Auge drohend anzusehen. „Ein bisserl mehr Respekt, mein Freund!"

„Ah, versteh' schon", spottet Sebastian ironisch. „Heut' sind wir wieder per Sie."

„Genau", stimme ich zu. „Hat die Maria vor dem Tomislav Jovanovic einen Freund gehabt?"

Er erkennt meine Absichten sofort und ignoriert die Aufforderung zum Siezen. „Du meinst, ob es einen eifersüchtigen Ex gibt, der den neuen Freund dahingemetzelt haben könnt'?"

Der Bär und ich nicken.

Sebastian hebt seine ölverschmierten Hände und lacht auf. „Sorry, aber das ist doch ein bisserl übertrieben, Leute."

„Es gibt also einen Ex", deute ich. „Und du kennst ihn."

Der Befragte fühlt sich sichtlich bedrängt. „Der Daniel könnt' keiner Fliege was zuleide tun."

„Daniel und wie noch?", hakt der Bär streng nach und zückt seinen Notizblock aus der Brusttasche seines Polizeihemds.

Seufzend ergibt sich Sebastian: „Vogt, Daniel Vogt aus Painten. Die Maria hat ihn links liegen lassen, als ihr der Ausländer in Regensburg über den Weg gelaufen ist."

„Interessant", kommentiert der Bär, während er den Namen notiert. „Seine Adresse weißt du nicht zufällig?"

Sebastian ist in der Zwickmühle: „Der Daniel ist ein anständiger Kerl! Der bringt ja nicht einmal einen gescheiten Rausch zusammen, weil ihm das Bier nicht schmeckt, geschweige denn, dass er ein Messer nimmt und auf seinen Nebenbuhler einsticht."

„Ich will nicht wissen, zu was der fähig ist, sondern wo der genau wohnt", korrigiert der Bär ihn spitz.

„Keine Ahnung, Mann! Ich weiß nur, dass er auch aufs Gymi geht", gibt er schließlich zu und schüttelt resigniert den Kopf, sodass ihm die dichten Strähnen noch mehr die Augen verdecken. „Aber von mir habt ihr das nicht, verstanden! Da bin ich sofort bei allen unten durch, wenn ich als Petze dasteh'!"

„Schon klar", verspreche ich ihm. „Danke."

Er grinst sarkastisch. „Für die Essinger Bullen doch immer wieder gern."

Der Bär und ich gehen.

„War doch leichter als gedacht", kommentiert er die Befragung.

Die Bayernhymne verleidet mir, ebenfalls meinen Senf dazuzugeben. Ich ziehe mein Handy aus der Trainingsjacke, die mir meine Schwester mit ins Krankenhaus gebracht hat. Der Toni steht auf dem Display und ich drücke ihn sofort weg.

„Wie lang' willst du noch bocken?", fragt der Bär und entriegelt unser Auto.

Ich steige ein. „Das geht dich nix an!"

Als er neben mir auf dem Fahrersitz hockt, bohrt er weiter: „Wo hast du eigentlich deine geliebte Jeansjacke gelassen?"

„Die ist voller Blut. Muss sie erst waschen", beantworte ich auch diese Frage kurz. „Bist du jetzt fertig mit dem Verhör?"

„Mein' ja nur", entschuldigt er sich. „Wohin jetzt?"

„Nach Painten zum Vogt Daniel", bestimme ich und zücke das Funkgerät, um Jo den Auftrag zu geben, die Adresse schnellstmöglich herauszufinden.

„Meinst' nicht, wir sollten uns die Maria nochmal zu Gemüte führen?", forscht der Bär, als wir auf das Ergebnis warten.

„Du willst aber jetzt nicht darauf hinaus, dass sie ihn umgebracht hat, oder?", bin ich ungläubig.

Er zuckt mit den Schultern. „Er wollt' doch unbedingt das Geld von ihr zurückhaben. Vielleicht hat er vorgehabt, sich doch aus dem Staub zu machen, weil ihm seine eigene Haut wichtiger war als sie."

Obwohl es mir absurd vorkommt, versuche ich seiner Hypothese zu folgen. „Und als sie es kapiert, nimmt sie in der Küche der Dorfdisco das lange Messer aus der Schublade, geht auf ihn zu und sticht ihm von Angesicht zu Angesicht in die Brust? Nein, Markus, so was traue ich dem Mädel nicht zu. Sie war so verliebt und ist ein braves, hübsches, unschuldiges Ding."

„Frauen können zu Furien werden, wenn sie sich ungerecht behandelt fühlen", unterbricht er mich und wirft mir dabei einen bedeutungsvollen Blick zu.

Ich verstehe seine Anspielung auf den Streit zwischen Toni und mir und meinen Ausraster gegenüber der Schneidhart. „Aber nicht dermaßen, um gleich zur Messerstecherin zu werden! Hab' ich ja auch nicht getan, obwohl ich auf hundertachtzig gewesen bin."

„Oder weil du kein Messer parat hattest", kommentiert der Bär voller Ironie.

Dann knackt das Funkgerät. Jo ist dran und gibt mir die Adresse vom Ex-Freund durch.

„Ach und übrigens, grad ist der Bericht von der Spusi reingekommen. Sie haben kein Schminktäschchen mit der Beute oder sonst irgendein Geld in der Dorfdisco finden können, bis auf die Bierkasse von den jungen Leuten selbstverständlich. Das Blut auf dem Teppich und auch an dem großen Messer stimmt mit dem von Tomislav Jovanovic überein. Wir haben also den Tatort und das Tatwerkzeug. Ansonsten keine Besonderheiten. Jede Menge Fingerabdrücke, die nicht zuordenbar sind, keine weiteren Gewaltspuren."

Ich bedanke mich und beende den Kontakt.

Der Bär startet den Motor und fährt los. „Wenn es also deiner Meinung nach auch die Maria nicht gewesen ist, dann eventuell doch der eifersüchtige Ex-Freund."

„Die Möglichkeit besteht. Wär' ja nicht das erste Mal."

Er verdreht die Augen und seufzt. „Dann haben wir die letzten Tage in die völlig falsche Richtung ermittelt."

Mit einem schmerzlichen Grinsen deute ich auf mein Gesicht. „Da ist mir ein eifersüchtiges Bürscherl tausend Mal lieber als ein cholerischer Bandenchef im Blutrausch, das kannst mir glauben!"

Mitleidig schielt der Bär zu mir herüber. „Hast' noch Schmerzen?"

„Je nachdem, wie ich mich aufreg'."

„Dann schauen wir halt, dass du heut' einen ruhigen Job machen kannst."

Für den Weg nach Painten hätten wir uns Zeit lassen können, denn Daniel Vogt ist noch in der Schule, wie uns seine überraschte Mutter an der Haustür eines recht adretten Hauses in der Neubausiedlung staunend versichert, als wir uns vorgestellt haben. Er komme erst um halb zwei mit dem Bus heim.

Der Bär und ich beschließen, die kurze Zeit bis dahin zu überbrücken, indem wir in dem Ort Mittagspause machen und peilen den kleinen Supermarkt an. Hier gibt es auch eine Wursttheke mit einem

Wärmebehälter und einem großen Laib Leberkäse drin, aber der Bär lässt den links liegen und steuert auf das Obst- und Gemüseregal zu. Er greift sich eine Packung Karotten, einen Apfel und aus dem Kühlfach noch einen fettarmen Naturjoghurt.

Unschlüssig stehe ich da.

„Du kannst von mir ein paar Karotten haben, wenn du willst“, bietet er freundschaftlich an, als er an mir vorbei zur Kasse geht, und ignoriert mich mit meinem Glusterer auf eine Leberkässemmel total. Die Verkäuferin hinter der Theke grinst schadenfroh. Keine Ahnung, ob wegen meiner Maskierung oder wegen dem Angebot vom Bär.

Um ihn nicht zu kränken, nehme ich sein Angebot an, schnappe mir noch eine Banane und an der Kasse einen Schokoriegel als Nachspeise, was mir einen anklagenden, aber wortlosen Blick meines Partners einbringt. Ein bisserl Nervennahrung brauche ich schon!

„Du ziehst das jetzt voll durch?“, stelle ich wieder im Auto fest und deute auf das gelbe Wurzelgemüse auf seinem Schoß.

Der Bär reißt die Folie auf, holt sich eine gelbe Rübe heraus und beißt voller Genuss hinein, so wie er es früher immer bei seinen Leberkässemmeln gemacht hat.

„Hast du eine Ahnung, wie viel Kalorien zwei oder drei Karotten, der eine Apfel und der Joghurt zusammen haben?“, fragt er mich mampfend und hält mir die Schale her.

Ich zucke mit den Schultern und greife wenig lustvoll zu. Darüber habe ich mir nun wirklich kein Wissen angeeignet. Er anscheinend schon.

„Und eine Leberkässemmel?“, fügt er hinzu und wartet diesmal erst gar nicht auf das Geständnis meiner Unwissenheit.

„Nicht einmal die Hälfte von einer Leberkässemmel“, erklärt er mir voller Enthusiasmus. „Und das macht nicht nur satter, sondern ist auch viel gesünder als so eine nährstofflose Weißmehlsemmel und eine cholesterinsteigernde Fleischscheibe, die noch dazu viel zu viel Salz enthält.“

Ich möchte sagen: „Aber es schmeckt tausendmal besser!“ Aber ich verdrücke es mir doch einigermaßen irritiert. So etwas einmal aus dem Mund vom Bär zu hören, hätte ich meiner Lebtag nicht erwartet.

Stattdessen kündige ich mit einer Spur Häme in der Stimme an: „Ich glaub’, ich muss meine Klassifizierung erweitern auf Diät-Typ 4: der kalorienzählende Gesundheitsapostel.“

Der Bär nimmt sich eine zweite Rübe und nickt eifrig. „Karin hat mir da ein paar interessante Bücher über Ernährung gekauft. Du kannst dir gar nicht vorstellen, was für Müll wir täglich in uns reinstopfen, ohne zu wissen, was da drin ist.“

Langsam wird sein Diätwahn richtig beängstigend. Und alles bloß wegen der Schneidhart. Ich will meinen alten Bär wiederhaben!

Als wir dann nach unserem äußerst gesunden Mahl – ich habe mich nicht mehr getraut, meinen Schokoriegel zu essen – eine Stunde später wieder bei den Vogts aufschlagen, öffnet uns ein junger Mann die Tür und stellt sich auch gleich als Daniel Vogt vor.

„Meine Mutter hat mich schon vorgewarnt, dass die Polizei da war“, erklärt er und mustert irritiert mein Gesicht, sagt aber nix dazu.

Das dünne, lange Bürscherl von vielleicht 18 Jahren in enger, ausgewaschener Jeans und einfachem weißen T-Shirt kommt zu uns heraus und zieht die Haustür hinter sich zu. Offenbar will er nicht, dass seine Mutter drin etwas mitkriegt von unserem Gespräch. Also hat er was zu verbergen, und das macht mich neugierig.

„Können Sie sich denken, warum wir hier sind?“

Verlegen tritt er von einem schlaksigen Bein auf das andere und schiebt sich seine große Brille auf die dünne Nase. Sein rundes Gesicht ist mit Pickeln übersät und er wirkt auf mich ein bisserl botschert, also tollpatschig und schüchtern. Kaum vorstellbar, dass Maria den zum Freund hatte!

Er schüttelt den Kopf mit den blonden, in der Mitte gescheitelten Haaren, die ihm seitlich in die pickelige Stirn fallen.

„Sagt dir der Name Zeiss Maria etwas?“, fängt der Bär an und hält es wie immer nicht für nötig, einen ihm unterlegen scheinenden Jungspund zu siezen.

„Sie geht in meine Parallelklasse“, gibt er zu, sie zu kennen.

Ich bohre weiter, weil von ihm nix weiter kommt. „Aber Sie kennen sie doch auch näher?“

Sein unschönes Gesicht wird rot. „Ich war mal mit ihr beinand.“

„Und? Wärst du das immer noch gern?“, wird der Bär gleich direkt.

Die Röte im Gesicht unseres Befragten steigert sich noch mehr, aber er sagt nix. Seine Augen weichen uns peinlich berührt aus.

„Also wärst du“, stellt mein Partner daraufhin entschieden fest.

Daniel schüttelt den Kopf und muckt auf: „Um was geht's hier eigentlich?“

„Du hast doch sicher mitgekriegt, dass wir in der Essinger Kirch' einen Toten gefunden haben.“

„Was hat der mit der Maria oder mir zu tun?“

Der Bär grinst überlegen. „Er war dein Nachfolger bei ihr.“

Nun grinst das Bürscherl auch, und zwar ziemlich hämisch. Seine Schüchternheit scheint dahin. Direkt überheblich steckt er die Hände in seine Hosentaschen und meint: „Sie verstehen da was falsch. Ja, ich bin ihr Ex-Freund, aber offensichtlich haben Sie nicht richtig ermittelt: Ich hab' mit ihr Schluss gemacht, nicht sie mit mir.“

„Ach, und wer sagt uns, dass dem auch so war?“, kontert der Bär ironisch.

„Na gut, wenn ihr's genau wissen wollt: Ich hatte einen andern.“

„Einen andern?“, versteht der Bär nicht ganz und auch ich glaube zuerst, mich verhört zu haben, aber das Bürscherl gibt genervt zu: „Ich bin schwul.“

Wumms! Dieses Geständnis sitzt und wir sind erst einmal perplex. Es ist ja nicht so, dass wir davon noch nie etwas gehört hätten, aber hier auf dem Land ist so eine sexuelle Gesinnung immer noch etwas Außergewöhnliches. Ich kenne bis jetzt niemanden, der schwul oder lesbisch ist, zumindest nicht, dass ich davon wüsste.

Und der Bär hat anscheinend auch wenig Erfahrung mit so was, denn er will ziemlich neugierig wissen: „So plötzlich? Ich mein', du hast doch mit der Maria bestimmt auch ..."

Daniel verdreht die Augen und seufzt theatralisch. Auf einmal kommt mir sein Auftreten und sein Verhalten ganz typisch homosexuell vor. Ohne hier jetzt diskriminierend sein zu wollen!

„Jetzt erzählen Sie mir bitte nicht, dass Sie in Ihrer Jugend nix ausprobiert haben", kontert er energisch, aber diese Aussage kommt mir irgendwie einstudiert vor. Anscheinend hat er sie schon öfters eingesetzt beziehungsweise einsetzen müssen.

Der Bär schaut mich verdattert und Hilfe suchend an. „Schon, aber ich war eher dem weiblichen Geschlecht zugetan."

Das geht mir jetzt zu weit und ich kehre zurück zum Thema: „Sie haben also die Maria abserviert, weil Sie festgestellt haben, dass Sie anders sexuell interessiert sind?"

„So kann man es sagen, ja", bestätigt er mir. „Sie hat mir angeboten, dass sie so tut, als wär' sie schuld, als ich es ihr gestanden hab', um die üblen Gerüchte zu unterbinden. Dafür bin ich ihr dankbar und ich mag die Maria nach wie vor, nur eben anders. Wir sind Freunde. Sie kann's also meinetwegen treiben, mit wem sie will."

„Aha", bin ich zufrieden. „Dann war's das schon von unserer Seite."

Doch der Bär ist noch nicht fertig mit ihm. „Wie hast du das gemerkt, ich mein', wie spürt man das?"

Ich schnaufe tief durch. „Markus!"

Aber der Befragte ist gewillt zu antworten: „Auf einmal war ich verliebt und zwar in einen anderen Typen. Es hat mich voll erwischt, genauso, wie es Sie wahrscheinlich schon öfter erwischt hat. Zack, bumm und auf einmal ist alles anders!"

Der Bär tritt besorgt einen Schritt zurück.

„Keine Sorge", lacht Daniel Vogt sarkastisch auf. „Es ist nicht ansteckend."

Wir verabschieden uns und wenden uns zum Gehen, doch auf einmal fällt ihm noch was ein: „Wie geht's Maria überhaupt? Sie war schon seit ein paar Tagen nicht mehr in der Schule und online auch nicht."

„Ziemlicher Liebeskummer", halte ich mich kurz.

Er nickt betrübt. „Das mit ihrem neuen Freund tut mir echt leid, aber er scheint ja kein unbeschriebenes Blatt mehr gewesen zu sein, was man so hört."

„Wo die Liebe hinfällt", kommentiert der Bär zweideutig.

Als wir schon am Gartentor sind, folgt Daniel uns auf dem gepflasterten Weg durch den Vorgarten, wieder die Hände in den Hosentaschen und wieder verlegen und zurückhaltend wie am Anfang. „Und bitte … Also meine Eltern wissen noch nix von … Na, ich hatte noch kein Coming-out!"

„Ach so, ja", verstehe ich. „Wir behandeln Ihre Aussage natürlich vertraulich."

Diese Versicherung hat er gebraucht, er grüßt lächelnd und kehrt zur Haustür zurück.

„Was sagst du dazu?", spottet der Bär, als wir wieder im Auto sitzen.

„Du meinst: Zack, bumm und dann ist alles anders?", gebe ich die Aussage von Daniel wieder.

Besorgt schaut er hinunter in seinen Schoß. „Glaubst, so was könnt' mir in meinem Alter auch noch passieren?"

Ich verdrücke mir grunzend das Lachen. Kruzinesn, ich mach es schon wieder!

„Da sehe ich bei dir keinerlei Gefahr, so wie du die Schneidhart anschmachtest. Ich würd' eher sagen, da hat es bei dir Zack, bumm gemacht."

Er zuckt erleichtert mit den Schultern. „Irgendeinen Fetisch braucht wohl jeder!"

Ich wundere mich, dass er so was kennt. Das spornt mich an, direkt zu werden: „Heißt das, du hast immer die Schneidhart vor Augen, wenn du mit deiner Karin schläfst?“

Empört schaut mich der Bär an. „Spinnst du komplett? Und außerdem geht dich das überhaupt nix an!“

Ich grunze wieder, diesmal eher halbherzig unterdrückt, und dann lasse ich das Lachen einfach heraus.

„Ja, mach' dich nur lustig, aber in deinem Privatleben ist momentan auch nicht alles rosig“, beschwert er sich eingeschnappt und fährt los.

Wo er recht hat! Apropos Privatleben. Ich krame mein Handy aus der Jackentasche. Zwei eingegangene Whatsapp-Nachrichten von jedem meiner Söhne und auch eine vom Toni sind drauf. Dass er eine schickt, ist eher außergewöhnlich, denn er mag es lieber direkt. Mir wird also mulmig. Ich hebe mir seine noch auf und lese zuerst die von Quirin: Hab gehört, du bist in eine Schlägerei geraten und deine Nase ist hin. Könntest auch mal Bescheid geben! Ein grantiger Smiley und eine Hand mit erhobenem Zeigefinger prangen hintendran. Auch Lukas schimpft mich, dass ich ihm von meiner Verletzung nix gesagt habe und fragt wenigstens, wie es mir heute geht. Dann tippe ich Tonis Nachricht an. „Da du nicht ans Telefon gehst, muss ich dich wohl so informieren. Falls du heut Nacht mal wieder daheim schlafen möchtest, ich muss kurzfristig für ein paar Tage nach Halle. Es gibt noch einiges mit meinem Vorgesetzten dort zu besprechen. Wär schön, wenn du dich mal meldest. Tut mir leid, dass alles so eskaliert ist.“

Bei seiner Nachricht gibt es keine Emojis. Nüchtern und gradlinig wie er ist, wäre das viel zu kitschig für ihn. Anscheinend ist sein Wechsel nach Halle nun schon beschlossen, ohne dass er noch einmal mit mir darüber gesprochen hätte. Andererseits habe ich ihm auch nicht die Chance dazu gegeben. Doch, das hätte ich, aber die Sache mit dem Petrov ist uns dazwischengekommen und hat alles nur noch viel schlimmer gemacht! Wenigstens hat Toni sich entschuldigt. Ich lese seinen letzten Satz noch einmal. Es tut ihm leid, dass alles so eskaliert ist. Alles ist also seiner Meinung nach aus dem Ruder gelaufen, also auch mein Verhalten, seines bedauert er dabei anscheinend nicht extra. Was soll ich davon halten? Das dumpfe Dröhnen in meinem Kopf, das mich nun schon den ganzen Tag begleitet, wird wieder schlimmer. Ich darf mich nicht aufregen! Das ist leichter gesagt als getan bei dem, was ich momentan für Sorgen habe. Ich spüre, dass Toni mir entgleitet, dass ich nicht mehr seine uneingeschränkte Liebe habe. Das zeigen schon seine Vorwürfe gestern auf dem Flur in seinem Präsidium. Noch nie hat er meine Arbeitsweise so direkt und noch dazu offen vor anderen angeprangert. Damit hat er mich tief verletzt. Ein weiterer Hieb zu dem, dass er mir das mit Halle verheimlicht hat. Eine unbändige Verzweiflung breitet sich in mir aus, die ich so ähnlich damals erlebt hatte, als mein erster Mann tödlich verunglückt ist. Aber Toni lebt, doch kommt er mir auf einmal so weit entfernt vor. Er fehlt mir unheimlich, aber ich will ihn trotzdem nicht in meiner Nähe haben.

„Schlechte Nachrichten?“, holt mich der Bär aus meiner Melancholie.

Ich schlucke die Tränen, die sich in meinen eh schon geschundenen, rot unterlaufenen Augen gesammelt haben, hinunter und ziehe eine Lätschn.

Er tätschelt meinen Schenkel. „Das wird schon wieder.“

Was sonst kann er auch sagen, der Gefühlsduselei-Verweigerer!

Wir kehren zurück in die PI und sind keinen Schritt weitergekommen. Das trägt weiter zu meiner Niedergeschlagenheit bei. Jo empfängt uns geschäftig, wie er ist, und schlägt vor, dass wir vor Feierabend unbedingt noch ein Soko-Meeting machen sollten. Er habe den Beteiligten schon Bescheid gegeben und sie für 16 Uhr in den Konferenzraum bestellt. Ich sehe ein, dass ein Update dringend notwendig ist. Bis dahin verziehen der Bär und ich uns in unser Büro und erledigen schweigend unsere Schreibarbeit. Es gelingt mir nur schwer, mich zu konzentrieren und meine Gedanken schweifen immer wieder ab. Und leider kommt der Kopfschmerz erneut langsam von der Nasenwurzel meine Stirn hinaufgekrochen, sodass ich mir wieder eine Tablette einwerfe. Der Bär schaut immer wieder besorgt zu mir herüber, sagt aber nix.

Jo holt uns fünf Minuten vor vier Uhr im Büro ab und geleitet uns in den Konferenzraum hinauf.

„Wie geht's dir?", fragt er mich, neben mir die Treppen steigend.

„Passt schon."

Er nickt und gibt sich zufrieden. Aber dann setzt er neu an: „Ich soll dir von Ulli ausrichten … ich mein, falls du heut' Nacht wieder eine Bleibe brauchst …"

„Passt schon", wiegle ich abermals ab und füge dann dankbar hinzu: „Toni ist in Halle."

Wie schon den ganzen Fall über hat Jo alle Informationen und Ermittlungsergebnisse fein säuberlich auf kleine Zettel mit Fotos der Tatbeteiligten an das Whiteboard geheftet und Stichpunkte auf das Flipchart daneben notiert. Als alle von der Soko, bis auf den Pollinger und den Obeth, die Nachtschicht haben, in unserem Konferenzraum versammelt sind, gibt Jo eine Zusammenfassung der bisherigen Ereignisse:

„Tomislav Jovanovic wird also am 24. Februar 2022 aus seiner Haft entlassen und holt sich sofort die Beute aus dem Banküberfall. Wo er diese die Jahre über versteckt hat, wissen wir nicht. Aber er kann damit nicht untertauchen, weil er von Dimitri Petrov, seinem alten Bandenfreund, aufgespürt und bedroht wird. Der schlägt ihn zusammen und erpresst ihn damit, seiner Mutter Maria Jovanovic und seiner Schwester Maria Jovanovic etwas anzutun, wenn er das Geld nicht herausgibt."

Er deutet auf die Bilder der genannten Personen und ich lehne mich zurück. Eigentlich wäre es meine Aufgabe, diese Aufschlüsselung zu machen, aber ich bin nicht dazu imstande. Außerdem will ich Jo nicht die Show stehlen. Er macht seine Arbeit wirklich zuverlässig und gründlich.

„Fortan nimmt sich Jovanovic in Acht. Er kommt weder zu seinen Treffen mit seinem Bewährungshelfer noch lässt er sich mehr bei seiner Familie blicken. Er taucht unter und jobbt nebenbei in ein paar

Kneipen, um sich über Wasser zu halten. Offenbar rührt er dazu das Geld von der Beute nicht an, lernt im Februar Maria Zeiss kennen und verliebt sich in sie. Er besucht sie häufig in Essing und kommt mit Zug und Bus. Sie treffen sich heimlich in der Hütte der Dorfjugend am Waldrand."

Sogar von der Dorfdisco hat er ein Foto an die Tafel gehängt.

„Irgendwann schenkt er seiner Freundin reinen Wein ein und erzählt ihr von seiner kriminellen Vergangenheit. Er übergibt ihr auch das Geld, damit sie es bei sich zu Hause versteckt. Er glaubt, niemand weiß von ihrer Beziehung und die Beute ist bei ihr sicher, aber dann will er plötzlich das Geld an einen anderen Ort bringen. Den Grund dafür wissen wir bisher nicht. Wahrscheinlich hat Petrov ihn oder seine Familie wieder einmal bedroht. Liege ich so weit richtig, Frau Kommissarin?"

Ich nicke zustimmend, doch ich ignoriere seine indirekte Aufforderung, ihn endlich abzulösen.

Darum fährt er fort: „Petrov wird nach dem Tod von Jovanovic immer ungeduldiger und rastet schließlich aus. In Rage sticht er die beiden Jovanovic-Frauen nieder, überfällt danach in einer Kurzschlussreaktion eine Bank, um sich mit dem erbeuteten Geld aus dem Staub zu machen, wird aber von den Regensburger Kollegen verhaftet." Auffordernd blickt er mich wieder an. „An dieser Stelle solltest du weitermachen, Mary, denn du hast uns bisher nicht in deine letzten Ermittlungen eingeweiht."

Mir kommt es so vor, als wäre gestern schon eine Ewigkeit her und ich muss mich zusammenreißen, als ich vor meine Kollegen trete. Oder liegt meine Unkonzentriertheit an meiner leichten Gehirnerschütterung? Egal, auf keinen Fall sollen sie etwas von meinen Zwistigkeiten mit meinem Mann mitkriegen, aber anscheinend macht das schon wieder die Runde.

„Hab' gehört, der Toni hat dich ausgeknockt", gibt der junge Neumayer mit einem unterdrückten Grinser seinen Senf dazu, als ich an der Stelle angekommen bin, als Petrov ausgetickt ist.

„Keine unqualifizierten Kommentare", weist der Bär den frechen Grünschnabel zurecht.

„Es waren unglückliche Umstände", fühle ich mich dann doch veranlasst, etwas dazu zu sagen.

Und dann springt auch schon wieder Jo ein. „Also fassen wir nochmal zusammen: Tatort im Fall Kirchenasyl ist die Dorfdisco. Tatwaffe war ein Messer aus der Küchenschublade dort." Er deutet auf zwei Fotos der Örtlichkeit und dem Tatwerkzeug an der Pinnwand. „Kein Schminktäschchen weit und breit. Den Petrov haben wir als Hauptverdächtigen so weit ausgeschlossen. Er ist geständig, was den Überfall auf die beiden Jovanovic-Frauen betrifft. Du hast doch im Krankenhaus auch noch mit Maria Jovanovic gesprochen, Mary, oder?"

Zustimmung einholend schaut er mich an und ich nicke. „Er war's eindeutig!"

Jo erwartet wohl, dass ich weiter berichte, was der Bär und ich heute ermittelt haben, aber ich bin nicht fähig dazu. Mein Hirn fühlt sich dermaßen leer und weich wie ein Wackelpudding an. Glücklicherweise hilft mir der Bär, steht auf und schiebt mich zu meinem Stuhl. Er übernimmt den Bericht vom Verhör von Wimmer Sebastian und Vogt Daniel. Von beiden prangt ein Bild am Whiteboard. Jo ist wirklich umsichtig, Kruzinesn!

„Also kein brauchbares Motiv", stöhnt der Neumayer und fährt sich durch seine Elvis-Presley-Mähne.

„Ts, ts … ein schwuler Ex-Freund", schüttelt der Strobl resigniert den blonden, runden Kopf.

„Und wo machen wir jetzt weiter?", will der Koller wissen.

Alle Blicke sind auf mich gerichtet. Wenn ich das wüsste! Aber natürlich kann ich hier nicht die überforderte, ratlose Kommissarin geben, die ich aber eigentlich bin.

„Ich werd' morgen nochmal mit der Maria reden", bestimme ich darum und stehe auf. „Und jetzt mach' ich Feierabend!"

Kapitel 12

Das Haus ist ungewöhnlich still und leer, als ich abends endlich mal wieder mein Heim betrete. Um mich zu vergewissern, dass Toni wirklich nicht da ist, schaue ich im Bad nach. Seine Zahnbürste, sein Rasierzeug und sein Kamm sind tatsächlich weg und auch seine Reisetasche vom Kleiderschrank im Schlafzimmer, stelle ich fest. Und dann erst fange ich an zu weinen, falle auf mein Bett und schluchze in mein Kopfkissen.

Anscheinend bin ich irgendwann eingeschlafen, denn mich weckt die Bayernhymne aus meiner Trainingsjacke, die ich immer noch anhabe. Mein Schädel brummt. Das Display zeigt mir eine unbekannte Nummer an, doch ich nehme das Telefonat an.

„Die Maria ist weg!", schreit mir eine panische, männliche Stimme ins Ohr.

Ich fahre erschrocken zusammen. „Anderl bist du das?"

„Ja, ich bin's, der Zeiss Anderl. Die Maria ist verschwunden! Was habt ihr mit ihr gemacht, Sakrament?"

„Wie verschwunden?"

Aufgeregt erzählt er mir: „Na, die Sabine wollt' ihr abends was zum Essen aufs Zimmer bringen, aber das Bett war leer! Wir haben alle Freundinnen abtelefoniert und überall gesucht, wo sie sich sonst immer aufhält. Aber nix! Sie ist wie vom Erdboden verschluckt! Und jetzt will ich von dir wissen, was ihr gestern mit ihr geredet habt, dass sie einfach abhaut?"

Der deutliche Vorwurf in seiner Stimme zwingt mich zu einer Frage. „Sie hat euch also nix erzählt?"

„Was erzählt?"

Dann muss ich wohl in den sauren Apfel beißen. „Vom Jovanovic und ihr?"

„Jovanovic? Ist das der Tote aus der Kirch'?"

Er hat also schon davon gehört. „Genau der!"

„Was sollt' meine Tochter mit so einem zu tun haben?", meint er abfällig.

„Sie waren ein Liebespaar, Anderl."

Er lacht höhnisch. „Nie und nimmer!"

„Sie haben sich immer in der Dorfdisco getroffen, heimlich in der Nacht."

Jetzt ist er sprachlos. Ich kann förmlich vor mir sehen, wie ihm die strengen Gesichtszüge entgleiten.

„Habt ihr dort schon nachgeschaut?", fällt mir ein.

„Nein!"

„Dann treffen wir uns dort", befehle ich und lege auf.

Ich schnaufe tief durch. Also wieder keine ruhige Nacht!

Als ich die Treppen hinunterrenne, höre ich lautes Donnergrollen. Anscheinend zieht schon wieder ein Gewitter herauf. Hoffentlich vertreibt es die erste ungewöhnliche Hitzewelle Ende Mai diesmal endgültig, denke ich so bei mir, als ich wieder in meine Sneakers schlüpfe, und höre das Schloss an der Haustür. Dann geht sie auf und Lukas kommt herein.

„Lukas, was machst du denn hier?"

Er betrachtet mich erschrocken. Seine hohe Stirn runzelt sich sorgenvoll. „Du schaust ja furchtbar aus, Mama!"

„Halb so wild", tue ich ab und eile in die Küche, um mir noch schnell eine Schmerztablette einzuwerfen, bevor ich aufbreche.

Lukas ist mir gefolgt. „Ich hab' mit dem Quirin abgesprochen, dass ich nach dir schau'. Meinst' nicht, du wärst in einem Krankenhaus besser aufgehoben?"

Ich schüttle den Kopf, was ich besser nicht hätte tun sollen. Schmerzhaft verziehe ich mein Gesicht, dann renne ich an ihm vorbei. „Keine Zeit!"

„Wo willst du denn hin?"

„Die Zeiss Maria ist verschwunden. Ich muss den Eltern suchen helfen!"

„Können das nicht deine diensthabenden Kollegen tun? Dir geht's offensichtlich nicht gut und du solltest dich besser ausruhen!"

An der Haustür bleibe ich stehen und drücke seinen Arm. „Lukas, ich freu' mich, dass du dich so um mich kümmerst, aber ich kann jetzt wirklich nicht."

„Dann komm' ich halt mit", sagt er entschlossen.

Ich seufze und gebe nach. „Meinetwegen! Dann kannst du uns beim Suchen helfen."

Wir nehmen seinen Golf, der mein Auto im Carport zugeparkt hat. Bis wir drinhocken sind wir schon patschnass, so stark hat es inzwischen angefangen zu stürmen und zu regnen. Es ist finster geworden und es blitzt und donnert ununterbrochen.

„Zur Dorfdisco", weise ich ihn an.

„Was ist denn eigentlich genau passiert?"

Trotz meiner Schweigepflicht erzähle ich ihm kurz zusammengefasst die Geschichte von Tomislav Jovanovic und Zeiss Maria. Die Scheibenwischer schaffen es kaum, den herunterprasselnden Regen von der Windschutzscheibe zu bekommen und Lukas fährt langsam.

„Die Maria ist ein hübsches Ding", gibt er zu. „Ich war kurzzeitig auch mal in die verknallt. Aber ihr Vater hat ihr ständig alles verboten und sie direkt überwacht. Der volle Spion!"

Ich schaue interessiert zu meinem Jüngsten hinüber. „Du und die Maria, davon weiß ich ja gar nix."

„Das war noch vor der Jacky und auch nur kurz. Sie war erst fünfzehn und ich hab' grad den Führerschein gehabt. Ich wollt' mit ihr rumcruisen und ein bisserl angeben, aber der Anderl hat sie nicht mit mir mitfahren lassen. Der hat sich immer voll aufgeregt, wenn ich sie daheim abholen wollt'. "

Ich grüble. „So was Ähnliches hat mir die Ulli auch über ihn erzählt."

Lukas biegt auf den Feldweg ab und hat nach ein paar Metern auch schon die Dorfdisco im verregneten Scheinwerferlicht.

„Komm' ich auch mal wieder hierher", grinst er breit, wohl in alten Erinnerungen schwelgend.

Er parkt mitten auf dem Feldweg hinter dem SUV von den Zeissens. Sie sind also schon da. Heftige Windböen peitschen über die Felder, Wiesen und Bäume um uns herum. Große, verzweigte Blitze zucken über den schwarzen Himmel. Tosend und stürmend verdunkelt sich die Welt um uns herum immer ärger, sodass man direkt Angst kriegt.

Eilig springen wir aus Lukas' Golf und rennen zur Eingangstür. Beim Hineinstürmen sehe ich das gebrochene Polizeisiegel auf Türrahmen und -blatt. Drinnen ist es hell und ich höre das Surren des Stromaggregats, als wir die Tür hinter uns zudrücken. Wir sind auf der kurzen Strecke hinein noch nässer geworden. Das Ehepaar Zeiss finden wir auf der Couchecke. Sabine sitzt heulend dort und Anderl niedergeschlagen neben ihr, den Arm tröstend um die Schultern seiner Frau gelegt.

Ich kann mich noch gut daran erinnern, dass die beiden in meiner Jugend das Traumpaar in Essing waren. Sabine war damals eine von den hübschesten Mädels und er der begehrteste Junggeselle. Als strebsamer Ingenieur, der sich mit viel Herzblut für die Gemeinde engagierte, war er der jüngste Marktrat, den es je hier gegeben hat. Mit den Jahren sind sie zwar immer noch ein ganz ansehnliches Paar, allerdings sind die Zeit und die Sorgen des Alltags auch nicht spurlos an ihnen vorübergegangen. Anderl trägt die gleiche Kurzhaarfrisur wie damals, jetzt mit zurückweichendem Haupthaar und grauen Strähnen, und hat einen nicht übersehbaren Bauchansatz. Doch wirkt er immer noch sportlich und fit wie eh und je.

„Sie ist nicht hier", meint er resigniert zu uns und fährt sich nervös durchs kurze Haar.

Ich merke ihm an, dass er geladen ist, und ich kann nicht einmal was sagen, schon springt er auf und baut sich wütend vor mir auf, sodass er mich um gut einen halben Kopf überragt. „Was hast du mit ihr gemacht, Sakrament? Seit du und dieser Bärnreuther bei uns daheim aufgetaucht wart, war sie so komisch!“ Er wendet sich an seine Frau. „Nicht wahr, Sabine?“

Sie weint in ein Papiertaschentuch und nickt.

„Also, warum belästigst du unsere Tochter andauernd?“, rückt er mir noch näher auf die Pelle, so dass ich seine dunklen Augen gehässig vor mir aufblitzen sehe.

Während ich von seiner Anmache überfordert bin und mich wundere, denn ich hatte ihn doch bereits am Telefon über unsere Ermittlungen aufgeklärt, geht Lukas dazwischen und drängt ihn von mir weg. Er ist ihm in Größe und Statur ebenbürtig.

„Hey, geh' die Mama nicht so an! Du siehst doch, dass sie verletzt ist!“

„Dann soll sie endlich was sagen, Kreizsakrament!“, fährt er auch ihn an und schubst Lukas zurück. „Und überhaupt, was mischt du dich da ein!“

„Wenn du meine Mama anmachst, kriegst du es mit mir zu tun!“, droht mein Sohn ihm.

Doch Anderl ist viel zu sehr in Rage, als dass ihm diese Drohung Einhalt gebieten würde und er wird handgreiflich. Doch da hat er sich den falschen Gegner ausgesucht, denn Lukas dreht ihm mit ein paar Handgriffen blitzschnell die Arme auf dem Rücken, dass Anderl vor Schmerzen aufschreit.

„Jetzt beruhig dich erst einmal, verdammt“, zischt Lukas ihn an und hält ihn von hinten fest wie in einem Schraubstock.

Über seine gekonnte Intervention bin ich so überrascht, dass ich nur so staune. Sabine wimmert im Hintergrund.

„Endlich bringt der Taekwondo-Kurs mal was“, stellt Lukas angestrengt in meine Richtung fest und grinst sarkastisch. Seine Überlegenheit muss direkt eine Genugtuung für ihn sein, ahne ich, nach dem, was er mir über den nervigen Vater seiner Ex-Freundin erzählt hat.

Dann redet er ruhig auf den Aufmupfigen ein: „Ich lass' dich jetzt los, aber nur, wenn du dich anständig aufführst, verstanden!“

„Ich will nur meine Tochter wiederhaben“, versichert der schnaubend.

Vorsichtig gibt Lukas ihn frei.

Seine Frau eilt zu ihm, redet beruhigend auf ihn ein und drückt ihn auf die Couch. Und ihr Zureden hilft tatsächlich. Langsam fasst er sich wieder. Sein hektischer Atem wird flacher und sein zornverzerrtes Gesicht entspannt sich.

Wenn der immer so ausrastet, kann ich Maria verstehen, warum sie ihrem Vater nix von ihrer Liaison mit Jovanovic erzählt hat.

„Tschuldigung …“, ist er jetzt ganz kleinlaut.

Ein Blitz erhellt den Raum mit einem lauten Zischen, ein dröhnendes Donnergrollen folgt und der Regen peitscht weiterhin auf das Dach. Bei diesem Wetter ist eine Vermisstensuche unmöglich.

„Jetzt behalten wir mal alle miteinander einen klaren Kopf“, befiehlt Lukas streng. „Wo habt ihr schon überall gesucht?“

„Unser ganzes Haus haben wir auf den Kopf gestellt. Und ihre Freundinnen abtelefoniert. Nix“, erklärt uns Anderl und ich merke ihm an, dass er sich angestrengt unter Kontrolle hält.

„Ihr von der Polizei müsst eine Suche einleiten“, fleht mich Sabine an.

„Wann habt ihr sie denn das letzte Mal gesehen?“

Sie wechselt Blicke mit ihrem Mann. „Nachmittags, so um vier. Ich hab’ ihr einen Tee gebracht.“

Ich schaue auf meine Armbanduhr. Halb neun. Das sind nicht mal fünf Stunden. Ich vermeide es, den besorgten Eltern klarzumachen, dass eine Person erst nach 24 Stunden als vermisst eingestuft wird. Die Erfahrung hat gezeigt, dass die meisten Kinder in dieser Zeit wiederauftauchen. Vor allem ist Maria bereits volljährig und sie kann tun und lassen, was sie will, ohne vor ihren Eltern Rechenschaft ablegen zu müssen.

„Es könnt’ doch sein, dass sie einfach mal ein paar Stunden raus wollt’ und längst wieder daheim ist.“

„Aber ihr ging es doch so schlecht! Sie hat seit Tagen das Bett und ihr Zimmer nicht verlassen“, redet mir Sabine dagegen. „Wo soll sie in dem Zustand hinwollen?“

Anscheinend hat Maria ihre Eltern wirklich immer noch nicht aufgeklärt, was es mit ihrer Krankheit auf sich hat. Wie ist es ihr nur gelungen, sie nach allem immer noch weiter zu belügen? Oder belügen sich die Eltern selbst? Ich werde jedenfalls einen Teufel tun und dazu nochmal was sagen, um nicht zu riskieren, dass Anderl wieder austickt. Doch er scheint meine Information, was seine Tochter und den Ermordeten aus der Kirche angeht, vorhin am Telefon vollkommen zu ignorieren. Oder hat er es nicht verstanden?

„Führt Maria ein Tagebuch?“, setze ich neu an.

Aber sie schüttelt den Kopf und fängt wieder an zu weinen. „Ich weiß es nicht …“

„Fehlt etwas oder hat sie was mitgenommen?“, fragt Lukas. „Handy, Kleidung, Essen?“

Sie nickt. „Ihren Rucksack. Und ihr Handy natürlich.“

„Aber sie hat es ausgeschaltet“, erklärt uns Anderl und rauft sich mit den Händen nervös die kurzen Haare, sodass sie ihm ganz wirr vom Kopf stehen. „Hoffentlich ist ihr nix passiert!“

„Einen Abschiedsbrief habt ihr nicht gefunden?“, spricht mein Sohn vorsichtig aus, weil ich es nicht wage.

Nach dieser Frage schluchzt Sabine auf. „Ihr glaubt doch nicht, dass …“

Sie wirft sich heulend an die Brust ihres Mannes.

Anderl bebt. „Die Maria würd’ sich niemals selbst was antun! Wegen so einem dahergelaufenen, kriminellen Ausländer schon gleich gar nicht“, gibt er das erste Mal zu erkennen, dass er sehr wohl Bescheid weiß. „Sie ist ein anständiges Mädel!“

Anstand und Liebe passen halt oft nicht zusammen.

„Tomislav Jovanovic war im Grunde ein netter Kerl. Er ist halt einfach an die falschen Leut’ und auf die schiefe Bahn geraten“, verteidige ich den blauäugigen Tomislav, weil ich irgendwie das Gefühl habe, als wäre ich ihm das schuldig.

Doch für Anderls derzeitige Verfassung ist das keine Besänftigung. Ganz im Gegenteil!

„So ein Schmarrn!“, regt er sich auf, stößt seine Frau von sich, springt auf und rennt unruhig auf und ab. „Er hätt’ besser die Hände von meiner Maria lassen sollen, der verdorbene Lump!“

Ein greller Blitz und ein darauffolgendes Donnergrollen folgen, als würden sie seine Wut noch verdeutlichen.

Lukas ist auf der Hut vor einem neuen Ausraster des aufgebrachten Vaters.

„Siehst ja, was dabei rauskommt“, jammert Sabine mir her. „Der Kummer um den Ausländer raubt ihr völlig den Verstand.“

„Oder die Angst vor den Eltern“, füge ich bedeutsam hinzu.

Sie haben sich anscheinend doch darüber unterhalten und schon ihre verbohrten Schlüsse daraus gezogen.

Anderl bleibt mit zornverzerrtem Gesicht dicht vor mir stehen. „Wenn du uns jetzt die Schuld in die Schuhe schieben willst, dann kannst gleich wieder verschwinden“, faucht er mich an und deutet energisch zur Tür.

Lukas schiebt ihn zurück. „Bei diesem Sauwetter ist eine Suche jedenfalls unmöglich. Das musst du doch einsehen!“

Anderl schaut ihn vorwurfsvoll an. „Was hast du überhaupt hier zu sagen?“

„Könnt’ sie mit dem Auto irgendwohin gefahren sein?“, interveniere ich schnell, denn diese Option war bisher noch nicht im Gespräch.

„Sie hat noch keinen Führerschein“, erklärt mir Sabine eilig und schlägt die Augen nieder. „Sie will ihn erst nach dem Abi machen, wenn der Lernstress vorbei ist.“ Wieder schluchzt sie auf.

„Und eure Autos sind beide da?“, hake ich nach.

„Mit dem SUV sind wir hierhergefahren und der Mazda von der Sabine ist daneben in der Garage gestanden“, erklärt mir Anderl nervös.

Ich schnaufe tief durch. „Dann muss ich Lukas leider recht geben mit der Suche bei dem Wetter. Außerdem hab' ich vor Ablauf der 24 Stunden keine Handhabe für eine großangelegte Suchaktion. Wir müssen wenigstens bis morgen früh warten, falls sie nicht vorher schon wieder auftaucht."

Erneut bricht Sabine heulend auf der Couch zusammen.

Ich streichle ihr tröstend über den Rücken, während mich Anderl böse und bebend anfunkelt.

„Das heißt, wir drehen die ganze Nacht Däumchen?", kommentiert er mit gepresster Stimme, angestrengt beherrscht.

„Sie wird wiederkommen, wenn sie erst gemerkt hat, was sie angestellt hat", versuche ich sie beide zu beruhigen.

Doch leider werde ich feststellen müssen, dass ich mich täusche.

Kapitel 13

Glücklicherweise wirkt die Schmerztablette endlich und mein dröhnender Kopf fühlt sich leichter an. Die Erschöpfung und die Mattheit bleiben aber, doch ich reiße mich zusammen. Ich habe einen trockenen Mund und wahnsinnigen Durst. In der Küchenzeile der Dorfdisco entdecke ich einen Kühlschrank und ich gehe hin, in der Hoffnung, dort etwas zu trinken zu finden. Solange draußen die Welt untergeht, sitzen wir hier drin fest.

Der Kühlschrank ist bis oben hin gefüllt mit übereinandergestapelten Bierflaschen, nur in der Tür stehen ein paar Spezi- und Wasserflaschen. Ich nehme mir eine von den Letzteren heraus. Die Zeche werde ich ein andermal bezahlen, weil ich kein Geld dabei habe.

„Hat noch jemand Durst?“, frage ich in die Runde und trinke.

Ich biete Lukas meine Flasche an und er nimmt sie dankend.

Wie zwei Häuflein Elend hocken die Zeissens auf der Sofalandschaft.

„Und ihr habt wirklich gar nix davon gemerkt, dass die Maria verliebt war?“, kann ich mir die Frage nicht verdrücken, nachdem auch ich getrunken habe. Wenn wir schon gezwungen sind, hier auf das Nachlassen des Unwetters zu warten, dann nutze ich die Gelegenheit doch einfach, um Nachforschungen anzustellen.

Bei meinen Söhnen war es jedenfalls immer ganz offensichtlich, wenn sie wieder einmal eine neue Freundin hatten. Ständig hingen sie an ihren Handys, waren mit den Gedanken weit weg und Schule und Lernen war unwichtig.

Das Ehepaar Zeiss sieht mich anklagend an.

„Willst du uns jetzt vorwerfen, dass wir schlechte Eltern sind, oder was?“, pfurrt mich Anderl an.

Sabine tätschelt beruhigend seine große Hand und sieht dann zu mir auf. „Sie war in den letzten Wochen ziemlich gut gelaunt, aber ich hab’ eher angenommen, es wär’ wegen dem Abi und der ganzen

Aufregung drum herum. Sie freut sich so auf den Abi-Ball. Wir haben schon ein Kleid dafür gekauft.“

Über ihre zitternden Lippen huscht ein Lächeln, aber gleich darauf ein Schatten über ihr Gesicht.

„Die Maria ist eine sehr gute Schülerin. Sie wird das Abi mit einem Einser-Schnitt hinlegen, davon bin ich überzeugt!“, fügt der Vater stolz hinzu.

„Sie muss in der letzten Zeit aber auch öfter müde gewesen sein“, will ich ihnen weiter auf den Zahn fühlen. „Denn sie hat sich ja immer nachts heimlich aus dem Haus geschlichen, um sich mit ihrem neuen Freund hier zu treffen.“

Meine Grübelei verärgert Anderl wieder. Genau das war meine Absicht, aber er beherrscht sich mit zornrotem Gesicht.

„Ich kann nicht glauben, dass sie das wirklich getan hat.“, kann seine Frau es nicht fassen.

„Sie hat es mir selber erzählt“, versichere ich ihr. „Den Schlüssel für die Dorfdisco hatte sie vom Wimmer Sebastian.“

„Er hat es also gewusst?“, spottet Anderl.

Ich nicke und erinnere mich an die Aussage vom Opa. „Ihr Freundeskreis anscheinend auch – also zumindest geahnt haben sie es.“

Anderl lacht spöttisch auf. „Dann hat sich das ganze Dorf schon den Mund darüber zerrissen!“

„Aber das ist doch heutzutag’ keine Schand’ mehr. Es ist doch schon immer so gewesen, dass sich junge Pärchen hier heimlich …“

Weiter komme ich nicht, denn Anderl springt von seinem Sitzplatz hoch. Aus ist es wieder einmal mit seiner Selbstbeherrschung. „Aber nicht meine Tochter mit so einem Dreckskerl!“

Sabine drückt ihn wieder zurück. „Beruhig dich wieder, Anderl, er ist ja tot.“

Sie erschrickt selbst über ihre Feststellung und wirft mir einen scheuen, bedauernden Blick zu. Ihr Mann zeigt keine Regung und starrt ins Leere.

In der Ferne ist die Essinger Sirene zu hören. Anscheinend ist der erste Keller voll Wasser gelaufen oder ein Baum auf eine Straße gestürzt und die Feuerwehr muss ausrücken und Erste Hilfe leisten.

Anderl scheint ähnliche Gedanken zu haben und das bringt ihn auf eine Idee: „Die Feuerwehr könnt' uns doch bei der Suche nach der Maria helfen."

Ich schüttle den Kopf und wiegle ab, während mein Handy sich mit der Bayernhymne meldet. „Eine Vermisstensuche ist Sache der Polizei."

Ich krame es aus der Trainingsjackentasche und stelle schnüffelnd fest, dass ich dringend duschen sollte. Drei Augenpaare beobachten mich neugierig. Auf dem Display steht der Opa.

Als ich abhebe, verstehe ich nur aufgeregte Wortfetzen.

„Maria … schnell herkommen …"

„Opa, geht's dir gut? Ich versteh' dich so schlecht!", sorge ich mich.

„Schon … aber in der Kirch' … da liegt … wieder jemand!"

„Kruzinesn! Schon wieder in der Kirch'?"

„… musst kommen …", verstehe ich noch und dann ist die Verbindung unterbrochen. Muss wohl am Gewitter liegen. Meine Alarmglocken schrillen und mein Puls schnellt nach oben.

„Ich muss …" Wohin sage ich lieber nicht, denn es könnte die Anwesenden auf eine Idee bringen, was ich nicht will. Denn ich habe da eine schlimme Vermutung und renne auch schon zur Tür.

Lukas folgt mir. „Ist was mit dem Opa?"

„Mit dem eher nicht, glaub' ich."

„Wart', ich fahr' dich."

Draußen lässt der Regen inzwischen nach und am Horizont ist ein kleiner Fetzen Abendhimmel zu sehen. Das Gewitter zieht nach Nordosten ab. Überall liegen Laub und kleinere Äste herum, die die Windböen von den Bäumen gerissen haben. In dem Feld vor uns ist stellenweise der Mutterboden vom Starkregen ausgewaschen und das Wasser steht in großen Lachen. Das Martinshorn der Feuerwehr ertönt von Weitem und dann entdecken wir, dass ein größerer Ast von einer Eiche neben dem Feldweg quer über die Kühlerhaube seines Golfes heruntergekracht ist. So kommen wir hier nicht weg!

„Kruzinesn!“, fluche ich.

Lukas ist noch aufgebrachter: „Scheiße! Mein schöner Golf!“ Er schlägt die Hände über dem Kopf zusammen und steht sprachlos vor dem Desaster.

„Ich nehm’ euch mit“, höre ich hinter mir die Stimme von Anderl.

Er winkt uns, dass wir in sein Auto einsteigen sollen. Was bleibt uns anderes übrig, als auf die Rücksitzbank seines SUVs zu springen. Wieder sind wir nass vom jetzt mäßigen Regen.

„Wohin?“, wendet sich unser Chauffeur nach mir um. Vorne neben ihm sitzt seine Frau.

„Zur Altessinger Kirche.“

In Anbetracht der Umstände geht’s wohl nicht anders, als dass sie mitkommen.

Als ahnte Anderl auch etwas, gibt er Gas und prescht durch die Wasserlachen über den Feldweg davon. Wir müssen einen Umweg durch den Wald auf die Gemeindeverbindungsstraße machen, denn der Ast quer auf dem Auto vom Lukas und über dem Feldweg versperrt uns den direkten Weg zurück. Wir werden auf dem schlammigen, schlecht instand gehaltenen Pfad durchgeschüttelt, aber Anderl verringert sein Tempo nicht. Ganz im Gegenteil treibt er seinen SUV voran. Wäre es kein Geländewagen, wären wir sicher schon im aufgeweichten Dreck steckengeblieben. Die braune Brühe spritzt nur so und saut das schwarze Gefährt von oben bis unten ein.

„Anderl, tu’ doch langsamer!“, warnt ihn Sabine auf dem Beifahrersitz und stützt sich mit den Händen am Cockpit ab. Aber ihr Mann fährt stur weiter.

Endlich kommen wir an der Teerstraße an und der Motor setzt nun seine Leistung viel leichter in Geschwindigkeit um. Anderl drückt aufs Gas.

Die Straße durchs Dorf ist glücklicherweise nach dem Gewitter menschenleer, denn sonst gäb es mit Sicherheit einen Unfall, so wie unser Fahrer rast. Mit quietschenden Reifen halten wir vor dem Friedhofstor. So schnell kann ich gar nicht intervenieren, ist Anderl auch schon ausgestiegen und rennt durchs Tor die Treppen hinauf zum Friedhof in Richtung Kirchentür. Lukas, Sabine und ich hinterher.

Der Opa kommt uns im Mittelgang der hell erleuchteten Kirche entgegen. Das Entsetzen steht ihm ins Gesicht geschrieben.

Anderl packt ihn an der Schulter. „Wo ist sie?"

Der schwer atmende Alte deutet mit seiner Hand in Richtung Altar und Anderl eilt weiter.

Wir folgen ihm, während der Opa uns hinterherhechelt und aufgeregt erzählt: „Sie lag schon so da, als ich endlich rüber in die Kirch' laufen konnt'. Das war ein Mordsgewitter, was? Wegen dem haben die Rita und ich es nicht geschafft, die Kirch' heut' pünktlich zuzusperren."

Als wir dem Altar näherkommen, sehe ich schon eine Gestalt an genau derselben Stelle liegen wie vor vier Tagen den Tomislav Jovanovic. Anderl ist wie angewurzelt davor stehen geblieben und starrt sie gebannt an.

Langsam gehe ich hinter der bebenden Sabine um den Altartisch und die Erkenntnis trifft auch mich wie ein Schlag. Mein Herz zieht sich zusammen und ein Schauder durchläuft mich. Es ist eindeutig Maria, die dort auf den kalten Kalksteinplatten liegt! Ihr blondes, langes Haar breitet sich um ihr schönes, blasses Gesicht aus wie der Strahlenkranz der Jungfrau Maria persönlich. Ihr Kopf ist zur Seite gedreht und die Augen sind geschlossen, als würde sie friedlich schlafen. Ihre Arme hat sie weit von sich gestreckt und es sind deutlich Schnittwunden an ihren Pulsadern zu erkennen, aus denen das Blut gequollen ist. Auf beiden Seiten Blutlachen, die schon an den Rändern eintrocknen. Ein kleines Küchenmesser mit blutverschmierter Klinge liegt ebenfalls daneben.

Lukas, der anscheinend als einziger nicht in Schockstarre verfallen ist, ist um sie herumgegangen, kniet sich neben sie und fühlt an ihrer

Halsarterie nach ihrem Puls. Aber ich kann mir schon denken, dass wir zu spät kommen.

Er schüttelt wie erwartet den Kopf. „Sie ist schon ganz kühl."

Sie liegt also nicht erst seit einer Stunde hier, sondern schon länger.

Sabine vor mir sackt langsam, herzzerreißend schluchzend, zusammen. Ich versuche, sie so gut ich kann zu stützen, bis sie hinter dem Altartisch auf dem Boden hockt und an ihn gelehnt ihren Gefühlen freien Lauf lässt. Anderl reagiert nicht. Immer noch starrt er seine tote Tochter an.

„Mama, solltest du nicht deine Kollegen anrufen?", mahnt mich mein Sohn, weil ich nicht fähig bin, einen klaren Gedanken zu fassen.

Seine Frage bringt mich wieder auf den Boden der Tatsachen, ich nicke, hole mein Handy mit zitternden Fingern aus der Jackentasche, entferne mich taktvoll auf dem Mittelgang zur Eingangstür ans andere Ende der Kirche und rufe in der PI an. Jo kapiert sofort die Lage und verspricht mir, umgehend Verstärkung, die Spusi und einen Krankenwagen samt Notarzt zu schicken, der sich der Eltern annimmt und natürlich den Tod amtlich feststellen muss.

Der Opa ist mir tapsend gefolgt. Immer noch wirkt er angeschlagen und ich mache mir Sorgen, ob er diesen zweiten Fund auch noch verkraftet. „Hat das arme Mädel Selbstmord begangen?"

Ich ziehe ein bedauerndes Gesicht. „Liebeskummer."

„Du meinst, so wie bei Romeo und Julia?"

„So ähnlich", erkenne auch ich die Parallelen zum Drama von Shakespeare.

„So ein dummes Ding!", schimpft er mit Bedauern in der Stimme, während er nach vorne zum Altar schaut, wo man Sabine hinter dem Altartisch wimmern hören kann und Anderl immer noch wie in Trance vor seiner leblosen Tochter steht. Lukas ist dabeigeblieben, wohl um einfach da zu sein, falls einer von dem Elternpaar Hilfe braucht. Darüber bin ich sehr froh.

Ungläubig schüttelt der Opa den Kopf. „Das Mädel war so eine Hübsche, die hätt' doch jederzeit wieder einen Freund gefunden! Und zwar einen besseren als das kriminelle Bürscherl!"

„Fang' du auch noch an!", kritisiere ich ihn. „Du weißt doch aus eigener Erfahrung, dass Liebe keine Grenzen kennt. Oder wie war das damals bei dir und deiner Magda?"

Der Opa war nämlich selbst einmal so ein armer Schlucker, der vom Vater seiner Angebeteten nicht als Traumschwiegersohn akzeptiert worden war. Und trotzdem hatte der Vinzent nicht aufgegeben und sie geheiratet!

Mein Hinweis weckt wohl Erinnerungen im Opa, denn er lässt versonnen den Kopf sinken. „Ja, meine Magda ..."

An dieser Stelle sollte ich wohl dazu erklären, dass seine erste Frau Magda seine große Liebe war und sie es wohl immer noch ist, auch wenn er jetzt mit Rita zusammen ist. In Millisekunden erforsche ich in mir, dass ich meine beiden Ehemänner mit derselben Liebe liebe, aber dieses Gefühl sich mit den Jahren des Älterwerdens verändert hat. Bei Martin war sie unschuldig, bedingungslos, träumerisch und naiv leidenschaftlich, wie es halt so ist, wenn man jung ist. Und bei Toni eher solide, tiefgründig, intensiv und in sich ruhend. Doch das scheint jetzt auch dahin.

Und, als hätte der Teufel sie herbeigerufen, stürmt auch schon Rita zur Tür herein.

„Du kommst genau richtig!", empfange ich sie.

Die verdrehten Augen vom Opa stimmen meiner Aussage nicht unbedingt zu, stelle ich fest.

„Ist schon wieder was passiert?", fragt sie aufgeregt und reckt den Kopf neugierig.

Ich kann sie grad noch davon abhalten, weiter über den Mittelgang zum Altar zu rennen. Mein geschultes Polizeihirn schaltet sich endlich wieder ein. Bevor die Spurensicherung eintrifft, muss ich zusehen, dass ich alle Anwesenden taktvoll vom Tatort wegbringe. Ein schwieriges Unterfangen, so befürchte ich zumindest.

Und weil ich die zwei Alten schon vor mir habe, fange ich bei ihnen an. „Rita, nimm den Opa gleich mit heim und kümmer' dich um ihn. Ich glaub', er hat einen Schock."

Neugierig mustert sie ihren Lebensgefährten und packt ihn am Arm. „Geht's dir nicht gut, Vinzent?"

Er winkt ab, während ich sie zur Tür schiebe. „Morgen kommt ihr in die PI, dann nehmen wir deine Zeugenaussage zu Protokoll, gell Opa!"

„Aber, was ist denn jetzt eigentlich schon wieder passiert?", wendet Rita unzufrieden ein.

„Das kann dir der Opa daheim erzählen", will ich sie endlich loswerden, vergesse aber nicht, sie eindringlich zu warnen: „Und reißt euch in eurer Mitteilsamkeit zusammen, wenigstens bis morgen, und wenigstens aus Taktgefühl den Eltern gegenüber!"

„Wennst meinst", ergibt er sich mit einer Spur Mitgefühl in den alten Augen und wetzt eilig davon, seine Rita besorgt hinterdrein.

Als ich zurück zum Altar komme, verebbt das Schluchzen von Sabine allmählich. Ich gebe meinem abwartenden Sohn mit Blicken und einer Kopfbewegung zu verstehen, dass wir die Zeissens hier wegschaffen müssen. Darum bücke ich mich zu Sabine hinunter und umfasse sie tröstend bei den Schultern. Während ich ihr gut zurede, steht sie schwerfällig auf. Ich stütze die völlig erschlaffte, am Boden zerstörte Frau so gut ich kann und geleite sie in die erste Kirchenbank. Dann reiche ich ihr ein frisches Papiertaschentuch.

Währenddessen versucht Lukas vorsichtig, Anderl aus seiner Trance zu holen und ihn dazu zu bewegen, ebenfalls den Altarraum zu verlassen. Nachdem er auf seine Ansprache nicht reagiert hat, berührt er ihn am Arm. Dieser Körperkontakt weckt ihn, und seine niedergeschlagene, trauernde Mimik verwandelt sich im Bruchteil von Sekunden in eine wutentbrannte Fratze. Lukas als Störenfried kommt ihm anscheinend in seinem Schock gelegen, denn Anderl geht schnaubend wie ein wilder Stier mit der geballten Faust auf ihn los. Doch Lukas ist so reaktionsschnell und kann dem Hieb gerade noch ausweichen. Die Faust prallt gegen die Mauer hinter ihm und Anderl schreit auf vor Schmerzen.

Ich bin losgespurtet, um meinem Sohn zu helfen, aber das ist alles so schnell passiert, dass ich erst hinkomme, als Anderl auf einem Ministranten-Stuhl zusammensackt und auch endlich seinen Gefühlen nachgibt. Wie ein Häuflein Elend hockt er zusammengesunken da und heult in seine vors Gesicht geschlagenen Hände. „Das hab' ich doch alles nicht gewollt … Das hab' ich nicht gewollt …"

Ich stutze bei diesen Worten, komme aber nicht dazu, weiter darüber zu grübeln, denn Sabine drängt sich an mir vorbei zu ihrem Mann. Die Eheleute fallen sich in die Arme und weinen gemeinsam um ihr Kind. Dieses Drama lässt auch mich nicht ungerührt und ich muss meine Tränen hinunterschlucken.

Lukas entdeckt einen dunkelblauen Rucksack, der an den Hauptaltar gelehnt dasteht. Er hält ihn mir hin, noch bevor ich ihn darauf hinweisen kann, dass er nix berühren darf. Inzwischen weiß ich ja, wie pingelig der Klaus und der Ludwig diesbezüglich sind. Aber leider sind meine Einweghandschuhe für solche Fälle in meiner blutbesudelten Jeansjacke, die daheim in der Wäschetonne liegt. Und weil es nun schon egal ist, nehme ich das Fundstück, ziehe neugierig den Reißverschluss auf und suche vorsichtig nach … ja, nach was eigentlich? Lukas schaut mir gespannt über die Schulter. Die Zeissens trösten sich immer noch eng umschlugen.

Ein lila Schminktäschchen finde ich zwischen einem Schreibblock, einem zusammengeknüllten T-Shirt, ein paar Stiften und zwei Müsliriegeln jedenfalls nicht. Dann nehme ich mir die Vordertasche vor und entdecke neben einer Packung Papiertaschentüchern, ein paar Tampons und einem Lippenpflegestift ein zweimal zusammengefaltetes Blatt Papier.

Die Seite, die ich dann auseinanderfalte, stammt aus dem karierten Ringblock aus dem Hauptfach des Rucksacks. Die Schrift darauf ist schön geschwungen, aber ein bisserl zittrig. Wir lesen:

Liebe Mama, lieber Papa!

Macht euch keine Sorgen um mich, denn da wo ich jetzt bin, geht es mir gut! Tomi hat mir oft davon erzählt, wie schön es im Paradies sein muss, und da bin ich jetzt: bei ihm!

Egal, was ihr von ihm haltet und welche Fehler er in seiner Vergangenheit gemacht hat, ich liebe ihn. Er war der liebste und beste Mensch, den ich je kennengelernt habe! Er hätte alles für mich getan. Sogar in den Tod ist er wegen mir gegangen. Ich kann nicht mehr ohne ihn weiterleben.

Ich liebe euch und danke euch für alles. Macht euch keine Vorwürfe! Es ist alles in Ordnung, denn ich allein habe mich dazu entschlossen, zu ihm zu gehen, da wo auch seine Seele in den Himmel hinaufgestiegen ist!

Eure Maria

Ich schlucke mehrmals und fluche leise: „Kruzinesn!“

Auch Lukas fährt sich kopfschüttelnd und fassungslos durchs Haar. „Das ist ja Wahnsinn!“

In meinen jungen Jahren hatte ich natürlich auch mal Liebeskummer, aber die Grenze zum Selbstmord habe ich dann doch nie erreicht. Dazu war ich zu lebenslustig und -hungrig. Bei anderen, wie bei Maria, mag das anders sein, obwohl ich davon überzeugt bin, dass die Hormone und noch andere Umstände schwerwiegend dazu beigetragen haben. Ich bin kein Psychologe, aber ich glaube, dass Tomislav und Maria in so einer Art heilen Welt während ihrer heimlichen Treffen in der Dorfdisco gelebt haben. Mit dem alltäglichen oder normalen Leben hatten diese abgeschotteten Stelldicheins wohl wenig zu tun. Ich stelle es mir wie eine große Blase voller Liebe, Vertrautheit, Intimität, Zweisamkeit und offenbar auch Religiosität vor. Letztere mag ja schön und gut sein, aber ein junger Mensch wie Maria freut sich normalerweise nicht auf das Paradies, sondern auf das bunte Leben mit all seinen Facetten. Ich erinnere mich daran, wie gottesfürchtig und ergeben Tomislavs Mutter und seine Schwester waren beziehungsweise sind und ihr Schicksal ertrugen. Das kam selbst mir als gläubiger Christin befremdlich und übertrieben vor, aber ich kann mir gut vorstellen, dass Tomislav Jovanovic von Kindheit an ähnlich gepolt worden war. Das prägte ihn anscheinend so, dass er sich schwer verletzt in die Kirche schleppte und um Kirchenasyl flehte. Aber es hielt ihn offenbar Jahre zuvor nicht von kriminellen Taten ab. Das war wohl eine Art Auflehnung und Ausbruch aus der biederen Frömmigkeit seines Elternhauses. Doch im Knast scheint er dann eine Wandlung vollzogen zu haben und zu seinem Glauben zurückgekehrt zu sein. Und er fand jemanden, der sich damit anstecken ließ: Maria! Aus Glaubensfanatismus und Liebe in den Selbstmord getrieben!

Wie soll ich Anderl und Sabine das beibringen? Ich muss die richtige Gelegenheit abwarten, ihnen den Brief zu zeigen. Ich falte die Seite wieder zusammen und stecke sie in die Gesäßtasche meiner Jeans.

Dann betrachte ich Maria und gehe neben ihrem Kopf in die Hocke. Es schaut so aus, als hätte sie sich für ein Foto so hingelegt mit ihren langen blonden, ihr zartes blasses Gesicht umrandenden Haaren, den seitlich angewinkelten Beinen, die in einer löchrigen, hautengen Jeans stecken, und dem zartrosa T-Shirt. Eine schlafende Schönheit! Einzig das viele Blut zerstört diesen Eindruck. Wie überwand sie nur die Angst vor dem Schmerz und dem Tod, als sie sich die Pulsadern aufschlitzte? Sie brachte es jedenfalls fertig, blutete langsam aus und schlief dabei irgendwann ein. Es war also dann zumindest ein sanfter Tod, für den der Entschluss wohl in den letzten Tagen in ihr gereift war. Der Teppich, auf dem Tomislav Jovanovic gelegen hatte, ist anscheinend noch in der Reinigung, denn unter ihr sind nur die kalten, beigen Steinplatten. Niemals wäre ich darauf gekommen, sie hier zu suchen, obwohl es irgendwie auch wieder logisch ist. Wie sie in ihrem Brief schreibt, wollte sie dort sterben, wo ihr Liebster sein Leben ließ.

„Hätt's denn keine andere Lösung gegeben?", frage ich sie leise. „Du naives Mädel! Deine Eltern hätten dir schon nicht den Kopf abgerissen und irgendwann hättest du einen anderen Typen kennengelernt."

Ich weiß, wovon ich rede, denn ich habe schließlich auch schon einen Mann verloren. Mit zwei pubertierenden Jungs war ich damals dagestanden und wusste nicht, wie es weitergehen sollte. Aber ich kämpfte und gab nicht auf! Woher die Kraft dafür kam, kann ich nicht sagen. Für meine Kinder funktionierte ich und war stark. Tag für Tag ging es ein kleines bisserl aufwärts und irgendwann brach ich nicht mehr sofort in Tränen aus, wenn ich an Martin dachte. Die Wunden verheilten und wurden zu Narben, gepflegten Narben! Dann lief mir Toni über den Weg. Nach langen Jahren war ich wieder glücklich und ich dachte, ich würde alt mit ihm werden. Und wieder krampft sich mein Herz zusammen. Wahrscheinlich sind meine Erwartungen an das vollkommene Liebesglück doch ein Wunschtraum.

Lukas hinter mir legt mir die Hand sanft auf die Schulter. „Sie wird nicht wieder lebendig werden, wenn du sie auch noch so lang anstarrst", flüstert er.

„Warum hab' ich ihr nicht angemerkt, dass sie mit solchen Gedanken spielt?", zweifle ich an mir.

„Mama, du bist Kommissarin und keine Psychologin!"

Ganz in Gedanken habe ich gar nicht gehört, wie das Martinshorn draußen verstummt ist, denn schon kommen zwei Sanitäter und ein Notarzt zur Kirchentür herein.

Tief durchatmend erhebe ich mich. Ab jetzt muss alles routiniert ablaufen. Ich weise den Notarzt, der meine lädierte Visage Gottseidank kommentarlos übergeht, ein und bitte die Sanitäter, sich um das Ehepaar auf den Stühlen zu kümmern.

Meine Verstärkung kommt in Person der Kollegen Koller, Schubert, Pollinger und Obeth. Ich kläre auch sie auf und gebe Anweisung, den Friedhof abzusperren und niemanden durchzulassen. Bedrückt und wortlos folgen sie meinen Befehlen und marschieren wieder hinaus.

Dann kommt der Notarzt mit seinem gepackten Arztkoffer zu mir auf den Mittelgang.

„Aufgeschnittene Pulsadern, langsamer Tod. Ergo: Selbstmord", informiert er mich abgehakt. „Ihre Körpertemperatur ist bereits gesunken, sie dürfte also schon ein paar Stunden hier liegen. Kommen hier keine Besucher rein?"

„Wenn kein Gottesdienst ist, eher nicht", vermute ich.

Ein Großteil jener Besucher dürfte mit Sicherheit aus Einheimischen bestehen, die nur in die Nähe der Kirche kommen, um ihre Angehörigen in den Gräbern auf dem Friedhof zu besuchen, aber nicht das Gotteshaus. Und eine interessante Sehenswürdigkeit für Touristen ist es ja nun auch nicht grad. Außerdem hat das mächtige Gewitter es jedem verleidet, das Haus zu verlassen. Darum ist es auch kein Wunder, dass Maria hier in Ruhe sterben konnte.

„Ich lass' sie trotz der eindeutigen Todesursache in die Rechtsmedizin bringen", kündigt der Notarzt an, wartet auf mein zustimmendes Kopfnicken und berichtet dann weiter: „Ich hab' der Mutter eine Beruhigungsspritze gegeben. Der Vater hat es abgelehnt, obwohl ich festgestellt habe, dass seine Hand gebrochen ist und er ziemliche Schmerzen haben muss. Meine Sanis nehmen sie beide mit. Sie stehen unter Schock."

Wieder nicke ich und der Arzt geht, während ein Ersthelfer bereits eine Rollbahre aus dem Krankenwagen den Mittelgang entlang hereinschiebt, dicht gefolgt vom wie üblich in einem schwarzen Alltagsanzug steckenden Pfarrer Fischer und dem Koller.

Wie auch schon beim letzten Mal ist der kleine, stämmige Geistliche in heller Aufregung und kommt mit ausgebreiteten Armen auf den Altar zu. „Es ist also wahr!" Er bekreuzigt sich mehrmals hintereinander und schielt durch die dicken Brillengläser über den Altartisch. Weiter vor wagt er sich nicht, sondern fällt auf die Knie und betet gen Himmel.

Der Koller entschuldigt sich: „Ich hab' ihn nicht aufhalten können."

„Ist ja seine Kirche", bekunde ich und wir sehen dabei zu, wie die Sanitäter der geschundenen und willenlosen Sabine zur Rollbahre helfen und sie sich darauflegt. Anderl macht keine Anstalten mitzukommen, sondern sitzt zusammengesunken auf dem Ministranten-Stuhl und stiert zu Boden. Seine rechte Hand in seinem Schoß ist dick angeschwollen. Lukas hat sich neben ihm niedergelassen und schaut ziemlich nachdenklich und erschüttert drein.

„Herr Zeiss, wir warten draußen auf Sie", mahnt ein Sani seinen zweiten Patienten.

„Ich bring' ihn euch gleich", bietet sich Lukas an.

Es kommt mir so vor, als wollte er Anderl beistehen.

Das stete Kommen und Gehen setzt sich fort: Die abziehenden Ersthelfer mit ihrer Patientin wechseln sich mit den Technikern von der Spurensicherung ab.

Hinter dem leise betenden Pfarrer bleibt der in seiner Arbeitskleidung steckende Klaus stehen, stellt seinen Metallkoffer ab und seufzt. „Also ich hab' grad ein Déjà-vu!"

„Allerdings", pflichtet ihm sein Kollege Ludwig bei und packt seine Kamera aus. „Wird es in Essing zur Mode, dass man in der Kirche das Zeitliche segnet?"

„Dann ist man wenigstens schon direkt vor Ort für die Beerdigung", spöttelt Klaus und grinst dämlich.

Empört erhebt sich der Geistliche aus seiner Gebetsposition. „Also ich bitt' Sie! Ein bisserl mehr Ehrfurcht, meine Herren!"

„Darum würd' auch ich euch sehr bitten", pflichte ich ihm bei und weise mit meinem Blick zu Anderl.

Sie verstehen sofort, dass es sich bei dem niedergeschlagenen Mann um einen Angehörigen des Opfers handeln muss. Mein Hinweis bringt den Pfarrer dazu, seine berufliche Pflicht zu erfüllen, denn er geht auf die Tote zu, bevor die Spurensicherer mit ihrer Arbeit anfangen. Murmelnd beugt er sich zu ihrem Kopf hinunter und zeichnet ein Kreuz auf ihre bleiche Stirn. Er spendet ihr das Sterbesakrament.

„… im Namen des Vaters und des Sohnes und des Heiligen Geistes“, endet er.

Wir, die wir beklommen darum herumstehen, antworten pflichtschuldig mit einem „Amen“.

Dann wendet sich Fischer seiner seelsorgerischen Mission zu und legt Anderl seine Hand tröstend auf die Schulter. „Gott liebt alle seine Schäfchen, auch die irrgegangenen …“

Weiter kommt er nicht, denn Anderl schaut ihn mit giftigen Augen an. „Meine Maria ist nicht irrgegangen!“

Irritiert zieht der Pfarrer seine Hand zurück. „Aber sie hat sich doch selbst gerichtet.“

Anderl fasst sich, steht auf, blickt eine Sekunde flehend gen Kruzifix über dem Altartisch, dann zu seiner toten Tochter und meint schließlich entschlossen: „Ich bin es, der irrgegangen ist!“

Wieder ein ratloses „Aber …“ vom Pfarrer.

Lukas nimmt Anderl am Arm. „Wir sollten jetzt zum Krankenwagen gehen, Anderl. Die warten auf dich.“

Doch der Angesprochene entwindet sich aus seinem Griff und strafft sich, als hätte er einen Entschluss gefasst. „Herr Pfarrer, ich will die Beichte ablegen.“

„Jetzt?“, zweifelt der Seelsorger und ist genauso überrascht wie wir anderen.

Doch der Vater lässt sich nicht abbringen: „Jetzt und hier! Und die Mary kann auch gleich dabeibleiben, dann brauch’ ich es nicht zweimal sagen.“

Etwas ratlos holt sich der Geistliche meine Erlaubnis dazu. „Frau Weidinger?“

Ich wiederum wende mich an Anderl. „Willst du dich nicht erst im Krankenhaus behandeln lassen?“

Statt einer Antwort marschiert er mit festen Schritten an uns vorbei zur ersten Kirchenbank und lässt sich mittig darauf nieder. „Ich wär' dann so weit, Herr Pfarrer!"

Der Aufgeforderte schnauft tief durch, sammelt sich kurz und folgt dem reuigen Sünder in die Bank. Mit einer Handbewegung deute ich Klaus und Ludwig, dass sie gefälligst ihrer Arbeit nachgehen sollen, anstatt neugierig zu glotzen.

Unschlüssig steht Lukas da. „Ich … ich sag' den Sanis, dass sie noch warten sollen!"

Dann haut er ab.

„Mary", fordert mich Anderl nachdrücklich auf und ich nehme eine Reihe hinter dem Pfarrer samt seinem Beichtling Platz.

Mit dem Kreuzzeichen beginnt Fischer die Beichte, ganz wie es das christliche Protokoll verlangt.

„In Demut und Reue bekenne ich meine Sünden", ergibt Anderl sich würdevoll.

Man merkt ihm an, dass ihm das, was er zu sagen hat, nicht leicht fällt auszusprechen. Seine Stimme bebt und ich wage es nicht, ihn anzusehen. Ich fühle mich unwohl in meiner Situation als Spitzel bei einem katholischen Sakrament, das eigentlich nur den Beichtvater, seinen Beichtling und den Herrgott da oben etwas angeht.

Anderl zögert kurz und holt tief Luft. „Ich hab' den Jovanovic umgebracht!"

Ich halte geschockt den Atem an. In meinem Kopf drehen sich die Gedanken. Die hellblauen Augen vom dahinsterbenden Tomislav zucken bildhaft vor mir auf und gleich darauf die von seiner Mutter. Mein Trauma ist wieder da!

Bestürzt bekreuzigt sich Fischer. „Um Himmels willen …"

„Ja, ich war's", wiederholt der Geständige noch einmal.

„Du stehst noch unter Schock, Anderl", wage ich es, die Beichte zu unterbrechen, weil ich es nicht fassen kann, und warne ihn mit einem Blick. Weiß er, was er da sagt?

Er macht eine abwehrende Bewegung mit seiner demolierten Hand. „Ich war noch nie so klar im Kopf! Ich hab' ihn erstochen, diesen hinterfotzigen Kriminellen! Er hat sich an meine Maria rangemacht und ihre Unerfahrenheit und Jugend schamlos ausgenutzt!"

Anderl erkennt die Ungläubigkeit in unseren Gesichtern und regt sich auf: „Ja, glaubt ihr denn alle, ich bin blind? Maria war meine Prinzessin! Ich hab' natürlich gemerkt, wie sie sich verändert und dass sie sich nachts heimlich aus dem Haus geschlichen hat. Ich bin ein guter Vater! Ich hab' immer einen guten Draht zu ihr gehabt! Doch auf einmal war sie so abweisend zu mir, direkt kühl ..." Ein mitleidiges Lächeln huscht über seine bebenden Lippen. „Ich hab' gedacht, mich trifft der Schlag, als ich sie da in der Dorfdisco mit diesem ... diesem Abschaum gesehen hab'!"

Eine Träne rinnt über seine Wange und tropft auf die kaputte Hand.

„Aber du hast ihn doch gar nicht gekannt", werfe ich ein.

Er lacht höhnisch. „Warum dann die Heimlichtuerei? Warum stellt sie ihn uns nicht einfach vor, ihren neuen Freund? Und als ich sie dann auch noch dabei beobachtet hab', wie sie ihm in der Dorfdisco ein Bündel Geldscheine gegeben hat, hat es mir gereicht! Keine Ahnung, woher sie auf einmal so viel Geld gehabt hat, aber ich wollte auf keinen Fall, dass er sie da in seine kriminellen Machenschaften mit hineinzieht."

In seinen Augen muss es so ausgesehen haben, erkenne ich. Und irgendwie hat er ja auch recht, schließlich handelte es sich um die Beute aus einem Bankraub.

„Sabine und ich haben doch nicht achtzehn Jahre lang alles in unsere Tochter investiert, damit sie einmal ein schönes Leben hat, und dann kommt da so ein krimineller Ausländer daher und verpfuscht alles!"

Ich finde, dass jetzt der richtige Zeitpunkt ist, um Anderl Marias Abschiedsbrief zu geben. Ich ziehe das Papier aus meiner Gesäßtasche und reiche es dem Vater. Fragend schaut er mich an, nimmt den Brief, faltet ihn auf und liest. Dann sehen wir, wie wieder Tränen in seine Augen steigen. Aber eine Sekunde später knüllt er die Seite voller Wut zusammen, springt auf und feuert das Knäuel mit dem linken Arm in Richtung Altar, sodass Ludwig und Klaus irritiert aufschauen.

„Dieser Dreckskerl! Kreizsakrament, Sakrament!“, flucht er auf Teufel komm raus.

Der Pfarrer zuckt zusammen und bekreuzigt sich wieder.

„Da schaut nur, wie er sie eingewickelt hat mit seinem süßen, falschen Gesäusel! Er hat ihr total den Kopf verdreht!“, höhnt Anderl laut und zornig, dass es durch die ganze Kirche hallt. „Das ist nicht meine Maria, die das geschrieben hat! Das ist sie nicht mehr gewesen!“

Fischer versucht ihn zu beruhigen: „Setzen Sie sich doch bitte wieder hin oder wir müssen das ganze abbrechen, Herr Zeiss!“

Meine Hoffnung, Anderl durch den Abschiedsbrief begreiflich zu machen, dass seine Tochter und Tomislav wirklich verliebt waren, egal, welch gesellschaftlicher Unterschied zwischen ihnen war, verpufft. Seine momentane Verzweiflung, seine Empörung und sein Zorn vernebeln ihm seinen Verstand oder will er es einfach nicht verstehen?

Der aufgebrachte Vater schnauft ein paar Mal tief durch und setzt sich dann wieder neben seinen Beichtvater. „Herr Pfarrer, meine Maria wird doch in den Himmel kommen, auch wenn …“ Er bricht ab.

Der Geistliche tätschelt seinen Arm. „Gottes Gnade ist unbegreiflich, mein Sohn.“

„Wird seine Gnade auch für mich groß genug sein, denn ich bereu’ keine Sekunde, dass ich ihn umgebracht hab’?“, fragt Anderl dann ungeniert.

Der Pfarrer räuspert sich. „Wenn das so ist, Herr Zeiss, kann ich Ihnen keine Absolution erteilen. Nur der reuige Sünder findet Vergebung beim Herrn.“

„Scheiß drauf!“, brüllt der Beichtling daraufhin los. „Soll er mich doch in die Hölle verdammen! Dort kann ich dann diesem Kriminellen erst so richtig die Leviten lesen. Der ist ja bestimmt auch schon dort!“

„Spinnst du, Anderl?“, muss ich mich einmischen, denn sein Sarkasmus geht auch für mich nun zu weit. „Was redest du denn da?“

Zuerst verzieht er keine Miene, doch dann beginnt er zu lachen. Immer hysterischer und schallender wird sein Gelächter, dass es nur so widerhallt. Es ist direkt beängstigend.

Der Geistliche rutscht misstrauisch Stück für Stück weiter weg von seinem Beichtling.

Jetzt muss ich einschreiten, bevor mir der hier noch total ausflippt, Kruzinesn! Und mir langt es gewaltig von seiner Selbstherrlichkeit! Ich muss handeln, bevor das hier eskaliert. Im Moment ist aber von meinen Kollegen niemand greifbar, also bleiben mir nur die Techniker in ihren Ganzkörperkondomen.

„Ludwig! Klaus!“, rufe ich ihnen, die sich eh schon von dem laut Lachenden von ihrer Arbeit ablenken haben lassen, zu.

Sie reagieren blitzschnell und spurten in die Bank, die der Pfarrer inzwischen verlassen hat, während ich über die Lehne vor mir hechte. Naja, hechten ist vielleicht übertrieben, aber dann nennen wir es einfach kraxeln. Bis ich also drüber bin, zerren Klaus und Ludwig Anderl schon aus der Bank. Es gelingt ihnen auch, ihm die Arme auf den Rücken zu drehen, denn er wehrt sich nicht. Ich bin leider wegen des außerplanmäßigen Einsatzes nicht mit Handschellen ausgerüstet, sodass meine beiden Helfer ihn ungefesselt in Schach halten müssen. Er lacht immer noch. Endlich auch darauf aufmerksam geworden, kommen nun der Koller und der Schubert in die Kirche gelaufen. Ersterer reicht mir aus seinem Gürtel ein paar Handschellen, die ich dem narrisch Gewordenen anlegen will.

Doch plötzlich reißt sich Anderl mit ungeahnten Kräften los. Klaus und Ludwig haben wohl den Griff an beiden Armen einen kurzen Moment ein bisserl gelockert, damit ich Anderl fesseln kann. Er bäumt sich auf und schlägt wild um sich wie der grüne Hulk in rasender Wut. Er trifft mich an der Brust und ich falle rückwärts mit dem Allerwertesten auf die harten Steinplatten. Autsch!

Ludwig, Klaus, der Koller und der Schubert stürzen sich auf ihn und ein Gerangel entsteht, bei dem ich nicht ausmachen kann, wer die Oberhand hat. Ich weiß wirklich nicht, wie das geschehen hat können, aber auf einmal hat Anderl eine Waffe in der Hand und schreit: „Lasst mich in Ruh! Lasst mich endlich in Ruh, Kreizsakrament!"

Meine Kollegen weichen zurück und ich halte immer noch am Boden hockend die Luft an. Der Pfarrer verkriecht sich aufjaulend und geduckt in der Kirchenbank neben mir. Anderl muss die Knarre dem Koller oder dem Schubert während der Auseinandersetzung irgendwie aus dem Gürtel gezogen haben. Drohend hält der Wahnsinnige die Waffe vor seiner Brust und zielt nacheinander auf uns. Was hat er nur vor?

„Anderl", will ich ihn beruhigen. „Mach es nicht noch schlimmer als es schon ist!"

„Noch schlimmer?", speit er mich mit seiner verrückten, verzerrten Fratze auf dem Boden an. „Noch schlimmer?"

Dann lacht er wieder. Schallend, höhnisch, hysterisch und direkt wahnsinnig.

Jetzt dreht er komplett durch!

Ich habe Erinnerungsblitze an das Kidnapping letztes Jahr, bei dem ich angeschossen wurde. Es war, anders als ich es angestrengt versucht hatte zu verhindern, völlig aus dem Ruder gelaufen. Die lähmende Angst und Fassungslosigkeit von damals sind auf einmal wieder da. Sie gehen mir durch Mark und Bein und lassen mich handlungsunfähig erzittern. Ich kann nix dagegen tun und auch meine Kollegen stehen mit erhobenen Händen verunsichert da. Meine Gedanken rattern und suchen angestrengt nach einer Lösung. Was habe ich auf der Polizeischule für so eine Situation gelernt? Aber alles ist wie weggeblasen!

Ich bemerke, wie Anderls Blick über mir vorbei nach vorne zum Altar wandert, wo immer noch seine tote Tochter liegt. Auf einen Schlag verstummt er. Seine Mimik verwandelt sich schon wieder: Sie zeugt von der Trauer um sein Kind – und von Verzweiflung. Dann entsichert er die Waffe, richtet sie auf sich selbst und presst sich den Lauf gegen die rechte Schläfe.

Das alles passiert in Millisekunden.

Ich halte die Luft an und mein Herz setzt aus. Hinter ihm und meinen Kollegen sehe ich den Obeth und den Pollinger hereinstürmen und dann wie angewurzelt stehenbleiben, als sie die akute Lage erfassen.

Anderl schaut mich aus tränengefüllten Augen an. „Sag der Sabine, dass es mir leid tut. Ich wollt' das alles nicht!"

„Anderl! Nicht!", schreie ich.

Dann drückt er ab.

Es klickt nur leise. Und er drückt noch einmal. Wieder ein leises „Klick".

Sie ist nicht geladen! Gott sei's gedankt! Erleichtert atme ich aus.

Fassungslos starrt Anderl zuerst die Waffe an, dann ins Leere. Dabei gleitet sie ihm aus der Hand und fällt scheppernd zu Boden. Wie ein nasser Sack sinkt er in sich zusammen. Schluchzend und heulend lässt er sich mit ein paar Handgriffen meiner Kollegen, die sofort zur Stelle sind, auf den Bauch werfen, die Arme auf den Rücken drehen und nun endgültig festnehmen. Die Spurensicherer halten sich angesichts der eingetroffenen Verstärkung durch den Obeth und den Pollinger zurück.

Ich bin sowas von erleichtert und krabble zu Anderl hinüber, nachdem ich die achtlos am Boden liegende Waffe weggeschleudert habe.

Grantig weise ich ihn hin: „Andreas Zeiss, ich verhaft' Sie wegen des dringenden Tatverdachts des Mordes an Tomislav Jovanovic und Widerstand gegen die Staatsgewalt! Jetzt langt's endgültig!"

Erst jetzt traut sich der zutiefst verstörte und blasse Pfarrer aus seiner Deckung und eilt vor den Gabentisch, wo er sich wieder auf die

Knie fallen lässt und erneut zu beten beginnt. So eine Beichte hat er wohl auch noch nie erlebt.

Während der Pollinger und der Obeth den willenlosen Täter auf die Beine zerren, meint der Koller schulterzuckend zu mir: „In meinen ganzen 38 Dienstjahren war meine Dienstwaffe nie geladen."

Es handelt sich also um seine Knarre, die sich der Anderl geschnappt hat. Ich sehe das geöffnete Holster an seinem Gürtel.

Dann hält er mir direkt bedauernd die Hand hin, die ich greife, und er zieht mich hoch. Ich stehe auf meinen Beinen, die sich weich wie Butter anfühlen, und halte mich an ihm fest. Dankbar und mit einem aufmunternden Lächeln tätschle ich seinen Arm. „Danke dir, Kollege!"

„Heißt das, ich war all die Jahre mit einem völlig wehrlosen Partner auf Streife?", empört sich der Schubert und schaut den Koller vorwurfsvoll an.

„Wir haben sie doch nie gebraucht", erklärt der sich entschuldigend, während die jungen Kollegen Andreas Zeiss abführen.

„Glücklicherweise", kommentiere ich und tätschle wieder.

Doch der Schubert ist gekränkt. „Hättest auch was zu mir sagen können, Zefix!"

Kopfschüttelnd und beleidigt folgt er den anderen.

Ich kann ihn verstehen, aber auch den Koller. Auch ich führte bis zu der Geiselnahme meistens keine Waffe mit, obwohl ich es hätte müssen. Dienstvorschrift! Es war ein unangenehmes Gefühl, dieses kalte Ding immer an meinem Körper zu tragen. Und hier bei uns in der Provinz brauchte ich sie wirklich nie. Aber spätestens seit ich angeschossen worden war, hatte ich begriffen, dass wir im Dienst immer bereit sein müssen, uns selbst, einen Kollegen oder andere zu verteidigen, wenn es nötig ist.

„Hey, der kriegt sich schon wieder ein."

Trotz meiner Aufmunterung lässt der verlegene und reuige Koller seinen Kopf sinken.

Und ich als seine Vorgesetzte muss ihn noch darauf hinweisen: „Das Ganze wird dir noch eine Dienstaufsichtsbeschwerde einbringen."

„Mir hätt' das nicht passieren dürfen. Ich weiß nicht, wie der an das Ding in meinem Gürtel rangekommen ist ... Ich glaub', ich werd' langsam zu alt für sowas."

Ich komme nicht dazu, ihn weiter zu beschwichtigen, denn auf einmal brüllt Anderl, den der Pollinger, der Obeth und der Schubert grad bis zur Eingangstür hinausbegleitet haben:

„Kirchenasyl! Ich will Kirchenasyl! Wenn es diesem Abschaum zugestanden ist, dann steht es auch mir zu!"

Irritiert und kopfschüttelnd starren der Pfarrer, der Koller und ich hinterher, wie meine drei Kollegen den Brüllenden aus der Kirche schieben. Draußen auf dem Friedhof hören wir Anderl weiterschreien.

„Oh Herr, vergib ihm seine Sünden!", betet Fischer hinter mir flehend.

„Amen", erwidern der Koller und ich monoton.

Kapitel 14

Auf der Fahrt in die Uniklinik nach Regensburg herrscht betretenes Schweigen zwischen dem Bär und mir. Er bockt wieder einmal, weil ich ihn zu dem Einsatz gestern nicht dazugeholt habe. Noch dazu musste er bei seinem Dienstantritt heute Morgen mit den Berichten der Kollegen von der Nachtschicht vorliebnehmen. Und das passt ihm wahrscheinlich auch nicht. Ich bin erst mittags in die PI gekommen, weil ich mir nach den spätabendlichen Ereignissen in der Kirche die Freiheit genommen habe auszuschlafen. Es hatte ewig gedauert, bis ich endlich in den Schlaf fand, so aufgewühlt und fassungslos war ich. Wäre es nicht finsterste Nacht gewesen, wäre ich mit meinen Stöcken losmarschiert, stattdessen habe ich mich allein im Doppelbett herumgewälzt und versucht, meine Gedanken zu sortieren. Wieder wurde ich von Albträumen geplagt, wieder sah ich die unglaublich hellblauen Augen von Tomislav und seiner Mutter vor mir und wieder flehten sie mich um Kirchenasyl an. Und dann kamen auch noch die Szenen aus der Kirche und der Geiselnahme von damals dazu, als ich in die Läufe der Waffen geblickt hatte. Wenn diese Träume nicht bald ein Ende nehmen, drehe ich durch!

Am Morgen dann nahm ich meine Nasenschiene ab. Das blöde Ding ewig zwischen den Augen zu haben störte mich unheimlich. Beim Blick in den Spiegel war die Schwellung gut zurückgegangen und die blauen Flecken verfärben sich an den Rändern schon ins Grünlichgelbe. Ganz offensichtlich wird mein Zinken bald wieder derselbe sein wie vor dem Missgeschick.

Obwohl ich erst um neun Uhr aufgewacht bin, fühle ich mich schlapp und ausgepowert. Nicht nur körperlich, sondern auch mental. Darum schaffe ich es auch nicht, den Bär um Verzeihung für meine Vergehen zu bitten. Weil Lukas mir beistand, der die vergangene Nacht nach dem Drama auch einmal wieder zu Hause verbrachte, weil sein Auto ja hin ist, kam ich gar nicht auf die Idee, meinen Partner hinzuzuziehen. Und das nimmt er mir jetzt wieder tagelang übel und redet nur das Nötigste mit mir.

Jedenfalls ist Zeiss Anderls Hand gegipst worden. Er habe sich beruhigt und sei vernehmungsfähig, hat Jo in der Uniklinik, in die sie Anderl nach seinem Anfall brachten, telefonisch von einem Arzt in Erfahrung bringen können.

Also haben der Bär und ich uns auf den Weg gemacht.

Zwei Regensburger Kollegen halten vor dem Patientenzimmer auf dem langen Flur der Station Wache, damit unser geständiger Mörder nicht abhauen kann.

Wir nennen ihnen unsere Namen und zeigen unsere Dienstausweise vor.

„Ah, Sie sind die Frau vom Hauptkommissar Weidinger?", stellt einer der beiden Grünschnäbel, die für diesen langweiligen Dienst abgestellt worden sind, interessiert fest.

Ich bin einigermaßen irritiert. „Ja, … die bin ich …"

Beide grinsen ziemlich dreckig. „Na, Sie haben ja einen ganz schönen Rabatz im Präsidium gemacht …"

„… und der Schneidhart den Marsch geblasen!", vervollständigt das andere Greenhorn.

Ich komme näher und lese ihre Namen auf ihren Hemden. Richter und Fichtl heißen sie.

„Ich werd' mir eure Namen auf alle Fälle merken", kündige ich drohend an, gehe weiter zur Tür und klopfe höflich an.

Wir treten nach einer Anstandssekunde ein und als der Bär die Tür hinter uns wieder schließt, höre ich Fichtl zu Richter sagen:

„Kein Wunder, dass der Weidinger da Reißaus nimmt und nach Halle geht. So einen Drachen wie den möcht' ich auch nicht daheim haben!"

Verstört schaue ich den Bär an. Und er lässt endlich seine Bockerei und ergreift für mich Partei. „Soll ich die zwei zur Sau machen?"

Ich ziehe eine Lätschn und schüttle den Kopf. Was bringt's, wenn sich offensichtlich im Präsidium schon alle Kollegen nach der ganzen

Geschichte die Mäuler über Toni und mich zerreißen? Außerdem muss ich mich jetzt auf etwas ganz anderes konzentrieren.

Anderl hat logischerweise ein Einzelzimmer. Sein Bett steht am Fensterplatz und er schaut mit hochgestelltem Kopfteil hinaus, ohne uns zu beachten. Die rechte Hand in seinem Schoß auf der Bettdecke ist dick mit einer Schiene bandagiert. In seine Armbeuge läuft eine Infusion durch einen Schlauch. Er wirkt ruhig und friedlich. Mal schauen, ob sich das ändern wird, wenn wir uns mit ihm unterhalten. Ich bin auf der Hut.

Erst als wir an seinem Bett stehen, würdigt er uns eines kurzen Blickes. „Ich hab' schon mit euch gerechnet."

„Wie geht's dir?", frage ich als Erstes.

Er zuckt nur gleichgültig mit den Schultern. „Ist das wichtig?"

„Ich wollt' nur höflich sein."

Seine Augen funkeln mich böse an. „Spar dir das Geplänkel und komm' zum Punkt!"

Also gut, wenn er es so will, dann halt auf die harte Tour.

„Anderl, das ist ein Verhör und alles was du sagst, kann vor Gericht gegen dich verwendet werden", kläre ich ihn auf.

Anderl lacht abfällig. „Ich hab' doch schon alles gestanden. Was wollt' ihr also noch von mir?"

Mir brennt eigentlich nur eine Frage auf der Seele und die lasse ich auch gleich raus: „Warum, Anderl?"

„Was, warum?", wundert sich der Angesprochene.

„Warum hast du den Jovanovic gleich umbringen müssen?", werde ich direkter. „Ich kenn' dich schon seit dem Kindergarten. Dich mag jeder, weil du ein netter, fleißiger, anständiger Kerl bist, der sich für die Dorfgemeinschaft einsetzt und eine hohe Moral und einen Anstand hat. Ich kann nicht glauben, dass du so den Verstand verlierst."

„Vielleicht überschätzt du mich da ein bisserl", unterbricht er mich verlegen und sieht mir das erste Mal seit unserer Ankunft ins Gesicht. „Ich bin nur ein Vater, der seine Tochter beschützen wollt'."

„Aber sie war nie in Gefahr", fällt mir dazu nur ein.

Er schnaubt verächtlich. „Dieser Scheißkerl hat sie doch schamlos ausgenutzt, meine unschuldige Maria. Sie hatte doch keine Ahnung, wie diese Kanaken ticken. Die haben doch nur das eine im Sinn!“

„Tomislav Jovanovic war bosnischer Abstammung und kein Türke“, korrigiert der Bär gelassen.

„Mir doch egal, woher der gekommen ist“, wird Anderl schon wieder unbeherrscht. „Ich hab’s doch mit eigenen Augen gesehen, wie er sie verführt hat, dort in der Dorfdisco!“

Sein Kopf läuft rot an, ob aus Scham darüber, bei was er die beiden beobachtet hat, oder aus Wut.

„Wie lang hast du es schon gewusst?“, hake ich nach.

Anderl lässt den Kopf wieder zurück ins Kissen sinken. „Ungefähr sechs Wochen. Irgendwann Mitte April bin ich in der Nacht zum Biesln aufgestanden und da hab’ ich sie gehört, wie sie heimgekommen ist. Von da an hab’ ich nicht mehr ruhig schlafen können und bin ihr eines Nachts gefolgt.“

„Zur Dorfdisco?“

Er nickt. „Zuerst hab’ ich nicht fassen können, was mein Mädchen mit dem Ausländer da tut ...“ Sein Körper fängt an zu beben. Ich kann mir schon vorstellen, dass es ein befremdlicher Anblick war. Ich würde meinen Jungs auch nicht beim Sex zusehen wollen. Schon allein die Vorstellung daran lässt mich erschaudern. Aber mit Sicherheit hat er dabei auch noch etwas anderes feststellen können.

„Aber die zwei waren doch verliebt, Anderl! Das musst du doch auch gesehen haben, Kruzinesn!“, bedränge ich ihn fast.

Wieder schnaubt er. „So ein Schmarrn! Maria war erst achtzehn! Was hatte sie schon für eine Ahnung von der Liebe? Er hat ihr doch nur was vorgemacht!“

„Das redest du dir ein“, verteidige ich Jovanovic weiter.

Anderl sieht mich anklagend an. „Man könnt’ meinen, du hättest dich auch mit dem Kroaten dort getroffen.“

„Bosnier“, korrigiere ich gelassen und lasse mich nicht provozieren.

„Jetzt aber mal halblang, Anderl", geht der Bär dazwischen und mahnt: „Können wir dann endlich zu den Fakten kommen?"

Ihn nervt anscheinend schon wieder meine Gefühlsduselei.

Er räuspert sich. „Am Montagabend letzte Woche bist du also wieder einmal deiner Tochter nachgeschlichen."

Anderl nickt. „Ich hab' mich gewundert, wo sie nach dem Brotzeitmachen so schnell mit dem Radl hinwill."

„Hat die Maria ein kleines, lila Schminktäschchen dabeigehabt?", stellt der Bär schnell die nächste Frage.

„Sie hat immer ihren Rucksack mitgenommen. Was sie da drin hatte, weiß ich nicht. Ihre Sachen hab' ich nicht kontrolliert."

Das sagt er so, als wäre er stolz, dass er kein Schnüffler war.

„Aber Nachspionieren ist besser, oder wie?", kann ich mir einen höhnischen Kommentar nicht verdrücken.

Wieder bekomme ich für den unnötigen Einwurf einen mahnenden Blick vom Bär, der Anderl weiter verhört: „Du hast aber beobachtet, dass Maria dem Jovanovic Geld gegeben hat."

Anderl bekommt große Augen. „Allerdings! Und das nicht wenig! Ein ganzes Bündel hat sie ihm gegeben, als ich den ersten Blick durchs Fenster und einen Spalt im Vorhang geworfen hab'." Fast flehend schaut er vom Bär zu mir. „Hört zu, ich weiß nicht, woher sie so viel Geld gehabt hat, aber Maria hat nix Unrechtes getan!"

„Es war Tomislav Jovanovics Geld", will ich ihn beruhigen. „Maria hat nur zwischenzeitlich drauf aufgepasst."

„Aufgepasst?", regt sich Anderl auf. „Was soll denn das heißen?"

„Das tut hier nix zur Sache", schreitet der Bär wieder ein. „Du hast jedenfalls deine Schlussfolgerungen daraus gezogen, oder?"

Wir können das Gesicht von Anderl rot anlaufen sehen. „Ja logisch! Er hat sie zu etwas angestiftet oder mit hineingezogen! Woher hätt' sie denn sonst so viel Geld gehabt, Sakrament?"

„Was ist weiter an dem Abend passiert?"

„Na, ich wollt' mir das Bürscherl vorknöpfen! Dass er meine Tochter missbraucht hat, war schon schlimm genug, aber dass er sie auch noch in irgendwelche kriminellen Machenschaften mit hineinzieht, das war zu viel!“

„Du hast also gewartet, bis Maria weg war?“

Ich sehe, wie sich seine gesunde linke Faust zusammenballt, sodass die Knöchel weiß hervortreten.

Sein Blick geht sinnierend an die gegenüberliegende, kahle Wand mit dem Fernseher. „Als er grad die Dorfdisco verlassen wollt’, hab’ ich ihn mir geschnappt.“

„Zu dem Zeitpunkt hattest du also noch keine Tötungsabsicht?“, unterbreche ich ihn.

Kaum merklich schüttelt er den Kopf und zischt dann: „Ich wollt’ ihm eine Abreibung verpassen, damit er seine dreckigen Finger von meiner Maria lässt.“

Ich bin erleichtert, denn dann wird der Tatbestand nur auf Mord im Affekt hinauslaufen. Einen geplanten Mord hätte ich Anderl auch nicht zugetraut.

Er lacht sarkastisch. „Das Bürscherl hat sofort gewusst, wer ich bin. Und erschrocken ist der, als ich auf einmal vor ihm gestanden bin!“

Das höhnische, selbstgefällige Grinsen auf seinen Lippen gefällt mir gar nicht.

„Aber zu der Abreibung ist es anscheinend nicht gekommen“, stellt der Bär fest, denn es gab ja an der Leiche nur alte, verheilende Verletzungen, die Dimitri Petrov Tomislav Jovanovic Wochen zuvor zugefügt hatte.

Anderl schüttelt den Kopf und schluckt. „Ich hab’s davon abhängig gemacht, wie die Unterhaltung verläuft. Ich bin ja kein Unmensch!“

„Und wie ist sie verlaufen?“

„Na, ich hab’ ihn erst mal auf die Couch dort in der Dorfdisco bugsiert und ihm die Leviten gelesen, dass er Maria in Ruhe lassen soll und so weiter. Aber das Bürscherl hat mir hergeschleimt. Er wär’ froh, dass das Versteckspiel endlich vorbei sei und dass er die Maria aufrichtig liebe! Pah! Liebe! So einer weiß doch gar nicht, was Liebe eigentlich ist!“

Seiner Mimik sehe ich an, dass er die Szene direkt vor sich hat. Sein Blick wandert unruhig im Zimmer herum und die Adern in seinem Gesicht schwellen immer weiter an.

„Was hat dich daran so wütend gemacht? Dass er so ehrlich war?“, spotte ich.

„Ehrlich!“, höhnt Anderl verächtlich. „Verarscht hat er mich von vorne bis hinten mit seinem Gesäusel! So einer wird doch schon als Lügner geboren! Mir hat richtig der Kopf gedröhnt von wegen, er freue sich darauf, Marias Familie endlich kennenzulernen, Gott habe sie zusammengeführt und dem ganzen, nervigen Geheuchel von dem. Und dann hab' ich da auf der Arbeitsplatte dieses Messer liegen sehen.“

„Was hast du damit gemacht?“, fordere ich ihn gespannt auf, weiter zu erzählen.

Mit seinen weit aufgerissenen, hasserfüllten Augen stiert er mich an, als wäre ich sein potenzielles nächstes Opfer. Mir wird ganz flau im Magen.

„Ich hab's heimlich genommen und hinter meinem Rücken verborgen. Aber zuerst bin ich höflich geblieben, weil ich ihm noch eine letzte Chance geben wollt'. Ich hab' ihn nochmal gebeten, Maria und meine Familie gefälligst in Ruhe zu lassen! Aber er hat mich so dämlich angelächelt und ist mit ausgebreiteten Armen auf mich zugekommen. Ich wusst' ja nicht, was der von mir will und da hab' ich das Messer hervorgeholt …“

„… und er ist dir direkt in die Klinge gelaufen?“, vollende ich bitter.

Anderl schluckt schwer. Ihm ist seine Tat wohl doch zuwider. Angstschweiß bildet sich jetzt auf seiner angespannten Stirn.

Doch er verteidigt sich eisern: „Ich hab' gedacht, der geht auf mich los! – Das musst du mir glauben, Mary!“

Der Mord war also die Folge eines Missverständnisses: Tomislav wollte dem Vater seiner Freundin entgegenkommen, ihn von sich überzeugen und vielleicht sogar umarmen und Anderl fühlte sich dadurch bedroht und angegriffen. Was für ein Drama!

„Was ist dann passiert?“, fährt der Bär fort, weil ich noch versuche, das Gehörte zu verdauen.

„Ich hab’ das Messer wieder aus ihm rausgezogen, abgewaschen und in eine Schublade in der Küche gelegt. Dann ist mir eingefallen, wie die Mörder in den Fernsehkrimis das immer machen, und ich hab’ alles mit einem Tempo abgewischt, was ich angefasst hab’, wegen der Fingerabdrücke …“ Anderl schluckt mehrmals nacheinander. Ihm ist die Panik, die er damals hatte, noch deutlich anzumerken. So ein eiskalter, berechnender und abgebrühter Täter ist er also dann doch nicht.

„Du hast nicht überprüft, ob Jovanovic noch lebt?“, will ich wissen.

Der Geständige schüttelt den Kopf. „Er ist vor mir zusammengebrochen! Ich dacht’, er wär’ tot …“

„Und dann bist du einfach abgehauen?“, bohrt der Bär weiter.

Anderl nickt und ist den Tränen nahe.

„Was ist mit der lila Schminktasche von der Maria?“, fällt mir ein.

Ein verwirrter Blick von unserem Täter. „Was wollt’ ihr immer mit dieser blöden Schminktasche?“

„In der war das Geld“, erkläre ich ihm. „Du hast sie also nicht mitgenommen?“

Sein Kopfschütteln ist energisch. „Ich hab’ das Geldbündel nur durch das Fenster gesehen. Danach nicht mehr. Und ich nehm’ doch kein Geld, an dem Blut klebt!“

Welche Ironie!

Der Bär schnauft tief durch. „Wie viel Uhr war es, als du die Dorfdisco verlassen hast?“

Er überlegt kurz und erinnert sich. „Als das Gewitter losgegangen ist, war ich jedenfalls wieder daheim.“

Ebenfalls bis dahin muss also Tomislav Jovanovic wieder zu sich gekommen sein, sich aufgerappelt und sich von der Dorfdisco quer über die Felder und die Staatsstraße ins Dorf zur Kirche geschleppt haben, nur um darin zu sterben! Wenn aber weder Anderl, Petrov, Jovanovic oder Maria das Schminktäschchen haben oder etwas über dessen Verbleib wissen und es auch die Spusi in der Dorfdisco nicht gefunden hat, wo ist es dann, Kruzinesn?

Ich werde vom aufschluchzenden Anderl aus meinen Gedanken gerissen: „Was hat denn mein Leben jetzt noch für einen Sinn? Dass sich die Maria gleich umbringt wegen dem, hätte ich niemals geahnt! Sabine und meine Söhne werden mir nie verzeihen, was ich getan hab' … Alles wofür ich geschuftet und gelebt hab', ist umsonst gewesen! Alles geht den Bach runter wegen so einem dahergelaufenen Kriminellen!"

Sein Selbstmitleid macht mich wütend und ich springe auf. „Irrtum, Anderl! Das einzig Schlimme, das er getan hat, war, dass er die Beute aus dem Bankraub, für den er seine Strafe bereits abgesessen hatte, nicht zurückgegeben hat. Du bist derjenige, der hier ein Verbrechen begangen hat, und zwar das grausamste, das es gibt: Du hast einem Menschen das Leben genommen! Und da hilft es auch nix, dass du dich durch Selbstmord feige aus der Verantwortung ziehst."

Ich bin wohl doch ein bisserl zu emotional geworden, denn der Bär schaut mich verwundert und Anderl mich ziemlich irritiert und tränenverschleiert an.

Mir langt's dann auch, denn der dröhnende Schmerz der letzten Tage meldet sich leise wieder zurück. Ich verlasse grußlos das Krankenzimmer. Hiermit bin ich fertig mit Zeiss Andreas!

Der Bär folgt mir.

„Du solltest dringend einmal eine Schulung in Verhörtaktik machen", rät er mir zynisch und versucht, mit mir über die Treppen hinunter Schritt zu halten. „Du musst endlich lernen, deine persönlichen Gefühle da rauszuhalten!"

„Du hörst dich schon an wie der Toni."

Statt gen Ausgang renne ich in der großen Eingangshalle der Uniklinik in Richtung Intensivstation. Wenn ich schon hier bin, dann will ich auch noch schnell bei Maria Jovanovic vorbeischauen, wie ich es ihr versprochen habe.

„Wo willst du denn hin?", wundert sich der Bär.

„Zu Maria.“

„Dann wart' ich hier auf dich“, verkündet er mit einem Seitenblick auf die Cafeteria.

Bin mal gespannt, ob er diesmal der kulinarischen Verlockung widerstehen kann.

Wie es der Zufall will, treffe ich auf dem Flur der Intensivstation auf Dr. Langmeier als grünes Marsmännchen verkleidet. „Ach, Frau Weidinger! Gut, dass Sie kommen!“

„Ist was mit Maria Jovanovic?“, erschrecke ich gleich.

Der Arzt beruhigt mich. „Nein, ihr geht es ein wenig besser.“

„Keine Spenderniere bis jetzt?“

„Nein.“

„Was ist denn dann?“, will ich schnippisch wissen und bereue meine Tonlage sofort.

Aber er trällert unbeeindruckt weiter: „Ich hab' eine gute Nachricht für Sie.“

„Für mich?“

„Sie kommen als Stammzellenspenderin für ein krebskrankes Mädchen in Betracht.“

Ich bin einigermaßen verdattert. „Oh!“

„Es sind zwar noch nicht alle Ergebnisse da, aber es schaut gut aus. Ist das nicht eine wunderbare Neuigkeit? Sie werden doch spenden?“, ist der Seelenfänger begeistert.

Als ich vor lauter Verunsicherung und Überforderung nix sage, grinst er breit. „Keine Sorge, so schnell geht es dann doch nicht. Es war nur ein Test, ob Sie es wirklich machen würden.“

So ein Spaßvogel! Einen kurzen Moment wird mir direkt schummrig vor Augen, so erleichtert bin ich.

Sofort reagiert er und hält mich fest.

„Tut mir leid, wenn ich Sie so aufgeregt habe“, entschuldigt er sich verlegen.

„Passt schon! – Ist wohl alles grad ein bisserl viel“, vergebe ich ihm und befreie mich aus seiner festen Umklammerung.

Dr. Langmeier nickt verständnisvoll. „Ihre Arbeit scheint Sie ziemlich in Anspruch zu nehmen, hm?“ Mit seinem ärztlichen Scanner-Blick mustert er mein Gesicht. „Soll ich mir Ihre Nase mal ansehen?“

„Ich wollt' eigentlich zu Maria.“

„Dauert nicht lang“, versichert er mir und schiebt mich in ein Untersuchungszimmer.

Ich gebe mich geschlagen.

Es kann nicht schaden, wenn nochmal ein Mediziner einen Blick auf meinen kaputten Zinken wirft. Nicht, dass er doch krumm und schief zusammenwächst!

Aber meine Bedenken waren umsonst, wie er mir bestätigt, nachdem er mir in beide Löcher meiner Nase geschaut und an ihr herumgeknetet hat, dass ich aufjaulen hätte können. Aber ich beiße mir auf die Lippen, kann es aber nicht vermeiden, dass sich Wasser in meinen Augen sammelt.

Sein forschender Blick passt mir gar nicht, als er sich nach der Untersuchung auf seinem rollenden Hocker von mir wegschiebt, nachdem er auch noch meinen Blutdruck gemessen hat. „Etwas zu niedrig. Sie wirken ziemlich abgespannt und müde auf mich. Sie sollten sich mehr Ruhe gönnen.“

Ich lache auf. „Momentan keine Chance!“

„Soll ich Sie krankschreiben?“

Eilig rutsche ich von der Untersuchungsliege. „Nochmal: keine Chance.“

Ein zartes Lächeln huscht über seine schmalen Lippen. „Ich sehe schon, Sie sind Kommissarin mit Leib und Seele. Sie werden spenden!“

Ich weiß nicht, wie er es macht, aber ich habe wieder das Gefühl, als würde er mir auf nette Art und Weise meine Seele abkaufen. Mit diesem komischen Gefühl entlässt er mich dann und ich tapse zu Maria in das Intensivzimmer, das sie inzwischen nicht mehr allein belegt. Ein weiterer Patient, ebenfalls durch tausend Schläuche und Kabel an irgendwelche Geräte angeschlossen, ringt neben ihr mit seiner Krankheit.

Sie freut sich, als sie mich sieht. Ich drücke ihre Hand. Heute schaut sie schon ein bisserl besser aus. Ihre Wangen haben sogar einen rosa Schimmer und ihre Augen strahlen wieder hellblau.

„Ich hab' gute Nachrichten", kündige ich an. „Wir haben den Mörder Ihres Bruders!"

Daraufhin bekreuzigt sie sich, faltet die Hände und murmelt ein Gebet in ihrer Muttersprache. Jeder andere, dessen Bruder das Opfer gewesen wäre, hätte sofort gefragt, wer es sei. Aber sie betet? Wahrscheinlich auch noch für den Mörder!

„Gottes Barmherzigkeit wird ihm Frieden schenken", verkündet sie dann tatsächlich.

Ich überhöre das irritiert und habe das Verlangen, es ihr trotzdem zu sagen: „Es war der Vater von seiner Freundin Maria." Soll ich ihr auch noch sagen, dass sie Selbstmord begangen hat? Ich entscheide mich für ein Nein.

Mit großen Augen sieht sie zu mir auf. In ihnen erkenne ich dann doch ein paar Fragen und ich beantworte sie: „Er dachte, Tomislav würde ihr … nicht guttun. Er wollte sie vor ihm beschützen und hat ihm den Umgang mit seiner Tochter verboten. Aber Ihr Bruder hat anscheinend geglaubt, ihn doch noch überzeugen zu können und hat nicht lockergelassen. Es war Mord im Affekt."

Eine Träne kullert über die rosige Wange von Maria, als sie die feuchten Augen schließt. Ihr Gesicht verzerrt sich in tiefem Schmerz und ich drücke ihre Hand fester, um ihr beizustehen.

Aber sie hat sich gleich wieder unter Kontrolle. „Es wird sich wohl nie ändern: Menschen fällen ihre Urteile über andere nur wegen ihrer Vorurteile. Auf dieser Welt wäre alles so viel friedlicher, wenn sie beten und miteinander reden würden, bevor sie zu Taten greifen."

Da hat sie wohl recht. „Er hat angenommen, Ihr Bruder wär' ein schlimmer Krimineller und würd' seine Tochter nur ausnutzen."

„Wenn er Tomi besser kennen gelernt hätte, hätte er ihn bestimmt gern gemocht."

„Bestimmt", pflichte ich ihr bei.

Obwohl ich ihren Bruder nur in seinem Todeskampf erlebt habe, ist er mir während der Ermittlungen immer sympathischer geworden, trotz seiner kriminellen Vorgeschichte.

Nach einer Pause atmet sie tief durch. „Kann ich mal mit ihm reden?"

Ich bin einigermaßen baff.

Sie bemerkt das und fügt erklärend hinzu: „Ich will ihm vergeben."

„Vergeben?", staune ich immer mehr.

„Vor Gottes Augen sind wir alle Sünder. Sein Sohn hat all unsere Schuld auf sich genommen und sich geopfert. Auch der Mörder wird vor Gott Vergebung finden, genauso wie ein Dieb sie finden wird. Und darum will auch ich dem Mörder meines Bruders verzeihen!"

Ihre Stimme hat bei dieser Rede eine Kraft und Überzeugung angenommen, dass es mir eine Gänsehaut über den Rücken jagt. Mag sein, dass vor Gott Mord nicht schlimmer ist als ein Diebstahl, aber hier in der irdischen Welt ist es das eben schon. Wieder geht mir ihre Gottergebenheit und ihr überzeugter Glaube für mein Verständnis zu weit. Aber ich lasse es gut sein. Wenn sie ihren Frieden und ihre Genugtuung darin findet, dann soll sie glauben.

„Ich werd' mit dem Staatsanwalt darüber reden", erkläre ich mich bereit. „Aber erst müssen Sie wieder gesund werden."

Dankbar nickt sie und schließt wieder ihre Augen.

Ich drücke ihre Hand, die ich immer noch festhalte, kurz und verlasse sie, geplättet durch das Gespräch.

Ich finde den Bär nicht in der Cafeteria, sondern in unserem Dienstauto auf dem Parkplatz.

Die Schale mit den Karotten von gestern steht leer auf dem Armaturenbrett. Offenbar hat er den Verlockungen der Krankenhaus-Cafeteria widerstanden und hält sich immer noch strikt an seine Diät. Bewundernswert, irgendwie.

„Na, hast gscheit Brotzeit gemacht?“

„Ha, ha“, spöttelt er. „Wo bleibst denn du so lang, Sacklzement?“

„Ein Arzt hat sich nochmal meine Nase angeschaut und dann war ich noch bei der Jovanovic Maria“, zähle ich ihm auf und schildere ihm ihre befremdlichen Anwandlungen.

„Das grenzt ja schon an religiösen Wahn“, wundert sich der Bär.

„Sie flüchtet sich da hinein, glaub' ich. Anders kann sie das alles wohl nicht ertragen. Und irgendwie kann ich das sogar verstehen“, analysiere ich.

„Jawohl, Frau Psychologin“, meint er ironisch. „Aber das ist schon direkt unheimlich. Obwohl, der Johannes Paul II. hat damals auch den Schützen, der ihn angeschossen hat, im Gefängnis besucht und ihm vergeben ...“

Weiter kommen wir nicht, denn wir werden von der Bayernhymne unterbrochen.

„Grüß Sie, Herr Dr. Übelacker!“

„Es wird einmal Zeit und dringend erforderlich, ein Brainstorming in der PI abzuhalten, finden Sie nicht?“, vernehme ich seine wie gewohnt strenge Stimme.

„Das tun wir fast täglich, Herr Staatsanwalt, nur waren Sie nie anwesend. Und der Fall Kirchenasyl ist gelöst, wie Sie sicher schon mitgekriegt haben.“ Ich kann mir eine Spur Stolz nicht verdrücken.

Doch statt Lob ernte ich Vorwurf: „Ja, das habe ich, allerdings nicht von Ihnen selbst!“

„Wir dachten, Sie sind sehr beschäftigt“, entschuldige ich mich, aber bisher habe ich wirklich nicht dran gedacht, ihn zu informieren. Und außerdem bin ich seit seinem Anschiss wegen der Schneidhart schon ein bisserl gekränkt.

Er räuspert sich verlegen. „Nun ja. Ich habe wirklich viel zu tun. Und noch dazu konnte ich Susanne dank Ihres ... Ihres Einsatzes nicht mehr dazu überreden, sich um Ihren Fall zu kümmern. Darum muss ich das jetzt auch noch übernehmen. Ich vermute, Sie sind wie üblich nicht auf dem Laufenden mit Ihren Protokollen und Berichten?“

Sein schnippischer Tonfall gefällt mir nicht. „Wie üblich erledig’ ich zuerst die ganzen Verhöre und die Laufarbeit und setz’ mich dann an den Schreibtisch.“

„Und wo ist die Beute von dem Bankraub abgeblieben?“

Jetzt hat er mich, Kruzinesn!

„Noch nicht aufgetaucht“, gestehe ich.

Ehrlich gesagt habe ich mich mit dem Verbleib des Geldes noch nicht weiter befasst, weil ich auch noch keine Muße dazu hatte.

„Aber die kann doch nicht spurlos verschwunden sein!“

„Zeiss Andreas hat ausgesagt, er hat das Bündel Geldscheine gesehen, als er seine Tochter und Tomislav Jovanovic in der Dorfdisco beobachtet hat. Sie haben es also aus dem lilafarbenen Schminktäschchen genommen. Vielleicht haben sie es gar nicht mehr dahin zurückgesteckt, sondern irgendwo anders hingetan“, überlege ich laut.

„Sind Sie auch schon auf den Gedanken gekommen, dass Zeiss das Geld haben könnte?“

„Bei seinem Verhör grad im Krankenhaus hat er es verneint. Und ich glaub’ ihm.“

„Lassen Sie trotzdem sein Haus durchsuchen!“

„Das ist reine Zeitverschwendung“, halte ich dagegen. „Er hat es als Blutgeld bezeichnet. Darum würd’ er es nie anfassen! Er ist ein zutiefst ehrbarer Mann.“

„Immerhin so ehrbar, einen Mord zu begehen!“

„Nein, so ehrbar, um seine Tochter vor dem vermeintlich Bösen beschützen zu wollen“, korrigiere ich energisch.

Der Tüpferlscheißer grunzt abfällig. „Wie Sie meinen, aber die Tat bleibt doch die gleiche und Sie scheinen schon wieder viel zu viel Sympathie für unseren Täter zu haben.“

„Ich bin halt eine menschelnde Kommissarin und kein eiskalter Staatsanwalt“, kontere ich voller Ironie.

„Dann hoffe ich, Sie als menschelnde Kommissarin können morgen um 14 Uhr im Präsidium in Regensburg dem Untersuchungsausschuss wegen des Vorfalls in der Zelle ausreichend Rede und Antwort stehen“, informiert er mich überheblich. „Am besten, Sie bringen dann die verschwundene Beute und alle Berichte und Protokolle auch gleich mit, dann schließen wir den Fall endgültig ab.“

In Soldatenmanier nehme ich seinen Befehl an. „Jawohl, Herr Dr. Übelacker!“

„Sie sind momentan nicht in der Position, um sich lustig zu machen, Frau Weidinger“, mahnt er mich noch und legt auf.

„Macht der Übelacker schon wieder Ärger?“, will der Bär gelangweilt wissen.

„Ich bin ihm zu mitfühlend.“

Der Bär grunzt spöttisch. „Dafür ist er kalt wie eine Hundeschnauze, der Paragrafenreiter!“

„Und wenn wir schon dabei sind, dann werde ich noch einem Gefühl nachgeben …“

„Das da wäre?“

„Ich muss der Zeiss Sabine den Abschiedsbrief ihrer Tochter geben.“

Nachdem ihr Mann abgeführt worden war, hob ich das von ihm zusammengeknüllte und zum Altar gefeuerte Blatt auf und strich es wieder glatt. Seitdem trage ich es zusammengefaltet in der Innentasche meiner Softshelljacke herum, die ich mir heut früh angezogen habe.

„Wennst meinst“, ergibt er sich und verdreht die Augen. „Also ab ins nächste Krankenhaus!“

Zeiss Sabine wurde gestern vom Krankenwagen ins Bezirksklinikum gebracht. Am Empfang erfahren wir aber, dass sie heute Morgen schon wieder entlassen worden ist. Also machen wir uns auf den Weg nach Essing.

Der Bär bleibt im Auto. Alles viel zu sentimental, was ihn erwarten könnte.

Die Haustür wird mir zögernd geöffnet, nachdem ich zweimal geklingelt habe. Aber es ist nicht wie erwartet Sabine, sondern ihr ältester Sohn Michael. Der große, schlanke junge Mann in Jeans und T-Shirt wirkt mitgenommen und verwirrt auf mich. Schon lange habe ich ihn nicht mehr hier in Essing gesehen. Keine Ahnung, wohin es ihn zum Studieren verschlagen hat. Aber anscheinend ist er heimgekommen, um seiner Mutter beizustehen. Und das beruhigt mich.

„Servus, Michael", begrüße ich ihn zurückhaltend. „Ich wollt' nur mal nach der Sabine schauen."

„Sie hat sich hingelegt", wehrt er ab und fragt argwöhnisch. „Was willst du?"

„Ich müsst' ihr was Wichtiges geben."

Michael ist weiterhin abweisend. „Hat das nicht Zeit, bis sie sich einigermaßen gefangen hat?"

Gut, dann muss es eben hier zwischen Tür und Angel sein! Ich zücke den Brief aus meiner Jackeninnentasche und reiche ihn ihm.

„Sag' ihr, den hab' ich gestern in Marias Rucksack gefunden. Der Anderl hat ihn schon gelesen."

Er nimmt ihn mir ab und schaut mich fragend an, ohne ihn aufzufalten.

„Er ist von deiner Schwester an eure Eltern. Sie sollte ihn lesen", rate ich ihm und wende mich schon wieder zum Gehen.

„Wart'", hält er mich zurück und kommt aus seiner Deckung hinter der Tür hervor. „Hast du mit dem Papa geredet?"

Ich nicke. „Er hat ein umfassendes Geständnis abgelegt, falls es dich interessiert."

Ungläubig schüttelt er den Kopf. „Ich kann's nicht fassen …" Vor Verbitterung verzieht sich sein Gesicht. „Dieser verbohrte, kontrollsüchtige und eifersüchtige alte Depp! Das hat er jetzt davon: Er ist zum Mörder geworden und hat seine eigene Tochter in den Suizid getrieben!"

Inzwischen laufen ihm Tränen über die Wangen und seine Stimme ist immer lauter geworden.

„Im Grunde hat er es nur gut gemeint", verteidige ich Anderl. Keine Ahnung, warum ich das immer wieder tue.

Michael macht eine wegwerfende Handbewegung und schnieft ungehalten. „So ein Schmarrn! Der ist krank! Er wollte immer über alles und jeden die Kontrolle haben. Die Mama drangsaliert er schon so lang sie verheiratet sind! Was glaubst du, warum der Stefan und ich so früh ausgezogen sind? Weil wir daheim keine Luft mehr gekriegt haben und frei sein wollten. Ich hab' zu ihr gesagt, sie soll froh sein, dass sie ihn endlich los ist! Meinetwegen soll er ewig im Knast schmoren!"

Ich kannte diese problematischen Zustände im Hause Zeiss bis jetzt nicht, aber ich erinnere mich an die ähnlichen Schilderungen über das Verhalten vom Anderl von Ulli und Lukas.

Mitfühlend lege ich Michael meine Hand auf den Arm. „Jetzt ist nicht die Zeit für Hass und üble Verwünschungen! Ihr müsst jetzt zusammenhalten und für eure Mutter da sein."

Mit zusammengepressten Lippen nickt er. „Ja, da gibt's viel zum Aufarbeiten. Aber momentan heult sie nur."

„Falls ihr Hilfe braucht, ich kenn' da einen guten Psychologen", fällt mir nix Besseres ein.

„Danke", meint er nur wenig interessiert und geht zurück ins Haus.

Müde und erschöpft von dem anstrengenden Tag setze ich mich zum Brotzeitmachen an die Theke meiner Küche. Die Gespräche mit den unterschiedlichen Menschen haben mich sehr nachdenklich gemacht und ich versuche, das Gehörte und Gesagte zu verarbeiten. Aber ich komme nicht weit.

„Habe d'Ehre, Mama", begrüßt mich mein ältester Sohn heiter und betritt die Küche gutgelaunt. Natürlich hat er noch einen Hausschlüssel.

Hinter ihm schlüpft Vroni herein. Der kleine Bauch der sonst gertenschlanken, großen und hübschen Blondine sticht mir sofort in die Augen, obwohl sie erst im sechsten Monat sein dürfte. Mit Schrecken stelle ich insgeheim fest, dass ich die Schwangerschaft in den letzten Tagen total vergessen habe.

„Was macht ihr denn hier?“, freue ich mich, die beiden zu sehen, rutsche von meinem Hocker und drücke sie beide kurz.

„Lukas hat mich angerufen …“

„Und er hat dir von dem Vorfall in unserer Kirche erzählt, stimmt's?“, vervollständige ich.

„Das auch“, gesteht Quirin, groß und breitschultrig wie er ist und betrachtet meine Nase. „Und auch von allem anderen. Dein Gesicht schaut furchtbar aus! Hast du noch Schmerzen?“

Ich schüttle den Kopf. Seit gestern Abend habe ich keine Tablette mehr genommen, fällt mir auf. „Der Arzt heut' war sehr zufrieden. Das wird schon wieder!“

Verlegen betrachte ich Vronis Bauch, den ein enges, dunkelrotes T-Shirt bedeckt.

Warum habe ich ihn nicht schon eher bemerkt? Ich schiebe es darauf, dass ich Vroni kaum sehe, weil sie zusammen mit Quirin eine kleine Wohnung in Regensburg hat. Sonntags kommen Lukas und Quirin zwar öfter zum Mittagessen zu mir, aber meist ohne ihre Freundinnen, außer ich lade sie explizit ein. Eigentlich habe ich zu Vroni und auch zu Jacky einen guten Draht, aber ich wollte es immer so halten, dass ich meinen Söhnen nicht in ihr Leben dreinrede oder mich sogar aufdränge. Also halte ich mich zurück. Oder fassen sie meine Zurückhaltung eher als Ablehnung auf?

Vronis hübsches Gesicht wird rot, als sie meinen Blick bemerkt. Nervös streicht sie sich mit ihren dünnen Fingern eine Strähne ihres kurzen Pagenschnittes hinter das feine Ohr. „Sorry, dass wir es dir nicht schon früher gesagt haben, aber …“ Sie stockt.

Ich winke lapidar ab und kann nicht anders, als sie zu umarmen. „Ich freu' mich so für euch! Wie geht's dir? Wisst ihr schon, ob Männlein oder Weiblein?“

Verliebt streichelt sie über ihren Bauch, während Quirin stolz antwortet. „Es ist ein Bub! Alles bestens, Mama!“

Mein Herz macht Freudensprünge. Mir ist es egal, welches Geschlecht das Baby hat. Ich bin schon selig, wenn ich mir das kleine, hilflose Wesen nur vorstelle, auch wenn mir schwant, dass mir volle Windeln, sauerstinkende Spucktücher und nervenaufreibende Zeiten mit Babygebrüll bevorstehen. Quirin war ein süßes Baby, ziemlich proper und mit einem kugelrunden, pausbäckigen Gesichtchen. Ich bin gespannt, ob sein Sohn ihm ähnlich sehen wird. Kruzinesn! Ich kann es immer noch nicht begreifen, dass Quirin jetzt selbst bald ein Kind haben wird. Er war doch selbst grad noch eins! Mein eh schon durchlöchertes Nervenkostüm reißt weiter. Ich versuche gegen die Tränen und die überbordenden Gefühlswallungen anzukämpfen und zwinge mich dazu, sie mir nicht anmerken zu lassen.

Wie es sich für eine Mutter gehört, biete ich ihnen auch was zu essen an. „Ihr habt bestimmt Hunger, aber der Kühlschrank gibt nicht mehr viel her. Die letzten Tage waren stressig und ich bin nicht zum Einkaufen gekommen."

Mein Sohn legt beruhigend seine Hand auf meine Schulter und drückt die Kühlschranktür wieder zu, die ich aufgerissen habe. „Wir sind nicht zum Essen gekommen, aber wir müssen mit dir reden, Mama!"

„Wenn euch Toni schickt, dann könnt' ihr gleich wieder gehen!", drohe ich grantig.

Er schüttelt den Kopf. „Es geht eher drum, wie wir das Haus für die Vroni, mich und das Baby bewohnbar machen."

Auch diese Tatsache hatte ich die letzten Tage total vergessen oder besser verdrängt. Das vergangene Jahr haben Toni und ich nach dem Auszug vom Opa allein hier gewohnt. Mein Herz krampft sich zusammen. Toni wird, sollten wir uns wieder zusammenraufen, in Zukunft nur noch an seinen dienstfreien Tagen daheim sein. Und ich kann mir immer noch nicht vorstellen, dass hier bald eine kleine Familie wohnen soll.

„Was meinst du?", forsche ich vorsichtig.

„Setzen wir uns miteinander ins Esszimmer?", schlägt er vor.

Doch ein bisserl unruhig fährt er sich durch seine kurzrasierten, braunen Stoppeln auf seinem Kopf. Schon jetzt mit seinen 25 Jahren zeigen sich die Geheimratsecken, wie sie auch sein Vater hatte, immer deutlicher und er hat sich dem ergeben, indem er sein restliches Haar seit ein paar Monaten raspelkurz rasiert. Wahrscheinlich seit er weiß, dass er Vater wird!

Brav folgen Vroni und ich ihm nebenan ins Esszimmer, wo er ein paar Blätter aus der Tasche zieht, die er an einem Gurt über die Schulter getragen hat, und sie auf dem Esstisch ausbreitet. Es ist ein Bauplan, erkenne ich, als ich mich setzte. Zwar ein selbstgezeichneter auf zwei A4-Seiten, aber doch recht detailliert. Klar erkennbar auf dem obersten Papier ist darauf der Grundriss meines Hauses mit dem Untergeschoss.

„Also, wenn's dir nix ausmacht, Mama, dann würden die Vroni und ich gern ein paar Änderungen vornehmen. Das Untergeschoss kann so bleiben wie es ist, wir trennen nur das Treppenhaus durch eine extra Eingangstür in deine Wohnung ab. Dann stören wir euch nicht, wenn wir kommen und gehen." Er schaut mich neugierig an, ob ich einverstanden bin.

Ehrlich gesagt überrumpeln mich die Umbaupläne meines Sohnes doch ziemlich. Natürlich kann er hier mit seiner Familie vorübergehend wohnen, natürlich wird ihm nach meinem Tod einmal das Haus ganz gehören, aber das geht mir jetzt auf einmal alles zu schnell.

Ohne eine Reaktion von mir abzuwarten, redet er weiter und erklärt, während er mir auf dem Plan des Obergeschosses auf der zweiten Seite zeigt: „Dein und Tonis Schlafzimmer verlegen wir in das vom Opa ins Erdgeschoss, das ja jetzt eh leer steht. Daneben ist das Gästebad für euch. Das ist doch praktisch, weil ihr dann alles auf einer Ebene habt. Und die Vroni und ich hätten dann den ganzen oberen Stock für uns allein. Dort, wo euer Schlafzimmer ist, kommt unser Wohnzimmer und das Esszimmer hin. Wir verlegen die Anschlüsse vom Bad in das Ex-Zimmer vom Lukas und machen da unsere Küche hinein. Mein ehemaliges Zimmer wird das Kinderzimmer und das kleine Gäste- unser Schlafzimmer, das wir mit einer Dachgaube vergrößern wollen."

Er schnauft tief durch und die Erleichterung, dass es raus ist, ist ihm deutlich anzumerken. „Was sagst du dazu?"

Vroni springt ein, als ich immer noch nicht reagiere. „Du kannst den Kleinen jeden Tag sehen!"

„Das ist also keine vorübergehende Notlösung, bis ihr was anderes gefunden habt?", forsche ich vorsichtig und bemerke schon während ich es sage, dass diese Frage eigentlich überflüssig ist. Aber für mich hatte es sich bei meinem ersten Gespräch mit Quirin darüber so angehört.

Er gibt mir auch keine Antwort, sondern versucht mir seine Pläne weiter schmackhaft zu machen: „Mama, das ist doch für uns alle eine Win-win-Situation: Du wirst nicht allein sein, wenn Toni in Halle arbeitet, und du unterstützt uns mit Babysitten und so."

An dieser Stelle muss ich wohl dazu erklären, dass ich ein Familienmensch bin und gern meine großelterlichen Pflichten erfüllen will, aber ich genieße auch die Zweisamkeit mit Toni. Ich habe mich inzwischen daran gewöhnt, dass wir allein in dem großen Haus sind, wenn meine Söhne, meine Schwester und der Opa auch immer herzlich willkommen sind. Ich komme langsam in das Alter, in dem man die wiedergewonnene Freiheit und Ruhe schätzt, und man sich keine Sorgen mehr darüber macht, wo wohl die Kinder stecken und was sie treiben. Sie sind inzwischen alt genug und leben ihr eigenes Leben – und ich das meine. Das ihre und das meine wieder unter einem Dach in Einklang zu bringen, wird sicher nicht leicht. Aber habe ich als ihre Mutter nicht auch die Pflicht, sie zu unterstützen, wo es grad geht? Natürlich sagt mein Herz ja, aber der Verstand warnt mich.

„Der Umbau wird aber nicht billig werden", bedenke ich.

„Meine Eltern helfen uns finanziell", springt Vroni ein.

„Und für den Rest nehmen wir einen Kredit auf. Ich werde ganz gut in dem Ingenieurbüro verdienen", zeigt er mir, dass sie auch das schon kalkuliert haben. „Ich hab' vor, viel selbst zu machen, und Vronis Vater, Toni und Lukas werden bestimmt auch mitanpacken."

Ich schnaufe tief durch und gestehe ein, dass sich das in der Theorie alles prima und durchdacht anhört. Quirin ist ein zuverlässiger, zielstrebiger Kerl. Ich weiß, dass er das schaffen wird, schon wegen Vroni und dem Baby. Und irgendwie finde ich auch Gefallen an dem Gedanken, dass sich das Haus wieder mit Leben füllen und bald wieder ein Kind hier toben wird.

Mein Ältester kennt mich wohl gut genug, denn er deutet meinen zerfließenden, sanften Gesichtsausdruck als ein Zugeständnis und lächelt erleichtert. Dann steht er auf und fällt mir, die ich auf dem Stuhl sitze, von hinten um den Hals. „Danke Mama! Du bist die Beste!"

Als wenn ich das nicht wüsste!

Kapitel 15

Tomislav Jovanovic liegt im Todeskampf vor mir auf dem Perserteppich vor dem Hauptaltar in der Altessinger Kirche. Er atmet schwer und seine Hände und Brust sind blutbesudelt. Dann reißt er die Augen weit auf und fleht mich an: „Kirchenasyl …"

Es zieht mich zu ihm hin, genau wie an dem Abend, an dem wir ihn so gefunden haben. Ich will ihm helfen, aber irgendeine Kraft hält mich zurück.

Mit aller Anstrengung wandert sein Blick nach hinten zum Altar, sodass er den Kopf drehen muss. Diese Geste ist neu. Sie ist nicht passiert, als er vor ein paar Tagen in der Kirche um sein Leben gerungen hat. Ich folge seiner Blickrichtung. Dort sehe ich seine blutigen Fingerabdrücke, die er auf der weißen Spitzentischdecke auf dem mit Hortensien dekorierten Altartisch und sogar an den Goldverzierungen am Tabernakel hinterlassen hat. Ich spüre, er will mir damit was sagen, aber ich verstehe es nicht.

Dann schaut er wieder zu mir her und haucht erneut: „Kirchenasyl …"

Dabei leuchten seine Augen in immer hellerem Blau, bis mich eine grelle Explosion aus dem Schlaf reißt.

Schweißgebadet setze ich mich auf. Schon wieder ein Albtraum! Und ich hatte gehofft, wenn wir den Täter haben, würde dieses Trauma von mir abfallen. Werde ich jetzt langsam verrückt? Die letzten Tage waren ziemlich anstrengend, um nicht zu sagen aufwühlend, da wäre es kein Wunder!

Ich wische mir mit dem Handrücken den Schweiß von der Stirn. Etwas war anders an diesem Traum, anders als bei den vorhergehenden. Es war so, als wollte Tomislav mir mit seinem Blick einen Hinweis geben. Und plötzlich fällt es mir wie Schuppen von den Augen! Kann das möglich sein? Hat mich der tiefe Glaube von Maria Jovanovic so angesteckt, dass ich auf einmal solche Träume habe? Dass mir ihr Bruder im Traum erscheint und mir Hinweise gibt? Ich zittere am ganzen Leib.

Was soll ich jetzt tun? Ich schaue auf den Wecker. Kurz vor sechs. An Schlaf ist jetzt sowieso nicht mehr zu denken, also stehe ich auf und renne ins Bad. Auf dem Klo sitzend reibe ich mir die Augen und zwicke mich, um festzustellen, dass ich hellwach bin und alles real ist.

Meine Gedanken kreisen und ich versuche, sie anzuhalten und zu sortieren. Tomislav Jovanovic gab das Geld nie aus der Hand! Er trug es bei sich, als er schwer verletzt zur Kirche torkelte. Er musste es wegbringen, weg von ihrem heimlichen Treffpunkt, der jetzt keiner mehr war, und weg vom lauernden, seine Familie und Freundin bedrohenden Petrov. Und nur diese Angst um seine Mutter, seine Schwester und seine Maria trieb ihn an, erkenne ich jetzt. Und welchen Ort suchte er sich als neues Versteck aus? Unsere Kirche! Vor Jahren wurde ihm Kirchenasyl in einem Gotteshaus gewährt. Und sein Glaube war so stark, dass er in den letzten Minuten seines Lebens zu Gott kam, um ihm nicht nur sein Leben, sondern auch sein Geld anzuvertrauen. Und er glaubte daran, dass Maria dahinterkommen würde, dass er die Beute dorthin gebracht und versteckt hatte. Am sichersten Ort in ganz Essing! Das meinte er mit Kirchenasyl! Darum sagte er ihren Namen mehrmals und hoffte, sie würde verstehen, sobald sie es erführe.

Das Geld sollte Maria bekommen, weil er nicht mehr lange zu leben hatte.

Eilig schlüpfe ich in eine Jeans, ein T-Shirt und Socken und mache mich auf den Weg zu Rita und dem Opa. Es dauert eine ganze Zeit, bis sie endlich die Haustür aufmacht, nachdem ich mehrmals Sturm geklingelt habe.

„Maria? Sag' mal, spinnst jetzt?", motzt sie mich verschlafen im Nachthemd an. „Weißt du, wie spät es ist?"

„Ungefähr sechs, Zeit zum Aufstehen!"

„Wer ist denn da?", höre ich die kratzige Stimme vom Opa aus dem Hintergrund.

Er reißt die Tür ganz auf und steht dann im zerknitterten Schlafanzug neben seiner Rita.

„Maria?“, wundert er sich. „Ist was passiert?“
„Ich muss in die Kirche!“
„Jetzt gleich?“
„Ja, Kruzinesn, sonst wär’ ich ja nicht da!“, drängle ich. „Entweder einer von euch geht mit oder ihr gebt mir den Schlüssel.“
„Ich darf den Schlüssel nicht aus der Hand geben“, weist mich Rita zurecht. „Was gibt’s denn so Dringendes?“
„Da wird doch nicht schon wieder jemand tot drin liegen!“, entfährt es dem Opa erschrocken und Rita hält den Atem an.
Ich schüttle den Kopf. „Ich hab’ einen komischen Traum gehabt und ich muss da unbedingt was nachschauen.“
Beide sehen mich prüfend an.
„Maria, geht’s dir wirklich gut?“, hakt der Opa nach und deutet auf meine Nase. „Du hast eine Gehirnerschütterung.“
„Was ist jetzt?“, werde ich langsam ungeduldig.
Die Rita verdreht die Augen und seufzt. „Gut, ich komm’ mit, ich zieh’ mir nur noch schnell was an.“
„Nix! Wirf dir einen Morgenmantel über und komm’ endlich“, bringt sie mich mit meiner Geduld an meine Grenzen. Zur Verdeutlichung der Dringlichkeit, zerre ich an ihrem Arm.
Sie entwindet sich energisch. „Herrschaftszeiten, jetzt sei nicht so ekelhaft!“
Der Opa wetzt schon gen Schlafzimmer. „Ich hol’ unsere Morgenmäntel!“
Es dauert nochmal geschlagene zehn Minuten, diese saublöden Morgenmäntel aus den Untiefen des Kleiderschranks zu befördern, denn die brauchen sie sonst nur für einen eventuellen Krankenhausaufenthalt. Dementsprechend modrig und vorsintflutlich sehen sie auch aus, als sie sie endlich angezogen haben.
Rita schnappt sich den großen Bund mit den antiken Schlüsseln aus einer Schublade der Garderobe und ich renne voraus, schräg gegenüber die Friedhofstreppen hinauf.

Ihre Finger zittern, als sie den größten Schlüssel in das Schloss der Kirchentür steckt und zweimal umdreht. „Ich hoff', du hast eine überzeugende Begründung für diesen Überfall, Mary! Das ist zu viel für meinen Kreislauf in aller Herrgottsfrühe!"

Ich überhöre das, stürme an ihnen vorbei hinein und direkt auf den Altar zu. Die Morgendämmerung erhellt das Kirchenschiff schon ausreichend. Auf das Holzpodest steigend komme ich an den goldenen Schlüssel, der den Tabernakel absperrt. Ich benutze ihn und drehe den Schrein nach links. In dem erscheinenden Fach wird das Allerheiligste aufbewahrt, das normalerweise nur vom Pfarrer an hohen Feiertagen herausgeholt wird. Und die reich verzierte, goldglänzende Monstranz mit der Oblate in der Mitte kommt zum Vorschein. Kein Geldbündel! Kein lilafarbenes Schminktäschchen! Kruzinesn! Habe ich mich so getäuscht? Aber dann bemerke ich, dass sich der Tabernakel weiterdrehen lässt und noch ein Hohlraum wird sichtbar. Und da liegt es: das prallgefüllte Täschchen!

Noch während ich danach greife, erinnere ich mich an die Schutzhandschuhe und die Mahnung der Spurensicherer, aber ich habe in der Eile keine verdammten Einweghandschuhe eingesteckt. Und das ist mir grad auch ziemlich wurscht, also nehme ich es. Es sind deutlich dunkle, eingetrocknete Blutspuren darauf zu sehen und ich fasse es nur mit den Fingerspitzen an.

Rita und der Opa stehen inzwischen schnaufend hinter mir und beobachten mich.

„Wie kommt das denn da rein?", empört sich Rita.

„Was ist denn das?", fragt der Opa neugierig.

Ich ignoriere sie, denn ich bin darauf konzentriert, den Reißverschluss an der Längsseite des Mäppchens vorsichtig aufzuziehen. Mit dem Daumen fahre ich über das dicke Bündel Geldscheine. Sie sind nicht mehr in Folie gewickelt und, soweit ich das auf den ersten Blick feststellen kann, sind es große Scheine. Ein schöner Batzen Geld in meinen Händen!

„Wo kommt denn das ganze Geld her?“, plärrt der Opa erstaunt, dass es in der leeren Kirche widerhallt.

Rita ist der Ohnmacht nahe und fasst sich mit beiden Händen an den Kopf. „Oh, Heiland! Was ist das für Geld?“

„Das ist die Beute aus einem Banküberfall“, erkläre ich ihnen ruhig, weil mich ihre übertriebene Aufregung stört. „Tomislav Jovanovic hat sie hier versteckt, bevor er gestorben ist.“

„Woher weißt du, dass er es hier versteckt hat?“, forscht der Opa gespannt.

So unglaubwürdig und grotesk es sich auch anhört, aber ich spreche es aus: „Er ist mir im Traum erschienen und hat es mir gesagt.“

„Oh, mein Jesus!“, ruft sie aus und bekreuzigt sich mehrmals hintereinander. Das hat sie wohl vom Pfarrer übernommen.

Freilich kann ich mir vorstellen, dass es Wunder gibt, aber dass ausgerechnet mir so was passiert? Oder leide ich doch unter den Nachwirkungen der Gehirnerschütterung oder Nebenwirkungen der vielen Schmerzmittel?

Der Opa hat wohl die gleiche Befürchtung, denn er berührt mich besorgt an der Schulter und seine grünen Augen starren mich an, als wäre ich eine Verrückte. „Du bist aber schon klar im Kopf, oder?“

„Freilich bin ich klar“, versichere ich entschieden, horche aber verunsichert in mich. Momentan weiß ich wirklich nicht, was ich denken soll, aber ich bin hellwach.

Dann ertappe ich den Opa dabei, wie er in das Täschchen greifen will und ich ziehe es schnell weg. Ich erkenne seine für ihn typische Geldgier in seinen glänzenden Augen.

Mahnend verdeutliche ich ihm: „Das ist Blutgeld, Opa! Es ist indirekt daran schuld, dass der Zeiss Anderl den Tomislav Jovanovic erstochen, dass Dimitri Petrov die Mutter Jovanovic umgebracht und die Maria Jovanovic schwer verletzt, und dass sich die Zeiss Maria das Leben genommen hat. Es hat also viel Leid angerichtet!“

Die beiden weichen erschrocken zurück, als ginge von dem Schminktäschchen eine Gefahr aus.

„Dann … dann solltest du es schleunigst aus der Kirch' schaffen", befiehlt mir Rita beunruhigt.

Sie wechselt unsichere Blicke mit dem Opa, der ihr energisch beipflichtet: „Ja, raus damit aus unserer Kirch'!"

Ich bitte sie, mir eine Tischdecke zu geben, in das ich das Täschchen einwickeln kann, damit wenigstens ein bisserl Spuren für die Spusi daran erhalten bleiben.

„Meinst, dass deine Leut' da dran noch Fingerabdrücke finden können?", fragt der Opa, während er mich dabei beobachtet, wie ich das Täschchen auf dem Altartisch in das reinweiße, steifgebügelte Tischtuch einschlage, das mir Rita eilig aus der angrenzenden Sakristei gebracht hat.

„Meine Leut' finden alles", versichere ich ihm übertrieben.

Doch auch Rita hat ihre Zweifel. „Aber das ist doch total blutverschmiert, da kann man doch unmöglich noch was anderes feststellen."

„Lasst das mal die Sorge von unseren Kriminaltechnikern sein."

„Wie viel Geld ist das denn überhaupt?", bohrt der Opa nach, während sie mir in ihren miefigen, altmodischen Morgenmänteln und Pantoffeln aus der Kirche hinterhertapsen.

„Das geht euch nix an."

„Frag' ja nur, weil ich wissen wollt', ob es das viele Leid, das es angerichtet hat, wert ist", ist der Opa eingeschnappt, während Rita die Kirchentür wieder abschließt.

Ich baue mich mahnend vor ihm auf. „Kein Geld der Welt wiegt auch nur ein Menschenleben auf! Es hat jedenfalls allen Beteiligten nur Unglück gebracht."

Wieder tauschen der Opa und die Rita nervöse Blicke.

Sie schüttelt ungläubig den Kopf. „Und so was versteckt dieser Jovanovic gleich neben dem Allerheiligsten!"

„Und die Maria hat es dort anscheinend nicht gefunden", grüble ich und gehe langsam weiter. Also hat sie den Apell ihres Liebsten mit seinem letzten Wort „Kirchenasyl" nicht verstanden. Aber was sollte sie auch mit dem Geld? Sie war so von ihrer Trauer überwältigt, dass sie ihr Leben nicht mehr lebenswert fand. Was spielt Geld da noch für eine Rolle? Sie wird nicht weiter darüber nachgedacht haben, wo es ihr Tomislav hingetan haben könnte.

„Was geschieht jetzt damit?", reißt mich der Opa aus meinen Gedanken.

„Zuerst einmal ist es als Beweismittel beschlagnahmt."

„Und dann?"

„Du kriegst es bestimmt nicht!"

„Sag' mal, geht's noch!", regt er sich auf. „Du stellst mich ja wieder hin, als wär' ich ein Ruach!"

So abwegig ist sein Vergleich mit einem raffgierigen Geldgeier gar nicht, aber ich gebe darauf keinen Kommentar.

Inzwischen sind wir wieder an ihrer Haustür angelangt.

Rita streichelt liebevoll die Schulter vom Opa. „So, nach der ganzen Aufregung haben wir uns ein gescheites Frühstück redlich verdient!"

Dem Opa läuft bei dieser Ankündigung sogleich das Wasser im Mund zusammen. „Krieg' ich dann ausnahmsweis' mal eine normale Semmel, dick Butter und Marmelad' drauf?"

Rita schüttelt eifrig den Kopf. „Nein, mein Lieber! Dein Müsli ist viel gesünder für dich! Aber heut' schneid' ich dir mal ein paar frische Früchte rein."

Sie tätschelt milde lächelnd seinen Bauch und geht ins Haus.

Zerknirscht motzt der Opa: „Immer dieses Körnerfutter. Ich bin doch kein Vogel!"

Ich betrachte sein Gesicht. „Wenn man genau hinschaut, wächst dir schon ein Schnabel."

„Da spottet die Richtige! Hast du heut' schon in den Spiegel geschaut!"

Zack und schon fliegt die Haustür vor meiner demolierten Nase zu.

Der Bär sitzt bereits an seinem Schreibtisch, als ich in die PI komme. Ich lege das Bündel mit der weißen Tischdecke selbstzufrieden auf die Schreibfläche vor ihn.

„Was ist das?"

Stolz recke ich meinen Kopf. „Die verschwundene Beute!"

Ich falte die Tischdecke auseinander. Das lila Schminktäschchen mit dem weißen Einhorn und den dunkelroten Blutflecken darauf sticht direkt vom reinweißen Stoff ab.

„Ja, varreck! Woher hast du es?"

Ich beschreibe ihm, wo ich es gefunden habe.

„Wie um Himmels willen bist du auf den Tabernakel gekommen?", staunt er nicht schlecht.

„Ich hatte eine Eingebung", halte ich mich kurz. Ich bin mir unsicher, ob ich ihm das mit dem Traum erzählen soll. Freilich ist der Bär auch ein Christ, aber eher ein schlechter.

„Aha", kommentiert er und will das Täschchen grad anfassen, als ich ihn zurückpfeife: „Halt! Sonst kriegst du Ärger mit der Spusi!"

Der Bär zuckt zurück. „Wollt' ja nur nachschauen, ob das Geld auch drin ist."

„Ist es", versichere ich ihm.

Ich setze mich auf meinen Platz hinter den Schreibtisch ihm gegenüber, grusche in der Akte von Tomislav Jovanovic samt den Tatortfotos herum, finde das gesuchte Bild, halte es dem Bär hinüber und erörtere ihm meine Schlussfolgerung: „Wir sind eigentlich total vernagelt gewesen, dass wir nicht schon viel eher auf das Versteck gekommen sind."

Der Bär betrachtet das Bild nachdenklich. Darauf sind die blutigen Fingerabdrücke von Jovanovic zu sehen, die er auf der weißen Tischdecke am Hauptaltar und am Tabernakel selbst hinterlassen hat.

„Warum sonst sind dort überall seine Fingerabdrücke gewesen?", leite ich seine Gedankengänge und es funktioniert, denn sein Gesichtsausdruck erhellt sich.

„Na, weil er dort noch was zu tun hatte, bevor er ins Gras gebissen hat."

„Bingo!"

„Nicht schlecht, das Versteck", ist er beeindruckt und betrachtet dann zufrieden wieder das Täschchen. „Dann ab damit zur Spusi!"

„Wir nehmen es am Nachmittag mit, wenn wir eh ins Präsidium zur Anhörung müssen."

„Du musst", korrigiert er. „Von mir war keine Rede, oder?"

Ich erinnere mich an die Worte vom Übelacker. Tatsächlich ging sein Befehl nur an mich.

„Gut dann fahr' ich halt allein."

Eigentlich hatte ich mir schon ein bisserl Unterstützung von meinem Partner gewünscht, wenn er schon nicht als Zeuge vor dieser leidigen Untersuchungskommission gehört wird, dann wenigstens als seelischen Beistand. Dass dieser miserable Termin kein Zuckerschlecken für mich werden wird, kann ich mir ausrechnen. Ich habe ein mulmiges Gefühl dabei, denn mit Sicherheit werden die Schneidhart und der Übelacker mit von der Partie bei dieser Kommission, diesem Ausschuss oder was auch immer sein.

„Die Schneidhart wird mich ganz schön rupfen", bemerke ich, ordne das Bild wieder in die Akte ein und erwarte eine Reaktion vom Bär. Doch die bleibt aus. Völlig ungerührt von der Nennung des Namens seiner Diät-Inspiration betrachtet er immer noch das Corpus Delicti vor sich.

Was mich allerdings noch viel nervöser macht, ist die Erwartung, dass ich bei dem Termin heute Nachmittag noch jemand, mit dem ich mich momentan nicht besonders gut vertrage, begegnen werde.

Der Bär kann anscheinend meine Gedanken lesen, denn er fragt vorsichtig: „Der Toni wird bestimmt auch aussagen, oder?"

Ich zucke mit den Schultern. „Hab' nix gehört von ihm."

Damit gibt er sich zufrieden und lenkt sofort auf ein anderes Thema um: „Aber ich hab' gehört, du wirst Oma."

Ich seufze und verdrehe die Augen. Ich kann mir denken, wer diese Neuigkeit schon wieder verbreitet hat. Der Opa als künftiger Urgroßvater kann natürlich sein Maul nicht halten. Aber ich kann.

„Du bist heut' nicht sehr gesprächig, hm?“, bemerkt der Bär. „Freust du dich denn gar nicht?“

Ich zähle ihm an meinen Fingern auf: „Mit Toni läufts grad absolut beschissen, ich muss mich vor einer Untersuchungskommission verteidigen, weil ich Mist gebaut hab', ich hab' einen komplizierten Fall abzuschließen, mein Gesicht schaut immer noch aus wie das von einem Zombie und ab nächster Woche hab' ich die Bauarbeiter im Haus, weil Quirin und Vroni sich im Obergeschoss ihr Heim einrichten.“

Der Bär zieht eine bedauernde Lätschn. „Schon ein bisserl viel für dich momentan.“

„Was einen nicht umbringt …“, fällt mir dazu nur ein.

„Du packst das schon“, will er mich aufmuntern.

Da bin ich mir nicht so sicher.

Den ganzen Vormittag drücke ich mich am Schreibtisch rum und versuche mehr oder weniger gut, den ganzen Papierkram zu erledigen, damit diesmal der Staatsanwalt zufrieden ist mit meiner Arbeit. Ich will ihm nicht noch einen Grund geben, um mich fertig zu machen. Es reicht mir schon, nachher vor dieser Untersuchungskommission Rede und Antwort stehen zu müssen.

Da kommen auf einmal der Opa und die Rita ins Büro geschlichen.

Erstaunt begrüße ich sie. „Opa, Rita? Ist was passiert?“

Die zwei wirken, als hätten sie was ausgefressen. Direkt schüchtern und vorsichtig kommt der Opa zu mir hergewackelt, zückt ein langes Kuvert aus der Brusttasche seines karierten Hemds und legt es mir auf den Schreibtisch.

Fragend blicke ich vom Kuvert zu ihm. „Was ist das?“

Die Rita stupst ihn von hinten an und drängelt: „Jetzt sag's ihr schon!“

Doch er windet sich und es fällt ihm sichtlich schwer, überhaupt was zu sagen, so gehemmt ist er.

Dann kann sie sich nicht mehr in Zaum halten, sondern tritt neben den Opa. „Das sind fünftausend Euro."

„Und, was will ich damit?"

Auch der Bär mir gegenüber ist verwundert und spottet: „Opa, verteilst du jetzt schon dein Erbe?"

„Krampf", tut der Opa verächtlich ab. „Wenn ich nur so viel hätt' zum Vererben."

„Jetzt tu doch nicht so", mahne ich ihn.

Ich kenne seine finanziellen Verhältnisse, weil ich Kontovollmacht bei seiner Bank habe. Das wollte er selbst so, als er damals den zweiten Herzinfarkt hatte. Damit ich alles in seinem Sinne regeln kann, wenn es ihm nicht mehr möglich wäre, warum auch immer.

Wieder drängt ihn seine Rita mit einem Ellbogenrempler in die Seite. „Jetzt red' halt endlich!"

„Das gehört zu dem Geld … zu dem Blutgeld aus dem Tabernakel", fällt es dem Opa sichtlich schwer, es auszusprechen.

Der Bär und ich wechseln sprachlose Blicke.

„Wie bitte?", kann ich es nicht glauben. „Aber das hab' doch ich heut' früh gefunden und in Verwahrung genommen."

Rita schnauft tief durch und verdreht dabei die Augen. „Was glaubst du, wer die Kirche geputzt und die ganze Sauerei weggeräumt hat, nachdem die Toten abtransportiert gewesen waren, hm?"

Wir zucken mit den Schultern. Darüber habe ich mir wirklich keine Gedanken gemacht. Kein schöner Job jedenfalls!

„Na, ich halt", motzt sie wichtigtuerisch. „Und als ich das eingetrocknete Blut vom Tabernakel weggewischt hab' – das war nach dem ersten Toten – hat sich der Tabernakel gedreht, weil er unverschlossen war. Da geht ja sonst niemand ran als der Pfarrer und ich, und natürlich hab ich nachgeschaut, ob die Monstranz noch drinnen ist."

„Und da hast du das Schminktäschchen gefunden", schlussfolgere ich.

Sie nickt eifrig und fasst sich theatralisch an die Brust. „Natürlich hab' ich's dem Opa gezeigt. Es war außen doch ganz voller Blut und ich wusst' ja nicht, was ich mit dem vielen Geld darin anfangen sollt'."

Mir kommt die Erleuchtung, und ich baue mich vor meinem Schwiegervater auf. „Und da hast du nicht lang gefackelt und dir ein bisserl was von der Beute abgezweigt, nicht wahr, du alter Geldgeier!"

Wenn auch nur ein Cent auf der Straße liegt, dann hat er schon Dollarzeichen in den Augen, genau wie Dagobert Duck. Es ist ihm nicht zu anstrengend, sich danach zu bücken, obwohl er sich nur unter Schmerzen wieder aufrichten kann.

Der Bär verdrückt sich grunzend ein Lachen.

„Ich hab' doch keine Ahnung gehabt, was das für Geld war", verteidigt sich der Opa energisch. „Kann ich doch nicht wissen, dass das ein wichtiges Beweismittel ist und ihr danach sucht."

„Opa, erzähl' mir doch hier keinen Schmarrn!", stelle ich eisern fest, weil ich seine Beteuerungen nicht glaube. „Geld, das man findet, wo kurz zuvor jemand ermordet worden ist und an dem auch noch Blut klebt, bringt man zur Polizei!"

Die Rita mischt sich rechthaberisch ein: „Genau das hab' ich ihm auch gesagt, aber er hat gemeint, dass es gar nicht auffallen würd', wenn da ein paar Hunderter fehlen."

„Da waren 25.000 Euro drin!", ereifert sich der Opa mit großen, gierigen Augen. „Der Ermordete hat doch das Geld eh nicht mehr brauchen können, weil er tot ist."

Auf diese seine fadenscheinige Verteidigung hin kann ich nur den Kopf schütteln.

Der Bär rekonstruiert weiter: „Und, damit ihr euren Diebstahl vertuschen könnt', habt ihr das Täschchen mit dem restlichen Geld wieder in den Tabernakel zurückgelegt?"

Beide nicken betreten.

„Da wart ihr ja richtig bescheiden, dass ihr nicht gleich alles behalten habt", stelle ich doch etwas lauter und ziemlich grantig fest, sodass die zwei zurückweichen.

„Ich hab' keine Nacht mehr ruhig schlafen können, aber der Vinzent wollt' es unbedingt behalten", befreit sie sich von ihrem schlechten Gewissen.

„Aber doch nicht für mich", kontert er grantig. „Ich hab' dir doch immer wieder gesagt, dass ich die eine Hälfte dem Quirin für den Umbau vom Haus und die andere dem Lukas für ein neues Auto geben will."

„Deine Großzügigkeit in allen Ehren, aber du kannst kein Geld verteilen, dass dir nie gehört hat", schimpfe ich ihn.

Er duckt sich noch schuldbewusster vor mir.

„Ich hab's dir ja jetzt gebracht", antwortet er zerknirscht.

„Ja, der Vinzent ist einsichtig geworden", gesteht die Rita sanft. „Aber erst nachdem du uns heut' früh davon erzählt hast, wie viel Leid dieses Geld angerichtet hat. Es bringt seinem Besitzer nur Unglück, hab' ich ihn beschworen."

Darum also ihre Nervosität und ihre komischen Fragen. Ich hatte mich schon gewundert.

Ich rücke ihnen die beiden Gästestühle zurecht, damit sie vor unseren Schreibtischen Platz nehmen können. „So und jetzt setzt euch dahin und dann schreiben der Bär und ich eure Anzeige."

„Anzeige?", regt sich der Opa auf. „Du wirst doch deinen eigenen Schwiegervater nicht anzeigen wollen?"

„Oh doch, ich will", bleibe ich hart. „Und zwar wegen Unterschlagung fremden Eigentums und tatrelevanter Beweismittel und Behinderung der Polizei."

Selbst der Bär schaut mich mit ungläubigem Blick an. „Mary, jetzt bist du aber zu streng."

„Die zwei kriegen keine Sonderbehandlung, nur weil wir verwandt sind", verteidige ich mich und befehle den beiden Übeltätern: „Auf geht's! Hinsetzen!"

„Aber … aber Maria“, stottert der Opa unterwürfig und herzerweichend. Noch dazu hat er einen Dackelblick aufgesetzt, dass es mich doch rührt. Wie schon so oft, bringt er mich mit seinem Verhalten in eine Zwickmühle. Wie ein kleines Kind macht er immer genau das, was er nicht tun soll und verlässt sich dann darauf, dass ich ihn aus seiner Misere rette. Einmal war ich konsequent, und ich erinnere mich daran, welch schlechtes Gewissen mich danach plagte. Ich ahne, dass es diesmal wieder genauso laufen wird, als Rita und der Opa sich doch hingesetzt haben und darauf warten, was ich sage.

Mein Schwiegervater ist nun zu Schritt zwei seiner Taktik Mitleidheischen übergegangen und fasst sich immer wieder ans Herz. Noch dazu schnauft er schwerer und lässt hin und wieder ein gequältes Stöhnen verlauten, der alte Schauspieler. Er weiß genau, dass er mich mit der Vortäuschung von Herzproblemen erweichen kann. Mit Grauen erinnere ich mich an seine beiden Herzinfarkte und die Angst um ihn, die ich dabei hatte.

Rita neben ihm hält ihm seine zitternde Hand und tätschelt sie beruhigend. Dann fängt auch sie an, mich zu bearbeiten: „Maria, so hab’ doch Erbarmen! Du siehst doch, wie er sich schon wieder aufregt. Das packt sein Herz nicht mehr!“

„Aber es hat es gepackt, als er fünftausend Euro gestohlen hat!“

„Jetzt hör’ endlich auf, so was zu sagen“, schämt sich Rita.

Als tiefgläubige Christin ist es eine Schande für sie, so eine Sünde, wenn auch nicht unbedingt begangen, aber doch mitgetragen zu haben, kann ich mir vorstellen. Aber wenn sie nur hartnäckig genug geblieben wäre, so wie bei seiner Diät, dann hätte der Opa die Finger von dem Geld gelassen, davon bin ich überzeugt.

„Maria, ich versprech’ dir, ich werd’ mich nie wieder in einen von deinen Fällen einmischen und nie wieder so was tun“, beschwört der Opa mich mit bebender Stimme und bittenden Händen.

Und dieser übertrieben schmalzige Überredungsversuch überzeugt schließlich den Bär, denn er macht einen gütlichen Vorschlag, bevor ich was sagen kann: „Wir haben die Beute in dem Täschchen doch noch nicht zur Spusi gebracht, Mary. Es ist also erkennungsdienstlich noch nicht festgehalten, wie viel drin ist. Nicht einmal wir zwei haben es gezählt, sonst wär' uns ja längst aufgefallen, dass was fehlt. Wir tun einfach das Geld vom Opa wieder dazu und kein Mensch wird davon erfahren."

Die beiden reuigen Sünder sind sichtlich erfreut darüber.

„Ja, Maria, so könnten wir es doch machen", bettelt der Opa weiter.

Drei Augenpaare schauen mich also erwartungsvoll und gespannt an, wie ich reagiere. Demonstrativ sauer schnappe ich mir das Kuvert, das immer noch unangetastet auf meinem Schreibtisch liegt, und stehe auf. „Ich bring' jetzt dieses Geld zu meinem Spind und wenn ich wiederkomm', dann seid ihr zwei verschwunden und niemals hier gewesen!"

Erleichtert atmen Rita und der Opa durch und umarmen sich, während ich zur Tür gehe.

Aber so einfach will ich sie nicht davonkommen lassen: „Und daheim überlegt ihr euch, wie ihr es dem Staatsanwalt am besten erklären werdet, warum eure Fingerabdrücke auf einigen von den Scheinen zu finden sind!"

Sie stehen auf, dackeln auf mich zu, aber ich weiche zurück. Ich kann ihre Dankbarkeitsbezeugungen jetzt nicht ertragen, weil ich noch mit meinem Gewissen ringe. „Und zur Strafe betet ihr in der Kirche auf Knien für die Seelen vom Tomislav Jovanovic, seiner Mutter, Zeiss Maria und vom Anderl jeweils fünftausend Gegrüßet seist du Maria und mindestens genauso viele Vaterunser!"

Ihr eifriges, unterwürfiges Nicken ist mir dermaßen zuwider, dass ich einfach abhaue.

Mein Mittagessen lasse ich ausfallen. Ich habe keinen Appetit. Schon gleich gar nicht, als ich sehe, was der Bär sich als Brotzeit mitgebracht hat: Knäckebrot mit Frischkäse, eine halbe Paprika und einen Becher Naturjoghurt. Leider kann ich aber immer noch keinen äußerlichen Erfolg seiner Quälerei an ihm erkennen. Ich schenke mir nur ein Haferl Kaffee ein und setzte mich in unserem Aufenthaltsraum zu ihm an den Tisch.

„Danke auch, dass du meinem Schwiegervater und seiner Komplizin so aus der Patsche geholfen hast!“

„Gern geschehen“, mampft er mir her, nachdem er in das staubtrockene Knäckebrot mit einem Klecks Frischkäse gebissen hat. „Die zwei waren doch einsichtig. Also, was soll's?“

„Ts“, spotte ich. „Jetzt meint der Opa nur noch mehr, dass er Narrenfreiheit hat.“

„Hat er doch sowieso! Du hättest doch auch irgendwann nachgegeben. Und im Endeffekt ist ja nix Schlimmes passiert. Selbst wenn sie das Geld behalten hätten, wir hätten niemals nachvollziehen können, wo die fehlenden fünftausend Euro abgeblieben sind. Außerdem: Wo kein Kläger, da kein Richter!“

„Und das aus dem Munde eines Polizeihauptmeisters!“

Ich trinke von meinem Kaffee und nicht mal der schmeckt mir heute. Und das muss der Bär wohl auch an meinem Gesicht erkannt haben, denn er meint: „Hast schon Bammel?“

Ich ziehe eine Lätschn, stehe wieder auf und schütte den restlichen Kaffee in das Spülbecken. „Irgendwie werd' ich meinen Hals schon retten können.“

„Dann viel Glück!“

Grad als ich zur Tür raus will, hält mich Jo am Empfang auf. „Wart' mal, Mary!“

Ich komme zu ihm an den Tresen. „Was gibt's?“

Er beugt sich zu mir herüber und spricht leiser, damit die anderen Kollegen hinter ihm an den Schreibtischen nicht mithören können. „Hast du was von Toni gehört?“

„Du bist schon der zweite, der mich heut' danach fragt“, wundere ich mich argwöhnisch. „Ist was mit ihm?“

Jo windet sich. „Naja, die Ulli hat gemeint, ich soll dir das sagen …“

„Was sagen?“

„Na, momentan steh' ich viel in Kontakt mit den Regensburger Kollegen wegen dem Dimitri Petrov und dem Angriff auf die zwei Jovanovic-Frauen …"

„Komm auf den Punkt, mir pressiert's", drängle ich.

„Jedenfalls hat mir ein Kollege am Telefon gesagt, dass er meine Infos sofort an den Hauptkommissar Weidinger weitergeben würd'. Drauf hab' ich gemeint, dass der doch derzeit in Halle sei, aber der andere hat behauptet, er sei die letzten Tage immer im Präsidium in Regensburg gewesen."

Das ist wirklich was Neues! „Toni ist gar nicht in Halle?"

Jo schüttelt zaghaft den Kopf. „Wenn man dem Kollegen glauben kann, dann nicht. Anscheinend hat er sogar die letzte Nacht in seinem Büro geschlafen."

„In seinem Büro?", wiederhole ich skeptisch.

„Vielleicht solltet ihr wirklich endlich mal über alles reden", rät mir mein Schwager in spe. „Die Ulli hat auch gemeint …"

Er bricht ab, weil er merkt, dass ich ihm schon nicht mehr zuhöre. Meine Gedanken rattern, während ich die PI verlasse. Warum ist Toni doch nicht nach Halle gefahren? Hat er den Job endgültig sausen lassen? Mir schwant, dass er nie einen Termin dort hatte. Er hat es wahrscheinlich daheim nicht mehr ausgehalten. Er wollte sich nicht länger in meinem Haus von mir geduldet wissen, während ich auswärts genächtigt habe, um ihm aus dem Weg zu gehen. Er hat mir also quasi die Bahn frei gemacht oder sich aus dem Schussfeld gebracht, je nachdem, wie man es sehen mag. Damit hat er mir Zeit zum Nachdenken gegeben. Und das stimmt mich milde ihm gegenüber. Es ist wirklich notwendig, dass wir uns aussprechen! Noch eine Hürde, die ich heute nehmen muss, Kruzinesn!

Mit meinem Beetle fahre ich also dann eine gute Stunde vor dem Termin in Richtung Regensburg, gebe das Schminktäschchen, das ich inzwischen mit dem geklauten Geld vom Opa in eine Asservatentüte verstaut habe, eilig bei der Spurensicherung ab und parke dann vor dem Präsidium in der Bajuwarenstraße.

Ans Lenkrad geklammert, sammle ich all meine Kräfte und blicke in den Rückspiegel. Ich kann mir nicht helfen, aber je länger meine Verletzung zurückliegt, desto schlimmer schaut mein Gesicht aus. Mittlerweile hat die Partie unter meinen Augen sämtliche Farben des Regenbogens angenommen und in den inneren Augenwinkeln zeigen sich dicke rote Äderchen. Meine Nase ist zwar nicht mehr so geschwollen, aber schaut immer noch aus, als würde sie nicht zu mir gehören. Direkt wächsern oder wie aus Silikon. Ich kann nicht glauben, dass Millionen Frauen sich freiwillig die Nase richten lassen und das alles auf sich nehmen.

Noch einmal schnaufe ich tief durch und steige dann aus. Keine Ahnung, wie ich der Schneidhart oder dem Toni gegenübertreten werde. Mein Magen ist ganz flau und meine Beine sind weich wie Butter. Ich komme mir vor wie ein Kalb, das zur Schlachtbank geführt wird.

Am Empfang melde ich mich an und die freundliche Kollegin informiert mich, dass der Hauptkommissar Toni Weidinger in seinem Büro zu finden ist. Er ist also hier beziehungsweise war nie weg. Mein Herz schlägt schnell und noch schneller, als ich die Treppen hinauf in den ersten Stock gehe. Ich nehme mir vor, diplomatisch und ruhig zu bleiben und nicht auf Konfrontation zu gehen.

Seine Bürotür steht einen Spalt breit offen und ich höre dahinter eine weibliche Stimme, die mich dazu bringt, nicht zu klopfen, sondern wie angewurzelt davor stehen zu bleiben.

„Wart', ich helf' dir“, sagt sie und ich erkenne sie als Susanne Schneidhart.

Ich habe Toni im Türspalt genau im Blickfeld, der sich grad den Hemdkragen hochgeschlagen hat und sich eine Krawatte umlegt. Dann erscheint die Staatsanwältin vor ihm und bindet sie ihm. Er beobachtet sie dabei und sein Blick zeigt mir, dass ihm gefällt, wen er da vor sich hat. So hat er mich auch immer angesehen mit seinen rehbraunen, treuen Augen. Das Superweib trägt heute eine weiße, ziemlich durchsichtige Bluse und eine schwarze, enge Hose, die ihre Kurven an den richtigen Stellen perfekt betont.

Sie mustert eingehend sein Gesicht. „Du schaust abgespannt aus. Warum bist du die letzte Nacht nicht auch noch bei mir geblieben? Hier kann man doch unmöglich schlafen."

„Ich hab' dir gesagt, warum!"

Ich glaube, ich höre nicht recht! Er hat bei ihr gepennt? Womöglich auch mit ihr, dieser Hallodri!

In mir steigt eine unbändige Wut hoch, aber ich halte sie ihn Zaum, weil ich hören will, was sie weiterreden.

„Wird deine Frau zu der Anhörung kommen?", wechselt sie das Thema, während sie an seiner Krawatte herumfummelt.

Die beiden wirken sehr vertraut miteinander, fällt mir auf, wie sie sich so gegenüberstehen.

„Ihr wird der Arsch auf Grundeis gehen, aber sie hat ihren Stolz. Wenn sie Scheiß gebaut hat, steht sie auch dafür grad", ist er überzeugt.

Sie gluckst. „Wird sie sich auch bei mir entschuldigen?"

„Das glaub' ich eher nicht", behauptet Toni und grinst höhnisch. „Ich rechne auch nicht mit einer Abbitte. Wenn sie sich in ihrer Ehre verletzt fühlt, kann sie eiskalt sein."

Die Schneidhart lächelt milde und schiebt ihm den Knoten zurecht. „Du kennst deine Frau wirklich gut."

Er nickt zustimmend, als sie ihm den Kragen über die angelegte Krawatte wieder herunterschlägt. „Jedenfalls kann sie ganz schön kratzbürstig werden, wenn sie eifersüchtig ist. Nur, weil wir zusammenarbeiten! Was würd' sie erst dazu sagen, wenn sie erfährt, dass du bei mir warst statt in Halle?", forscht sie mit zuckersüßer Stimme, streicht das Hemd auf seiner Schulter glatt und legt dann ihre Hände liebevoll darauf ab. Sie ist noch ein bisserl näher zu ihm aufgerückt und ihre Gesichter sind nur noch ein paar Zentimeter voneinander entfernt.

Mir wird gleich schlecht von dieser billigen Anmache! Ich will ins Zimmer platzen und dieses intime Stelldichein sprengen, aber ich bin zu neugierig, was Toni ihr antworten wird.

„Sie wird es nie erfahren“, bestimmt er streng und fügt dann sinnierend hinzu: „Bisher habe ich ihr noch keinen Grund gegeben, eifersüchtig zu sein.“

Ihre knallroten Lippen sind nur noch einen Hauch von den seinen entfernt, als sie ihm zusäuselt: „Das könnten wir ändern.“

Dann küsst sie ihn und er erwidert es eindeutig. Das ist endgültig zu viel! Ich habe genug gesehen, schubse die Tür auf und gebe mich zu erkennen. „Entschuldigt, dass ich stör' …“

„Mary!“, ist er verblüfft und weicht zurück von ihr.

Ich spüre direkt, wie mein Herz zerbricht, mir die Knie wackeln und mich die Fassungslosigkeit übermannt, als ich vor den beiden stehe und keinen weiteren Ton herausbringe. Alles, wozu ich fähig bin, ist, ihn verbittert und anklagend anzusehen, ungläubig den Kopf zu schütteln und auf dem Absatz kehrtzumachen. Dann renne ich den Flur zurück ins Treppenhaus und stürze die Stufen hinunter.

„Mary!“, hallt es hinter mir, denn er folgt mir. „Bleib' stehen!“

Aber ich denke gar nicht daran, mir seine billigen Ausreden und seine Lügen anzuhören! Ich will nur noch weg von ihm, raus hier!

Unten angekommen, läuft mir der Übelacker über den Weg. „Frau Weidinger, gut dass Sie schon da sind …“

Ich drücke ihm im Vorbeirennen meine mitgebrachten Akten an die Brust und haste gen Ausgang, Noch einige Male höre ich ihn meinen Namen rufen: „Frau Weidinger, was ist in Sie gefahren?“

Als ich rückwärts aus der Parklücke fahre, sehe ich zum Eingang. Kein Toni und auch kein Übelacker mehr, die mich verfolgen! Dann lenke ich mein Auto schnellstmöglich auf die Autobahn. In meinem aufgewühlten Zustand ist es leichtsinnig, Auto zu fahren. Darauf machen mich auch immer wieder ein paar hupende oder kopfschüttelnde Fahrer aufmerksam. Ich weiß gar nicht, wohin ich will. Doch! Ich will heim, heim in meine vier Wände und mich dort meinem Kummer hingeben! Die Gedanken drehen sich. Immer wieder sehe ich Toni mit der Schneidhart vor mir, wie sie sich küssen. Er war früher ein Weiberer und er ist es anscheinend immer noch. Weder seine Liebes- und Treueschwüre noch seine Beteuerung, im Alter gereift zu sein und die Eigenheit eines Weiberhelden abgelegt zu haben, haben seine Triebe unterdrückt. Und diese Erkenntnis erschlägt mich fast. Der Schmerz in meiner Brust nimmt schon physische Ausmaße an, sodass ich kaum noch Luft bekomme. Ich habe alle Mühe, mich auf den laufenden Verkehr zu konzentrieren. Darum verlasse ich die Autobahn an der Ausfahrt Sinzing. Ich will nicht auch noch andere Autofahrer mit meiner Fahrweise gefährden. Auf der St 2394 über Alling und Viehhausen in Richtung Kelheim ist weniger Verkehr. Die Straße schlängelt sich hier hauptsächlich durch den Wald. Als ich nach den letzten Häusern von Viehhausen in ihn eingetaucht bin, kommen die ersten Tränen. Ich gebe der an die Oberfläche drängenden Wut, Trauer und Verzweiflung nach und lasse den Weinanfall zu. Vor mir verschwimmt die Fahrbahn im Einheitsgrau und im Dunkelgrün des Waldes. Ich fahre viel zu schnell und schrecke zusammen, als ich auf der rechten Seite auf das Bankett hinauskomme. Dreck und Steine schleudern gegen den Radkasten und den Fahrzeugboden. Geschwind reiße ich das Lenkrad herum, um nicht im Straßengraben zu landen. Das Heck bricht aus, die Reifen quietschen. Eine kalte Panik erfasst mich, als mich in Millisekunden die Erkenntnis trifft, dass das hier nicht unfallfrei ausgehen wird. Wieder versuche ich dagegenzusteuern, steige in die Bremsen, doch ich habe den Beetle nicht mehr unter Kontrolle. Ich sehe durch meine Tränenschleier nur noch, wie ich nach der Gegenfahrbahn den Straßengraben hinunterstürze und mir Baumstämme entgegenfliegen. Auf einen Schlag ist es dunkel.